厦门市文艺发展专项资金资助项目

临渊

下

八月槎 著

人民文学出版社

目录

01 海上闻人

1-1

汽车拐进北四川路，逐渐减速，一路陪同的武藤跳下车，去岗哨核验证件。

松泽俊久慢慢活动着因久坐而僵硬的身体，拉开窗子上的布帘，一道温和的阳光照进了车内，正是下午时分。

他深深吸了一口气，低头看看手表，差一刻三点，他再一次整理了衣领和袖口。

“车子无法再前进了。”武藤面无表情地拉开了车门。

武藤美朝是他来到上海后见到的第一位军中同僚，松泽俊久总是觉得，这个参加过上海作战的特高课情报组组长，对空降的自己有着深深的敌意。也许，是自己的到来，让他感受到了内野丰被伏击毙命的屈辱？

他没有精力也不想去细细分辨武藤一路上的阴沉情绪，还有更为重要的事在等待着他。

“辛苦了。”松泽俊久下了车，对武藤微微颔首致意。

军靴踏在枯黄的草坪上，上海的冬日有些萧索。在他眼前，是一组掩映在稀疏林木中的灰色西式二层别墅。他知道，走过面前这一小段青砖铺就的甬路，就是此行的终点——梅华堂。接续鼎鼎大名的“重光堂”，这里隐藏着新的对华最高情报机构，参谋本部将其命名为“梅机关”。

作为大本营派遣来华的新任上海特情负责人，松泽俊久首先要在这里拜会自己的顶头上司——梅机关机关长竹内行男少将。

皮靴踏在一尘不染的青砖上，发出单调枯涩的声响。

他还记得武藤对自己说的第一句话，“松泽中佐，支那的情况十分复杂，和在参谋本部坐着喝茶，是完全不一样的。”

对武藤的挑衅，松泽俊久根本不屑回答，他的心中满含着在支那大展雄图的宏愿，如果不能把生死置之度外，他松泽俊久当初为什么要历尽千辛万苦，进入陆大呢？

当然，他也可以把武藤的话做一番友好的解读，毕竟就在不久前，他的前任内野丰刚刚遇袭毙命。案发地不是人迹罕至的穷乡僻壤，而是人声鼎沸、繁华喧闹的公共租界。特高课首脑以这种形式遭遇不测，对情报部门来说真是莫大的耻辱，大概，和公开处刑也差不多吧？

难道武藤们还在为此愤愤不平而不知反省吗？难道内野丰的死，只是一次偶发事件，不是特高课的行动策略出现了根本的方向性错误吗？

对此，松泽俊久的回应，是一个隐匿不屑的微笑。

甬路不长，武藤美朝并不值得他浪费时间，此刻，让他打起十二万分精神的，是以谋略果决闻名军界的陆军大学校第三十五期毕业生、天皇御赐军刀的竹内。

适应了别墅内的昏暗，宪兵把他领到一间简朴低调、连门牌都没有的办公室，进门之前，松泽俊久下意识摸了摸胸前的徽章。

“竹内将军！”松泽俊久敬了一个标准的军礼。

“一路上还顺利吧？”竹内行男简单回礼，示意他坐下说话。

“大体顺利，市区又发生了恐怖事件，道路戒严，差一点以为要迟到。”

松泽俊久身子微微前躬，小心回答。早就听说是竹内行男向大本营点名把自己要到上海的。在参谋本部机关中默默无闻的自己，是如何被刚刚升任中国派遣军副总司令的竹内行男看中的？

想来想去，似乎也只有六年前的一次会面。那时候他刚从陆大毕业，在两位前辈的引荐下拜会过这位军刀组的大人物。当年的竹内已位至陆军省军务课课长，事务繁忙的他还是耐心接待了这几位年轻的后辈。松泽俊久反复回忆，在陆军省那略显脏乱的二层楼房里的一面之缘，是他和竹内的唯一交集。

“现在，是个健壮的军人了，”竹内有些感慨地打量着松泽俊久，“你在参谋部做得很好，因此这一次我把你调到上海。以后，恐怕就要辛苦了。”

今天的竹内，两鬓已经生出了斑斑白发，神情严肃、面带倦容，已经完全是一个中年人了。

“接到命令以来，我已做了详细的功课，请您对我的工作加以深切的严厉指导！”

知道竹内行男向来讨厌多礼的寒暄，松泽俊久挺直身子，回答得直接而肯定。

“好，”竹内行男点点头，“我照实说，上海特务工作的复杂程度可能远远超过你的想象。自土肥原将军创建竹机关以来，在参谋本部的指导下，我们主要完成了两件工作，第一，是配合军事行动，稳固我们在华东、华南的统治，在政治上瓦解国民党，争取到国民政府有影响力的领袖人物合作，从而建立与重庆、延安相抗衡的政治力量。这个工作，今天我们还在进行中，即将取得阶段性的成功。

“其次，上海是国际性都会，也是远东的情报中心，地方军人、苏共、中共、重庆、英美、德法，几乎是支那现有全部势力和矛盾的一个集中而典型的样本。我们必须掌控强大的本土化特情机构为我所用，我们分化扶植了丁仲芳、史秉南系统，以应对重庆及延安方面的渗透和恐怖活动，也十分成功。”

“是，感谢您的耐心指导。”

“之前特高课的负责人内野，也是一个敬业的人，但是做事太过操切，难以把握自己的情绪。他这样的性格，和细致的情报工作是难以合拍的。我希望你能吸取他的前车之鉴，对支那的特殊人员，既要有效利用，又要有效控制，这将是你日后工作的一大重点。”

竹内停顿了片刻，缓缓说道：“武力无法解决一切问题，只要战争继续下去，政治工作是不能停顿的。”

“多谢您的苦心。”松泽俊久站起来，立正，对着竹内深深鞠了一躬。

他终于明白，原来自己的点滴努力一直都被看在眼里，至少，他那些对着军中狂飙派唱反调的报告，竹内行男是仔细阅读过的。刚刚竹内那句“既要又要”，正是来自自己对华情报研究报告的原文。坦白说，由于在陆军狂飙突进征服支那的浪潮中偏向保守，这些年来他在参谋本部的工作并不愉快。

“当年的见面，你是多么朝气蓬勃的年轻人啊。”竹内脸上露出了微笑，“你要面对的第一件工作，就是内野的命案，你打算从哪里着手进行呢？”

松泽俊久舔了舔嘴唇，道：“我想，事情虽然是重庆所为，但唯一的女死者与上海金融豪族梁家关系密切，应该属于史秉南一派。恐怕接下来，丁仲芳派系和史秉南派系会更加水火不容。”

“既然内斗不可避免，你打算怎么办？”

“中国有句俗话，叫作一山不能容二虎，要尽快稳定上海的混乱局势，就不能不扶植最有能力的工作者，来应对重庆及延安的渗透和破坏。”

“嗯。”竹内行男不置可否。

“暂时扶植一派当然是必要的，但形势稳定后，培植与其抗衡的势力也是必要的。也就是说，我们要确保对任何老虎一击必杀的控制力。”

竹内行男缓缓点头：“很好，你没有操之过急。我们也不用对七十六号的内部斗争过于敏感，而是要利用他们的争夺，达成对我们有利的结果。我希望你铭记，我们在上海的工作，是战略工作，不是简单的打打杀杀。”

“是！”

“重组支那政府的谈判，很艰苦，但好在进行顺利，汪兆铭为首的新政府即将成立。眼下，七十六号是汪兆铭唯一可以借助的武力，这对于我们是绝对有利的，因为这个组织从来就不是汪兆铭的武装，将来，也不会是。”

“我明白您的意思！”

竹内行男站了起来，语调森冷：“处理支那事变，绝非轻而易举，关系到帝国六十年来立于世界强国之林不懈努力的成败。我们的工作，关系到天皇的荣誉和帝国的存亡。如果将来有不得不践踏支那民意的举动，我希望你要秉持军人的品格，坚决地、顽强地、不遗余力地将我们的意图，完全彻底地贯彻下去！”

“是！请您放心！”松泽俊久马上也站了起来。

竹内行男绕过桌子，慢慢走到松泽的身前，目光落在他佩戴的那枚小小徽章上。

“菊花与星，好久不见了啊。”

竹内行男伸手把它摘了下来，放在松泽俊久的掌心中，拍了拍他的肩膀。

走出梅华堂的大门时，松泽俊久的右手依旧紧紧地握着。

他当然知道，由于陆大的毕业生们太过抱团招摇，为了维护军内团结，早在昭和十一年，大本营就明令禁止陆大毕业生再公开佩戴“菊花与星”，但是这一次来见竹内行男，左右思量，他还是忍不住戴上了深藏已久的徽章。

他并不想攀附军刀组的前辈，只是想表明心迹，他是松泽俊久，是自视甚高的军中精英，他将继承陆军大学校的高尚德行和铁血意志，为大日本帝国粉身碎骨、无畏牺牲。

1-2

冬雨后的上海街头，行人寥寥。

黑色的防弹轿车里，余笑蜀伸手拨开窗帘，目光落在不远处的大华路口，特务们正在为今晚的行动清场。余笑蜀的专车已经停下好一会儿了，为保万无一失，他要亲眼看着附近的可疑角落被一一清理干净。

“所以，犬养健真的不会来了吗？”梁利群动了动身子，把手里的一个大纸袋提起来，放在座位中间。

“嗯？”

“欣怡盼了好久的衣服，知道你又忘了取，我帮你拿来了，还是你送去，她才高兴。”

余笑蜀深深出了一口气，道：“还真是忘了。”

梁利群摇头道："不怪你，你事情太多了。犬养健不来，也是因为丁仲芳今天遇刺的事吧？"

余笑蜀扭过头来，看了梁利群一眼："你也知道了？"

"我就不能知道了？你记不记得，他那个疑神疑鬼的程度，当年刚和秉南搭伙，怕有人搞他的鬼，天天睡在卫生间的浴缸上。那一块床板，不知道他有没有留下作纪念。"

余笑蜀道："老丁是好笑，但是，最近上海绑票暗杀成风，你也要小心。"

"你给我讲讲，我看看要怎么小心。"

"我替你总结一下，四个字，'寡人有疾'。他和那位王如茵小姐去西比利亚皮草行消费，被伏击了，幸好及时冲进汽车里，才逃过一劫。"

"那位《良友》女郎吗？"

"你消息倒是灵通。"

"这也算消息灵通吗？"梁利群抖了抖衣服，道，"我如今可是花边新闻的男主角了。"

余笑蜀笑笑，无奈地摇了摇头，卢一珊去世以后，梁利群似乎变成了另外一个人。

由于华懋饭店遇刺，梁成杰的身体每况愈下，梁利群便顺理成章接手了上东系。在外界看起来，没了约束的梁公子，完全一副纨绔子弟的模样，不但接连投资了卡尔登剧院等好几家娱乐会场，身边的女伴也从电影明星、话剧演员到弹词艺人，一个接一个地换个不停。

梁家本来就是上海金融界呼风唤雨的大家族，加上梁利群和文艺、影剧界的明星们过从甚密，因此每隔个三五日，必定就会在街头小报上找到他的花边消息。不过要说今日的梁大少爷和昔日的梁利群全无关系，也不是事实，至少，如今在他的面前，那一个人的名字，是再也提不得了。

“老丁现在怎么样？”

“他没事，倒是他的徒子徒孙都被散出去抓人了。”

梁利群露出不以为然的样子来：“真是浪费时间，他这个人最是怜香惜玉，大难临头把一个大美女丢在身后做肉盾，一定是心有不舍。你们只要找到王小姐，我包他百病全消。”

余笑蜀道：“可别这么说，谁是肉盾还不一定，你说，老丁平素就疑神疑鬼，他这种要把影子也卷起来才肯走夜路的人，居然也能被伏击，这不奇怪吗？”

“奇不奇怪，要看遇到什么人，”梁利群拨开了窗帘向车外看，“比如那位王如茵小姐，我见过，莫说老丁，就是老甲、老乙、老丙遇上了，也是招架不住的。”

特务的盘查已经告一段落，静安寺路西摩路至大华路一段静悄悄的，连个鬼影子都看不见。

今天这里要举办的，是上海经济工作委员会的圣诞酒会，与会的不仅包括了上海经济界、金融界的重要人物，就连日本众议院议员犬养健这样的重量级嘉宾也在名单上。作为上海市总商会的台柱之一，梁利群这个上东系的少董早就被印上了邀请函，是必须参加的。

豪华轿车还在一辆接一辆驶入安乐俱乐部的停车场，这绝不是一场普通的社交酒会。

最近几个月来，中日战事暂时偃旗息鼓，然而对普通民众来说，只觉得抗战前景一片黯淡，胜利遥遥无期。相对应的，自汪兆铭抵沪以来，汪记政府组阁的活动却热火朝天，内幕消息传得沸沸扬扬。

前几个月，所谓国民党第六届全国代表大会后，汪记中央党部的组织、宣传、社会三个部门和财务、特务两委员会已经先后成立。不管报纸上如何汉奸卖国贼地连番唾骂，上海仍汇集了全国闻风而来的投机分子。这些人沸反盈天地齐聚威海卫路太阳公寓，几乎把新府筹备机关的门槛也踏平了。

汪兆铭虽然是“和平运动”的一面大旗，但所有人都心知肚明，新政府的背后老板还是日本人。如今有机会见到日本军方的谈判代表犬养健，难说不是一条青云直上的终南捷径，这也就难怪上海滩的名流权贵对今晚的酒会趋之若鹜了。

然而繁华处常隐杀机，这些锦衣玉食的上流人士，有多少会有这个觉悟呢?

车窗上响起了笃笃的敲击声，是许仕明，他摘下礼帽，还是一身长袍马褂。

“余先生，可以下车子了。”

许仕明亲自打开了车门，余笑蜀点点头。看来没有任何特殊情况，本来他就疑心今天情报的可靠性，下午刺杀丁仲芳，晚上刺杀犬养健，重庆这是疯了吗?

下了车，一股凛冽的空气吸入肺里，他不禁打了个冷战。

“出来吧？”余笑蜀做了个请的手势。

梁利群叹气道：“有你的地方，最不安全！迟早要被你害死！”

上海的冬夜，由于电力供应不足，长长的静安寺路上灯火寥落，然而面前十几步距离的安乐俱乐部，却灯火辉煌，阵阵欢声笑语，一派纸醉金迷的景象。

“算了，我的死活没关系，那衣服要是忘了，欣怡可不会放过你！”梁利群下了车。

余笑蜀笑笑，回头望了一眼身后晦暗的长路，现在，这里已经被围成铁桶一般，真的会有人自投罗网吗?

“刺杀犬养健？”史秉南对丁仲芳遇刺毫不在乎，但对犬养健却不敢怠慢。不管这情报听起来多么可笑，他还是及时把这个消息通知了日本军方。不用想也知道，今天晚上，犬养健是绝对不会出现的，不仅犬养健，新府有头有脸的重要人物也统统不会出现。

这一场刺杀到底是血案还是闹剧，一会就见分晓。

余笑蜀拉下礼帽，警卫们把他和梁利群围在中间，簇拥着，快步进入了安乐俱乐部。

穿过宴会厅的旋转门，一股暖流扑面而来，微黄的电灯光被水晶棱镜折射开去，斑斑点点的光亮摇动着，宾客们正在三五成群地寒暄交谈，宴会厅的小舞台更是整饬一新，星光熠熠。

“这大冷天，人还真不少。”梁利群把大衣放到了侍者的手中。

“来晚了，新府的位置就没有了。”余笑蜀的随扈陶俊杰拒绝了侍者的殷勤，亲自接过了他的风衣。

今天余笑蜀穿的是一套直立领七扣的日式制服，无衔无标，乍一看谁也不知道他是什么来头，而梁利群则穿了一件织了金线的靛蓝色暗条纹西装，配红色领结，和他世家公子的招摇身份倒很是相配。

“梁先生。”远远地有人对着梁利群招手。

“我过去看看。”梁利群就要往人堆里面走。

“万事小心。”余笑蜀伸手拉他，循着那喊声看过去，喊梁利群的，是一个身穿白色旗袍的妙龄少女。

“这你就不懂了，对丁仲芳这样的色中饿鬼，女孩子极是危险，对我就再安全不过，你等等，我就来。”余笑蜀来不及多说，梁利群已经走了过去。

许仕明出现了，这种场合，他的一身黑金缎长衫显得不伦不类。

余笑蜀皱了皱眉，道：“控制住了吗？千万不要发生什么意外。”

许仕明道：“侬放心，人已经寻着了，揿得死死的。”

“你有没有觉得有些奇怪，这样重大的行动，重庆怎么连外围支援都没有？”余笑蜀心里不托底，适才的清理居然毫无发现，这不符合常理。

“余先生，侬太看得起重庆了，再讲了，这趟是中统，伐是军统。”

许仕明向着远处努了努嘴，两个西装革履的青年正在餐台前交头接耳。

“这么业余？是不是情报有误？”

“不会错额，个两个宁才有枪，只要伊拉动手，马上就会被揿牢。只不过吾觉得，阿要让伊拉开个么一枪两枪才好，这能加午憋捏，丁仲芳被人拿枪追了像老鼠一样兜圈子，阿好有额对比。”

余笑蜀点点头，这次行动的情报就来自许仕明，这一次他的警卫大队倾巢而出，显然就是要给负责中统工作的二处好看，不管情报准不准，他也不好太不给许仕明面子。有那么一瞬间，他甚至怀疑，既然史秉南事先通知了犬养健，那么今晚这里就必须发生某种事件。目的，自然是一种宣告，丁仲芳不但对上海情报工作完全失去掌控力，而且，已经自身难保了。

“来来来，我来介绍一位好朋友给你。”余笑蜀回头，发现梁利群已经绕了回来，手里端着红酒，另一边挽着刚才那个柳眉细腰、妆容精致的女孩。她颇有些腼腆，用略显生硬的中文道：“你们好！”

在满场飞舞的灯光碎屑中，梁大少爷西装上的金线闪闪发光，和那个女孩子四目相对，杯中的红酒正慢慢打着旋儿。

“余先生你好，我是千都真鹤子。”那个女孩自报家门，竟是个日本人，她笑吟吟地伸出手来，余笑蜀迟疑了片刻，也伸出手去，两个人的手握在了一起。

1-3

“这就介绍过了？”余笑蜀看看梁利群。

梁利群笑道：“如今的上海滩，你的名声早就如雷贯耳，根本轮不到我来介绍。真鹤子小姐呢，目前还在日本学习院就读，这次是随家人到华游历。”

提及真鹤子，梁利群语调温柔，拐得真鹤子水波潋滟的双眼也变成了两弯月亮。

“欢迎欢迎，真鹤子小姐有什么需要，我愿略尽绵薄之力。”

“我来到中国只有几个月，目前在海军报道部做实习工作。”

“了不起！”余笑蜀看看梁利群，恐怕这又是日方派遣到中国的情报人员。

“笑蜀，你不要乱奉承，去一个海军报道部有什么了不起。你可能不知道，真鹤子小姐是跟着犬养健先生一起来华的，今天的酒会，其实是我们经济委员会特为犬养先生、真鹤子小姐安排的欢迎晚宴！”

“梁先生说笑了，”千都真鹤子脸上光彩熠熠，“犬养先生是我的长辈，这个酒会和我，可是一丝关系都没有。”

梁利群哈哈大笑起来：“不要急着否认，犬养先生来不了，且看今天谁是主角。”

余笑蜀也笑道：“真鹤子小姐初来乍到，还不知道，你身边这个男人，可是上海滩出了名的危险分子。好几个月了，我也每天只能在报纸上见到他。”

“梁先生是危险分子？”真鹤子瞪大眼睛，充满疑惑。

“是，特别对于女士。上海各大报的花边新闻，都被他承包了。”

“原来是这样。”真鹤子咯咯笑了起来。

“哎，笑蜀，招待真鹤子小姐是我的工作，你看看这一屋子上海经济界的头面人物，想要一点内幕消息，还不是都挤在真鹤子小姐身边？”

“梁先生，我这样重要，你还敢拿我打趣？话说得这样漂亮，恐怕甩不掉我了。”

“这样最好。”梁利群把杯中的酒一饮而尽。

“梁先生说好，就是真的好。”小小的真鹤子举杯，也一口喝干，两朵红晕爬上了她的脸颊。

几人正在闲聊着，灯光暗了下来，工作人员登上了小舞台，真鹤子笑道：“呀，表演要开始了，真的很期待。”

她话音未落，一束束灯光都集中到了舞台中央，不知道什么时候，上面已经换上了一支金光闪闪的话筒，一个穿着粉藕色旗袍的妙龄女从光束中娉娉婷婷地走出，轻声唱了起来，正是自年初风行上海的那一首《何日君再来》。

“晓露湿中庭，沉香飘户外，寒鸦依树栖，明月照高台，今宵离别后，何日君再来。”

这一首电影插曲，是经女主角周璇演绎一炮而红的，一时上海的大小剧院舞厅，少有不播放这首歌的唱片的。灯光昏暗，是行动良机，此刻全场的注意力都被这优美的歌声吸引，只有余笑蜀的眼神还在搜寻着那两个可疑的青年。

“好听，真是好听。”梁利群举起手来，轻轻鼓掌。

那女郎略显低沉的声音，悠悠传来，让刚才还嘈杂混乱的场面，一下子安静了下来。周璇这一曲风靡上海大街小巷，想要再唱出新意已是不易，这台上女郎唱功了得，于细微处另有一丝惆怅，居然唱出了与周璇完全不一样的味道。余笑蜀恼火于安乐俱乐部变幻的灯光、幽暗的氛围，却也不得不承认，此情此景，她这样动人的演绎，一下子抓住了观众的心神。

“这是一首离别的歌曲，真鹤子小姐评价如何？”

“真是动人极了，梁先生，你觉得呢？”

“梁先生？”

余笑蜀转头看去，梁利群愣在那里，眼中隐隐约约闪着泪光，对自己和真鹤子的对话充耳不闻。人生自古伤离别，大概这一刻，他也和自己一样，想起了同一个人吧。

台上女郎一曲未毕，下面就有人高声叫道：“精彩极了，这是周璇也没有的味道！”更煞风景的是，几位男士抬着一个巨大的花篮来到了舞台前，在观众们的叫好声中推了上去。

“哪里来的蠢货。”梁利群也皱起了眉头。

这时候，那刚刚鼓掌叫好的青年在众目睽睽下迈上台去，拿过话筒，道：“诸位，明星白萍小姐的演绎，让我明白了什么是真正的天籁，我看就算今天原唱周璇小姐到场，也未必能如此动人，我愿借这台上的一篮鲜花，向白萍小姐表明我的仰慕之情，并祝她的歌唱和演艺事业，一帆风顺！”

这青年说完之后，自己带头鼓起掌来。那白萍小姐似乎有些尴尬，不知道是不是要继续唱下去。好不容易等那青年说完，她才说道：“感谢大家的喜欢，也谢谢董公子，其实我今天唱这样一首歌，除了为诸位助兴，也是因为有朋友特别嘱托，要点给在场的一位先生的。不过我也只知他的名字，不知他的样貌，如果大家有认识他的，还请指给我看。”

白萍的几句话，引起了人们的好奇，众人议论纷纷，都在等她宣布听歌者的名字。

看到全场再次静了下来，白萍双手紧握话筒，道：“这首歌是唱给上海总商会会董、上东信托公司的梁利群先生的。”

“好，好！”众人的目光都向梁利群看过来，梁利群也不明所以地挥手致意。

“趴下！”余笑蜀把他一把推倒，就在这一刻，从舞台侧面传来砰砰两声枪响。

尖叫声四起，宴会厅里顿时乱作一团。

余笑蜀抬头看看，两枪都打到天上去了。

“撒宁才不许走！”许仕明从人缝中挤了过去，一群特务追着枪手翻出了窗子。

“小姐，请你和我们走一趟。”许仕明的行动大队长张安国走上台去，一把捉住了白萍的手腕，把她从地上扯了起来。

“你是谁，你放开，捉我做什么！不关我的事！”白萍的声音紧张，但口气却硬得很。

“把手放开！你知道她是什么身份吗？”

“你是哪个！滚远点！”张安国和许仕明一样，出身青帮，性子蛮横，这时候眉毛一竖，六亲不认。

“我是谁？”

呵斥张安国的，是国立上海商学院教授杜申荣，这几个月，他四处活动，希望能在汪记新府中谋得一个合适的职位，此刻上海商学院已经闭校，要跟这个粗人说明自己的身份，还真不是一件容易的事情。

在一旁冷眼旁观的许仕明从鼻孔里哼了一声。

“走。”看许仕明根本不理杜申荣，张安国手上用力，白萍手腕剧痛，立即花容失色，哎哟大叫起来。

“你是什么东西！”刚刚献花篮的那个青年冲上前去，啪的一声，竟抽了张安国一个嘴巴，“这里是租界，自有巡捕缉凶，你们要做什么，绑票吗！”

张安国被抽蒙了，去看许仕明，许仕明还没说话，那青年的身后已经伸出好几条枪来。

许仕明阴沉着脸，在几个持枪者的背后，早就埋伏好的特工们也哗啦啦掏出枪来。

“一道带了跑！”

“许先生，你不要冲动。”从杜申荣身后又钻出一个“国大代表”丁国强来，他先一把拉住许仕明，又转头道，“董公子，自家人、自家人，这是七十六号的人。”

“大家冷静、冷静一下，千万听我说句话。”被十几条枪指着，他犹豫了一下，一边说，一边还是把两只手高高举了起来。

“笑蜀！笑蜀！余处长，你也在，太好了！”满头大汗的丁国强在人堆里意外发现了余笑蜀，好像见到了救命稻草，连声高喊起来，“他们都听不下，你千万听我说句话。”

“丁先生？”

余笑蜀也有些意外，他和丁国强的上次见面，还是在大雨连绵的“六大”会场，这个人是出了名的老油条，如果不是关乎身家性命的大事，是决计不肯蹚这趟浑水的。

余笑蜀走到那个气势汹汹的青年面前，伸出了手，道：“这位先生，鄙人余笑蜀，未请教尊姓大名。”

他话音刚落，周围马上响起了窃窃私语，不用听，他也知道人们在议论些什么，经历了与重庆的连番恶战，作为轰动上海的申报馆惨案元凶，他余笑蜀早已恶名昭彰了。

"我管你他妈是谁！你要是不放了白萍，我现在就给你打成筛子！"

余笑蜀笑了："小兄弟，不打不相识，白萍小姐的事情，我们可以慢慢谈，现在大家都这么冲动，等会儿巡捕房来了，我们都不好脱身，不如交个朋友。"见对方无意握手，他把手缩了回来，就势拍了拍身上的灰尘。

"董公子，你千万不要冲动，不要冲动，这位，是七十六号特工总部的余笑蜀，余处长。"

"余主任。"许仕明人在枪口下，还不忘纠正丁国强的错误。

"哎呀，我这糊涂，余主任，自己人、自己人，大水冲了龙王庙，大家都是站在和平运动一边的，千万不要起了冲突。"

丁国强看还没有人放下枪，转头又对着余笑蜀说："笑蜀，余主任，白萍小姐是丁司城先生的千金，我以性命担保，哎，利群，利群，我以性命担保，"他见余笑蜀没能解决问题，又抓住了过来看热闹的梁利群，"这几位，和枪击毫无关联！这位董之微先生，是咱们维新政府绥靖部部长、绥靖军总司令董务德将军的公子，刚刚来到上海，正是我们经济委员会的贵客！大家都放下枪，放下枪好不好嘛！"

董之微看看身旁环绕的黑洞洞的枪口，觉得势单力薄，悻悻道："把枪放下吧。"

"你怎么还不放开丁小姐！"双方都放下了枪，张安国却还死死抓着白萍的手腕，他脸上的五个指印，此刻高高地肿了起来。白萍脸上挂着两行泪，一连串地嚷疼。

"放手吧。"余笑蜀说完，张安国还是无动于衷，愤怒地瞪着董之微。直到许仕明咳嗽了一声，张安国总算放开了那只几乎被掰断的手。

梁利群笑吟吟的，道："白萍小姐，没记错的话，你出演过《南国春晓》吧，我看过，演得好，没想到，你的歌儿也唱得那样好。”

白萍疼得脸上都变了颜色，白了梁利群一眼，道：“真是谢谢你呀。”

“寄萍，你没事吧？”董之微上前想要去拉白萍，白萍却猛地一扭，挣开了董之微。

“我的人呢？你们把我的人交出来！”原来这个白萍喊起来，中气比唱歌足多了。

“大小姐啊，你就不要闹了，你父亲知道，你又要挨罚！”丁国强想息事宁人。

“谁还顾得了那么多！把我的人还给我！”白萍捂着手腕，又转过身来对着余笑蜀。

余笑蜀叹了一口气，刺客已经不在现场，可这里却好像更加混乱不堪了。

“白萍小姐，回头，请向那位关心我的朋友问好，有机会，还是想聆听你的歌声呢。”在他身后，梁利群还在向白萍挥手搭讪。

1-4

极司菲尔路七十六号，史秉南正在窗前踱步。

“利群怎么样，没事吧？”

“没事，仕明有意让他们开了两枪。那个贾寿林提供的情报很准确，人抓住了，叫夏子彰，这个人没什么背景，战前刚刚从暨南大学毕业，现在挂在国民党松江行政公署，是个小科长，中统外围人员，无名之辈。”

“奇怪了，中统要制裁犬养健，怎么派这样一个菜鸟。”史秉南转过身来。

“是啊，静安寺路清场的时候，也完全没发现支援人员，而且，犬养健没去，这临时更改制裁对象的做法，未免太业余。不过不管怎么说，现在人们都把这次枪击和老丁遇刺联系在一起，老丁这次是颜面扫地了。”

“嗯，”史秉南点点头，“虽然有惊无险，还是要警惕，这些散兵游勇式的反日分子，不在我们日常的监控范围内，虽然危害有限，但也容易捅出娄子。他们是怎么混进安乐俱乐部的？”

“不是混进来，他们一行两人，是那个小明星白萍以保镖的名义带进来的。初步判断，他们不知从哪里得知犬养健要公开露面，于是便向中统自荐行动，中统也没把这次行动当回事。他们大概连犬养健的照片都没有，商量的笨办法，就是请白萍献歌，在一旁伺机行动。在得知犬养健没来之后，他们就把预备的套路都用在了利群身上。”

“白萍？一个小明星，怎么能够带保镖进入安乐俱乐部？”

史秉南实在想不起上海滩还有这号人物。

“白萍只是个艺名，她出演过几部不温不火的电影，都是配角，在文艺界确实没什么影响，但是她是丁司城的女儿，本名丁寄萍。”

“丁司城的女儿？”史秉南皱起了眉头，“这倒有些棘手，你准备怎么处理？”

“还能怎么处理，”余笑蜀摇摇头，“我们只把夏子彰和他的同伙带了回来，至于这个白萍，当晚就叫司机送她回家了。”

“好，”史秉南点点头，“这样好，这个节骨眼上，不要多生事端。”

余笑蜀苦笑：“事情还没完呢，今天一大早，这位白萍小姐就从公共租界赶了过来，我在这里和你说话，她现在正坐在我的办公室里讨说法呢。”

史秉南奇道：“她要做什么？”

“她一口咬定，夏子彰只是她的保镖，是因为张安国对她动粗，才导致夏子彰和我们起了冲突，因此整个事件不过是擦枪走火，和政治没有一星半点的关系，要求我们立即放了他们。”

“什么？”史秉南愕然，自七十六号成立以来，腥风血雨的大场面他见得多了，但跑上门来耍无赖的，这还是第一次见。

“她和重庆有没有关系？”

“仔细调查了，没什么关系，就是个普通的富家小姐，想要拍电影，于是老爸花钱让女儿去当票友，当然，天赋也还是有一些的，尤其唱歌，还真是不错。她之所以这样胡搅蛮缠，是因为喜欢上了那个重庆的小科长，反日志士夏子彰。”

“真是胡闹，”史秉南走回办公桌，坐了下来，“现在汪兆铭组阁到了关键时期，丁司城是周佛海拟定的新国府工商部长，对于这个大小姐，你想个办法，把她赶紧请走吧。”

“那个夏子彰怎么处理？”

“这种事情，你就看着办吧。”史秉南挥挥手，显然对这两个业余刺客没什么兴趣。

“好。”余笑蜀心头一松，夏子彰一行两人，都是二十多岁的热血青年，冲动中带点幼稚，可以说根本就没考虑过行刺的后果。这样简单直接、蛮干硬上的刺杀行动落在余笑蜀手中，也是他们命好。此外，还好犬养健没有出席当天的酒会，如果当着日方代表开枪，这件事情无论如何也不可能蒙混过关，不仅他们两个人性命难保，恐怕还要搭上一个未来的工商部长丁司城。

“对了，”余笑蜀想起一个人，有必要和史秉南通个气，“在场的，还有一个董之微，是董务德的儿子，听说正在疯狂地追求丁寄萍，当晚，他和仕明还发生了冲突。”

“不稀罕，董务德这个老狐狸手握军权，也是在投石问路，想要在新政府里面占据一席之地。”

史秉南思忖了片刻，道：“算了，不说他们了，偏偏这个时候横生枝节。老丁这一次没死，佛海又有意留用熊山川，那个贾寿林再不能留了。”

余笑蜀在内心里面叹了一口气，史秉南说得轻巧，一条人命就这样没了。

贾寿林就是这一次菜鸟枪击案的情报来源。他是中统上海站的联络员，其被捕是个意外。新年将至，许仕明为了彻底垄断南市的烟土生意，突击查扣竞争对手的烟馆，在被拘捕的烟鬼中，就有这个贾寿林。本来谁也不知道他是什么身份，按照惯例，这样无足轻重的小角色，稍加审查，放掉也就是了，谁想当日许仕明心血来潮，要亲自审讯。许仕明的风格，是不管被捕者如何配合，刑罚一定要上到自己尽兴为止的。结果许仕明的功力还没有尽情施展，这个贾寿林已经知无不言、言无不尽了。

贾寿林的自首投诚，带来了两个意外收获。第一，是让史秉南掌握了王如茵的身份和中统行刺丁仲芳的计划。第二，就是这一次中统外围夏子彰等人“请战建功”、刺杀犬养健的计划。

王如茵是海上交际名媛、《良友》封面女郎，混迹政商高层的交际花。在这两个月里，她有意无意接近丁仲芳，竟把素来小心谨慎的丁仲芳迷得神魂颠倒，没过多久，两人便开始出双入对。由于王如茵家世显赫，又与日方高层颇有来往，史秉南曾一度怀疑她是日方安插在丁仲芳身边的耳目，因此颇为忌惮。但贾寿林却供出，王如茵是被中统秘密吸收的特工，她接近丁仲芳，一是要解救被俘的忠义救国军淞沪特遣支队司令熊山川，二是要寻机制裁特务委员会副主任委员、特工总部主任丁仲芳。

也活该这个贾寿林倒霉，从许仕明把王如茵身份上报给史秉南的那一刻起，他就注定要从这个世界上消失了。因为史秉南并没有揭破王如茵的身份和意图，对丁仲芳加以警告，反倒把这个消息秘密地压了下来。余笑蜀当然清楚这意味着什么，目前在七十六号内部，丁、史两派水火不容，如果能借着这个机会，假手中统除掉风头正健的丁仲芳，自然是再好也没有了。

“好，我去办。”

“不，这个贾寿林交给仕明，你不要管了。现在老丁被刺，这是一个绝大的丑闻，因为贪恋美色，特工总部的主任在街上抱头鼠窜，无论是汪兆铭还是日本人，大概都要重新评价这个特工老手究竟有几斤几两。刚刚那些事，都是鸡毛蒜皮的小事，当务之急是要趁老丁焦头烂额的时候，把李沪生也压住。”

他抽出一根雪茄，切掉茄帽：“汪兆铭和竹内、犬养健的谈判，已经接近尾声，我估计至迟三个月，新政府就会成立，到时候为了宣示主权，一定会还都南京。”

史秉南拿过火柴，慢慢点燃手中的雪茄。

“老丁的资历比我老，我和他初次面见汪先生，他就硬要到一个警政部部长的位子，佛海也看出来，我很不满意。佛海安抚我，说我从前在国府寂寂无闻，为了顾及影响，不好一下子职位太高。他的方案，是要老丁做部长，我来做政务次长兼政治警察署长。”史秉南停下来，看了看余笑蜀，“这样的安排，我更不满意。”

“丁仲芳只要还在警政部，特工总部里就少不得要插上一脚。”

“不错，老丁早就忘了，他这个特工总部主任，还是我请他来做的！这个部长，我当不上，他也休想！”

不过象征性地吸了两口，史秉南就把雪茄放在桌上，等它慢慢熄灭。

“明白了，这一次老丁侥幸逃脱了美人计，以他的小心，怕不是就要长命百岁。只要我们这边有动作，丁仲芳那边绝不会坐以待毙。”

“不错，所以不出手则已，要出手，就要想办法把老丁按死才好！我听说李沪生在积极运作，想在你身上下功夫，找突破。”他看着余笑蜀，缓缓道，“笑蜀，你不会被他们抓到什么把柄吧？”

余笑蜀笑道：“我能有什么把柄？还要他们来抓？我和李沪生斗了怕也不下十年了，真有什么把柄，也早就被抓个稀巴烂了。”

“你呀，李沪生是个沉不住气的，但老丁并不好对付，再加上李秉书这个后台，还不知道会搞出什么动作。你的心一贯太软，还是要放开手脚。只要不涉及日本人，这个特工总部随便你去折腾，不管你用什么手段和方法，给我把李沪生处理掉。”

不等余笑蜀回答，史秉南站了起来，道：“好了，我还要去见竹内新调过来的那个松泽，今天就这样吧。你和欣怡不是要订婚吗？有时间，你也多去看看人家。”

“好好，你是场外监督。”余笑蜀站起身来。

史秉南的行事风格他太清楚了，忽然提到什么把柄不把柄的，一定是有什么自己还没有掌握的状况，自己和军统、中统早已断绝联系，一珊去世后，更是遵守组织的指示，一直保持静默，此刻，他就是一个货真价实的七十六号特工总部副主任，难道真的还会有什么破绽吗？

他知道，此刻要做的，就是耐心地等待。

果然，在出门前，史秉南忽然道：“笑蜀，据说李沪生刚刚破获了一起共匪大案，我这几天抽不出来身，你去关心一下。”

“好，没问题。”

余笑蜀口头上应答着，心里却沉了下来，该不会是老赵出了问题吧？

1-5

“白萍小姐，你不要哭了好不好。”

时钟已经快到十一点了，这一上午，余笑蜀已经躲出去好几回，白萍就是坐在余笑蜀办公室的沙发上不动弹，到了中午，看到余笑蜀不肯松口，居然委屈得哭了起来。

“他们尽职尽责都是为了我的安全，跟你们起了冲突，就成了罪证吗？都说你们这里是刀山火海，我偏要来讲个道理！你们枉法，我要去上海市政府投诉！”

余笑蜀端起茶杯，又放下：“白小姐，我们这里是特工总部，是政治警察，你去上海市政府投诉做什么，我们又不归上海市政府管。”

“你们到底归谁管！我要找媒体！我要投诉到底！”白萍枯坐了一上午，觉得夏子彰危在旦夕，再也控制不住自己。

到底归谁管？余笑蜀愣住了，七十六号成立以来，先拿的是日本军方的经费，后用警权生利，但你总不好明目张胆地说这里归日本人管。经过谈判，特工总部已经和汪兆铭政府合流，但是偏偏新政府尚未成立，因此，现在名义上只是汪记国民党中央所设特务委员会的一个党属机构，名不正则言不顺，无怪史秉南一定要一个警政部的头衔，将来如果再出类似的事情，总不能任人闹到汪精卫和周佛海那里去。

“白小姐，你的这个保镖夏先生，就算没打算刺杀谁，只凭他在酒会上公然开枪，我们的审查就毫无问题，不说他，再说说你，一个酒会，那许多人，你和梁利群先生又不认识，为什么忽然给他献歌？献了歌，大家自然都看向梁先生，夏子彰为什么在这个时候开了枪？这怎么解释？人是你带进来的，歌是你唱的，名是你点的，枪是你的人开的，是不是你也参与了刺杀计划？！”

白萍愣了一下，猫一样弓起身子，浑身的毛都奓开了，道：“余长官，我是一个影人，也是受邀参加酒会，献歌助兴，反而是我的错了？夏子彰的手枪走火，又没有伤到人，凭什么你们就给他扣上刺客的帽子！那个梁什么，就是什么大人物了吗？不说这个，那你们和董之微的人当场都拔了枪，互相指来指去，你们为什么不抓董之微！你们这明明就是双重标准，欺软怕硬！”

“你！”余笑蜀气得说不出话来，“白小姐，你讲点道理好不好，我告诉你！在这里胡搅蛮缠是没有用的！”

“说我胡搅蛮缠，我还说你们是粗暴执法呢！说夏子彰搞政治刺杀，你们有什么证据！”

白萍嗓音清脆，吵架时候声音穿透力尤其强，余笑蜀和她对着吵，没几句，脑子就被她喊得嗡嗡作响。

“你要证据是不是？”余笑蜀真想告诉这位大小姐，要想讨价还价，起码也要给对方一个台阶下啊！

一句话没说完，桌上的专线电话响了起来。

余笑蜀接起来，居然是上海市市长李秉书：“余主任，丁先生和史先生都不在，我只能接通你这里了。我的老朋友丁司城，对，就是昊兴颜料公司的丁先生，说他的女儿被你们捉去了，他人现在就在我这里。我受老朋友之托，想问问，丁小姐究竟犯了什么罪，需要七十六号这样郑重其事，大早上就把人带走。”

余笑蜀看了一眼气鼓鼓的白萍，厉害，真是厉害。李秉书不用说，当前上海的实力派，正在谋求汪兆铭政府江苏省主席的位子，也是汪派要倚重和拉拢的对象，他的密友丁司城，也就是丁寄萍的爸爸，则是周佛海拟邀请的工商部长人选，这两个人同一个专线电话打过来，就算是丁仲芳、史秉南在，也不可能不给他们面子。余笑蜀一早上被白萍的不知深浅闹得下不来台，早知道她这样难缠，还不如早上她一来，就给她颗甜枣，让她回家老实等着夏子彰算了。

余笑蜀捂住话筒，对白萍道："请问，令尊知道白小姐你因为夏子彰卷入了政治事件吗？"

白萍听到余笑蜀提到自己的父亲，精神一振，朗声道："不知道。"

余笑蜀点点头："现在令尊十分担心你，希望白小姐赶快回家，不要和暴徒混在一起。"

"你们才是暴徒，夏子彰不放，我就不走！"她本以为事情有转机，余笑蜀这样一说，马上急了。

"好，余主任，没有问题就好，现在丁先生就派司机过去接丁小姐回家，还请你加以协助。"

"好，那就这样。"

"你们到底想要怎样！"白萍一脸警惕。

余笑蜀放下电话，摸了摸脑门，又拨给了许仕明："许大队长，请你和安国来一下。"

白萍一下子拔直了身子："你要做什么！我警告你，你不放了夏子彰，我是不会离开的！"

余笑蜀懒得理她。

不一刻，许仕明带人走了进来："余先生，侬寻吾啊？"

余笑蜀指着许仕明和张安国，道："白小姐，你还认得这二位吗？"

白萍早从沙发上弹了起来，她被张安国抓过的手腕上还敷着膏药，她一路退到墙角，道："你们要做什么！"

余笑蜀板着脸，道："现在你有两个选择，一个，是让我们礼送你出门，上车回家，等我们秉公处理本案后，会通知你结果；另一个，是请这二位把你带到刑讯室去，和夏子彰一起等候侦讯，你选吧！”

“他不走我也不走！我不走！”

许仕明已经明白，对张安国使了个眼色，道:“侬送白小姐回去。”

张安国当晚被董之微打了一耳光，现在看到白萍就来气，上前不由分说一把捉住白萍的手腕，拧到了身后，在她耳边说：“白小姐，你可不要乱动啊，小心伤到筋骨。”一边说，一边手上用力，和卫兵一起，把连声喊叫的白萍脚不沾地地架出去了。

白萍出了门，许仕明对着余笑蜀笑，道:“余先生，侬就是心太软，心太软了，事体就办不动了。”

余笑蜀拿起帽子，摇头道：“有什么办法，白小姐说我欺软怕硬，白小姐的背景，实在是太硬了。”

“余主任，回家吃饭哦？车子都备好了。”

“不了，”余笑蜀苦笑，“我现在得赶着去把那个夏子彰放了，省得白萍小姐明天一大早又赶过来，吵得我脑仁疼！”

处理完白萍，余笑蜀出门拐去主任办，叫上主任办公室书记兼机要处处长严屹峰，他要去审讯室。

“资料我看一眼。”

“在这儿，”严屹峰递过来一沓卷宗，“这是近两日收监的嫌犯资料，夏子彰经初步审讯，已经认罪，表示受到了中统组织的蛊惑，愿意弃暗投明。”

余笑蜀边走边翻阅着手里的文件，在嫌犯情况调查表上，贴着一张大头照，是一个戴着圆框眼镜的青年，一副白面书生的模样。

“忏悔书都写了？”余笑蜀有些意外，这一年多以来，被捉入七十六号的中统、军统人员着实不少，行动、文职一应俱全，但不到一天时间，就转变立场，连忏悔书都用工楷洋洋洒洒写上好几页的，还真是不多。他看向严屹峰，两个人都笑了。

严屹峰战前是上海市社会局第二科科长，是个经济官僚，性格比较温厚，很受史秉南信任，大体上算是一个自己人。

“这么配合，我审什么？”

严屹峰摊了摊手。

“后面这几个人是什么来历，怎么没有照片？”在夏子彰两人的资料后面，是三份几乎空白的表格，简单写着两男一女的信息。

“是昨天深夜法国巡捕房移交过来的，还没来得及审讯，是李处长亲自签发的拘押令，今天就会移送南市看守所。”

“这么快？”余笑蜀皱起了眉头，“你见过了？”

“因为是会同法租界巡捕一起捉的人，昨天的移交是我和法国人交涉的，分别收押也是我的意见。听说三个人都是共产党，那个女的，大概是个情报员。”他附到余笑蜀耳边，小声道，“据说有大鱼！”

“李处长呢？”

“今天还没来，应该是去丁先生那里了。二处的人一大半也被散出去找王如茵了。”

两个人有一搭没一搭地聊着，已经来到了专门用于拘押人犯的东配楼。

七十六号的拘留所叫作“反省室”，位于特工总部主楼对面的东北角，一度供辅助情报部门使用。后来由于人犯越来越多，就另行兴建了一排平房，把无线电室、密码室、情报室和武器维修室陆续迁出。现在整个东配楼变为行动总队、警卫总队和直属警卫大队共用，这里紧靠日军联络处，平时人迹罕至，余笑蜀不做刑讯，也很少到这里来。

穿过了入口的铁闸，几乎所有的声响都被留在了身后，眼前一条长长的走廊，余笑蜀看了看手表，十一点一刻。

审讯室有两间，分别在配楼的西南和东北角，远远隔开，为了安全，楼内窗子大半被封上，只留下上部一掌宽的缝隙，日常有两个警卫班轮岗，看守着这两间审讯室和二十间反省室。

走廊里没有自然光，两侧反省室的小门里散发着冰冷的水泥气息。虽说这一排都是反省室，但是规格却有所不同。普通反省室条件恶劣，水泥地面凹凸不平，生锈的铁架床上只有薄薄的草席，反省者需要戴上手铐脚镣；而给高级政治犯预备的反省室里，则配有高级沙发和全套的生活用品，香烟、茶叶、报纸、热水一应俱全。

夏子彰和他的同伙关在七号和八号的普通反省室，而二号到四号的特等反省室里，则羁押李沪生二处查获的“共匪大案”人员。

推开审讯室的大门，阳光从窄窄的窗玻璃里透进来，被铁栅栏分割成一条一条，地上腾起的灰尘在这光束中上下飘浮着，屋子里有一股暗淡的腥气。

“去，把昨天枪击案的嫌犯带过来。”严屹峰对守卫发话。

“不忙，先见见她，余笑蜀的手指停在登记簿上，二号反省室收押人员，蔡玉珍。”

审讯室里空空荡荡，长长的木桌黑黝黝的，一侧是询问席和记录席，对面是带着手脚枷的审讯椅。在审讯椅的正后方，有一扇加固的隔音门，门后，就是运用“特种技术”进行讯问的“技术室”了。

七十六号内的囚犯，都不是普通刑事犯，军统、中统里面有的刑具和技术，这里也一应俱全，自特工总部迁到极司菲尔路至今，已经有不知道多少中统、军统的老同事在这里“隔离反省”过，能死扛到底的，一个都没有。

余笑蜀的食指轻轻敲击着桌面。他是军人，也从事特情工作多年，但是却极少进入刑讯室。在战场上，他见过太多血肉横飞的惨象，明白人的肉体到底有多脆弱，当然，精神也好不到哪里去，毕竟只要肉体毁灭了，精神也会化为乌有。他不是没有见过意志顽强的人，可人毕竟是血肉之躯，在五花八门花样翻新的刑具面前，所有人都会尊严尽失不堪入目。在这个层面上，他理解夏子彰和一切承受不了肉体折磨的叛变者，如果是他，大概他宁愿接受一枪毙命的结局。

史秉南曾经说过，为了共产党，他曾七进七出中统的看守所，余笑蜀无法想象史秉南在此过程中都经历了些什么。他只知道，曾在中共特科工作、坚忍如史秉南，最终也还是加入了中统。那么，他的精神和肉体，究竟是哪个先败下阵来，以至于终于改变了他的人生呢?

“进去过吗？”余笑蜀看着那间神秘的“技术室”。

严屹峰苦笑，道：“去了一次，一辈子都不想再进去。”

的确，这样的地方，不是什么人都能适应的，哪怕身份是审讯者。整个七十六号，喜欢这里、在这种血腥而诡异的氛围中如鱼得水的，只有许仕明。

“这天，还真是有些冷啊！”严屹峰缩了缩脖子，只不过在这昏暗的房间里待了一小会，他已经都浑身不自在起来。

上海的冬天很难挨，屋内，昏暗的灯泡嗞嗞作响，而一墙之隔，细碎的雪花正纷纷扬扬。余笑蜀等待着，面对那空空的审讯椅，他好像坐在这世界阴和阳、罪恶与阳光的分界线上。

吱呀一声，房门终于被拉开了。

1-6

蔡玉珍穿着藏青色大襟布衫和黑色裤子，缓步走到桌前，慢慢坐了下来。警卫扣好手脚枷，金属扣发出咔嗒的轻响。

这是余笑蜀第一次在七十六号面对自己的同志。

居然这么年轻，清亮的眼睛，顺直的长发和带一点英气的眉梢，战前的上海，抗日救亡的学运风潮一波接着一波，曾有很多这样朝气蓬勃的年轻人。现在这样的脸庞，他已经太久没见过了。

“你，说说吧。”严屹峰开口。

“说什么？至少我该知道自己的罪状吧。”

蔡玉珍开口，不卑不亢。

严屹峰笑了，看向余笑蜀。

“蔡小姐，通共，就是杀头的罪状。”余笑蜀低头去看蔡玉珍的案卷，“案由”一栏，用端正的小楷写着“共党匪谍”四个字。从她的质问判断，大概李沪生还没有直接证据。

蔡玉珍笑了：“我不过是一个小学教员，也不知道共产党是做什么的。只是报上说，国府和共产党已经联合，一起抗日。真是这样的话，我倒想做一个共产党。”

钢笔在纸上滑动，窸窸窣窣，旁边的书记员在奋笔疾书。

“你要想好，战争是军人们的事情，你贸然介入政治，不是太过凶险了吗？不管你是不是共产党，这样公然反日，对你是非常不利的。你这样年轻，就不为自己的未来着想吗？”

“在上海，像我一样想法的中国人，千千万万，你们大可制定一条言论罪，把大家都抓起来。”她说话的神态，有一丝卢一珊的倔强。

余笑蜀心下感动，但又无可奈何，他真想告诉眼前的蔡玉珍，不要这样，虽然她的声音里透着一丝不安，但是这对抗的神情、讥讽的态度，让她完全不像一个二十出头的普通女孩。不要说是严屹峰、李沪生这样的侦讯老手，就连一般稍有经验的预审员，都可以在第一时间断定，她一定有特殊的组织背景。

“所以，你承认是共产党了？”

“我说的每句话都很清楚，你们有记录员，希望你们保存好审讯记录，不要篡改。”蔡玉珍闭上了嘴巴，不再说话。

“小姑娘，真厉害。”

严屹峰看余笑蜀没有说话，站了起来。

他走到蔡玉珍的身边，劝道：“蔡小姐，你我都是普通市民，何必非要卷入政治活动呢？共产党一直在上海中转资金、走私物资，目的，就是扩大战争！战争是什么好东西？痛苦之源啊！有爱国心，对不对？对嘛，任何时候爱国都是对的，但是如果爱国之心用错了方向、搞错了对象，就不好了。比如，现在满上海的暗杀恐怖活动；比如，给新四军走私物资提供帮助。我看这样，如果你不是共产党，也没有必要赌气，只要把你和两位同伴所做的事情细致地讲一讲，我们是不会冤枉好人的。可是，如果你拒绝配合，你侧过头来看，对，后面的这个房间，叫作特种技术实验室。”他略停了停，观察着蔡玉珍的反应，“里面没有窗子、阴冷潮湿，只有四面长了青苔的墙和一颗高亮的钨丝灯泡。那个房间，我都从来不进去的，当然更不适合你这样的姑娘了。”

想不到这个严屹峰是个审讯老手，蔡玉珍毕竟年轻，她顶得住吗？

蔡玉珍还在沉默，吱呀一声，审讯室的铁门忽然被推开了。

“余副主任，难得，亲自指导工作，怎么把我的嫌犯调出来了？”李沪生大步走了进来，带来一股寒气。

该来的总会来，余笑蜀稍稍侧了侧身子。

“哎呀，沪生来了。”严屹峰走了回来，替李沪生拉开了椅子。李沪生也不客气，一屁股就坐了下去，从书记员那里拉过记录，翻看了起来。

“共产党，真是名不虚传，”李沪生一边看一边点头，道，“蔡玉珍，我告诉你，这里不是闹着玩的地方，政治警察你听过吗？嗯，对，专门针对意图颠覆政权的恐怖分子。所以你不要妄想仅凭几句话就可以蒙混过关。而且，也请你放心，虽然我们是讲证据的，但是没有证据，一样可以办你！”

他把记录往桌上一丢，啪的一声。

蔡玉珍并不发怵，而是抬起头，对着李沪生道："恐吓吗？日本人统治的上海，早就没有天理王法了，谢谢你帮我证实了这一点。"

李沪生眯起了眼睛，细细打量面前这个女人，渐渐露出了诡异的笑容，道："笑蜀兄，你熟悉共产党，你看看，是不是都这么英勇无畏，巧舌如簧？"

余笑蜀面无表情，淡淡道："李处长，你这话从何说起，我负责应对军统，党务调查实在是一窍不通。"

李沪生见余笑蜀没有反应，摇头道："太可惜了，当年卢小姐的奕奕风采，我至今记忆犹新，想不到这样快，你就将故人抛到脑后了。"

"哦？卢小姐是共产党？我怎么不知道？"余笑蜀的手指在桌上画着圈子。

她的死是个永远的谜，谷恒公馆的报告中对她的身份并无异议。连在现场的石川健一都不知道发生了什么，他当然更不清楚。当吴俊阳被捕入狱，自己行将暴露的时刻，在那样形单影只、孤立无援的情况下，她究竟是怎样除掉了潜匿已久的叛徒高竹村和权倾一时的内野丰？难道一切都只是偶然吗？

斯人已去，连一句分别的留言都没有，她就在这世界上永远消失了，除了万国公墓一座孤单的坟冢，好像从未在这世间存在过一样。这样的发问自然不会有人回答，如果说每个人心底都有一道裂痕，那卢一珊就是他不可触碰的伤口。

可是此刻，李沪生故意往这伤口上撒盐，他内心融沸的岩浆却并没有奔涌而出。因为他清楚，李沪生毫无顾忌地将“共党分子”关在七十六号，就是要给自己下套，加上史秉南的暗示，他确信李沪生是抓住了一点东西。可这一点东西，究竟是什么呢？

在李沪生提及“卢小姐”三个字的时候，蔡玉珍迅速地瞥了自己一眼。对视的那一刻，余笑蜀的心激烈地跳动了起来，那是死亡的恐怖再一次爬上了他的脊背。这也不可能是一个偶然，她为什么这样看自己，她知道自己的真实身份吗？

泄密了吗？

从南京投军的那一刻起，他一直是严先生的一颗孤子，哪怕在自己的同志中，也是一个隐形人。哪怕是深深羁绊、别后重逢的卢一珊，哪怕他们是为了革命事业而奋斗牺牲的亲密战友，只要斗争还在继续，他们就像两条无限延伸的平行线，永远没有相交的可能。

所以，对面的蔡玉珍，又是怎么知道自己的身份呢？

他端起茶杯，吹去那层薄薄的水汽，慢慢呷了一口。

“蔡玉珍，你不要再负隅顽抗了！”

李沪生忽然厉声喝道，显然，虽然他在反复刺激观察着余笑蜀，但他并没有抓住两人对视那电光石火的一刹那。

“我不知道你在说什么。”蔡玉珍不为所动。

李沪生转过身，从公文包里抽出一沓文件，用手指点了点：“这些是什么，你不知道吗？”

蔡玉珍看都不看，摇了摇头。

“黑市商品的走私账！给皖南新四军的物资转运记录！”李沪生冷笑。

“共匪南方局的香港工作站带来资金，交给你们的江苏省委，在上海中转后再把采购到的西药和黑市商品运出去！送给新四军！在日本人的眼皮底下，做出这样严丝合缝的一条龙服务！了不起啊！”

“我不知道你在说什么。”蔡玉珍重复。

“不要以为东西不是从你身上搜出来的，文件上签的是假名字，我就奈何不了你，现在就清楚地告诉你，你危害了国家的安全！我现在就可以枪毙了你！而且，没有一个人会替你喊冤！”

“国家安全？”蔡玉珍笑了，“怎么，难道现在上海除了日本人的军管，还有一个中国人的政府吗？”

这句话刺激了李沪生，他的父亲李秉书，正职任上海市市长，一年来，叛国投敌的李家已经被舆论骂得狗血喷头。他倏地站了起来，快步走到蔡玉珍的身后，费了好大的力气，才在脸上挤出了一丝笑意。

“蔡小姐，我相信你的决心和勇气，但我必须遗憾地告诉你，你的两位伙伴，已经和我们合作了，你要是不相信，我可以给你一个信息，”他停下来，看了看余笑蜀，慢慢道，“他们说，就在这个特工总部里，还潜伏着一个你们的秘密特工，代号‘矿工’！”

李沪生目不转睛地盯着余笑蜀，余笑蜀则若无其事地伸出手来，揉了揉脖子。

“当然，最近这个秘密特工的上线‘银匠’暴露了，不过，接替‘银匠’的新上线‘渔夫’，现在就在上海！”

余笑蜀发现自己的手臂忽然僵起来。

李沪生贴到蔡玉珍的耳边，道：“‘矿工’，现在就在这个房间里，你帮我们指认他，明天，你就可以回家。”

“不知道你在说什么。”

“好，既然你不愿意开口，那么我来代替你讲。这个人，早在十年前，就打入军统内部，在军统上海机关担任要职，他在淞沪战斗中侥幸生还，还是个抗日英雄，后来被日本人俘虏，又成了这里的重要人物，年轻有为、位高权重。”

他站在蔡玉珍身后，慢慢说着，每说一句，都在观察着余笑蜀的反应，目不转睛。

“现在，你能告诉我他的名字吗？”

“是吗？可惜我不是共产党，你提醒错人了。”蔡玉珍露出了微笑，她睁大眼睛看着余笑蜀，“轻易相信别人是不对的，不过我的同伴倒确实说过，他和这里的一位长官熟得很。”

“谁？”

“好，那你听好。”

“沪生？”严屹峰觉得场面快要失控了，手已经摸到了腰间的配枪上。

蔡玉珍忽地转向李沪生，道："就是你！"

“鬼扯！”严屹峰倏地站起，抽出了手枪，余笑蜀则一把推起了他的手腕，砰的一声，木屑飞溅，严屹峰一枪打在了天花板上。

哗啦啦声响，屋子里面有枪的人，几乎都掏出了枪。

枪声一响，李沪生匆忙扑倒，弄得灰头土脸，他气急败坏地站起来，大喝："姓严的，你疯了吗？！"

严屹峰不理他，道："余主任，这个女人信口开河、挑拨离间，还不如打死了干净！"

“老严！再不把枪收起来，下一个关进去的就是你！”

余笑蜀的心里也在怦怦跳，就算是怕蔡玉珍指证自己，来表忠心，严屹峰这个反应，是不是有点过分了？他站起身来，道："蔡小姐，玩笑，不能乱开，只凭你一张嘴，这里没有人会变成共产党。"他这话看起来是说给蔡玉珍的，但却对着李沪生在讲，“如果你再说不负责任的话，小心见不到明天的太阳！”

他整理一下自己的领口，拿起帽子，对李沪生道：“李处长，你刚才讲了一个笑话，一点也不好笑。人犯是你的，请你继续，我还有事。”

“老严，我们走吧，”余笑蜀低头看了看手表，“十一点三刻，该吃饭了。”

他避开了蔡玉珍的目光，转身离开。

“他妈的，这个李沪生，简直欺人太甚，我真怕那个女共匪顺着他的话走。”走廊里，严屹峰仍在骂骂咧咧。

余笑蜀仔细观察着严屹峰：“算了，他没有证据，如果我真是共产党，他也不会让我安安稳稳地坐在他身边。”

他一只脚已经迈过了铁闸，严屹峰忽然道：“余主任，那个夏子彰和同案犯怎么处理好？”

余笑蜀挥挥手，道：“你走个手续，放了吧。”

02 乱云飞雨

2-1

威海卫路太阳公寓，汪记国民政府临时筹备处，丁仲芳的办公室里发出一声巨响。

“王八蛋！”李沪生狠狠把厚厚一沓报纸摔在桌面上。

“怎么了？”正在沙发上喝茶的丁仲芳早有预料，不紧不慢地抬起头来。

“余笑蜀够狠，今天租界的各大报纸都在一窝蜂地报道蔡玉珍失踪，那个潘楚南，电话一路追到这里，要周先生出面解释，和平运动到底是不是绑票运动！”

“姓潘的是律师公会的秘书长，发发牢骚而已，一个蔡玉珍，也不是什么大人物，你就让他去说，和他计较什么？”

“老丁，这是严重挑衅！必须计较！你怎么好像没事人一样？史秉南和余笑蜀，正拿你遇刺的案件在大做文章，满城风雨地捉拿王如茵！现在连街上的报童都说你中了美人计，被人在大街上追着打。这件事上如果还退让，我们在特工总部都要站不稳了！”

丁仲芳听到李沪生哪壶不开提哪壶，一下子黑了脸，道："我明白你的心情，不过，就算这个蔡玉珍是共产党，你也不能说余笑蜀就是共产党呀？弄到人犯面前拔枪内讧，公然开火，这也太越线了！"

"我就是看不惯那个王八蛋，无论如何，蔡玉珍不能留。"

"不能留？无故绑架青年教师，现在整个舆论沸反盈天，你怎么跟律师公会和新闻媒体交代？"

李沪生从鼻子里面哼了一声："有什么可交代的，说她在七十六号，谁能拿出证据来？那个潘楚南，有胆子就自己来要人，我还真要会会他！"

丁仲芳皱起了眉头："你怎么不明白，小不忍则乱大谋，我这一口气，不是也在忍？马上新府就要成立，我现在已经内定做警政部部长，史秉南不过做一个政务次长。"

"前几天他不是提名余笑蜀，要他做警政部的常务次长？他爬上去也就算了，还想要余笑蜀也爬到我上面去，这是不是蹬鼻子上脸。"

丁仲芳放下茶杯，道："原来你在生这个气。沪生，我只能说，史秉南，可笑。提拔余笑蜀，莫说我这里过不去，那周佛海会愿意吗？两个次长把我架空，难道要任他对警政一手遮天？你不要急，等大势底定，我坐上部长位子，这个常务次长，迟早是你的。"

李沪生气哄哄来回走了几步，道："什么部长不部长的，我一点不稀罕，只是这个蔡玉珍绝对不能留。"

"为什么？你有证据了？那也要法办啊！现在报纸都在追着这件事！"

"你知道我是怎么捉住这几个共产党的吗？是你被打了黑枪，我去扫重庆的情报站，结果没有抓到军统的一根毛，反而捉住了一个皖南新四军的穆天生，顺着穆天生，才抓住了蔡玉珍这两个人。"

"你在军统的情报站抓住了共产党的人？国共合作？"丁仲芳直

起了陷在沙发里的身子。

“可以这么说，穆天生没能接上军统的关系，但我们守株待兔，抓住了共党来与他接头的人，香港商人万伯诚，也就是那个蔡玉珍的丈夫。蔡玉珍想要逃跑，还是穆天生带着我们截住了她。”

“我都听糊涂了。所以，穆天生去找军统接头，是要跑通新四军的军需？没道理呀，蒋中正对共产党如此推心置腹？”丁仲芳狐疑了片刻，道，“你是怎么确认蔡玉珍也是共产党的？会不会这个女人，就是简单地关心自己的丈夫呢？”

“这个很容易，万伯诚和蔡玉珍其实并不熟悉，连彼此的真名都不知道，他们是一对假夫妻。而这个穆天生来不及处理文件，可以说是被我们人赃俱获，很快就提供了‘渔夫’的信息。”

“投诚的中统、军统人员一大把，但是叛变的共产党，还真不多见。”

“我倒不奇怪，”李沪生冷笑，“识时务者为俊杰，穆天生不仅招供了关于‘银匠’和‘渔夫’的消息，还写了悔过书。只是可惜‘矿工’的密级太高，他接触不到，只有一个大概的轮廓，他只知道这个人就潜伏在特工总部，职级不低。他这样一说，我马上想到了余笑蜀，我们这些人里面，只有他，风风火火心狠手辣，但对共产党却没有放过一枪，不是他是谁？”

“你这也是成见，余笑蜀本来分管的是对军统的工作，共产党这一块，主要还是你二处的职责，他就算想要针对共产党，也没必要越俎代庖嘛。”

“你听我说，之前那个卢一珊，在上东信托公司私设地下金库大肆走私，就是通过余笑蜀的东南贸易公司，吴俊阳和卢一珊这两个人，分明就是铁杆共匪，余笑蜀绝对脱不了干系！如果他真的不是共产党，为什么绕开我去审问蔡玉珍？”

“好了好了，没有证据的事情就不要再说了，照你这样说，现在东南贸易公司的利润大部分进了史秉南的口袋，史秉南也没有公开杀过共产党，那他也是共产党了？”

“也不是没有可能！”李沪生走累了，一屁股坐进了沙发。

“你这些话，也就在我这里说说，史秉南、余笑蜀，加上那个许仕明，在日本人那里很吃得开，那个新来的特高课长松泽俊久，三句话不离史秉南，你公开和他们翻脸，吃亏的是自己！”一到冬季，丁仲芳的肺病就易复发，说了一会，又猛烈咳了起来。

看他咳得厉害，李沪生屁股还没坐热，就转去了旁边的沙发。

“说了半天，你还没说为什么一定要处理蔡玉珍？”

“穆天生究竟和重庆有没有联系，现在还不知道，但是我们已经捉住他的尾巴了，这年头，有一个共产党的线人太不容易。那蔡玉珍不像穆天生，我命人在刑讯室搞了一个晚上，还是没开口，是个死硬分子。穆天生再三恳求，不要泄露他被捕的消息，现在放了他，他还可以归队，但如果放了蔡玉珍，他就成了一步死棋。”

“这样，好像也有几分道理，”丁仲芳叹了一口气，“我本来还想着冤冤相报何时了，事情还是不要做绝，既然你坚持，那这个蔡玉珍，就秘密处理掉吧。”

“冤冤相报？”李沪生诧异地看了丁仲芳一眼，“老丁，你不是还想着王小姐吧？想着万一有一天她落在七十六号，怕姓余的拿她来换蔡玉珍这条命？”

丁仲芳又是一连串地咳嗽：“暗杀我到底和她有没有关系，现在还没有结论，什么换命不换命的。”

憋得满脸通红，好不容易止住了咳嗽，他掏出手帕，擦了擦嘴角，长长叹了一口气。

又下雪了。

情报处送来的当日简报已经翻阅过一遍，余笑蜀把当天的报纸放在桌上，起身来到了窗前。

窗外的雪纷纷扬扬，无声地落在昔日陈公馆精致的苏式园林中，不一会儿，整个世界就变得湿漉漉的。

昨天从审讯室出来，余笑蜀马上让严屹峰给上海律师公会打了电话。

“你告诉潘楚南，私立觉民小学教员蔡玉珍被绑架了。然后派人跟住他，看他什么反应。”

赵复生不好直接联络，但潘楚南是法律界公开的进步人士，借助他的声量向组织传达蔡玉珍已经被秘密逮捕的消息，再好没有。

果然，潘楚南是个烈火性子，听说蔡玉珍失踪后，竟然冒着大雪匆匆驱车前往位于法租界的觉民小学，去核实是不是真的有这个人。

余笑蜀久久望着窗外湿漉漉的庭院，昨天自己离开后不久，蔡玉珍就被李沪生拉进了“特种技术室”。一夜过去，李沪生依然一无所获，不知道她是怎么熬过来的。这一夜余笑蜀几乎没有合眼，仿佛被拉进刑讯室的是另一个卢一珊，他已下定决心，一定要把自己的同志从李沪生的手里捞出来。

情报处的人跟着潘楚南到了觉民小学，把蔡玉珍被七十六号秘密逮捕的消息透露给了潘楚南，并且提供了详细的时间、地点。眼下上海市民正为层出不穷的绑票暗杀人心惶惶，革命先驱汪兆铭投日组阁又正当风口浪尖，不出意外，借助潘楚南，特务机构的非法绑架很快就会成为上海媒体的焦点。李沪生倚仗的，是没有任何手续和法理的秘密逮捕，一旦曝光，闹得越大，蔡玉珍反而越安全。

潘楚南的行动果然出奇地迅速，拿着余笑蜀送过去的资料亲自驱车奔走，不过半天工夫，几乎整个公共租界的报纸都收到了觉民小学教员蔡玉珍被七十六号非法绑架的消息。

余笑蜀很清楚，一旦消息传出，尚处在半公开状态的七十六号必然承受巨大的压力，对此，实际负责特工总部的自己将很被动，但李沪生这不管不顾的做派已经近乎失控，如果不再给他一些压力，难保他不会顺藤摸瓜，把上海的地下党组织都掀起来。

与预测分毫不差，舆论讨伐的声浪之高他早有预料。余笑蜀把厚厚一沓报纸推到一旁，疲惫地闭上了眼睛。

“主任，车已经备好了。”侍卫副官陶俊杰推门进来。

“我们走。”余笑蜀披上大衣，大步出门，此刻他要做的，是尽快见到赵复生，他迫切地想了解到几个人的真实身份和组织的应对措施。

防弹汽车已经发动，一辆囚车从配楼开了过来，摇摇晃晃地停在出门的岗哨前。

“什么人？”

“二处犯人，转往南市看守所。”

余笑蜀稍稍停顿了片刻，低头钻进了汽车。

因为“反省室”有限，按照惯例，嫌犯在预审后都会转到南市看守所进一步审查，这车里面，大概就是蔡玉珍一行三人了。

汽车驶过囚车的时候，余笑蜀罕见地摇下了车窗。

疲惫的蔡玉珍发现了他，她嘴角上扬，露出了浅浅的微笑。

2-2

“余先生，是去梁公馆吗？”

余笑蜀一愣，这才发现后座上还放着一个大口袋，这里面是梁欣怡为新年定做的毛呢外套，还是他们两个一起去量了尺寸，然而说好要陪她去取，已经一个礼拜了，余笑蜀完全忘记了这件事。就连梁利群取来放在自己的车上，也已经是第三天了。

的确，再不拿过去，就是新年了，余笑蜀知道，梁欣怡并不在乎一件外套，而是希望能和他一起过个喜庆愉快的新年，然而本该圣诞夜的团圆，又被安乐俱乐部的枪击案搅黄了。想来这几天梁欣怡又打了不少电话，也不怪连陶俊杰都会觉得，自己该去梁公馆了。一股愧疚之情从他的心底慢慢生起。

“去外滩。”余笑蜀在心底轻叹了一口气，见过赵复生，就马上去见她。

一路颠簸，轿车从爱义路拐入虞洽卿路，接着在新世界饭店路口左转向东。进入南京路后，就像进入了另一个时空，街面上一派锦绣繁华的景象，比战前有过之而无不及，虽然此刻的上海依旧充斥着暗杀和暴力，但孤岛上的幸存者们却已沉入了纸醉金迷的春秋大梦。

民国二十九年就要来到了，在纷飞的雪花中路人脚步匆匆，无论广袤的国土怎样战火纷飞，一隅的安定依然可以带来短暂的幸福。但这世界越是热闹，余笑蜀的心里就越生起一股莫可名状的孤独。

“左转，去众业公所。”余笑蜀今天是来见赵复生，也是来中央路十五号的西商众业公所投机股票。

司机的技术相当娴熟，但刚到九江路拐角，狭窄的中央路已经被堵得水泄不通。余笑蜀低头看看手表，上午九点一刻。车窗外一派喧哗，还有一刻钟，一刻钟后众业公所才会开始营业。望着人声鼎沸、乱作一团的众业公所大门口，他着实佩服起赵复生来。

随着溃兵撤退到南京后，余笑蜀才知道，原来党务调查科那个平平无奇的赵复生就是南京地下党的负责人。老赵是留英学生，拿了经济学硕士学位，他在军统机关里做的是物资调配工作，现在改头换面来到上海，又顺利进入了老本行，先到安利洋行做公债和期货，不久就转入上东信托公司，做起了股票经纪。

赵复生的心思缜密，此时此刻，余笑蜀来投机股票，动机无懈可击。自去年欧洲战事开启，国际形势动荡，法币不断贬值、汇市无法自由交易，于是专门交易外商股票的众业公所立时火爆起来。不要说那些避集孤岛的士绅富户、企业厂主，就连上海市府要员，乃至手里稍有薄财的上海市民，也都一股脑冲进了股市。在这样万头攒动的地方谈秘密、换情报，反而要比那些生冷僻静的地方安全得多。

“去乐乡饭店吧。”余笑蜀没有下车。如果不是赵复生坚持，他这辈子都不想再踏进乐乡饭店一步。

司机点点头，从拥挤不堪的中央路退了出来，掉头开上了九江路。

“俊杰，你去一趟上东信托公司，到二楼股票经纪室去找一下经纪顾问赵先生，请他来乐乡饭店喝杯咖啡。”

“好，这就去。”

上东大厦和众业公所对角相望，中间只隔一条二马路，而两个地方离乐乡饭店的距离也大约一致，只隔了两个街口。

陶俊杰匆匆离开，余笑蜀拢着大衣，推门走进了乐乡饭店。

听梁利群说，乐乡饭店现在改为全日营业了，果然，才九点多钟，屋子里面已经坐了好几桌。余笑蜀找了一个便于观察的角落，跟侍者要了一杯咖啡，慢慢喝起来。

临近开市，交头接耳的客人们愈发多起来，侍者们忙碌地穿梭来回，好端端的高档法式餐厅，一时变得吵嚷不堪。

乐乡饭店是租界的老牌西餐厅，向来只做正餐，上午是不营业的，无奈近来众业公所的股票交易太过火爆，连带着股票信息的交换也获利颇丰，因此这里就成了大户们交换多空信息的大本营。众业公所的经纪人席位大多为西人公司所有，能到这里交换内幕的，都不是无名之辈，乐乡饭店日日被权贵破例“借用”，一来二去，干脆因势利导，连营业时间都改了。

等了没多久，玻璃门上的铃铛接连响起，赵复生和陶俊杰来了，然而进门来的不止他们两个，居然还有那个纨绔子弟董之微。

“欸？这不是余主任吗？”董之微眉双眉一展，一副他乡遇故知的神情。

他头发梳得光可鉴人，身上披着一件毛皮大氅，里面是一套崭新的棕红色西服，脚蹬一双白色的三接头鳄鱼皮鞋，走起路来咔咔作响。

“董公子？”

“余主任也玩股票？”董之微示意保镖留在门口，自己拉开椅子，一屁股坐到了余笑蜀对面。

“这，我回避一下？”赵复生进门虽早，但走得稍微稳了点儿，竟然被董之微三步两步越了过去。

“不碍事，赵先生，我给你介绍一个大客户。”余笑蜀招手。

“给你介绍一下，前平津警备司令、南京维新政府绥靖部部长董务德将军的公子，董之微，董先生。”

“这一位赵复生先生，现在就职上东信托公司，是沪上数一数二的股票经纪人。”

赵复生笑眯眯道：“欸，说笑了，聊备咨询而已，上东也不过是十三家华商经纪之一，具体操盘还轮不到我。”

“久仰久仰，”董之微停止了抖腿，从大衣兜里掏出一盒雪茄往桌上一摆，“二位，来一根？”

“老赵，来，董公子是个爽利人。”余笑蜀给赵复生推过去一根。

“哎呀，这怎么好意思！”话虽然这么说，赵复生还是伸出手去把那雪茄抄在手里，拿到眼前看了看，道，“Partagas！董公子真是妙人啊！”

“赵先生识货，”得到了赵复生的恭维，董之微颇为得意，掏出一个纯银錾花的雪茄剪来，“尝尝。”

赵复生嘿嘿笑着，拿过雪茄剪，啪地剪掉了茄帽，动作熟练得很，又把手里的那个小玩意儿一掂，道：“德国货真是漂亮。”

余笑蜀对赵复生的举动大感惊诧，即使已经跟着史秉南抽过好几次，他对这玩意儿仍旧一窍不通，以前的赵复生俭朴得有些土气，现在看来，倒似对此道浸淫已久，在这战火纷飞的乱世里，他到底什么时候学会这些奇技淫巧的？

三个人都点上了雪茄，赵复生笑道：“余先生，干一行、爱一行啊，如今这股票市场前所未有的火爆，金山银山见过了，抽抽雪茄，你就不用这样看我了吧。”

董之微哈哈大笑，亲昵地拍了拍赵复生的肩膀，转头道：“余老兄，安乐俱乐部误会一场，有机会咱们多聚一聚，上次那件事情传回南京，我们家老头专门打电报来骂我，说大家都拥护汪先生的和平运动，总归是低头不见抬头见的，改日他到上海，一定做东！”

“哪里、哪里，一场误会，不打不相识嘛。”余笑蜀敷衍。

董之微掏出金光闪闪的怀表，左右看了看，道：“实不相瞒，我这手里的扬子银公司赶着出，就先不叨扰了啊。”

赵复生跟着董之微站起来，道：“董公子留步。”接着趴到董之微耳朵上嘀咕了几句。

董之微皱起了眉毛，道：“是吗？”

赵复生点头，道："不妨一试。"

董之微怀疑地瞥了赵复生一眼。

赵复生又坐下抽起雪茄来。

"对了，我们家老爷子特别问丁主任好。"

"一定带到。"余笑蜀冲董之微挥手，看他拉开饭店大门，被保镖们簇拥着，一窝蜂地挤了出去。

2-3

众业公所开市，屋子里面的人哗啦啦走了一大半，总算能听到餐厅里的唱片机在转些什么了。

"怎么样，还可以吧。"赵复生提起手中雪茄来。

"服了，"余笑蜀看了看远去的董之微，"我有情况要汇报。"

他看着通往二楼的楼梯出了一会儿神，道："蔡玉珍是不是我们的同志？"

"蔡玉珍？"赵复生观察了一下周围，确定没有人能听到两个人的聊天内容，"今天报上的消息是不是你放出去的？"

"是，"余笑蜀举起手中杯子，慢慢小口啜着咖啡，"我已经见过她了，事态紧急，我有些事要向你求证。"

"笑蜀，这动静搞得太大了，你现在的身份敏感，你怎么能自作主张，万一被敌人抓住什么把柄怎么办！"

"不是说了，事态紧急，你知道他们被七十六号抓走，为什么不让我帮着捞人？"

"捞人？你也明白组织纪律，是，蔡玉珍的确是我们的同志，但归属江苏省委领导，我们既不是一个系统，也不在一条线上。没有上级的指示，我们横向之间不能发生联系！尤其是你，十年的闲棋冷子，三年的如履薄冰，日军对华动态、汪伪的组阁情报、根据地的物资和经费渠道，都需要你现在的位置。今天我来，还有一个重要的事情，只能你去办，所以，你是真的不明白现在你有多么重要吗？”

余笑蜀默默点点头：“什么事？”

“去找梁利群，把地下金库重新转起来，新四军在与日伪作战，我们的军需不能断！”

“好，好，我会抓紧。”

“最近香港的游资大量涌入，现在入市，真是难得的好时机！”赵复生忽地转换了话题。

“妈的，哪个王八蛋在做空会德丰，居然一个不小心就被拖下了水！”两个一脸沮丧的男人骂骂咧咧地从二人身旁走过。

“看什么看？哪里来的混账东西！”见赵复生在看自己，两个人停下了脚步。

余笑蜀皱了皱眉头。

“滚开！”陶俊杰走了过去。

“你他妈的是谁呀，乐乡饭店撒野？”那个一脸丧气的男人伸手去推陶俊杰。

“你滚不滚？”陶俊杰后退一步，掏枪在手。

那两个男人互相望了一眼，默不作声地拿起帽子，转身出门。

“你这个副官，是不是太张扬了。”赵复生往那边看了一眼。

余笑蜀苦笑：“怎么办，我现在是七十六号的人，这种做派，正符合我的身份。”说着，他就势往皮沙发上一靠。

“关于被捕的两位同志，省委已经发动关系去营救他们了。我和省委商量一下，确实需要，你再行动。”

“两位同志？一共有三个人被捕。”

“三个人？还有一个是谁？”

“不清楚，李沪生亲自提审，档案是空白的，我还没来得及接触，人已经转到南市看守所了。”

赵复生还在沉思，余笑蜀又道：“老赵，我们的身份可能暴露了。”

“你说什么？！”赵复生一惊，放下了雪茄。

“我在会见蔡玉珍同志的时候，李沪生中途赶到，阻止了我们的进一步交流，并且当着我们的面，说出了我潜伏的全部细节，包括你的代号‘渔夫’。”

赵复生僵住了：“怎么会，这怎么可能？”

“而且，”余笑蜀有些犹豫，道，“蔡玉珍，好像知道我的身份。”

“她指认你了？”

“没有，李沪生拿‘银匠’计划诈她，她反指李沪生是共产党，审讯就中断了。也许，这只是我的错觉。”余笑蜀的雪茄已经熄灭，他毫无感觉地放在嘴上，深深地吸了一口，“现在大概可以确定，有人了解到了‘银匠’计划，又似乎不是很清楚其中的细节。”

“这是一个重要情况，”赵复生眉头紧锁，“不管是哪个环节出了问题，我会马上打报告，笑蜀，你准备一下，随时撤离。”

“不，我不能走，”余笑蜀缓缓道，“李沪生在七十六号敲打我，说明他还没有确凿的证据，现在退了，就再也没有翻盘的机会。地下金库和物资线关系到省委的运作，关系到皖南前线部队的生死存亡，目前没有比我更合适的人选。请你批准我配合省委救出蔡玉珍和其他两位同志，这是把事情搞清楚的最简单方法。而且，”余笑蜀的声音愈加缓慢，道，“从个人来讲，我也不希望再有同志在我眼前牺牲了！”

赵复生明白他在想些什么，沉默了片刻，道：“好，既然这样，我批准营救计划。这个责任，我们一起扛。”

“余先生，侬在个的啊，我有急事体同侬讲。”

门口铃铛叮当作响，是许仕明走了进来。

余笑蜀站起身来，换了一副面孔：“赵先生，那就拜托了，我先走了？”

赵复生道：“合作愉快，那就按您的意思，五十五元吃进会德丰好了。”

二人道别，余笑蜀推门而出，发现刚才在屋子里面挑衅赵复生的两个投机客，已经倒在路边，被特务们打得他妈都不认得了。

他向四周看了看，深深吸了一口气，钻进了防弹汽车。

2-4

“许师兄，什么事还劳动你亲自跑一趟。”

车子启动，余笑蜀和许仕明并排坐在后座上。

“严处长晓得侬来众业公所，拿电话打到了吾的经纪人办公室，估计侬来了个的，我索嘎就自家过来跑一趟了。”

“你也炒股票？”余笑蜀口中在打哈哈，心却提了起来，如果是一般的事情，严屹峰实在没有必要这样大费周章。

“稍微赚一眼，贴补贴补屋里头。”

看许仕明的表情，又不像是发生了什么大事情。

“到底发生了什么事？史主任知道了吗？”余笑蜀侧过头来。

“师兄伊还不晓得，”许仕明把双手放在膝盖上，扫了扫并不存在的灰尘，“是被捉牢的挨额女共党出事体了。”

余笑蜀的脑子嗡的一声，感觉全身的毛孔都散开了，寒意从四面八方侵入身体。

“不是早上刚刚转去南市看守所吗？”

“嗯，西特了。”

“死了？什么地方？”

“徐家汇路，勃兰西租界边边头。”

车子还在行进，余笑蜀用手托住额头，半晌说不出话来。

“伊只老门槛到处摆奎劲，耽误了老子炒股票，不晓得直接来了总部处理特！”许仕明把不满又转到了李沪生身上。

车子一路向南，很快穿过了爱多亚路，余笑蜀知道自己离蔡玉珍越来越近了，但又觉得自己离什么东西越来越远。

“具体是，怎么回事？”

“讲是讲是共匪武装抢劫囚车，死特一个，跑特两个，各些押运真的才是电线木头！李沪生带人过去了，搭伊侬要当心点。”

许仕明的话简单，却是个担心余笑蜀的意思，整个七十六号都知道，余主任和李处长，一向是针尖对麦芒。

黄武宁死后，余笑蜀一向是独来独往，但做了特工总部副主任之后，按照史秉南的要求，余笑蜀身边必须随时跟一个侍卫副官，与家人同行或者参加公开活动的时候，还会再带一个侍从小组做警卫。其实七十六号处长以上的人物，出行至少有三到五名随扈，多如丁仲芳，保镖至少乘坐两辆小汽车。而余笑蜀本人依然保持了当年的习惯，常常只有陶俊杰跟随左右。

因此这种时刻，许仕明的陪同，对余笑蜀来讲，就是十分必要的。

许仕明负责行动，结下血仇无数，所以每次出门都是山呼海啸一大帮子人，遇到今天这种场合，他怕余笑蜀吃亏，就带了浩浩荡荡三辆汽车的打手，跟着一起过来了。

“血头，这桩事体肯定有鬼，共产党公开截囚车？”

“看看再说。”

余笑蜀闭上了眼睛，蔡玉珍和卢一珊的脸在他的脑海里渐渐合而为一，模糊一片。

车队到达了法租界的边缘，过了法政学院就是沿着肇嘉浜北岸展开的徐家汇路，低矮的民居在车窗外掠过，车子到了打浦桥就放慢了速度，司机一路张望着。

这一带余笑蜀并不陌生，肇嘉浜北岸是徐家汇、南岸是斜徐路，斜徐路的东端就是湖南会馆。战前这一带工厂密集，肇嘉浜上一字排开的五座货运码头更是生意昌旺，从日晖港向南可入黄浦江、向西可以进入蒲汇塘，到达松江和淀山湖，这里年年端午都有龙舟比赛，秀燕妈妈出国之前，余笑蜀一家还一起来看过七月半的放船灯。只是“八一三”淞沪会战，这一带变成日军和国军五十五师的交战前线，就此成为一片焦土。

车子转了好半天，还是陶俊杰眼尖，原来事发现场并不在徐家汇，而在肇嘉浜南岸。

天空阴沉沉的，不远处的水岸，人声吵嚷，乱作一团。

昔日的繁华街巷，到处是难民们的搭棚支架，一辆接一辆的小汽车引起了人群的骚动。

下了车，星星点点的雪花被冷风裹挟着，沾在他的毛呢大衣上，余笑蜀本就睡眠不足，此刻的反应慢了半拍。

“俊杰，你去看看。”

“余先生，我们还是先走吧。”陶俊杰不安地看着人群，似乎不全是看热闹的民众。

“那是哪里的车？”

“是不是政治警察！”

“快快快，别让他们跑了！”

一大群举着相机的记者蜂拥而来。

而余笑蜀身后，许仕明的打手们正气势汹汹地跳下汽车。

“余先生，这里交给宪兵和警察吧！”陶俊杰见势不妙，把余笑蜀往后拉。

不知道怎么回事，望着那遥遥的水边，余笑蜀的腿好像灌了铅，怎么也抬不起来。在陶俊杰一连串的催促声中，他依然愣在原地，又好像什么都没听见。直到一个身穿蓝色马甲的青年飞快地跑到他的身前，按下快门，余笑蜀才下意识举起手来，去遮挡自己的脸。

“看看今天的报纸吧！”史秉南用手指了指桌面。

余笑蜀扫了一眼，桌上各报纸头版标题横七竖八，“觉民小学失踪女教员遭暗杀当场殒命”，“教育精英昨遭凶徒枪击身中三弹”，“蔡玉珍被绑案真相渐已揭露”，“日方收编之土匪绑架勒索，车夫谈蔡姓教员被杀经过”，他那张以手挡脸的照片也被登了出来，虽然不很清楚，但仓皇之态也跃然纸上，在各大报纸上，余笑蜀已成为“被日方收编之土匪”。

“八〇七四四。”史秉南看着窗外。

“什么八〇七四四？”

“你不知道吗？八〇七四四，上海律师公会秘书处的电话！你不是让严屹峰去通知潘楚南吗？请他转告全上海的媒体，这个蔡玉珍是被我们绑回来的！”

史秉南转过身来，少有地黑着脸。

“松泽俊久打电话来，说竹内在关注这件事，周佛海的电话我刚刚放下，说汪兆铭也在关注这件事！正在还都建政的最紧要时刻，你是怎么搞的！”他用手指砰砰敲着桌面，“我看你一向小心谨慎，这次肇嘉浜杀了人，明知道是李沪生的圈套，你还要去跳！”

余笑蜀的脸色也相当难看，一言不发。

“知不知道我正在给你争警政部常务次长的位子！你这样，不是白白便宜了丁仲芳和李沪生！托你的福，我前面的工作一律无效！现在被动极了！”

“李沪生他欺人太甚，想用这个蔡玉珍扳倒我！”

“想扳倒你？最近共匪猖獗，日军大为头痛，他是想把通共的罪名坐到我头上！给松泽俊久送一份大礼！”

“算了！”史秉南发了一通脾气，口气又缓和了下来，“严屹峰说李沪生重提旧事刺激你，只是没想到你这么沉不住气。人死不能复生，你总要想想自己，想想还活着的人！男子汉大丈夫，家国天下，无家无国，怎么争天下？我和叶佳兰这么多年夫妻，只有一个心得，那就是家庭为重！你知不知道你这次为什么被算计？因为你和丁仲芳一样，中了毒！中了一种我们这样的人绝对不能碰的毒药！”

“我明白了，这次的事我会处理。”

“以后再有这样的事情，你不要抛头露面，让仕明去！”史秉南坐回沙发，“你现在，比突袭申报馆的时候还要红！这里的工作你先不要管了，休息一段时间再说！”

余笑蜀道：“好，我不管了。”

李沪生究竟为什么这样急着杀掉蔡玉珍？另外两个人在哪里？这件事情确实让他措手不及，一方面，谋杀现场埋伏的媒体完全出乎意料；另一方面，蔡玉珍，那个不卑不亢、朝气蓬勃的姑娘，居然又在他眼前永远离开了。

“秉南，没什么事，我先走了。”余笑蜀转身要走。

“等一下，对丁仲芳和李沪生，我们退一寸，他们就会进一尺！目前我们的开销一日大过一日，光靠日本人那一点拨款是不行的。你去看看利群，东南贸易公司的账也该理一理了。”

余笑蜀停住了脚步，道：“需要多少？”

“四十万吧，不能全搞到，一部分也可以，现在政府还没成立，海关关税和冻结的重庆资产无法移交，佛海的手头很紧，丁仲芳又联合李秉书在卡我们。再这样下去，我们解散算了！”

“行，我知道了。”

“还有，替我看着点许仕明，我看他最近炒股有点儿走火入魔了，没事就往中央路跑！”

“明白。”余笑蜀关上门，慢慢退了出来。

史秉南的办公室独占三楼拐角这半层，除了荷枪实弹警戒的卫兵，整个走廊空落落的，余笑蜀抖了抖制服，迈开了脚步。

没错，有些人虽然已经离开了这个世界，却依旧还在撕扯活着的人。但史秉南说得对，他必须抛开过去，向前看了。

昨天的余笑蜀当然又没能去成梁公馆。不过他睡得不错，今早起来，还特意细细刮了脸。

这一路上，他见过了太多的血与火，为了革命的胜利，牺牲固然是难免的，然而凶恶的对手也必须付出应有的代价。

2-5

上东信托公司十二楼，董事长办公室，清晨的阳光从外滩方向射过来，黄浦江上汽笛声不断。

“你的公司，你自己去提就好了，问我要什么签字。”梁利群端起杯子，小口嘬他的锡兰红茶。

梁成杰昔日整洁威严的办公室，由于添加了一张梁利群的办公桌而略显凌乱，梁成杰病休之后，少董梁利群接管了上东的产业，却不肯在父亲的桌上办公。

余笑蜀道：“账务我查过了，如果能周转开，秉南会让我来找你？”

“说我不当家，我看你余大主任也好不到哪儿去。”梁利群放下杯子，拨通了电话，“大年，你来一趟，东南的余董事长现在在我办公室。”

不多一会，敲门声响起，推门进来的，正是上东信托的高级经理徐大年。

“梁先生、余先生，二位早。”徐大年躬身致意。

“行了，自己人，坐吧，余老板查账，账本带了没有？”

徐大年先看了一眼梁利群，又看了一眼余笑蜀，把手里的厚厚几本册簿放在了桌上。

“利群，搞什么鬼，我和徐经理刚见过，账上没钱啊。”

梁利群没有理他，道：“大年，现在余先生要从东南支出四十万元，你那边情况如何？”

徐大年看了一眼梁利群，才慢吞吞道：“报告二位，东南贸易公司的盈余款项一向是及时划到沪西特工总部的，现在账面上只有不到五万元的周转了。”

梁利群端起茶杯，盯着徐大年叹了一口气，道：“我说了，余老板才是真正东家，你把卢小姐户头的钱合并汇算一下。”

“好，”徐大年早有准备，打开手中一本外账，用手比着念道，“百得商贸棉纱棉布货款结余十三万五千四百四十元、永安春韵楼西药结余十八万四千五百三十三元、久大精盐公司精盐结余二万五千五百三十二元……共计一百三十二万六千一百一十八元整。”

徐大年一口气报了十几家公司的户头，最后竟得出了一个惊人的数字。

“这些公司什么来头？”余笑蜀明知故问。

梁利群放下茶杯，沉默了好一会，才道：“这恐怕只有一珊清楚了，这都是一珊为了平账，借用其他空壳或者华商小公司账户转移的资金。”

“全部资金都已经清平入账，随时可以提取。”徐大年合上了账本。

“笑蜀，说实在的，一珊对我来说，是个永远的谜。”梁利群走到窗边。

“我明白，东南贸易公司挂在你的名下，是为秉南输送利益的专户，我也知道秉南当时为什么要拉着我一起结拜。这些年，他只管拉资源、批路条、往出提钱，有了事情你出面，而财务运营一直都是上东代管，老爷子为保万无一失，请王寿春先生总负责。后来，一珊又长期借用东南贸易公司做交易，你不会不知道吧？”

梁利群看了余笑蜀一眼，道：“就算你不知道吧，这里的生意越做越大，除了秉南不断收拢的特权，自然也有一珊的苦心经营。如今公司已经有了十几家控股公司和七八家新设的运输公司，涉及几乎上海滩所有生利的行业，而我没有一天不是心惊肉跳的。我早就想到，当年一珊肯进入上东做法律顾问，参与东南贸易公司的管理，绝不仅仅是因为我。”

窗外的阳光明晃晃地照在打了蜡的橡木地板上，梁利群摇头再摇头。

“徐经理，谢谢你，那回头我们细聊。”余笑蜀发现徐大年还在房间里。

徐大年站起身来，梁利群点了点头，他便退了出去。

“我不清楚。”余笑蜀也不知该说些什么，“银匠”小组最重要的任务之一，就是建设地下金库与物资线，这决不能告诉梁利群就是了。

“你不清楚也好，”梁利群并未追问，“一珊走后，大年就来汇报。原来东南的账户里面分为大小账，大账上，是秉南和日本人走的商业账，大部分是和国统区的贸易往来，小账是一珊的私账，除了大账已经有的来往伙伴外，还有一大批不明来历的空壳公司，大多和赤色分子相关。这就是刚才大年加总的数字的来历。一珊走后，这些户头，就再没有人动过，今天就通过你还给秉南吧。”

余笑蜀想了想，试探道：“利群，与日本人的账面还好说，其他的账目，恐怕十分敏感。”

梁利群摇摇头，道：“不用你说，我们三个早就是一条船上的人，东南贸易公司的经营，你我都不过是秉南的手套，我哪里会跟秉南过不去？我还不想死。”

他叹了一口气：“只是我始终不明白，是谁把一珊拖进了这个死局。”

余笑蜀哑然，他明白梁利群对卢一珊的情感，却不知道他的心里对史秉南也充满了恐惧。

他想了又想，道：“秉南那边我去说，账平了，卢小姐的过去才好不留痕迹。”

梁利群道：“随你，这些老爷子应该早就知道，在财务上大年也绝对可靠。我心情难过得很，是再也不想介入类似的事情了。

“当年，我狂追一珊，金银珠宝、证券首饰，她什么都不要，原来她的户头上却有这么多钱。只是，我总是想不明白，做我梁利群的女朋友，她还要这些钱做什么？她自已连一件好点儿的衣服都舍不得买，却舍得做这样杀头的买卖。到底为什么呢？不是为我，难道为了秉南？为你？”

"不通，不懂！"他走到了皮沙发前，把自己扔了进去，苦笑道，"那天内野丰和李沪生带着宪兵冲进上东，我劝一珊离开，去广州的船票都给她买好了，但是她死活不肯走。我吓都吓死了，她去乐乡饭店，只是为了这些钱吗？我不相信，如果命都没有了，这些钱还有什么用？

"不懂、不通！"

余笑蜀不知道说些什么好，只好看着地板上那一缕金黄的阳光。如果说卢一珊是为了理想和信仰而牺牲，他能理解吗？

好像听到了余笑蜀心底的声音，梁利群续道："别误会，我不想知道答案，人都死了，这些事还有什么意义呢？"梁利群眼望着天花板，话里藏着深深的孤独和落寞。

"虽然那死的意义我还不清楚，但活着，总是有些意义的。"余笑蜀走过去，拍拍他的肩膀。

"对了，你不是还要见复生吗？"梁利群起身拿起帽子。

"你不一起去吗？"

"我约了别人。"梁利群掸掸西装。

"谁呀？"余笑蜀一脸疑惑。

"日本友人。"他看看窗外，"众业公所又要开市了，真是群魔乱舞！"

余笑蜀向西望去，果然，远处众业公所前又乱作一团，挤得一塌糊涂。

赵复生的办公室在上东大厦二层，此刻桌对面的座位空着，业务经理早去众业公所抢股票了。

"囚车不是我们劫的，昨天在打浦路桥下发现了另一位同志的遗体，姓万，也牺牲了。你说的第三个人，没有消息。”

“我想到了，李沪生就是要杀人灭口。”余笑蜀闷闷的，他又想起了蔡玉珍当时说的话，她有一位同伴和七十六号里的长官熟得很，哪位同伴？是这位万同志吗？这位长官又是谁？李沪生吗？

“笑蜀，我知道你也很难过。可我们只能继续向前，总有一天会真相大白的。”赵复生把桌上的软糖推过来，道，“我现在很担心你，现在满上海都是你的大相片。”

“我？”余笑蜀勉强笑笑，“我可是特务头子，只怕上海能动得了我的人还不多。”

“你那边的进展怎么样？”

“很顺利，户头里还有一百三十万，”余笑蜀明白老赵的意思，“至少香港那批昂贵的西药有着落了。”

“一百三十万？”赵复生大感意外。

“钱不都是我们的，还有一部分是七十六号的交易本金和利润，史秉南看起来不过问具体事务，但实际上非常细致，这次他要的四十万，差不多把明面上的盈余都收走了，我要把他这一关过去也不容易。”

“那倒不要紧，有二三十万就蛮够了。”

“只是最近李沪生盯我很紧，我要避避风头，交通线重建还需要一些时间。”

“这你不用担心，我们还有其他的货运渠道，早就打通，就等这笔钱。”

“这样好！”蔡玉珍的死，让余笑蜀有一种身心俱疲的感觉，他需要一点时间来调整自己。

赵复生察觉到了他的情绪，道：“我们从事革命工作，牺牲是难免的。笑蜀，振作起来，严先生已经和我通了气，很快，就会有新的同志来上海加入我们了。”

“那可真是太欢迎了！”余笑蜀的振奋中夹着一丝忧虑。

让自己上刀山下火海都没问题，但他绝不想再有同志牺牲了。

2-6

民国二十九年的春节异常寒冷，自一月下旬至二月上旬，大风大雪、持续严寒，上海内河冻结、火车减速，近千冻毙的流民填满了报纸的版面，但在这样严酷的时节，中央路上的西商众业公所前却门庭若市、人头攒动，人们都疯了一样，见到股票就抢，已经完全顾不得什么礼仪和脸面。

众业公所的交易大厅里人满为患，经纪人们的叫价波浪一样此起彼伏。

二楼的大户室里，许仕明却再也坐不住了，这一上午，他眼看着橡胶股票英楂华的票面价一路上涨，直逼六十元大关，他顾不得屋子里寒意阵阵，把毛皮大氅脱了下来往地上一掼，焦躁地走来走去。

和许仕明对坐的董之微也好不到哪儿去，他正拿着电话在抖腿，电话是打给马路另一端的上东信托公司的，接电话的，正是赵复生。

“哎呀，赵先生，赵先生！你可得救救我，我悔不当初啊！什么？我是董之微啊！我现在就在众业公所，你忘了吗，在乐乡饭店嘛，余主任，对对，余笑蜀，对对对对，你那时候跟我说，要我留着扬子银公司，再吃进会德丰，一个月内不要动，对，卖了！”

“恭喜董公子，卖得早也至少会有三成利。”赵复生用手捂着话筒，对一旁的余笑蜀说，“董之微的电话。”

“妈的，这是见了鬼了，我卖了股票之后，发现票价还在涨，交割完事，居然没赶上那波猛的，搞了半天我才是那个冤大头！坐着看别人赚钱，我怎么忍得住啊！”

“又买了？那也没差，这两个月西商股票一直在涨，你这是个赚多赚少的问题。”

“赵先生，赵先生，我现在不是赚了多少，是要把家底都赔进去了！”董之微一边打电话，一边瞟旁边阴沉着脸走来走去的许仕明，“是，我一直想啊，这世界上哪有只涨不跌的股票，这一直涨一直涨，我卖了买，买了卖的，这钱赚得也不妥帖啊，对，是，我做空了！”

董之微每说一句话，就要看一眼旁边那座行走的火药库。

“董公子，你是问经纪人借了股票做空，还是自己的钱？没借，好，这样问题不大，你还在那是吧，好，我可以过去一趟，你要转到这边委托也不是不可以，但是要把交割做完，嗯好，那你稍等，我这就过去。”

“董之微被套住了！”赵复生放下电话，叹了一口气，道，“我得过去一趟。”

余笑蜀拉住了赵复生，道：“董之微是个纨绔子弟，用得着你的时候，怎么都好说，等将来使起性子来，马上就会翻脸不认人，太不安全。”

赵复生看了看手表，道：“今天周三，下午不开市，明天上午就要交割，现在还有半个小时就要结束交易，董之微这个野路子，我不过去赶紧按住他，恐怕要闹出大事来。这是个千载难逢的好机会！”

“什么机会，危险！你就这么豁得出去？”余笑蜀没撒手。

“日本人兵力有限，只能守住交通要道，他老子董务德现在手下有七个师、一个独立团，闽浙皖地区交通线大都是董家在控制。只要能攀上董务德的这个宝贝儿子，将来我们的物资运输就会方便得多。

我看，你们七十六号，将来也免不了和他家打交道！”

“你就那么有信心？”余笑蜀松开了手。

赵复生披上大衣，道：“这股市和赌场也差不多，最能检验人心，董之微这样纯粹的投机分子，其实就是赌徒！但是天下哪有只赚不赔的买卖？我别的没有，就这些大道理，对付他应该够了。”

余笑蜀摇摇头：“幸好我不懂股票。”

“你以为他们就懂？经济形势这东西，实在是不好说，欧洲战事一塌糊涂，日本人在东南亚又咄咄逼人，江浙皖和海外游资一起涌进上海，国府管制，汇市又没有渠道、法币一跌再跌，你说，大家不买这外商的股票，去投什么？现在，真的都疯了。”

赵复生摇头，道：“我得赶紧去救董公子了，你快去找梁利群吧。”

“我找他做什么？”

“哎，你这个人，梁小姐不是要和你商量订婚的事？梁成杰的身体很不好，你还是老老实实去吃你的团圆饭吧。”

余笑蜀苦笑，道：“我这样的身份，和别人订婚，你觉得合适吗？”

赵复生道：“合适啊，怎么不合适，革命者就不能有家庭吗？梁小姐也是一个进步的爱国人士，又喜欢你，我觉得呀，再合适没有。”

赵复生推开门，急匆匆向大门口走去，只剩下余笑蜀还愣在那里。

是啊，梁欣怡在政治上是爱国的，可是他老赵忘记了，余笑蜀先生现在的公开身份，可是个不折不扣的大汉奸啊！

“个宁有撒花头精？”许仕明走着走着突然停下来，董之微心里一惊，回头看看，四个保镖都在，心稍稍放了下来。

“一个特别懂行的人，你等等，等他来了，一定有办法。”

董之微双手交叉，两个大拇指在迅速地画圈儿，看着在屋子里团团乱转的许仕明，盘算着如何才能脱身。

这两个月来，西商众业公所的所有股票都卖疯了，周周涨、日日涨，从一月初开始，更是坐了火箭一般，董之微的金融知识相当有限，他只知道只要交易所的指数不断上升，他手里的股票就能赚钱。当日股市还没有这么疯狂，赵复生的一席话，对于他来说就是春风过驴耳，听了也就忘了，依然把所有股票都清掉了。他大赚了三万法币，着实兴奋了几日。等他鬼混了七八天再回来，突然发现股市全然变了一个世界。各种股票，无论是上海的西商实业还是南洋的橡胶公司，都是一路翻红，自己为了三万，少赚了大概三十万，看着别人手里的钱都在一天一天翻着往上滚，他再也坐不住了。

这时候他又想起了赵复生向他推荐的会德丰，这是一只英商的船厂码头股，票面十两，最低时不过三十几元，当时五十四元，董之微总是觉得太高，一定会跌，所以按住没有买，哪知道今天竟然已经超过了二百元，董之微怎么也想不明白，明明看那码头还是原来的码头，轮船也是原来的轮船，怎么突然就会身价倍增呢？

想不明白归想不明白，董之微还是一头扎进了众业公所，抱着试探的心态，几轮买卖下来，居然又赚了数万元，然而，当他摩拳擦掌下了重注之后，即便股指日日上扬，他董之微还是很快开始赔钱了。

他高价请了几位“内行人士”指点，原来，他的感觉并没有错，这些挂牌的西商公司经营并无重大起色，一路飙涨的股票价格不过是被战乱逼出的游资硬生生炒作起来的，毫无基础。因此，虽然股指大势一路飙红，但是人们心底对股票要跌的疑心也越来越重，这时候有做多的买进，就有做空的抛出，多头和空头在局部常常展开激烈厮杀。而资金量的多少，往往可以在一个交割期内决定胜负盘，哪怕有人看多吃进，只要有强有力的空头砸下来，顶不上去，也注定是赔本的买卖。董之微因此得出的结论是，想要赚钱，一定要更多钱来控盘。

董之微本来多金，在这里多翻空空翻多地折腾了几回，引起了一个人注意，这就是和他不打不相识的许仕明。许仕明深得史秉南的信任，真刀真枪打下了沪西警权，把赌场和烟馆开得遍地都是，也因之迅速地阔气了起来。

有了钱，就有了帮闲，经不住别人撺掇，许仕明也在西商众业公所试着炒了几回，恰逢西历年末一轮暴涨，狠狠赚了几笔，竟比烟土和赌场来钱更快！许仕明虽无经济知识，对股市技术也一窍不通，但是敢于冒险、散财也大方，因此在身边一群狗头军师的日日吹捧下，上了瘾一般，没事就来众业公所投机股票。

但和那些成天浸淫在股市的老油条们比起来，他实在太过稚嫩，不出意外，很快赔起钱来，气得他活埋了两个整日在身边“献计献策”的“专家”。正是在这个时候，总有“内幕消息”的董之微出现在了他的眼前。

都是野路子，都信奉金钱的无上力量，许仕明和董之微一拍即合，一起在众业公所里面折腾了起来。大鱼吃小鱼，小鱼吃虾米。他们并不知道，在他们横冲直撞收割那些零星散户的时候，更有实力的玩家也悄悄盯上了他们。

春节前后，市场上突然出现了一个神秘大户，这个幕后人物在许、董经常上下其手的英楂华股票上不断放出诱饵，让许仕明和董之微吃了个痛快，在多空胜败未分之际，他又会稍稍失分，让这两个股界新人得以逆转翻盘，引得他们胃口越来越大。这个人深谙赌博的妙处，所有的赌徒最终都会输，就是因为他们绝对不会在赢的时候收手。

终于，在两天之前，英楂华的多空对决再次陷入胶着，引得许仕明和董之微押上了自己的全副身家，董之微是没有去做抵押借股票，但他却怂恿许仕明问西商代理借了大量股票扔到市场上，疯狂做空，结果，这个幕后玩家突然出手了。

对方一次一次极限施压，已经让董之微和许仕明把所有的本钱都吐了出去，而股价依然渐渐倒向多头，他们两个只好苦苦支撑，博那每次都可以翻盘的绝杀，但是这一次，对手的资金却似长江大河源源不绝，压得两个人弹尽粮绝、无力回天。周四就要交割了，目前两人面对一路飙涨的英楂华，已经再无筹码。明日交割期一到，股票还不上，董之微的结局是净身出户，而许仕明立刻就会欠下巨额债务。

董之微知道许仕明的行事风格，已经在为自己找退路了。

2-7

“赵先生，你可来了！”董之微一站起来，四个保镖也跟着站了起来。

“抓紧时间。”赵复生进门连帽子都没挂，就翻看起董之微的交易记录来，越看脸色越不好看。

“怎么样，现在还有什么办法吗？”董之微看看那些记录，又看看赵复生，“我们就是想买回来也来不及了，现在越买越亏。”

许仕明没有说话，把自己户头的记录也推到了赵复生的眼前。

“许仕明？”赵复生抬头看了看面前这个浑身戾气的男人。

许仕明的记录和董之微一样，一笔笔的股票抛得惊心动魄，只是这两个人不断卖出，都被有心人不露痕迹地接住了，而且用小的波动引诱着两个人继续往坑里跳，直到最后抛无可抛。

赵复生把这两天的交易细细浏览一过，抬头看看两个人，在心里盘算应该怎么开口。

民国二十九年一月，西商众业公所的股票交易量迅速放大，月交易量已经超过了一千万股，如果说以前，众业公所的股票市场是个小小池塘，现在几乎就是浩瀚大洋，许、董这样丢入二三百万元的小空头，如果在一年前，也许还可以操盘控股，现在则连个浪花都激不起来。这两个人还算有自知之明，选择了股本较小、流通度不高的英楂华来做空，但被大玩家盯上，也只能一败涂地。

赵复生合上记录簿，道："董公子、许先生，你们这三百万元算是白扔了，多头太强，现在抢着买一些，多少还能挽回些损失。"

"你这是什么话，到现在，一点办法没有了吗？"董之微脸色煞白，这三百万里，属于他董之微的，只有八十万，余下二百二十多万，都是许仕明砸进去的，而许仕明其实也没有那么多钱，是凭手中不到五十万的保证金，跟安利洋行借来的超额股票，在两个人把手中股票全部抛出后，英楂华的价格非但没有探底，反而一路绝尘，涨个不休。董之微认栽，不过损失了差价，而许仕明要想去买回等量股票则绝无可能，不但四十几万元血本无归，还要留下一百多万的大窟窿。

董之微唉声叹气左顾右盼，不知道许仕明现在是否明白问题的严重性，眼睛却一直瞄着他腰上的枪套。

"赵先生，到底哪能回事体，英楂华吾还没有翻过船。"

赵复生道："许先生，前几周记录簿能不能给我看看。"

许仕明的手下拿来账簿，董之微这边也赶快奉上，赵复生皱着眉头看了一会儿，再看看屋子里的挂钟，离收市只有五分钟了，现在就算有足够的资金可以救急，也来不及了，只能道："两位，你们被人设计了。这些买进卖出背后，隐藏着一个操盘高手，他为了引你们入场不断投入，造成多头无力的假象，等到你们决心全盘压上的时候，才突然反攻，只是前期他掩饰得太好，还有资金在配合你们做空，左右互搏来麻痹你们。以这个人操盘技术和资金来看，一定是沪上顶级的玩家。不过……”

“妈个×的，原来是有人在算计我们的，赵先生，不过什么？快说呀！”

“到底是哪能回事体！”许仕明的脸色愈发阴沉。

“不过按常理说，大玩家是不会有耐心做这样一个小局的，除非，是有意针对二位。”他瞟了一眼一脸杀气的许仕明，道，“如果是大家无目的地厮杀，多头没有领袖，那我们周转一点资金，也许可以扭转战果，至少也可以减少损失，但是现在看来，我赵某真的是无力回天了。”

交易大厅里，人们还在疯狂呼喊，而董之微所在的这一间大户室里，却一片死寂。

窗外传来一阵清脆的铃声，十一点半钟，大幕已经落下，众业公所休市了。

董之微假意走到窗前，去看渐渐偃旗息鼓的交易大厅，余光却一直注视着许仕明的动向，脚步就往门口一步一步挪着。

“血头！”许仕明忽地从腰上拔出了手枪，带着一众保镖直奔众业公所的经理室。

“许先生！”赵复生回头去喊董之微，“董公子，你快点拦住他，这里是外国人的地盘，不能乱搞的。”

董之微却扑通一声，虚脱一般跌坐在椅子上：“妈的，这个丧门星可算走了，老子的心都要跳出来了。”

他拿起桌上的茶壶，也不管冷热，猛灌了几口，道：“赵先生，你是贵人，亏得你来了，不然我就被他给撕了！你这是再造之恩。我要先走一步了！”

赵复生顾不得听董之微的胡言乱语，跑去张望。

他前脚刚迈出门槛，砰的一声，经理室方向传来一声枪响，一屋子人都趴下了，许仕明他们一群人，骂骂咧咧走出了众业公所。

赵复生三步并作两步抢到了经理室，看到众业公所的英籍经理正跌坐在地上，天花板上被打了一个洞，落了满地木屑。原来许仕明持枪闯入，逼问英楂华大多头的代理人，因为语言不通，还朝天放了一枪。得知对方中午在乐乡饭店二楼包间有宴请，现在已经去兴师问罪了。因为太过紧张，又是英国人，连说了几遍，赵复生都没听清这个大多头的名字。

快到十二点钟，余笑蜀应该已经去梁家吃饭了，赵复生抄起桌上的电话就打给了梁公馆。

春节将至，法租界梁公馆的大门口早挂起了大红灯笼，和地上一层薄薄的雪花相映成趣。壁炉柴火正旺，整个饭厅都暖洋洋的。

梁欣怡穿一身薄薄的水蓝缎子旗袍里外忙碌着，最近梁成杰的精神稍稍好了些，她要亲自来招呼这一顿团圆饭。余笑蜀也脱了外衣，帮她把鲜花和盘子移来移去，梁利群则在一旁沙发上跷着二郎腿，和梁欣怡斗嘴。

“快来，上桌了！”

“这一个菜都没上，坐过来也是干瞪眼。”话虽这样说，梁利群还是走了过来。

“衡叔，可以上菜了，请老爷也下来吃饭吧？”

管家梁衡笑道：“有了小姐，这桌面大变样。”

梁欣怡脸上微微一红，拉着余笑蜀也坐了下来，自从做了那个什么副主任之后，余笑蜀的工作越来越忙，两个人见面的机会也越来越少了。她总有一种感觉，余笑蜀常常在有意无意回避自己，难道求婚下定这样的事情，也要自己一个女孩子先开口吗？

他的心里究竟是怎么想的？到底在乎不在乎自己呢？租界沦为孤岛已经两年多了，最初的混乱过后，各方的恐怖行动越来越明目张胆，那个记忆中的上海已经越来越遥远了。她为余笑蜀的人身安全忧虑，心头更不稳妥的，是七十六号渐渐声名狼藉地浮出水面。余笑蜀的人品她毫不怀疑，但是，一个正直的人，就可以获得不义的行为的豁免权吗？

这始终是梁欣怡心中填不起来的一个空洞。

大概余笑蜀不好开口吧，反复思考之后，她还是决定，哪怕是自己去向他求婚也没什么大不了，谁让自己就觉得他千般好呢？但是他是不是也能为自己和将来的家庭考虑一二，放弃这个吃力不讨好的“职位”，至少不要与日本人合作，如果在上海无法保持“中立”，那两个人一起去美国不也是很好吗？

如果他真的是有几分喜欢自己，也会认真考虑的吧？

梁欣怡看着余笑蜀的脸，猜不透这个男人到底在想些什么。面前的他，身材样貌并无二致，处世为人依旧周到，只是现在一起出行，必然有大队保镖随扈前后警戒，他脸上的笑容越来越少，也越来越难找到时间和她安静地坐一会儿了。

“我有话想和你说。”这是她十几天来头一次见到余笑蜀，她要抓住机会。

“哎？又有什么悄悄话我听不得？”梁利群看梁欣怡神情扭捏，又管不住他的那张嘴。

“你听不得的话多了！”梁欣怡瞪了梁利群一眼，拉住余笑蜀的手臂，刚要开口，电话铃声响起来了。

“你们尽管说，我去听电话。”梁利群识趣地站了起来。

楼梯那边，梁衡扶着梁成杰走了下来，梁成杰自从去年遇刺受伤，身体一直没有康复，又经过一次大感染，虽有上海第一流名医的治疗也未见起色，反而越来越衰弱了。梁利群曾有过提议，让欣怡陪着父亲去日本看病，但是老的不肯去，小的不愿走，也只能罢了。

梁成杰下楼，梁欣怡和余笑蜀都前去搀扶，但见梁利群面色凝重地快步走来，道："笑蜀，这个电话你最好去接一下。"

"什么事？"余笑蜀下意识先看了一眼梁欣怡，梁欣怡皱起眉头，摇了摇脑袋。

梁成杰也听到了梁利群的话，道："你还是去看一下，利群在这就好。"

余笑蜀终于还是大踏步走去，拿起了电话。

"笑蜀，出事了，大事，许仕明炒股巨亏，在众业公所开了枪，现在持枪去乐乡饭店寻别人晦气去了！"

赵复生的电话到得突然，余笑蜀难免混乱，他不是去帮董之微解套吗？怎么又牵扯上了许仕明？这个许仕明，明明和自己保证过不会再去众业公所交易股票，怎么又会持枪去闯乐乡饭店？

"什么事？"梁成杰已经坐定，抬起头来看着余笑蜀。

"公共租界有枪击案。"

"又不是华界，这个时候！你就不能不去吗？"梁欣怡站了起来。

"我去去就来。"余笑蜀心中生起一股愧疚，强作镇静。

梁成杰冲他点了点头，余笑蜀抱歉地想要和梁欣怡道别，梁欣怡却扭过身去。

顾不了那么多了，出了厅门，余笑蜀几乎是跑了起来。

"乐乡饭店，快！快！"

余笑蜀的车子风驰电掣地转出了爱麦虞限路，向北疾驰。

二马路上人流如织，熙来攘往，唯有乐乡饭店一反常态，门头挂出了闭店的牌子。余笑蜀点点头，陶俊杰带人就往里面闯。

“先生，今日客人包场，不营业，先生？！”

门口的侍者拦不住，饭店里走出来几个便衣，二话不说，双方都拔了枪。

“哎，自己人，怎么都这么冲动啊！”

从楼梯上缓步走下来一个西装男子，皮笑肉不笑地打招呼，居然是李沪生。

“余主任，什么风把你吹过来了？”

“李处长？你怎么在这里？”余笑蜀心中骂娘，许仕明这是掉到圈套里面了。

“哎呀，还不是年关将至，过来陪我们家老爷子吃一顿饭。”李沪生从兜里摸出一盒烟来，道，“来一根？”

李秉书也在这里？余笑蜀的心一沉，如果许仕明招惹的是普通商贾，那一切好办，但如果许仕明持枪来寻的人，是上海市市长李秉书，性质就完全不同，这一顶刺客的大帽子扣下来，恐怕史秉南也保不住他。

他伸手接过香烟，借李沪生的火点上，道：“沪生兄，我们也不用兜圈子了，许总队长是不是也在这里？”

“在，刚来，现在在楼上一起用餐呢。笑蜀兄，一起？”

李沪生上台阶，做了个请的手势。

余笑蜀迈步上了台阶，心一直提着，不知道许仕明有没有造成无法挽回的后果。

等到推开淮河厅的房门，余笑蜀才意识到，今天的局面是绝难善了了。

对门当头是一张二十人的大圆桌，满是菜肴，主位坐着的，正是上海特别市市长李秉书，在李秉书左手上位，坐着前大道市府市长许香南，右手却是一个西式服装、两鬓带霜的中年男人，余下绕桌而坐的，余笑蜀大都不认识，不过有李、许在，饭局参与者身份可想而知。

余笑蜀对着一桌大佬抱拳："李市长、许先生，诸位，打扰了。"

2-8

"哎，是笑蜀啊，知道励之公身体不适，这数九寒天，我们就没有延请他，来，我介绍一下，这一位小兄弟，是我们沪西七十六号特工总部的副主任，余笑蜀，也是咱们上海总商会会董励之公梁先生的准女婿，来来，加把椅子。"

他又回头对着余笑蜀，道："笑蜀，今天是总商会董事会的年终聚会，正好赶上，你先坐，我来给你一一介绍。"

总商会聚会？梁利群居然不知道？

左看右看，许仕明并没在屋子里，余笑蜀心中着急，连忙道："李市长，诸位先生，会董们齐聚迎新，我不好打扰，另外，实在是还有公务在身，"他看了看这十几位上海滩最大的金主，硬着头皮道，"七十六号有一位兄弟听说刚才来了这里，如有冒犯，还希望诸位先生海涵，能够交我带回沪西，请丁仲芳、史秉南两位先生处理。"

"哦？"李秉书脸上收了笑容，稍稍提高了声音，"沪生，是不是你刚才那位同事？请他出来吧。"

李沪生转头走出门去，不一会，许仕明脸色铁青，被推了进来。

李秉书转头，看着身边那个中年男子，问："司城兄，你看……？"

李秉书身边那个体面精干的中年男子放下手中杯子，道："你就是余笑蜀？我是丁司城，前些时候小女去你那里无理取闹，多亏你担待。”

丁司城？久闻这位上海滩颜料大王的名号，今天却是第一次得见，余笑蜀忙道：“丁先生说哪里话，白萍小姐前来拜访，欢迎还来不及，哪里有什么担待。”他看了一眼许仕明，试探道，“是不是我的这位同僚得罪了您？”

丁司城道：“得罪倒也说不上，大概究根问底起来，还是我得罪了你这位同僚。前几日听闻众业公所股票火爆，连日本人搜罗的地痞流氓都来掺上一脚，我就过问了一下。今日看来，都是些小误会。余先生，你就带了这位许先生，回去吧。”

听丁司城的话里有话，余笑蜀虽然不明就里，但是也赶快道谢，回身对许仕明说：“许师兄，你看，冲撞了丁先生，赶快赔个不是。”

许仕明僵硬地双手抱拳，道：“丁先生，这趟冲撞了侬，实在不好意思。侬大人不计小人过，千万勿要放了心上。”

“不必！我和烧开水、站赌台的人没什么好讲。”丁司城看都不看许仕明，已经拿起了筷子。

这个丁司城人清瘦，还颇有几分脾气，不知道为什么要找许仕明的麻烦，以丁司城的财力和手腕，怎么会注意到许仕明这种小角色？再回头看看许仕明，脸上已经化作了猪肝色，汗珠一颗颗下来，丁司城几句话，就把他戳得痛彻心扉了吗？

余笑蜀当然不知道丁司城已经洗劫了许仕明的积蓄，而且许仕明从来忌讳有人提起他当年在成都路烧开水、跑马厅牵马、赌场做打手的日子。特别是进入七十六号以来，他有人有枪、警权在手，赌场、烟馆的孝敬长江大河一般流入他的口袋，满以为自己已经是上海滩一个叫得响的人物。如今却被丁司城当着这一桌名流当面羞辱，真是尴尬到了极点。

“哎呀，司城兄还是这么大的脾气，有话好好说嘛。”一旁有人圆场。

“对不起，我没什么好话，也说不出来。”丁司城起身，身旁随扈马上取来了他的大衣。

“司城兄，这是怎么说，刚来就要走！正经事还没谈呢！”许香南也站了起来。

“有什么好谈的？”丁司城先看了李秉书一眼，道，“如果还是聊如何和汪兆铭合作，那算了，我不感兴趣，这个工商部长，你们谁爱当谁当！墨卿，我们几十年的交情，请你不要勉强我，免得连朋友也没得做。我先行告退！”

“司城，不谈国事，饭你也不吃了？”李秉书也站了起来。

丁司城戴上了帽子，道：“还吃什么？墨卿，你不要再装糊涂了，上海总要有人维持，我也理解，前几天，那个高宗武和陶希圣秘密逃到香港，汪兆铭和日本人的密约已被全文刊布了，你没看到？那个中日基本关系草案，内容苛恶，骇人听闻！把中国糟蹋成什么样子了！”

“我没看错的话，你以前是拜高登荣为老头子的吧？”他转身，伸出一根手指，指了指许仕明，道，“以前给高登荣开车的小瘪三，攀上了季云卿，现在居然成了什么政治警察，沪西一带遍地烟馆赌场、娼妓流莺，租界内外绑票、暗杀无法无天，不都是你们这些人闹的吗？手里才有几个钱，居然也学三大亨，敢到金融界来扰乱市场！”

丁司城又道：“墨卿，是你说的，现在励之公养病不出山，上海的金融秩序就要靠我们这些人。你忙得很，这个人我就帮你处理了，只是想必你也清楚，在日本人治下，这样的小事，是处理不完的！”

“司城兄，你这，何必呢？”许香南叹了一口气。

“你知道，以前我和蒋中正就没什么好谈的，现在我和日本人，和汪兆铭，和这个什么和平运动，也一样没什么好谈的！”

"司城兄、司城兄。"在场的众人见他真的要走，纷纷站起来挽留。

丁司城却不管众人，扬长而去，留下一桌人面面相觑。

丁司城的话给余笑蜀解了惑，原来许仕明这一场挫折，真正的幕后老板是李秉书。

这个丁司城虽有经商的天才，但脾气却着实古怪，都说他和李秉书的关系极好，但却当着众人的面，把一个聚餐搅得不欢而散，也是过于任性了一点。上海滩早有流言，丁司城因为曾经留日，和日方关系很深，所以一直屹立不倒，不承想他倒是一个爱国商人。

众人纷纷落座，余笑蜀也不好再待下去，拉着许仕明告辞出门。如今丁仲芳、史秉南都内定了新府要员，这一群上海商界巨贾，对特工总部多少还有所顾忌，加上余笑蜀和梁家的关系，对他总算还有礼貌，而许仕明一个高级打手，在这里就备受奚落嘲讽，身后还有几支枪顶着，只能厚着脸皮硬挺。

出了淮河厅，许仕明面目狰狞，再也站立不住。余笑蜀忙把他一把扶住。

"余先生，吾谢谢侬。"

余笑蜀这才发现，在他的长衫下面，右腿的裤子已被鲜血浸透，刚才他那神情姿态，也不完全是恼羞成怒。

"快快快，虹口医院！"余笑蜀指挥着众人七手八脚把许仕明抬上车。

"幸亏你没有和他们起冲突，不然今天的事情着实不好办。"

"猢赤佬阿是没想到阿拉会的直冲进去,来了楼梯就拿吾夯特了。"

"听说还在众业公所开了枪？"

"余先生，侬不晓得，吾是被人弄松了，这趟股市交割，吾一记头蚀特二百多万。"

“什么？这么多钱？”余笑蜀大感意外，许仕明虽然新贵乍富，但也不至于积下这么多家底，怎么可能？

“吾被挨个董之微带了跑，用四十几万押金，问安利洋行借了二百万多股票去做空，个几日来，价匌压不牢，拐又拐伐特，现在股价天天往上跑，押金跟卖股票的钞票才算上，也只买回来不到一半，明朝就是交割日了，现在吾已倒欠安利洋行一百大几十万了。”

许仕明的脸上混杂着愤恨和绝望：“就是挨个丁司城！”

“许师兄，秉南早就告诫我们，还都开府前，万事要小心小心再小心，你我现在是他的左膀右臂，丁、李想要打倒秉南，必须把我们两个先剪除。之前，我已经着了李沪生的道，如今你这巨额债务还不上，又在众业公所开了枪，恐怕工部局也会找你的麻烦。”

“吾额处境还伐要紧，关键是对不住师兄了。”许仕明脸色煞白。

余笑蜀沉吟了片刻，道：“我这里还有七八万元，回头给你拿去应急。”

许仕明咬牙道：“余先生，侬是个清爽人，勿要跟我搅了一道，侬讲额吾才清爽，钞票吾自家可以解决。阿拉额身家性命才来了师兄身高头，伊绝对不好倒下去，侬放心，就是吾许仕明命没了，阿不会让师兄伤到一根头发。”

“大家都是兄弟，分什么你我。”余笑蜀知道许仕明实在是介意自己的出身了，便出言安慰。

许仕明闭上眼睛，脸上一跳一跳地抽动着。如今大腿正中一个弹孔，冷汗直冒，他依旧不开口喊一声疼，余笑蜀也暗暗佩服。

他可以解决，他怎样解决？

许仕明在楼梯上被李沪生伏击，当场制服，他腿上那一枪，是李沪生近距离照直打的，幸亏他自矜身份，掏出的是一支勃朗宁袖珍手枪，而不是许仕明惯用的南部昭和十四年，不然许仕明的整只腿恐怕都保不住了。

虽然是青帮流氓，许仕明还是有一些朴素固执的行为准则，强横、决断、忠心不二，大概这也是史秉南从无数青帮子弟中选他入伙的原因。

只是这一次，不知道他究竟要如何向史秉南交代。

余笑蜀真是多虑了，民国二十九年三月，安利洋行最后的还款期限前，许仕明连本带利补上了他的亏空。

就在汪兆铭的南京国民政府成立前夕，许仕明公然枪杀了昔日的老头子高登荣，不但接收了高登荣在南市的所有赌场，还一次了断了自己曾经给高登荣鞍前马后的那段历史。

03 野渡无人

3-1

五月将至，余笑蜀的办公桌上，那一盆铁骨素白中透绿，在微风中晃动着。

“请严处长多调两辆车和我一起去北站，再加强一个班的警卫。”余笑蜀放下手中的电报。

“严处长他有事情出去了，我马上就办。”机要处秘书小姜眼神四处飘移，不用说，严屹峰又不在总部。

电报是史秉南打来的，说有重要客人要从南京一起回沪，严屹峰不在，去迎接的，就只有他和李沪生了。都说严屹峰最近迷上了愚园路兆丰总会的一个舞女，时常前往私会，也有人说他去兆丰总会是去上许仕明的赌台。总之，和这些执行人员多说无益，余笑蜀挥挥手让他走了。

他正了正帽子，在走廊，遇到了同样也是一身制服的李沪生。

“李处长，走吧？”两人一路下楼，带着各自的侍从副官，分别坐进了防弹轿车。史秉南的行程向来高度保密，七十六号里，除了余笑蜀和机要处处长严屹峰，没人知道他的具体行踪。而这一次，就连余笑蜀也是临时得到通知。

北火车站是京沪线的终点，史秉南挂的专车将在下午抵达。

民国二十九年西历三月三十日，汪兆铭终于“还都”南京，开牙建府。随后，七十六号特工总部就堂而皇之地挂上了两套威风凛凛的牌子：国民政府警政部驻沪办事处和警政部政治警察署驻沪办事处。新的特工总部下辖沪西、南市两个警署，和七十六号相关的各种机构也纷纷从地下走到地上，正式成为汪精卫政府的官方机构，李沪生也紧跟余笑蜀，升任特工总部第二副主任。

警政部驻沪办事处的两个副主任同时来到，让北火车站的气氛无端紧张了起来，通往专车月台的专用通道已经提前戒严，防弹汽车直接开上了月台，余笑蜀和李沪生在大批随扈的簇拥下，等待从南京开来的专列。

在月台上，早停留着另外一辆汽车，车子里坐着日本上海宪兵司令部特高课的负责人松泽俊久。

在这个春日的下午，政治警察和日本宪兵奇特地共同登场，都在站台上列队屏息以待，他们迎接的，是汪记国民政府警政部政务次长史秉南，和专门来上海“弃暗投明”的国民党军事参议院中将参议陈仲友。

余笑蜀和李沪生都没想到，居然松泽俊久也会来。

这个瘦小白净的日本人说一口流利的中文，总是面带微笑、彬彬有礼，很少显露出日本军人的蛮横和张扬。此外，和内野丰事事插手不同，他对七十六号的具体工作介入很少，除了重要行动照例要给特高课备案存底，松泽俊久几乎不会对七十六号的具体行动发表任何意见，相反，却和余笑蜀、李沪生，甚至更低层级的具体行动人员都有生活上的接触。这样的做派让他在中国特工中博得了谦和的好名声。和太上皇一般的内野丰相比，松泽俊久在七十六号几乎是隐形的。

“余君、李君。”松泽俊久见到余笑蜀和李沪生，笑着走了过来，和两人握手致意。

“松泽先生也来了，好久不见。”余笑蜀扶了扶松泽俊久的手臂，而李沪生就有些生硬，只是打了个招呼。

此刻的李沪生对松泽俊久已深具戒心，原因很简单，南京“还都”，史秉南没有做成警政部部长，但丁仲芳也没做成。由于竹内行男和松泽俊久的支持，在警政部部长位置的争夺上，史秉南一反常态地强硬，寸步不让，周佛海拗不过日本人，也不得不笼络史秉南，只能让丁仲芳转去做了个社会部部长，而警政部部长由自己来兼任，史秉南照旧做他的警政部政务次长和政治警察署署长。这样一来，虽然表面上还是丁的官阶、地位略高一等，但史秉南几乎是将其一脚踢出了七十六号。

这样的变动，李沪生不是一点好处也没有，丁仲芳去做了社会部部长，自然无法在特务委员会继续兼职，史秉南坐上了特务委员会副主任和特工总部主任的位置，李沪生就自然递补了特工总部的副主任。不过眼下，他多少就显得有些形单影孤了。

“早就听说松泽先生爱吃苏州菜，最近苏州的正兴合记菜馆正好在福州路开了分店，有空的时候，我来做东，请松泽先生和笑蜀兄一起去尝个鲜。”李沪生笑嘻嘻的，低声道，“这个地方不仅有苏州本地口味，更有特点的是女侍应生，味道美、牌子老，就餐的心情也是顶好的。”

松泽俊久哈哈大笑，道：“既然是李君邀请，看来我是推脱不掉了，到时候余君也一起赴约吧？”

余笑蜀笑道：“松泽先生，我是湘人，重油嗜辣，苏州菜对我来说未免太甜淡了一些，若是有机会，也请你去尝一尝湖南的辣椒和麻椒。”

松泽俊久频频点头，道：“二位的好意我全盘接受，不过这次，二位的延请可能要排在后面了，我听说火车上这一位陈仲友先生，可是一位地地道道的美食家，我这次代表竹内先生前来欢迎，可不能轻易放过他。”

这个日本人就是有着让人如沐春风的本领，三个人随意聊着，火车已经汽笛长鸣，缓慢开进了月台。宪兵和警察早把普通旅客隔开，月台外还聚拢了一些杂七杂八的人，可距离太远，也听不清人们在吵嚷些什么。

列车到站，史秉南闪身，把一个身材微胖，穿着条纹西装的中年人先让了下来。

松泽俊久当先走了上去，道：“陈先生，我是梅机关的松泽俊久，受竹内行男先生的委托，对您的到来表示特别的欢迎。”

“啊，库尼奇瓦，库尼奇瓦！”陈仲友居然张开双臂，像一头大熊，给了松泽俊久一个结结实实的拥抱，他的日语不怎么标准，带着三分滑稽，众人都笑了起来。

一身戎装的史秉南微笑着，道：“仲友兄，虽然你离开沪上不过两年，这些朋友你却未必都认得，我来给你介绍。”史秉南把到场的头面人物一一介绍，大家都和他握手致意。

简单应酬一过，陈仲友对史秉南道：“阔别已久，再次回沪，这一路我在车上睁大眼睛，看到在和平运动的推动下，本市的繁盛更胜往昔，真是忍不住感慨万千，没有诸君的艰苦努力，这是决做不到的。”

他又转头，对松泽俊久道：“东亚的邻邦，能够与我中国人民和平共荣，不计毁谤、尽心尽力，这也是我深感钦佩的，在路上，史部长就对我说，这一次回沪，要带我好好逛逛，那我就和松泽先生、史部长先去转转，回头再向余主任、李主任致谢。”

陈仲友来上海，要先去梅机关拜会竹内行男，这余笑蜀并不奇怪，他奇怪的是，如果史秉南早就知道松泽俊久会代表竹内行男前来迎接，并且几个人的行程早有安排，那么还要自己和李沪生来做什么？

这个问题很快就有了答案，史秉南道：“笑蜀、沪生，来，我还要给你们介绍，这一位是陈夫人朱晨女士、这位小朋友是陈先生的公子。那这一位呢？是我以前的旧友，知名作家乔月小姐。陈先生的家眷和乔月小姐，就劳你和沪生费心安排了。”

原来陈仲友“投奔”和平运动，是带着家小一起来的，这大概是决心破釜沉舟，和汪兆铭共进退了。

“余先生好、李先生好，久仰久仰，你们照顾陈夫人要紧，我呢，其实也有相识的友人来接了，只是这时还没看到，我自己多等一会儿，不妨事的。”乔月向侧面让了一步。

“哎，车已进站，这友人还没到，可见不靠谱，乔月小姐报一个地址，我们送你回去。”

“谢谢李先生，我离开上海已经好些年了，这次其实是搭陈先生的顺风车，回来讨个营生的，着实没有地方落脚，幸亏和史部长是旧识，也就和佳兰嫂嫂讲好，先在史公馆借宿几日，等稍稍安定，再做定夺。”

“哦？那倒要余主任出马了，”李沪生看看余笑蜀，“我们笑蜀家，就在史部长家的隔壁，院子连着院子的，看来我这个司机是当不成了。好吧，我去安顿陈夫人和陈公子，乔月小姐就劳烦你了！”

余笑蜀道：“好，史先生这个人啊，口风特别紧，乔小姐既然知道他的底细，这个机会我不可放过，就由我来做这个马车夫好了。”

众人在这里寒暄，那边史秉南、陈仲友和松泽俊久已上车离开，余笑蜀和李沪生便指挥着随扈搬行李、接人。纷乱稍歇，余笑蜀这才仔细打量起乔月来，她是个高个子，算得上骨肉匀称，脸上略施粉黛，穿着也十分朴素，就是素色旗袍外套红色短衫，褐色圆头小皮鞋，手上只有一个不大的半旧皮箱，看起来倒像是一个上海普通人家的小姐，刚刚去外地游学归来。

乔月还没上车，被警察隔在另一端的人群里，却有人高声叫起来："让开，让我过去，什么时候火车站也成了警察厅的了，月姐、乔月姐姐！"

余笑蜀抬头看去，人群里蹦啊蹦的，正是丁司城的宝贝女儿丁寄萍，她一身白色绣花缎子旗袍，把一个红手包高高举过头顶，远远摇晃着。

原来，这就是乔月说的友人，看乔月对自己露出打扰了的微笑，余笑蜀挥挥手，示意警卫放丁寄萍过来。丁寄萍兴冲冲地往前快走了几步，忽然发现面前是余笑蜀，脸上变色，一下子僵在了原地。

3-2

愚园路别墅区，水池花榭、绿树成荫，阳光洒在一座座空旷的庭院里。外面的行人绝想不到，在这些看似安静幽深的大宅中，多的是灯红酒绿的歌舞场、一掷万金的销金窟。

自汪兆铭来沪，沪西一直是汪记政权高官显要的聚居地，这里毗邻极司菲尔路，在"特工总部"的武力掌控之内，因此安全无虞。沪西警权落于七十六号之后，这一带国府达官显贵的豪宅大多变成了隐秘的赌场和烟馆，由于许仕明的经营百无禁忌，因此很快就成了沪上一块无所不为的"飞地"，凶杀绑票、刀斧子弹、娼妓烟土样样稀松平常，没过多久，上海市民就给这片充满刺激与危险的法外之地冠名为“沪西歹土”。

此刻，在著名的豪华赌场兆丰会馆内，已经战了两个小时没下桌的严屹峰揉了揉血红的双眼，把面前的牌一推，道：“不行了，老腰挺不住了。”

身旁一位小巧的女士扶他起来，送上了二楼的贵宾休息室。

进了休息室，那女郎刚挂出了请勿打扰的牌子，严屹峰马上反锁了房门，从那女郎身边弹开。

“屹峰兄，怎么了，好像筱云是魔鬼一样。”

那打趣他的人放下手中的报纸，竟然是军统上海区的区长周竟成。

“筱云同志，周先生！”严屹峰双手抱拳给两个人分别作揖，“你们可饶了我吧，现在到处都在疯传，我和兆丰会馆的头牌有什么不清不楚的关系，我这每天上班，后背都是一身汗。”

张筱云笑道：“手也拉过了，抱也抱过了，做这个样子做什么。”她的紧身旗袍裙摆极短，这一坐下，两条白生生的大腿都露了出来，严屹峰不自觉看了两眼，又赶紧把目光挪开。

“筱云，不要拿我开玩笑，我可是有家小的人，我老严的心里，对你可是一百个钦佩尊敬。现在我是宁可投到赌窟里，也不敢再中你的美人计了。”他又转向周竟成，“周区长，不是开玩笑，我要是再越界，一定会影响潜伏工作。你晓得的，丁仲芳就是王如茵那里翻了船。”

“好好，谈工作、谈工作。”提起王如茵，大家都有些不自然。

他们几人隶属军统，王如茵是中统的工作人员，本来没什么联系。王如茵刺杀丁仲芳失败，周竟成也深深遗憾。虽然中统军统长期不睦，但是毕竟大敌当前，日本人才是整个中华民族的共同敌人，长期在一线工作的周竟成，当然知道一个优秀的情报人员为民族舍生忘死，会有多少牺牲，更别提王如茵是一个女性，那更是格外值得钦佩的。

然而可惜的是，中统的冒进，不仅导致这次刺杀功败垂成，还牺牲了王如茵这样一个极为优秀、打入敌人内部极深的特工。

“竟成，真的不是危言耸听，这一次，丁仲芳确确实实是栽在了王如茵的身上。”

“不是说中统也在尽力营救？”

“那倒是，还不只中统，王如茵了不起。这样清楚明白的案子，归案后，想要为她缓颊的势力还层出不穷，除了中统，就连熊山川和松泽俊久都曾经为她活动，对了，也包括那个摸不清门道的余笑蜀，甚至丁仲芳自己也绝不想就此杀掉王如茵。可结果呢？所有这些人加起来，都比不过一个史秉南，”严屹峰边说边摇头，“这个人啊，操纵人心的本领，真是太可怕了。”

张筱云好奇，便接了一句：“如何可怕了？”

严屹峰看了她一眼，道：“史秉南只做了一件事，他不动声色地请他的夫人去探望王如茵。”

“史夫人去对看守施加压力？”

“当然不是，是真正的慰问，叶佳兰也是上海社交圈的名流，还替王如茵传递家信呢。”

“到底怎么回事,这不是为了王如茵小姐好吗？”张筱云愈发好奇。

“好了筱云，不要问了，”周竟成坐正了身子，“你想想，叶佳兰是如何知道秘密关押王如茵的地点的？这绝不是普通的探望，这世上没有不透风的墙，她去了，其他汪伪高官的夫人们岂有不好奇，不去窥探的道理？最要紧的，是丁仲芳先生的夫人岂会不去？这些太太们或许平日里各顾各家，十分拎得清，但是在对‘狐狸精’惑夫这件事上，不用想，只会出奇的一致。如果不然，她们以后如何抵挡这世上青春女子对她们丈夫的猎取？”

“是啊，你看，如果这只是一场刑事案件，乃至政治案件，都未必没有转机，但是史秉南这一手棋，将刺丁一案，转成了几乎所有汪伪高官的家务事。对待王如茵的态度，不知道关系着多少人的床帏之密，如果处理不好，就算这些男人是外面呼风唤雨的头面人物，也难免后院起火、鸡飞狗跳，永无宁日。尤其是汪兆铭家里那一位，据说常常做河东狮吼，你说这事情到这一地步，还有得救吗？”

“啊，真是可怕！”张筱云喃喃自语，不自觉将那两只长腿收了回来。

“史秉南厉害，丁、李一派先后敲打了余笑蜀和许仕明，没想到被他反将一军。”

“是啊，”严屹峰叹气，“谁能想到史秉南早就知道了刺丁的消息，只是引而不发呢？丁仲芳本来不过是遇刺而已，但史秉南这轻轻一推，把丁仲芳弄得在整个新府颜面扫地，连他把控特工机构的能力也大遭质疑。所以这次还都建府，他资历再老也没有用，算是彻彻底底败给了史秉南。”

“屹峰兄，”周竟成看了看墙上的挂钟，道，“说正经事，上次穆天生的事情，你没有被怀疑吧？”

“还好，李沪生对我还蛮信任，没有再提。对了，他现在怎么样了？”

“一路向西，去新四军的根据地了。”

严屹峰长长出了一口气，道：“那就好，这次实在是太冒险了，他大概知道了我的身份，千万别让他在上海再出现，我这人胆小，心脏受不了。”

“看你平时吆五喝六的，可真想不到你居然会害怕。”张筱云扑哧一声笑了出来。

“哎，”严屹峰表情严肃，道，“杀头的事！”

他又转过身来，小声道：“竟成，这回戴老板那里，我是不是登记在册了？”

周竟成看看严屹峰那充满期待的眼睛，点点头，道：“我用性命做担保，毫无问题。”

“那就是，还没个准信？”严屹峰的神情带上了几分失望。

周竟成递给他一根烟，道：“屹峰兄，戴老板的为人你还不知道吗？你要好好工作，拿出更大的成绩来，我这边才好继续给你说话呀。”

“好，好，我明白。”严屹峰用手拢着周竟成的火柴，点着了烟，猛吸了几口。

全面抗战爆发已近三载，为了彻底改变国府对日情报准备不足的弱点，军统开始大规模策反担任伪职的前国府人员，严屹峰就是周竟成的工作成果之一。他是旧市府的公务员，迫于时局滞留在上海，职级不高不低、背景单纯，又很有民族意识，因此很快就被吸收进了军统。

“屹峰兄，秘密情报，这两天，史秉南会从南京回沪，据说陈仲友也会跟着一起回来。你多留意。”

“你的意思是……？”

“陈仲友是我们的人，”周竟成看着严屹峰，“如果我不拿你当自己人，怎么会告诉你这个消息！”

“明白，”严屹峰精神一振，“陈仲友我知道，黄埔一期毕业，有人脉，很大方，吃得开。有什么需要我配合的，你就直说。”

周竟成点点头：“他的安全，你多注意。”

“好，不过，就算陈仲友带家眷来投，也未必会完全打消日本人的疑虑，日本人也读三国，万一认出来这是个蒋干呢？”

周竟成哈哈笑了起来，道：“这你不用担心，现在中日战场上正是相持时刻，日本人需要和重庆建立沟通的渠道。”

“日本人要和中央沟通？”严屹峰有些意外。

“是啊，日本人不但读三国，也读孙子兵法，想要不战而屈人之兵！现在他们虽然在战场上还占有绝对优势，但是想要完全征服我们的国土，也是力有不逮。汪兆铭响应近卫内阁脱离国府才多久，日本内阁又倒了好几次了，这对华政策能不变吗？给你讲个笑话，伪府南京还都，一片愁云惨淡，日方连驻华大使都未出席，中国派遣军司令西尾寿造也是第二天才去公事公办地转了一圈，应付了事。”

“怪不得，都还都了，但日本人还拖着不承认新政府。”

“所以嘛，虽然整个伪府都迁去了南京，但是这些大员还是赖在上海不肯走，你们还不是一样？新牌子挂上了，李再兴去主持南京警政部，但余笑蜀不是还在上海？”

“这我知道，许仕明的警卫大队也扩成了警卫总队。在史秉南这里，七十六号才是他看重的地盘。”

“是嘛，这十里洋场的繁华，谁不爱呢？我们身上的担子，怕是还会越来越重啊。”

“明白，现在上海时局混乱，日伪势力嚣张，听说戴老板要我们搞些动作？”严屹峰手一挥，比了一个制裁的姿势。

“你听谁说的？”周竟成站了起来，“丁仲芳现在已然提高了警惕，捡中统的剩饭也没什么意思，你放心，现在上峰已经有了周密的布置和安排，最近上海滩就要发生振奋民心军心的大事。”

“哦？”严屹峰的耳朵都竖了起来，“要对七十六号动手吗？”

周竟成笑了，道：“屹峰兄，你这是在紧张谁？史秉南？李沪生？余笑蜀？”

严屹峰意识到自己的失态，忙连连摆手，道：“我有什么可紧张的，他们每一个，都是罪大恶极、恶贯满盈！”

“到时候，你就知道了！”

“我的意思是，如果制裁余笑蜀的话，我们也许有个有利的条件。”

“你说什么？”周竟成回过头来。

“我看，余笑蜀对丁司城的女儿颇有好感，曾经因为这个白萍，未经审讯就释放了她的男朋友夏子彰，而这个夏子彰我见过，是中统的外围，和我们也有联系，很想为国建功。”

“哦？”此刻周竟成想起的，竟是那个女共产党员卢一珊，她奋不顾身地维护这个汉奸头目，难道真的仅仅是儿女私情吗？

率众突袭申报馆、大杀四方的是他，阻止黄武宁暗杀梁鸿志的是他，因为秘密处决蔡玉珍闹得满城风雨的也是他；但南京危城、奋不顾身营救同僚的是他，一片喊打喊杀中，尝试想要营救王如茵的是他，在华懋饭店刺杀现场放走自己的，还是他。

“老周？”

“嗯？”

3-3

“走吧，一起去说说话，”乔月微笑着，挽着丁寄萍的胳膊，“那年给你写了歌词，电影还没有机会看到，也好久没和你聊天了。”

“我，我去不合适吧！”

丁寄萍侧过身去，警惕地看着余笑蜀。

难道是在七十六号被自己吓到了？余笑蜀也在看着丁寄萍，那一天的丁寄萍坐在自己的办公室死缠烂打、拒不离开，她的任性余笑蜀可是早就领教了。

“怎么，你们认识？”乔月面带疑惑。

“认识，认识，乔小姐，你和丁小姐先聊，我去借个电话，把你到了的消息先通知史夫人，不然，恐怕就吃不上她的苏帮菜了！”这个场合，还是不要节外生枝的好。

乔月笑道：“余先生真是周到，你去忙，我们姐妹在这里等你。”

余笑蜀刚走开，丁寄萍立即松开了挽着乔月胳膊的手，匆匆跑出了月台，奔到自己的轿车旁边，把她那个西装革履，还拿着一束鲜花的男朋友推回了车里。

“怎么了？跑什么？接到人了吗？”夏子彰一脸的莫名其妙，还在探头探脑。

丁寄萍捂着胸口，道：“吓死我了！太惊悚，七十六号的人就在里面，就是上次那个余笑蜀，你赶紧离开，”丁寄萍拍了拍司机的车窗，“赶紧送夏先生回去。”

“你呢？”夏子彰非但没走，还摇下了车窗，“为什么不一起走？你还要和他周旋吗？你什么时候回来？”

“你快走，他也是来接乔月的，被他看到就麻烦了。”

听了这话，夏子彰反而打开车门走了下来，道：“寄萍，怎么回事，我怎么觉得不大对头，我才是你的男朋友，现在又没有违法，怎么反而鬼鬼祟祟的！我干吗要避开这个汉奸！”

“小夏，你不要胡闹啦！上次我去七十六号，费了多少心思，才把你弄出来！”丁寄萍又把他往回推。

“寄萍，我跟你说过了，是七十六号没有任何证据，不得不放了我。咱们两个到底是谁在胡闹，如果不是你去闹，说不定我还要更早放出来的！我一个堂堂七尺男儿，怎么会怕这些鬼蜮宵小！”

“你什么意思，我不去为你说话，人家能问都不问就放了你？”

提到这个“问都不问”，两个人之前已经吵过几次了，夏子彰激动起来：“寄萍，你那天为了我去七十六号，该不会是吃了他的亏吧？”

“吃亏？我吃了什么亏？”丁寄萍一愣，看到夏子彰怀疑的眼神，忽然明白了夏子彰在意指些什么，忍不住又羞又恼，一巴掌打在他肩膀上，道，“你在胡说些什么！”

“人人都知道那里是魔窟地狱，你和他非亲非故，就凭在那里促膝谈心，他就把我放了？”夏子彰看丁寄萍的反应奇怪，更坐实了自己的想法。

“谁跟他促膝谈心了！夏子彰！你混蛋！”丁寄萍气得抡起手包向夏子彰砸了过去。

“寄萍，你放心，我不怪你，要怪，就怪我自己无能，不能好好保护你，还让你为我做出牺牲！你放心，我一定会除掉这个汉奸，国仇家恨，我一起报！”夏子彰的声音大了些，周围的人都向这里看了过来。

“我看你是昏了头了！”丁寄萍被夏子彰气得跺脚。

两个人正在这里纠缠，忽然身边响起了喇叭声，一辆黑色福特轿车停在路旁，车窗摇下来，露出了乔月笑意盈盈的脸，道：“寄萍，你要是不方便，就不要过来了，改天我们再聚。”

丁寄萍一把把夏子彰拉在身后，道：“要去的，要去的。”

此刻的她既感动于夏子彰的痴情，又腻歪他的多疑，两个人在大街上扯来扯去，未免太不雅观，何况她又怕余笑蜀认出夏子彰来，于是补充道：“我要去的呀，是托朋友给家里带个信儿。”

她回身夺过夏子彰手里的花，转身坐进乔月的车里。

“寄萍？寄萍？你这花是拿给谁的？”夏子彰一时没有反应过来。

“你快回去！”隔着车窗，夏子彰看到了丁寄萍又急又羞的脸。

车子发动起来，夏子彰还想跟上前去说话，车子已经绝尘而去。

“烦劳让一让。”一双大手抓住夏子彰的肩膀，把他一推，几个身着便衣的彪形大汉，把他和一般闲杂人等都清离了道路。

月台方向转出两辆黑色的防弹轿车，通体闪着耀眼的弧光，就在夏子彰的眼前沉默而平稳地开上马路，车内拉着布帘，隐隐约约，似乎有人在向外看。夏子彰好像忽然意识到了什么，整个人僵在了马路边，反省室那恐惧寒冷的一夜又从脑海中浮起。他忙机械地转过脸去，拉开门坐进丁家的车里，久久不发一言。

为什么害怕呢？自己和那个人并没有碰过面，被捉进七十六号，能够毫发无伤地走出来，全上海的革命同志里面也没有几个，他知道丁家的能量，当然也不相信七十六号会毫无缘由地放了他。那么，那个令人痛苦的上午，在七十六号里，丁寄萍到底为自己付出了什么？真的就像她说的那么简单吗？为什么今天丁寄萍说是来接朋友，却遮遮掩掩地上了那个魔头的车？夏子彰揪住了自己的头发。

他终于接受了自己的恐惧，继而紧紧握住了拳头。

“夏先生？夏先生？你要走不了？要去哪里？”

司机老于连问了几声，夏子彰都没有反应，他不得不按响了喇叭。

夏子彰猛地一惊，坐直了身子。

“劳驾，去法租界。”

在安乐俱乐部行刺失败之后，他曾经想要返回去寻找中统组织，结果那个负责联络的贾先生早已失踪，不但贾寿林失了踪，中统的整个联络站都撤退了。他当然不知道，就在他和同伴擅自行动，去刺杀犬养健的同一日下午，中统经过缜密计划、长期铺垫，集中全力进行的大行动开始了。但很不幸，由于刺杀丁仲芳的行动转瞬即归于失败，上海的中统组织已经迅速转入地下，开始静默。

他这个小小的中统外围人员，就这样被抛在上海街头，一时不知何去何从。

中统不见了，还有军统，只要是抗日救国，哪里的组织不是同志呢！车子一溜烟开过辣斐德路的大沪制帽厂，他看那斑驳的招牌从车窗外一晃而过。

“刚刚看你好像有事，怕是来不了了，怎么忽然又吵着要来了。”

车子已经开动了，丁寄萍还在往后看。

“那个余主任是在后面那辆车上吗？”

“是呀，一共只有三辆车，最后一辆车上，是警卫人员，我说我一个普通人，哪里用得着什么警卫人员，是余先生强调一定要的。”

看丁寄萍探头探脑地往后看，乔月也好奇地往后窗看了两眼，窗外除了街市，只是余笑蜀车队的两辆车，并没有什么新奇的事物。

“哦，”丁寄萍这才转过身来坐定，把手里的鲜花往乔月怀里一塞，道，“月姐，这是给你准备的，你闻闻，香不香！”

乔月笑道：“男朋友送你的鲜花，我可不能夺爱。”

丁寄萍急了，道：“他是我捉了来为你搬行李的，充其量是个壮劳力。这花和他完全没关系！”

“送我玫瑰花？”乔月继续打趣丁寄萍。

“是，因为姐姐你呀就跟着玫瑰花儿一样，又美丽、又大方，还都是刺，有你在，等闲俗人近不得身，我看啊，最好是你做了我的男朋友！”

丁寄萍也是会说话，乔月心情大好，道：“好了、好了，就知道你心思最细，最是可爱，还麻烦你来接，我还没道谢呢！”她把头埋进花束里，装模作样地吸了一口，道，“真香呀。”

丁寄萍眉开眼笑，道："月姐，你一走好几年，我可真想你呀，那阵子我天天看报纸，每期的副刊都不放过，就想着你什么时候回来了，会在上面发表新作。连续看了好几个月，都没有你的半点消息。后来才懒得看了。当时能请到你做我的国文教师，真是好缘分。"

乔月道："你这个鬼丫头，我也想着你呢，你不是说务本女中毕业后，要去法国留学吗，我还以为你已经不在上海了。"

"哎，"丁寄萍叹了口气，道，"原来不知道，这些事情真的是很难讲的，你给我写了歌词后，我不过依约送去启明公司，哪知道他们那部筹备了很久的戏，一位演配角的良友女士忽然离开，一时找不到合适的接替人选。他们的老板见了我，觉得气质很相符，就强拉我去见导演，我呀，糊里糊涂地就参演了这一部电影。之后又糊里糊涂地一部接着一部演了下去。父亲拗不过我，这去法国的事情也就拖下来了，谁能想到，忽然就打起仗来了呢？"

乔月笑嘻嘻的，道："原来是这样，我早就听人说，上海出了一位新星白萍小姐，歌唱得好，剧也演得好，果然就是你！"

"哎呀，不说这些了，都没什么意思，现在上海什么都缺，影视胶片没有，电影早就停拍了，我一个空头影星，闷都闷死了。对了，你怎么会和七十六号这些人扯上关系啊，他们好恐怖、好吓人的呀！"

"嘘！"乔月用手指封在嘴唇上，又指了指前面的司机。

丁寄萍用手在鼻子边上扇了扇，做了个臭不可闻的不屑表情，闭上了嘴。

3-4

"来来来，笑蜀快入座，乔小姐也来，欣怡呢？怎么没过来？利群呢？还没到吗？”

夜幕降下，史公馆里电灯大放光明，史秉南刚回家不久，换了中式便装，便从内室转出来，招呼大家吃饭。

“利群打过电话了，还在路上。欣怡要照顾励之公，今天就不过来了。”余笑蜀停止了与乔月的闲聊，站了起来。

走到桌前，余笑蜀才发现，这次摆上来的，不是叶佳兰最拿手的苏帮菜，而是日本料理。余笑蜀不常吃日餐，除了生鱼片和寿司，也不知道那些一碟碟摆上来的七七八八都是些什么。

“奇怪，怎么今天改了日本菜？”余笑蜀和叶佳兰都坐下，乔月也拉着丁寄萍坐好，只有秀燕和史虎头早就吃了个饱，跑来跑去不肯上桌，索性就由管家带着去院子里面玩了。

“是史先生你吃腻了苏帮菜，还是嫂子不想给你做了呀？”乔月看看史秉南，又看看叶佳兰。

史秉南哈哈大笑，道：“挤对我也就罢了，还开起她的玩笑，如今这上海滩，也就只有乔月你敢摸她虎须了！”

叶佳兰也笑道：“乔月，这么多年不见了，我们都很想你，还是秉南说，你在内地，生活上虽然方便，但是恐怕吃不到新鲜的海产，那正好，他最近找到了一个很有名的日本厨师，以前在京都做鱼生，日本人都要排长队去预订的，如今我们请了来做后厨，特意做地道的日本菜给你尝尝。”

乔月两手合十，对着满桌珍馐佳肴拜了一拜，道：“那真是谢谢了。”“对了，这一位，是我当年做私人教师时候认下的小妹妹白萍，现在是上海的电影明星，这次本来觉得你们太忙，请她去车站接我的，干脆就被我一起拐了来吃饭。”

史秉南放下筷子，道：“闻名不如见面，丁小姐，早听笑蜀说过你，演技好、歌唱得也好，几个月前，不是还去我们那里参观过吗，怎么样，他没有凶你吧？”

丁寄萍尴尬地笑笑：“没有没有，怎么会。”

“那就好。”史秉南笑呵呵的。

她站起来微微鞠躬道：“感谢史先生和史太太的款待。”

面对沪上传闻已久、杀人不眨眼的特务头子，丁寄萍感到一阵无形的压力，那些骄横不自觉地都收了起来。想到自己坐在余笑蜀的沙发上大吵大闹的那一上午，心中还有几分忐忑。

叶佳兰笑道：“快坐吧，不要客气，乔月的朋友，就是我和秉南的朋友，都是一家人。”

“是不是还有人没到呀？”乔月看了看空出来的一个位子。

“哦，是我和笑蜀的结拜兄弟还没到，上海金融界的青年才俊，也是笑蜀未来的大舅哥，他这个人山珍海味吃得多了，我们不必管他，”他转过头，“对了，欣怡是怎么回事，我请客也推托不来。你嫂子还特地为她做了一个腌笃鲜。”

“本来要来的，但是励之公这两天的身体状况不太好，所以离不开，一会儿这边吃完，我也赶过去看看。”

“原来是这样，那好，我们也不要耽误时间，现在就开动，大家边吃边聊吧？”

史秉南端起杯子，先欢迎乔月的到来，大家共饮了一杯清酒。

史秉南、叶佳兰、乔月、丁寄萍、余笑蜀，一个还未到的梁利群，就是今天史秉南家宴的全部人员了。余笑蜀放下酒杯，看着容光焕发的史秉南，他刚刚从南京回沪，不顾风尘仆仆，特意设家宴款待乔月，着实不寻常。

这两年来时局动荡，上海市面不靖，偷抢拐骗不断，绑票暗杀更是蔚然成风。自从汪兆铭开始“还都”建府，出于政治考量，国民党两统积极布置，更是对在沪的日伪人员展开了猛烈的攻击。因此史秉南这个警政部政务次长的担子并不轻松，说是踩着地雷上任也差不多。

警政部成立，特工总部终于由地下走上地面，史秉南实际主持警政部的工作，不仅要筹建特工总部的南京区，还要指挥沪上的政治警察，另外，还在周佛海的授意下，成立警校，培训警察队伍的中下级干部，最近还在商讨成立税警武装。毫不夸张地说，几乎是忙到脚不沾地，连余笑蜀这个与他毗邻而居的兄弟、直属部下，十日里也见不上他二三日，更不要说为什么远方朋友筹备家宴了。

所以这个乔月，到底是什么身份，和史秉南又有什么渊源呢？

几杯清酒下肚，气氛渐渐活络开了。

“乔月，别人不知道为什么我们今天吃日料，你肯定是知道的！”

叶佳兰瞪了史秉南一眼：“怎么，你还有什么事情是我不知道的吗？”

乔月笑了，道：“这件事佳兰姐姐还真不知道，这顿日料，史先生可是欠了我好久。只是今天史先生的身份，不知道这个笑话当讲不当讲了。”

“有什么笑话，我到想听听。”余笑蜀适时插话，既然是史秉南主动提起来，那自然百无禁忌。

“我也好奇得很。”丁寄萍放下筷子举起手来。

“好呀，”乔月笑眯眯道，“当年史先生是报人，在新光书局编辑《今日世界》，我是报馆的实习生，有一次，史先生发了一篇文章，主要谈日本餐饮文化，引来读者上门抬杠，说文章的内容荒唐，全然不知所谓，于是两人便选了天潼路上一家高级日料店，要餐桌上见输赢。”

说到这里，史秉南已经哈哈大笑起来，道：“你不说，这件事情我早就忘了。”

叶佳兰也笑，道:“我还以为是什么事，原来那天救他的人是你。”

“是啊，史先生到了居酒屋，看了看价码，就给报社打电话了。”

“不瞒你们说，当时我囊中羞涩，为了凑版面，日餐谈谈是可以的，实际上，并没有机会吃，没想到居然那么贵，没有办法，只好求援，偏偏报社只剩了一个勤奋的实习生，只好劳乔月请了我。”史秉南替乔月补充完整，大家都哈哈大笑起来。

“史先生，我觉得你蛮有趣的，没有那么吓人。”喝了几杯清酒，丁寄萍的脸上红扑扑的，话也多了起来。

乔月按住了丁寄萍的手，道：“这说明，传言都不可信！”

“是啊,丁小姐亲自去过我的办公室,敢问有什么恐怖的印象吗？”

丁寄萍摇了摇头，道：“我看，除了一进门的两个黑黝黝的大碉堡有些吓人，别的，倒还真的比不上工部局的巡捕房呢！”

“是啊，”史秉南点点头，收了笑容，道，“市民总是不了解实情，以为我们的政治警察工作，是当权专用来排斥异己的工具，而和日本人的合作，也不过追求荣华富贵、专门针对自己的同胞，这真是天大的误会。我们首要的任务，是要在当下的危局中，维持政府的正常运转啊！民众嘛，恐惧起来，就会以讹传讹，这是难免的。”

“乔月，这种情况下，你回沪还能到南京来看我，我真是很高兴，”史秉南端起了杯子，道，“来，我们就一起为乔月的来到，再喝一杯。”

饮完杯中酒，乔月道：“史先生，说实话，其实这次回沪之前，我的心里也是忐忑的，关于七十六号的传说太多了，我也不敢确定报上的那个恶人是不是你了。但是我又想，我以前认识的那个史秉南，总不会也是假的，所以还是鼓起勇气去找你了。”

“所以，见了面，有什么感想？”

“我觉得，你和佳兰姐一样，骨子里还是没有变。”

“说没变、也变了，说变了、也没变，”史秉南转头看向丁寄萍，道，“丁小姐，你不知道，不但你不知道，连笑蜀也不知道，当年我在上海和乔月一起共事的时候，不过是个穷酸书生，但是却心比天高。那时候白克路的同春坊，是爱国热血青年的大本营，我们办杂志、出报纸，为民族找出路，为劳工争权益，今天想起来，真是一段好时光啊。我是编辑，乔月是见习记者，我那时候对日本人是什么样的看法和态度，佳兰是知道的，乔月也是知道的。”

叶佳兰也放下了筷子，道：“这些陈年旧事，你也要提，是了，那时候你们的史大哥认为日本是中国最危险的敌人，今天热热闹闹的国共合作抗日，当年他就公开在报纸上呼吁过，这还不算，还因为讽刺日本天皇，被日本使馆告上法庭，被巡捕房逮捕羁押三个月，我想尽了办法，也没法把他弄出来，后来，还是多亏了乔月帮忙。”

叶佳兰握住了乔月的手，道：“要不是当年大律师张德钦先生亲自出面，为秉南辩护，恐怕秉南没有死在中统的监狱里，倒会先死在日本人手里了。”

“佳兰姐，你不要总是夸奖我，史先生报人风骨，写出那样的文章，大家谁不钦佩，我不过跟舅舅说了史大哥的故事，后面是他看不过眼，慨然挺身而出，实在没有我什么事情了。”

“可惜，如今我再去拜会张先生，他已经是不肯见我了。”史秉南叹了一口气，又道，“你是不是想问我，为什么今天的史秉南会和日本人合作，还做了汪兆铭的高官？”

“不不，怎么会，你们最知道我，我不是什么激进分子，只想过一点安安稳稳的生活，我想，史先生你既然选择了这样做，一定有你的理由，不管那是什么，既然我相信史大哥你的人品，也就没什么不能接受的。”

史秉南默默点点头，没有说话。

“可是我有些不明白，史先生，你如果做一个抗日的民族志士，于你自己，于在战火中坚持奋斗的同胞们，不都是更好的选择吗？”丁寄萍忍不住插嘴。

“丁小姐，当人们年轻的时候，总有很多理想的热血，但是现实和理想，总有着不小的距离，只凭借想象，是无法达成美好的愿望的。今天，日本的国力、军力、武器、装备、军人的意志和文官的制度，都要大大优于我们的国家，那么当两军对垒的时刻，我们这些平民百姓，是不是都要宁死不屈，在战败后集体自杀呢？”

“这，平民百姓又不能为战败负责，自杀，自然不合适。”

“好，即使战败，普通的民众还是要生存、要温饱、要生活，那么问题来了，大家要不要继续活在纷争、黑暗和恐怖中呢？”

“如果是为了对抗侵略我们的日本人，我觉得，是可以动用一定程度的恐怖手段的！”丁寄萍反应过来史秉南想要说些什么，抢先说道。

“好，那么，这样一定程度的恐怖，是什么样的程度呢？谩骂，你觉得可以吗？”

“痛斥卖国汉奸，当然合适！”丁寄萍脱口而出，她似乎忘了，这一桌子人，除了她，都可能会戴上“汉奸”的帽子。

“那么，痛打呢？”

“当然合适！”

“那么枪杀呢？”

“这，应该，会，也……”丁寄萍有些犹豫。

“好，那么，当着他的家人面，将其虐杀，比如，用利斧将古稀老人的头颅劈开？这样的程度可以接受吗？”

“啊。”丁寄萍惊叫了一声，心脏怦怦跳得厉害，忍不住捂住了胸口。其实史秉南所说的，全都是上海曾经发生过的轰动一时的日伪人员被刺案件，那被利刃破脑的，显然指的是被刺身死的民国元老唐开诚。

史秉南虽然看着丁寄萍说话，但余笑蜀知道，这些话其实都是对着乔月解释的。

“就因为在日本人占领下，无法公开反抗日本人，也无法去用中国的法律审判那些在新政府中求职谋生的人，就动用恐怖的手段来暗杀，美其名曰‘制裁’，来达到自己的爱国的伟大目的，这样做是正确的吗？”

“好了，秉南，好端端的，你说这些做什么！”叶佳兰实在是吃不下去，放下了筷子。

史秉南抱歉地看了叶佳兰一眼，道：“多说一句，如今的上海，已经陷入了爱国的恐怖之中！对日本人喊打喊杀，日本人会十倍地报复回来，对新政府的官员喊打喊杀，新政府的官员们就没有办法好好从事他们的工作。而大部分这样的工作，并不是在协助日本人占领中国，而是为了保障上海市民的日常生活。平民不应该为军队的失败承担代价。混乱是可怕的东西，混乱起来，就没有了是非，如今的上海，没有了法制、没有了警察和宪兵，没有我和笑蜀这些人，便一定会盗匪蜂起，市民们只会更加苦不堪言！”

史秉南的眼睛，放射出鹰一样锐利的光来：“诸位，不管世道如何崩坏，也总要有人扛起这绝不易扛的责任啊！”

丁寄萍完全被史秉南的气势压倒，瞠目结舌，说不出话来。

“秉南、笑蜀，听说有新客人来，我来看看都是谁！”

史秉南话音未落，那边梁利群已经大步走了进来。

3-5

“咦？这不是白小姐吗？”梁利群落座先看见了丁寄萍。

“原来你就是……”丁寄萍发现最后一位客人是梁利群，不禁大吃一惊。就在几个月前，这还是她和夏子彰头脑发热，要暗杀的对象。

“是啊，没错，安乐俱乐部！”梁利群嘴角上翘，“这么快就忘了？”

“那个，实在是不好意思。”

丁寄萍还在结结巴巴，梁利群已经拿起了筷子。

“好吃！”看到满桌的美味佳肴，他的眼睛忽地亮了起来。

“这味道，比我在日本吃到的还要新鲜！”

“这位女士是……？”梁利群连着大吃了数口，才想到桌上还有一位女士并不相识。

“我叫乔月，梁先生你好，久闻大名。”

“我有什么大名，他们二位，”他用手指指史秉南和余笑蜀，“才是真正的鼎鼎大名。”

“大名呀，沪上四公子之首呀！”乔月笑眯眯的。

“咳、咳。”梁利群刚好吃到未化的芥末，连咳几声，眼泪都流了出来。

“就是嘛，说到名气，你就不要再谦虚啦，”叶佳兰也在笑，“我天天看报纸，看不到秉南的影子，倒是你，日日出现在花边新闻里。”

梁利群努力把口中的鱼肉咽了下去，连道：“惭愧！惭愧！”

“就是，梁先生上报的机会，比我这样的小演员多得多，真是羡慕！”

“哈哈哈，丁小姐，你这就过分了。”

梁利群就是有这样的本领，只要他在的场合，每个人都会迅速松弛下来。

“说真的，你的歌儿唱得是真好，可惜现在上海的影剧公司大部分歇业，不然我真想再次目睹你在银幕上大放异彩！”

“真的有那么好听吗？”丁寄萍喝了酒，脸上红扑扑的。

“那是自然，我这个人没有别的优点，就是有十分的真诚！幸亏你们当日准头不够，不然我就再也不能一睹丁小姐芳容啦。”梁利群一向嘴巴比脑子快，一段话夹七夹八，什么事都抖搂了出来。

“这个……”这话一出来，丁寄萍不禁有些慌乱。

余笑蜀赶紧打岔：“你不要胡说八道，丁小姐那天是去助兴演出的，和场内的骚乱没有关系。”

“对对，毫无关系，”梁利群点头道，“对了，我还有个问题，丁小姐，当时你说有人把那首歌儿点给我的，那个人是谁呀？”

这是丁寄萍和夏子彰在行刺前早就商量好的一个问题，本来是用来对付工部局的巡捕的，没想到有朝一日居然从事主本人口中问了出来。

“是一位卢小姐。”丁寄萍笑眯眯的。

丁、夏二人早做了功课，梁利群曾经有一位热烈追求的对象，这是沪上八卦热炒过的，姓卢，后来销声匿迹了，拿她来做挡箭牌，也许是没问题的。

“你们、你们怎么了？”

话一出口，丁寄萍忽地发现，梁利群、余笑蜀、史秉南、叶佳兰的表情都变了，就在她说出这个名字的那一刻，仿佛时间凝固。她手足无措地看了乔月一眼，发现乔月的神情也有那么一瞬间的停顿。

“怎么了？”丁寄萍心里没底，开始怀疑，是不是自己的心跳漏了一拍。

她自然不知道，一年多以前，也是这间屋子，也是面前这四个人，今日的这一场宴会和史、梁、余三人结拜天地的那一晚何其相似，唯一没有在场的，恰恰是已经长眠万国公墓的卢一珊。

没有任何追问，这个话题好像从未存在过。

“利群，说正经的，今天叫你来是有事相托。这位乔月小姐，是一位作家，也是我的老朋友，现在来到上海谋生，目前我和笑蜀的身份都不方便出面，你那里有没有什么文化类的机构需要延揽人才，可以举荐。”

“有，还不少，我回去就托几个朋友问问，不知道乔月小姐主要写作什么内容，对于就职的机构有没有什么要求？”

“谢谢梁先生，我写过一些小文章，可以做文化方面的工作，也可以做法律方面的工作，我从前是上海法科大学的毕业生。”

丁寄萍插嘴道：“那可不是什么小文章，乔月姐以前可是沪上各大报副刊的主要撰稿人，写起文章来，真正是有影响的。”

“不提了不提了，那时候还年轻，写的东西太偏激，如今看起来，也没什么好。”

“这样啊，”梁利群眉头一展，道，“乔小姐，我最近认识了一位日本友人，她在海军报道部帮忙，如今海军和日本领事馆合办一个杂志，听说待遇很是优厚，不如我和她说说，推荐你过去帮忙如何？”

“哎，利群，”史秉南打断了他，“最好找一个没有背景的干净机构。”

乔月却道：“史先生，没关系，就像你刚才说的，不管世道怎样混乱，大家总是要吃饭的，做文化工作哪能和政治撇清关系呢？要一个干净的机构，恐怕也不好找。这个工作我看蛮好，希望梁先生帮我推荐一下吧。”

余笑蜀奇怪地看了乔月一眼，日本领事馆和日本海军报道部都是驻沪日军的敏感部门，这个乔月，要么真的是全无心机，否则，和这两个机构扯上关系，将来要想全身而退，恐怕没有那么容易。

果然，史秉南开了口，道："乔月，利群说的这个地方，可不是一般人能进得去的，进去了，恐怕也不好出来，一样是做工作，你以前风格我很熟悉，你就不怕像我和笑蜀一样，被人戳着脊梁骨骂吗？"

乔月笑道："我加入左翼作家联盟，都是八九年前的旧事了，除了发表了一两篇小说，连会议都没有开过，我这个芝麻绿豆大小的写作者，恐怕早就被人遗忘了，倒是今天，在沪上，能有个安稳的工作机会，对我来说蛮重要的。"

史秉南见说不动乔月，也只好点了点头，道："也好，那么，利群你就去联络一下吧。"

经过丁寄萍的无心一击，梁利群已然没有了刚才的活泼劲儿，只是点头道："好说。"

倒是余笑蜀忍不住心底的疑问，道："海军报道部？利群，你从哪里又认识了这样高端的朋友？"

梁利群白了余笑蜀一眼，道："自然是日本人，上次安乐俱乐部那个万能交际花、千都真鹤子！"

吃得正高兴，史公馆的外线电话响起，管家接了电话，走过来看了看丁寄萍，小声对史秉南道："先生，是李市长的电话。"

史秉南摆了摆手，笑道："丁小姐，你的父亲又来找你回家了，请你去接一下吧。"

"真是烦！"丁寄萍从座位上蹦起来，去接电话。

"好了，吃也吃得差不多了，你们聊，丁小姐走了，我和乔月还要去安顿一下行李，乔月一个姑娘家，不能和你们这些男士比，从南京折腾到这里，也该歇歇了。"

乔月站起来，道："佳兰姐这样一说，我还真的感到疲乏了，今晚认识了两位，真的高兴。还有，余先生，你好人做到底，还请帮我把寄萍妹妹送回去吧？"

那边丁寄萍只说了一两句，便挂了电话，正听到乔月的话，慌忙摆手，道："不不不，家里的车已经来了，就在外面，你们谁送下我，到院子里就好了！"

"来来，我去。"梁利群站了起来，做了一个请的姿势，他走到余笑蜀的身边，贴着他的耳朵，说了几句话。

那一边，丁寄萍和乔月已经拥抱作别，梁利群也跟了出去。

刚刚还热闹非凡的餐厅，如今只剩下了史秉南和余笑蜀两个人。

"怎么了？心情不好？"史秉南拿出了他的雪茄，给余笑蜀递了一根，两个人默默吸了起来。

"利群跟你说什么了？"

"励之公的身体愈发地差了，沪上的名医也看遍了，没有什么好法子，如果情况继续坏下去，恐怕要去日本碰碰运气了。"

"这样啊，那欣怡也要跟着去日本了？"

"是。"

史秉南叹了一口气，道："不怪你烦心，谁又能想到，那个黄武宁居然会是军统的人呢？这样，如果励之公需要去日本，我会妥为安排，我不会忘记，如果没有励之公，也就没有我们兄弟三人的今天。"

余笑蜀点了点头："我明白，有需要，利群自然会开口的。"

"不要难过，生死有命，富贵在天。"史秉南拍了拍余笑蜀的肩膀。

余笑蜀无奈地笑笑，就算结束了这个话题。

"笑蜀，你看人一向是准的，乔月你也见过了，你有什么看法？"

余笑蜀意味深长地看着史秉南，道：“说不好，没有什么明确的图谋，只是不像是要落水的人。”

“是啊，我们的关系你也清楚了，她要什么我不能给她？这样千里迢迢跑回上海，偏偏又无所图谋，我也不信啊。”

“我不这么认为，即使你不知道她要做什么，你还是信她的。”

“哦？我信她什么？”

“信她不会害你。”

史秉南摇摇头，少有地露出了一丝温和的笑容，道：“笑蜀，纳兰容若可是说过，等闲变却故人心、却道故人心易变啊。”

余笑蜀也笑了，道：“这种事情，总是很难说的。不管乔月的心有没有变，丁仲芳的前车之鉴不远，我相信你是绝不会服下这份毒药的。”

“是啊，是啊，”史秉南道，“见到故人发发感慨罢了，当年的乔月，真没有今日一半动人。”

“秉南，要调查她吗？”

“算了，她喜欢做什么，就让她去做好了，你替我看着她，有什么异动，要及时通知我，但是，也绝对不许任何人碰她。”

“日本人？”

“日本人，也不行。”史秉南语气坚定，轻轻地把雪茄放在桌面上。

“今天找我，到底什么事？”梁利群回来了。

“利群，今天叫你们来，确实有事要和你们商量。”

“有什么可商量的，你要做的事情，做就是了，我和笑蜀一定配合。”

史秉南点了点头，道：“话可以这样说，事情却不能这样做。上海滩就这么大，平日里你梁大少爷怎么折腾都没关系，但是现在，关系到我们命运的大事件就要到来了，我们决不能有半步踏错。”

余笑蜀和梁利群互相看了一眼，都没有开口，等着史秉南继续说下去。

“现在汪兆铭打算废掉维新政府的华兴商业银行、重建中央储备银行，现在正在组织筹备委员会。是因为汪不甘心像维新政府一样，完全沦为日方的傀儡，我跟他接触越多，觉得他对于时局还是有想法的，总在尽力争取属于中国人自己的权利。但是，他最不明智的一点也在这里。”

史秉南叹了一口气：“日本人要他组阁，不过是拉大旗做虎皮，是为了拖住重庆，好给日本争取时间和资源，从长期战争的泥潭里面跳出来，因此是绝不会让他掌握实际的权力的。这一次国府成立，说白了只是一个形式上的统一，各省的基层大员都是维新政府的旧人、华北政务委员会、蒙疆联合自治政府，都各自为政，更不用说东北的‘满洲国’。汪兆铭越是挣扎，日本人的疑心就会越重。

“这样的时候，我们就更要选对边。丁仲芳的警政部部长争不过我，绝不是因为王如茵，而是因为竹内行男站在我这一边。只要我们和日本军方的利益保持一致，汪兆铭也无奈我何。”

“明白，当下时局瞬息万变，我们必须抓住一切机会壮大自己。”

“不错，当下第一件要紧事，就是抓住这个中央储备银行及后续的税警力量，这是关系到京沪乃至整个华东、华南经济的权力枢纽。在发行新币、平准兑换的时候，在后期经济秩序的建立上，必须有我们存在！”

“秉南，你要我做什么，你就直说，老爷子现在虽然病重，但影响力还是有的。”

“好，现在的问题，是周佛海虽然把警政的权力交给了我，但是财政这一块却绝对不肯让我染指，而警政建设，不能没有经费，没有了钱，我们也不过是死老虎，我们必须从这一点上，打开一个新局面。”

梁利群看了一眼余笑蜀，道:“好，东南贸易公司正可以派上用场。建立新的金融秩序这件事，总商会也绕不过我们上东。”

余笑蜀也回应道：“是，现在人多了，我们的开销也越来越大，经费跟不上，对重庆的工作会很麻烦。”

“不，不仅仅是对重庆，我们将来与重庆必将会有一场恶斗，但是目前，在暗中支持周佛海、做我们最大绊脚石的，恰恰是我们的老对手。”

“谁呀？”梁利群瞪大了眼睛。

“还用问吗？李秉书。”余笑蜀叹了一口气。

“不错，励之公卧病以来，李墨卿以上海市金融界盟主自居，利用上海总商会串联结盟。特别是他谋夺江苏省主席的职位落了空，现在正在全力争取中央储备银行行长的位置。”

梁利群道：“所以他是我们的第一个障碍？”

“他是最大的障碍，但不是第一个。”

“那是谁？”

“丁司城，”史秉南脸上没有任何表情，轻轻吐出一口烟雾，“李秉书胜在实力，输在投靠日本太过心急，失了口碑；而丁司城到现在还在以抗日救国的面貌出现，在上海商界中有很大的影响力，他是李秉书多年好友，明面上反日，但暗中支持李秉书，这两个人一个唱红脸、一个唱白脸，左右了上海的金融界。周佛海现在对是否把税警权力也交到我手里游移不定，我们的时间不多了，要好好想一想怎么做才好。”

史秉南忽然转头，对着梁利群：“利群，励之公的身体现在怎么样了？”

梁利群和余笑蜀对看了一眼，同时露出了一丝苦笑。

爱文义路丁公馆前，丁寄萍的车子放缓了速度，正准备开进院子，夏子彰突然从路旁蹦了出来，手里捧着一束新鲜的玫瑰花。

“老于，停车、停车，吓死我了，你怎么来了？”丁寄萍从车窗里探出头来。

夏子彰凑近了闻了闻，道：“你喝酒了？”

丁寄萍打开车门下了车，一把抱住夏子彰：“你在这里等了多久呀，一定很冷吧？”

“寄萍，我告诉你，我们的抗日锄奸行动很快就会有新的、突破性的进展，我找到了军统的人，他们肯定愿意吸收我们，帮助我们制裁汉奸！”

丁寄萍扶着夏子彰的肩膀，道：“小夏，我们不要再去做那种暗杀行刺的事情了好不好。”

“为什么？你害怕了吗？”

“没有，我觉得，我们那样做，也不一定是正确的选择。”

“你说什么？寄萍，你变了，我怎么不认得你了，是不是因为那个余笑蜀？”

“你在胡说什么呀！”丁寄萍恼火地推开他。

“这都夜里十点了，你跟他们走了那么久，去做什么了？”夏子彰又激动起来。

“你这个人怎么这样啊，这样疑神疑鬼有意思吗？！我已经是一个成年人了，我做什么，我自己负责！”丁寄萍跺脚喊道。

夏子彰站在那里，失望地摇头：“寄萍，你以前不是这样的。”

“那你到底想要我怎样！”丁寄萍把手里的花猛地扔到夏子彰的怀里，转身走进了铁门。

不多一会，她又转了出来，叫道:“夏子彰？夏子彰你给我出来！”

夏子彰已经不见了，只有一地破碎的玫瑰花瓣被夜风卷动，在街旁滚来滚去。

04 龙蛇草莽

4-1

崇明路六号，日军驻上海宪兵司令部内，松泽俊久正在办公室里来回踱步。

作为从基层摸爬滚打走上来的陆大毕业生，他可谓久经历练。内心越是焦虑，他的状态反而会显得轻松和缓，这已经成了他的工作习惯。

此刻的他在等竹内行男的电报，经过短暂的过渡，竹内已经随着汪兆铭的国民政府迁往南京办公，梅机关的新总部位于南京鼓楼大仓巷，改称“国民政府最高军事顾问部”。汪兆铭政府的成立，也同样让梅机关从地下走到了地上，竹内行男受聘成为南京政府的最高军事顾问。换句话说，虽然重要事项依然要向竹内汇报，但在上海，他松泽俊久已经成为独当一面的情报负责人，相比他的前任内野丰，松泽已经有了更大的决策空间。

支那战争展开已三年，渐渐进入全面相持时期，面对国民党政府军队，日本陆军依旧保持了压倒性的优势。但让松泽俊久焦虑的是，在淮南、鄂中的新四军队伍不断发展壮大，渐成星火燎原之势，并摩拳擦掌，对日方控制的苏北苏南跃跃欲试。

如果说远处的新四军尚未影响上海日军的活动，那么最近的袭击事件，则让松泽俊久感到了共产党武装的沉重压力。七月上旬，就在驻沪日军的眼皮底下，崇明县堡镇至陈家镇的公路上，正在调动的日军遭到了共党游击队的猛烈伏击，死伤二十六人，战备物资被掠夺，军车也被焚烧。

上海日军紧急出动，经过连番的血战，顺路把在上海近郊活动的忠义救国军打得抬不起头来，但依然没有摸到共产党军队的影子。

并不意外，这次伏击照例引起了租界华报的舆论狂欢。对于中国人不屈不挠的抵抗和租界当局的冷眼旁观、拒不合作，登部队司令部极其震怒。

松泽俊久则在努力寻找答案，共产党的武装何以能够不断壮大？

他的目光落在桌上那薄薄几张译电纸上，在苏浙皖地区流窜的共军和重庆军队貌合神离、摩擦不断，新四军显然无法从重庆得到补给。那么，新四军是否在上海拥有资金和物资补给的秘密通道？

作为军方驻沪的特情部门，如果特高课对此无法提出自己的意见，这未免也太说不过去了。

他相信，此刻，远在南京的竹内行男也并不好过。

汪政权初建，虽然竹内尽力协调，赋予了汪政权一定的财政支配权和武力，但是军方内部的杂音也很多，代表参谋本部的竹内也被处处掣肘，汪政府武力之软弱，不要说面对四处游荡、意志坚定的新四军，就是面对重庆非嫡系的杂牌部队和地方武装，也是颇为吃力的。

至少目前，汪政权的武力还无法释放日军承担的战斗压力，因此，限制新四军的发展，已成为关系到华东占领区局势稳定的重大问题。

时局的恶劣还不仅如此，华北方面，八路军大规模出动，不断对交通干线加以破坏。这次的军事骚扰和延安以往谨慎的风格大有不同，八路军将战线拉长，采用随机行动、避免正面冲突的方针，因此陆军一直无法准确捕捉其主力。上海派遣军司令部和梅机关不约而同地发出了近似的战略指令，要从经济上、宣传上严格遏制新四军的发展壮大，并且要加大力度渗入基层地区、改善民生，争取中国底层民众的合作，来巩固对占领区的统治。

这样的战略是没错，但是这是无畏的日本军人无法执行的任务，战争中尖锐对立的两方，如何才能达成真实的谅解，并在资源有限的情况下，获得对方民众的支持呢？

中国人的政府是建立起来了，但最令人头痛的，莫过于汪政权是一帮势利之徒凑起来的乌合之众，其中真正深具才能，不谋私利，可以认真做好事情的人实在不多。譬如史秉南这样的人，难道真的要给他更大的权力吗？这个人确实是特异得出奇的能干，有手腕也有魄力，但是，谁又能保证这是一条忠犬，而不是一只会反噬主人的恶狼呢？

敲门声响起，事务官推门道：“李沪生副主任到了。”

“请他进来。”松泽俊久展开了眉头，在会客沙发上坐好。

“松泽中佐，你真是难找！”李沪生大踏步走了进来。

“李先生，请坐。”

李沪生看到松泽俊久一副悠然的样子，忍不住有些着急，道：“我们的建议，不知道竹内先生有没有反馈。”

“你先坐下，慢慢聊。”

李沪生左右又走了几步，见松泽俊久慢吞吞的，没有马上答复的意思，只得坐了下来，这个松泽俊久分明是个滑头，如果内野丰没死，恐怕早就跳出来和自己一起风风火火地做起来了。

“我的这个信息，很重要，现在和史秉南频繁接触的那个女人，不仅是他的情人，还是重庆的间谍！”

“李君，我对桃色新闻没有兴趣，史先生现在是政府高官，你对他的指控，有证据吗？”

李沪生闷了半天，没说话，道：“我正在搜集，很快就会有结果。”

松泽俊久摸摸额头，道：“现在新政府已经成立，没有证据，不要说是我，就是上海派遣军也不好对史部长发出直接指控呀。”

“证据我肯定会拿到的，而且就在最近！”李沪生嘴角浮现出一丝冷笑，“形势逼人，他很快就会露出马脚。”

“什么意思？”

“你知道的，要解决上海的经济问题，用法币套取外汇这条路，已经行不通了！中央储备银行尽早成立，发行新货币是大势所趋！你可能还不知道，目前史秉南请出了那个在病床上奄奄一息的老朽梁成杰，在极力阻止我父亲入主中央储备银行！史秉南的野心路人皆知，他就是想打掉他在上海的所有对手，一家独大！不过当下的局势，他不主动进击，是控制不了局面的。只要他一动，我一定会抓住他的破绽！”

“周佛海先生呢？他怎么看？”

“他怎么看？周佛海当然也想控制中储行，不过他远没有史秉南危险就是了，我们大业商贸一向是日本的亲密经济伙伴，史秉南的上东系算什么？已经成了他特工总部的私家银行了！我可以断言，上海经济的命脉，将来掌握在谁的手里，都没有掌握在我们手里保险！”

“李君，家族利益固然重要，但是我觉得，史秉南也不过是借用上东的力量来发展警政，维护社会治安，如果你指控上东不是亲日的企业，那么，似乎令尊的亲密合作伙伴，吴兴颜料公司的丁司城先生，不但不亲日，似乎对我们还颇有微词呀？”

“哎呀，”李沪生有些急了，道，“松泽中佐，在如今的上海，这个姿态是必须的！只要我们能控制住丁司城的产业，可以利用他的影响力，让他骂几句，是非常有必要的！你不晓得，现在租界里反日分子还相当活跃，市民心底也不认同皇军的统治，如果没有丁司城这样的人，我们就很难让那些中间力量为我所用。丁司城这个人我了解，虽然喜欢逞口舌之快，但他是绝不会让上海的工商业毁于投机和战乱的，中国有句古话，叫作识时务者为俊杰，他是会审时度势的！”

“好，”松泽俊久点点头，道，“听到你这么说，我就放心了。你说史秉南里通重庆，这可能吗？据我所知，这两年，他已经和军统杀红了眼，你确定他和重庆还有往来渠道吗？”

“我确定，史秉南的东南贸易公司，控制在他的结拜兄弟余笑蜀手里，秘而不宣，现在生意做越做大。七十六号透过东南贸易公司走私军用物资，已经成了公开的秘密。还有那个陈仲友，在重庆一样是高官厚禄，千里迢迢跑来上海享福？鬼才信他！我知道东南贸易公司有一批紧缺西药最近将抵达上海，我已经安插了人去盯着，这些消炎药在前线贵如黄金，我不信史秉南是买了卖给普通市民的！”

松泽俊久点点头，道：“李先生，我完全相信你对大日本帝国的诚意，也期待你的调查结果。只是我一定要提醒你，指证史先生非同小可，你切不可操之过急。倒是令尊对中央储备银行的介入，如果可以通过丁先生获得更多金融界人士的支持，我倒认为有必要快速推进。”

敲门声再次响起，事务官拿进来一份加急绝密译电，松泽俊久并没有开启，而是把电文放在了办公桌上。

“松泽中佐！我和内野少佐曾经是并肩作战的战友，我希望，也有这样的荣幸，可以和松泽你一起，创造光辉事业，令东亚和平繁荣、大日本帝国更加辉煌！”

松泽俊久站了起来，笑眯眯地道：“那就辛苦你了，有什么情况，你直接联系我。”

他拍了拍桌上的信封，道：“竹内先生现在远在南京，不常回来，迫不得已的时候，我也只有，哦，也是中国的一句成语：‘先斩后奏’。只要你有了确实的证据，我是一定不会含糊其事的。”

李沪生的眼睛亮了起来，唾沫横飞地说了这么久，总算得到了松泽俊久的一个表态，看来父亲说得没错，什么推测、猜疑、证据，都是扯淡，还是利益最重要，松泽俊久对把上海经济牢牢抓在自己手里的渴望，显然已经压过对史秉南、余笑蜀的盲目支持了。

“松泽先生，那我就不多留了。”

松泽起身送客，李沪生离开的时候，脚步轻快了许多。

证据？要证据还不好说吗？

4-2

法租界大沪制帽厂，军统上海站的秘密据点里，烟雾缭绕，许纵歪着身子靠坐在沙发里，看着黑着脸的周竟成。

周竟成刚在上海站中层干部会上大发脾气，让他在下属面前实在下不来台，现在他的心里也十分不痛快。这人一不痛快，就会不知不觉反映在肢体上。此刻他没有意识到，自己已高高跷起了二郎腿。

“老许，你也太离谱了，随随便便什么三脚猫都能找上门来，我们的情报工作还要怎样开展！”

让周竟成怒急攻心的，是夏子彰。

就在上午，上海站正在召开中层干部会议，制帽厂突然来了两位自称革命同志的不速之客，大摇大摆地要见周竟成。掩护人员一时摸不着头脑，不敢轻举妄动，于是一面派人观察外围是不是跟着巡捕和日本宪兵，一方面紧急通知终止会议，分散隐蔽。从上海四面八方聚集来的干部们慌了神，以为要被一网打尽，一时鸡飞狗跳、东躲西藏，狼狈不堪。

夏子彰和他的朋友被厂方经理稳住，在等待期间，还在院子点上香烟，悠哉悠哉四处张望闲聊，把这些久经战阵的军统特工们，个个惊出了一身冷汗。周竟成毕竟经过大场面，在确定对方只有两个人后，忙派人把他们当场控制，而这一次好不容易才召开的中层干部会，便这样草草结束了。

和夏子彰等人的对话让人哭笑不得，这两个人不过是国府上海地区的普通职员，仗着一腔热血，要杀敌锄奸，既没有受过专门的特工训练，也没有任何安全保密意识，见鬼的是，他们竟然同时通过了中统和军统外围组织的审查，这也是他们突然出现的原因。问了半天，这两个活宝自供，因为曾被七十六号逮捕，吃了苦头，现在一门心思想要刺杀伪特工总部的头面人物，希望投靠组织、报效国家。这虽是一场虚惊，但大沪制帽厂这个许纵亲设的据点，如今形同暴露，军统在上海的主要办公地点，必须转移了。

“夏子彰？”发了一通火，周竟成忽然想起，这个名字有些耳熟。

“搬！我这就安排，马上启动备用联络站！”许纵慢悠悠地道，“老周，要我说，真的不用太紧张，七十六号里，不是有我们的策反人员吗？如果七十六号有动作，我们还能不知道？上次巨泼来斯路的联络站被突袭，我们不是就没什么损失嘛。”他的语气有点酸，和李再兴时代一样，好不容易埋进去的内部线人，周竟成依然不肯分享。

“潜伏人员当然可用，但是要尽量少用，不能乱用！”周竟成猛吸两口，把烟掐灭在烟缸里，“巨泼来斯路的站点被抄，虽然没有什么损失，但是戴老板打进中共的楔子差一点就被挖出来了！”

许纵不以为然地咳嗽两声，道：“那个穆天生？身边还跟着共产党，就冒冒失失跑到情报站寻求支援，不抓他抓谁？”

周竟成瞥了许纵一眼：“他那是迫不得已，被那个女共党抓住破绽了！”

“是啊，所以说上面好手段，安插人手又不通过我们，出了事，就要我们擦屁股，那次要不是你手里这个暗桩，他一个人，就要把我们的船带翻！”

“不管怎么说，他也不容易，共党打进来的多了，我们打进去的，倒真是稀罕。穆天生的这次失手，也算因祸得福，坐过了七十六号的反省室，他如今在中共地方党组织里很吃得开。”

“和我们有什么关系？他又不归我们上海区领导，情报还不是传到重庆？”许纵满腹牢骚。

周竟成看了许纵一眼，道：“最近兄弟们很辛苦，我知道，也做出了很大的成绩，不过伪组织的反扑这样凶狠，正是我们急需提振士气的时候，所以连戴老板都特别提出，这次的行动，你务必抓紧！”

许纵坐直了身子，道：“区长，不是我不想快一点，难啊！李秉书是什么人！是，那个朱文治深明大义，但是现在的问题是，李秉书每天前呼后拥，他只是个市府侍从官，根本没有发难的机会啊。年初我就按照他的条件，把他全家老小都安置好了，他就是拖着迟迟不动手，我有什么办法？不然你看，我们换一个目标，比如最近投靠汪兆铭那个陈仲友，怎么样？”

“筹备了快一年，说放弃就放弃了？”周竟成从口袋里掏出一封译电文，放在桌上，推给了许纵，道，“你看看这个，有什么意见？”

许纵打开信封，浏览了一遍，抬头道：“穆天生？”

“不错，今天重庆刚刚发来的，共党在七十六号，也有卧底，代号‘矿工’，其上海组织的负责人，代号‘渔夫’，同时，‘渔夫’还在上海组织着一个新四军的秘密物资通道。”

“没兴趣。”许纵把信封推了回去。

“怎么，不是搞不定李秉书，又没事情做吗？共产党没兴趣？国军和日军纠缠对峙，上面对共党的戒心又提起来了，现在皖南摩擦不断，恐怕又要生变故。共党和我们，终究还是不能坦诚相见。”

“我说老兄，你要跟他们坦诚相见，他们要不要和你坦诚相见？共产党从来就不是什么朋友，不然戴老板为什么要想着往朋友家里派卧底？我才不管什么狗屁的军事摩擦，如今既然双方脸皮还没撕破，还顶着个联合抗日的大帽子，就休想让我们去做恶人。我们现在在上海已经够难了，还要我们去打共产党的交通线？这事情做完了，我们有什么功劳？搞不好还要背上一个破坏抗战的罪名，这种吃力不讨好的事情，我才不做！”

“也好，”周竟成用火柴把那份译电点燃，丢在了烟灰缸里，道，“反正不过是情报交换，现在联合抗日，对付共产党，也不好发明令。”

许纵冷笑一声，道：“这种情报交换过来，摆明了是叫我们难做，上不得台面的事情，还要我们领会精神，老子智力不足，看不懂。”

周竟成苦笑，道：“行吧，就拖着吧。”

许纵忽地直起腰来，道：“哎？不是还有你七十六号的那个暗桩吗？再有这样的消息，你给他，要七十六号去做啊，这样七十六号和共产党打个两败俱伤，我们又没有破坏抗战，不是很合适？”

周竟成愣了片刻，道：“我再想想。”

许纵站起身来，道：“那两个爱国志士怎么处理？他们还在等着呢。”

“等什么？”周竟成一愣。

“等着填表格、被吸收啊。”

周竟成忽然想起严屹峰对他说过的话，道：“那个夏子彰我听过，他的女朋友是丁司城的女儿，据说余笑蜀对她很有好感。”

余笑蜀?

“嗯,”见周竟成迟迟没有回答,许纵挥挥手,把面前的烟雾散开,道,“那不然先观察一下？你放心，朱文治那边，我不会由着他拖拉，他妈的，如果他再不动手，我就把他老婆孩子老爹老娘都弄回南市去！”

4-3

夏日炎炎，时辰尚早，绿树掩映的爱文义路上行人寥寥。丁司城的公馆就位于成都路向南的巷子里，是个闹中取静的所在。许仕明看了看怀表，九时将至，为了确保万无一失，他们已经在此守候了几个小时。

他揉揉眼睛，远处的张安国遥遥比了一个手势，所有人都做好了准备。

今天是中央储备银行筹备委员会的会议日，作为中储行筹委会的副主任委员，丁司城一定要出席这次会议。

许仕明已经拿着地图反复斟酌了无数次，从成都路上爱文义路，是丁司城每天必经之路，在快到爱文义路口有一段狭窄路段，汽车是开不快的。

精挑细选的行动骨干，万无一失的保障措施，他亲自出手，容不得一点闪失。

丁司城有个兼做保镖的司机老于，汽车又是防弹汽车，如果发现情形不对，汽车掉头开回丁公馆的话，那就前功尽弃。因此要想按照计划把他绑走，必须诱使他下车。

近几个月以来，上海绑票案蔚然成风，大医师沈静居、茶叶巨商唐季珊、上海银号经理程望生、金融家朱博泉等纷纷被绑失踪，沪上巨商富贾人人自危，大都雇用保镖、提高警惕，因此在这个关口上，史秉南布置下对丁司城实施秘密逮捕的任务，许仕明多少有些诧异。所谓秘密逮捕，其实也就是法律之外的政治绑架，和普通绑架的区别，不过是没有明确的金钱要求罢了。

诧异归诧异，许仕明还是毫不犹豫地答应了，他一向是个只管执行，不问因由的人，何况他对丁司城早已恨之入骨。年初至五月的股市狂潮中，就是丁司城在西商众业公所布下圈套，让他大亏特亏，不但赔光了所有家底，还背上了巨额债务。

虽说这一笔烂账究其源头，应该算在李秉书和李沪生父子身上，但丁司城在乐乡饭店对他的公开羞辱，那种趾高气扬、不可一世的神情，给许仕明以极大的刺激，他对丁司城这个执行者的恨意，已经远远超过了幕后谋划的李氏父子了。

许仕明并不笨，他知道，丁司城这样的人物，是不能随便动的，因此只能忍。那次事件，他不但身背巨债、被李沪生在腿上打了一枪，还被史秉南骂了个狗血喷头。

只是他可能没有意识到，他对丁司城的自我克制和忍耐，以加倍的暴戾和乖张落在了其他人的头上。史秉南对他的放纵，也让他的行为愈加匪夷所思，其中最出名的，就是为了争夺南市赌场的控制权，也是为了填补自己在股市的巨额亏空，他亲手枪杀了那个喜欢到处宣扬自己给他做过司机的前老头子，青帮大佬高登荣。

杀人立威，对于许仕明来说并不困难，但是高登荣之死，却引起了青帮内部的极大反弹，“欺师灭祖”在青帮里面是极为严重的罪行，这导致许仕明几乎落到千夫所指的境地，再加上他的正牌老头子季云卿已被军统刺死，没人再替他说话，因此许仕明在青帮里的威望也是一落千丈，好在七十六号再不是昔日那个遮遮掩掩见不得光的地下特务机构，有了警政的公权力，许仕明专心致志服务史秉南，对昔日的青帮兄弟，早就抛到九霄云外去了。

已经可以听到汽车驶来的声音了。

在许仕明身后，捆着一个身形和丁寄萍极其相似的女人，头被布袋套起，嘴里塞着白布，这是他特地为丁司城准备的绝杀武器。

丁寄萍昨日和乔月一起出门看戏，晚上就和乔月一起住在了史公馆，此刻，大概还在史公馆用早餐，有了这个“丁寄萍”，他不怕丁司城不乖乖下车就范。

丁司城的小轿车缓缓转过街角。

许仕明点点头，正在行驶的小轿车，突然被前方斜插过来的车辆截住去路。

砰砰两枪，正击在车子的前挡风玻璃上。

“下车！”

“快下车！”

果然不出所料，丁司城的司机猛踩油门，迅速向后退去。车轮和地面摩擦，发出尖厉的啸叫声。

张安国跳过来，把“丁寄萍”拉了出去，按在地上。

他抬手冲天开了一枪，喊道：“姓丁的，你不要你的女儿了吗？”

丁司城的车子停住了。

特务们一拥而上，拉开车门，把他拖出了车子，司机则被捆作一团。

“你们要多少钱，好说，不要动她！”

丁司城被拉得左右摇摆，在距离“丁寄萍”越来越近的时候，他的脚步变得迟疑起来。

“你们是什么人？知道我是谁吗？现在放了我，要多少钱，我双手奉上，我丁某人从来说一不二。”

丁司城的镇静有些不同寻常，许仕明隐隐觉得哪里不妥，就在这几句话的工夫，丁司城已经走到了车前。

“废什么话！”张安国打开了车门，在身后猛推丁司城，然而丁司城却抗拒着，眼睛死死盯着许仕明。

“日本人缺钱了吗？”丁司城忽地开口。

就在许仕明发愣的那一瞬间，丁司城那干瘦的身躯突然迸发出极大的力量，左右推开架着自己的两个大汉，从怀里掏出一把小手枪来。

“有枪！”张安国顾不得许多，扑上去掐住丁司城，把他的手猛地向上一托，砰的一声，丁司城这一枪擦着许仕明的耳朵打到了空中，在挣扎中，张安国的蒙面巾也被丁司城扯了下来。

这突如其来的危险让许仕明浑身发烫，他一把捉住丁司城持枪的手，用力一拗，咔的一声，丁司城长声惨叫，手腕就垂了下来。

“绑票！七……”

丁司城扯着脖子喊到一半，便被张安国猛地勒住脖子，再也喊不下去。

“塞进去！”许仕明整了整被丁司城扯歪的衣服，捡起了那一把落在地上的小手枪。

“姓许的，小瘪三！”被勒住脖子的丁司城瞪着许仕明，轻蔑地挤出了几个字。

尽管知道离开现场才是当下的第一要务，但是一股血一下子冲到了许仕明的天灵盖上。他回身一把抓住丁司城的脖领子，恶狠狠地道：“姓丁的，叫过吾瘪三额宁，已经才去见了阎罗王了。”

“让姓史的出来，我和烧开水、站赌台的瘪三没什么好讲。”丁司城嗓子虽哑，但是轻蔑不减。

这句话犹如一个大锤，轰地砸到了许仕明的脑袋上，他的右腿又一抽一抽地疼痛起来，他仿佛又回到了乐乡饭店被群嘲的那一天。

他手里的枪抵在了丁司城的胸口，道：“侬再讲一遍。”

许仕明的脑子一片空白，只能听见自己咚咚的心跳声，从幼时起在上海滩摸爬滚打的屈辱记忆此刻都翻涌起来，那些几十年来，对这个底层出身的穷小子露出的轻蔑、不屑、扭曲的脸，都一层层重合到面前这个人的面孔上。

他看到丁司城的嘴唇还在张合着，说些什么他已经听不清了。

“师兄，你可千万不要冲动啊！”张安国拉住了许仕明。

许仕明耳边嗡嗡作响，整个脸都变了形，勉强转过头去，道：“走。”

远处巡捕的哨声响起，车子飞快地驶离了成都路，向西一路狂奔。开出去没多久，正经过赫斯托路交叉口时，车内突然传来数声闷响，这里是公共租界的繁华地带，两旁的行人顿时炸了窝，不知道是汽车爆了胎还是撞了人。

车子在这里略停了停，马上又启动起来，很快消失无踪。

“寄萍，我今天有要紧事要和史先生、余先生出去，就不送你了呀。”

“我又不是没有车，要你们送！”丁寄萍拿手帕擦去了嘴角的热牛奶，站起来抖了抖衣服。

“怎么样，早餐还满意吗？”史秉南从二楼走下来，笑眯眯的。

“真的，史先生，你们家的厨子，手艺真是太了不起了，烤出来的面包，比德大的还要松软，我回去呀，一定要换厨子！”

“我还知道几个不错的西餐厨师，回头要佳兰介绍给你们，不过这上海滩最好的嘛，肯定是在我的后厨了。”

“老爷，余先生那边车已经备好了。”管家从连通两家的花园甬路走了过来。

“姐姐不然坐我的车吧！把你送到，我再转回家。”

“你这个丫头，太麻烦了，不说了我们要走了。”

“走吧！走吧！好大的阵仗！”

今天的余笑蜀和史秉南穿的都是中式服装，而乔月则穿上了新做的旗袍。

丁寄萍看着车子从余公馆和史公馆一辆一辆开出去，汇在一处，自西向东，绝尘而去。

她想了想，又跑回花园去，找到叶佳兰，撒娇似的说：“佳兰姐，那个，你们早餐的西点，我觉得好好吃，能不能带一些走呀？”

“好呀，”叶佳兰转过身来，“你等等，我去看看，厨房有的，都给你带上。”

“那真是太谢谢了，以后我们家找厨子，就按照你们家的这个水准考核！”丁寄萍笑嘻嘻的。

她现在满心里想的，都是夏子彰，她决定一会儿先去夏子彰那里，她要拿着这好吃且难得的点心，和心上人一起分享。只要想一想，就觉得心里更甜了呢。

4-4

“余笑蜀！丁司城到底被绑到哪里去了！”

李沪生气势汹汹，一头撞进余笑蜀的办公室。

“什么，丁先生被绑架了？”余笑蜀呼地从椅子上站起来，与沙发上的严屹峰对看了一眼。

“你不要装蒜了，我真是低估了你们，这样的手段居然也能使得出来！”李沪生一拳砸在桌子上，吼得脖子上青筋暴起。

“沪生，你说话可是要负责任啊，若是丁先生真的被绑架了，最要紧的是要追查凶手，你在这里和我们喊，也无济于事呀！”严屹峰也一整个摸不着头脑。

“你们少跟我装模作样！丁司城今早去开中储行的会，刚出家门就被人绑走，在这个节骨眼上，还有谁！”

余笑蜀也冷下脸来，道：“李副主任，你可不要含血喷人，今天上午，我陪史部长去见了重要的客人，完全不知道这件事情，再说，中储行开会，和我有什么关系！”

“好，那你告诉我，一大早，许仕明为什么从警卫总队拉出去两车人，而恰巧丁司城就失踪了。这怎么解释！现在正是中储行成立的节骨眼上，你明明知道丁司城对周先生的作用。现在梁成杰躺在床上不能动，为了把梁利群这个黄毛小子推上去抢中储行的控制权，你们倒是什么都做得出！”

“沪生，老实说，你现在的样子实在很不体面。警卫总队是我直辖没错，但是也不用事事都和我汇报，退一万步说，就算许总队长今天上午调了人出去，你也不能说他就是去绑票丁司城吧！”余笑蜀冷笑道，“如果总队的兄弟们知道你这样信口开河，他们会怎么想？我相信，如果你手里有证据，也不会在这里冲着我余笑蜀喊了，大概已经把我就地正法了吧？难道比起追查真凶，在这里发泄无名火更加重要吗？”

“好，好，余笑蜀，算你牙尖嘴利！我就算掘地三尺，也要把丁司城找出来！现在上海金融界的一举一动都牵扯到市面的信心，你们好好想清楚后果！你等着！”

“沪生？是不是有什么误会？李……”

严屹峰一句话没说完，砰的一声，李沪生已经摔门而去。

这一进一出，李沪生看都没看严屹峰一眼，好像他这个机要处处长根本不存在。

“不知道又来发什么疯！”

“是啊是啊，一定有误会，不然，我给许大队长拨个电话？”

余笑蜀指了指电话。

严屹峰拿起来，拨给了警卫总队，果然，许仕明不在，也没有人知道他的去向。

难道，丁司城真的被绑架了？就在史秉南和自己驱车去见张德钦的时候，许仕明真的去绑了丁司城吗？

“屹峰兄，史部长是什么时候的火车？”

严屹峰抬头，看了看屋子里的挂钟，道：“一点一刻的火车，已经开了。”

“他这次去南京做什么？什么时候回来？”

“应该是去丁家桥训话，这一个多月，已经去了好几次了。什么时候回来，倒不清楚。”

余笑蜀点点头，史秉南去的，是位于南京丁家桥的中央税警学校干部训练班。

现在的史秉南，已经掌握了警政大权，正在谋划占据上海金融界的一席之地，但无论是警权还是黄金，都不及他对建军的渴望。他现在已经成为警政部政务次长和中央军事委员会委员，缺的，就是自己的武装。这也实在怪不得他，整个汪政府仅有的武力除了七十六号的特务系统，就是董务德手下的杂牌兵，谈到军队，不但他史秉南没有，汪兆铭、周佛海，也一样没有。

现在史秉南倾力推动的“中央税警学校”，就是为了建立武装税警团做准备。而这个税警团的建制，又是史秉南磨破嘴皮，说动了竹内行男，借着周佛海的名义筹备的。名为缉私武力，实则是私人武装。

见余笑蜀不说话，严屹峰小心翼翼地道：“笑蜀，刚才李沪生说的，不会是真的吧？”

余笑蜀皱眉道：“我看他是得了失心疯了，满脑子臆想，史部长现在忙的事情多了，我们又不缺钱，怎么会有那个闲工夫，去绑票什么沪上富商？”

严屹峰点点头：“我也觉得，丁主任高升之后，他的状态就不大对，总摆出一副我们全都在和他作对的架势。”

“是吗？你有这种感觉？”

“那是当然，岂止是我这样想，上上下下大多数兄弟都是这种感觉，就连他的嫡系二处那一套班底，现在动辄就遭到他的叱骂，也是一片怨声载道。”

余笑蜀的心思，完全没在严屹峰这里。他一直在想，今天早上史秉南和丁寄萍还在院子里谈笑风生，难道真的是他派人去绑了丁司城吗？

余笑蜀点上一根烟，深深吸了一口，道：“严兄，今天的事，就到此为止吧，咱们还是团结为重。”

“是，明白，团结为重！”稍微迟疑了一下，严屹峰又道，“我也觉得史先生现在没工夫去管什么丁司城不丁司城的。”

“什么意思？”余笑蜀觉得他话里有话。

“据说那个熊山川，前几天忽然反正了，周先生非常高兴，说他做过军官，打过仗，有意让他共建税警学校，史先生不太高兴呢。”

“那个忠义救国军的淞沪支队司令？”

“对，就是他，当时被二处逮捕，是丁仲芳一力把他保下来，据说很有治军的经验。”

余笑蜀笑了，道：“丁主任，哦，丁部长留下熊山川，大概也是为了王小姐吧。”

严屹峰哈哈笑起来：“都是这么说。本来史先生做这个税警学校兴致勃勃，忽然冒出来一个熊山川，这个事情前途究竟如何，就不好说了。”

“是啊，世事难料啊，世事难料。”

余笑蜀把口中的一缕青烟，缓缓吹向空中。

4-5

天色已经暗了下来，愚园路余公馆的客厅里灯火通明。

叶佳兰看了看满面泪痕的丁寄萍，转身对余笑蜀道：“笑蜀，你还是想想办法，现在秉南不在家，你和上海各方面熟络，秉南也说过，丁先生是个正派人，现在他出了事，我们也要尽一份力才好。”

余笑蜀还没回答，那边丁寄萍已经咬着嘴唇，道：“余先生，这次我是真的没有办法了，工部局的巡捕都散出去了，一点线索都没有，只是有人说，那天上午在静安寺路上，有人开了枪，我这两天总是心惊肉跳的，会不会出什么意外啊！”

这些话，丁寄萍翻来覆去，已经不知道说了几遍了。

“好妹妹，丁先生一生正直，吉人自有天相，现在的绑匪，要的无非是黄金钞票，给足了赎金，他们也没有理由不放人。”乔月慢慢抚着丁寄萍的后背。

丁寄萍的眼泪又慢慢滚了出来，道：“这都好几天了，如果真的是要钱，怎么还没有人开口，嫂嫂你帮帮我！”她又扯住了叶佳兰的衣服。

“笑蜀，你倒是说话呀！”叶佳兰也不知道如何安慰丁寄萍。

余笑蜀叹了一口气，道：“丁小姐，令尊是上海金融界的柱石，这次被绑架我这里也是心急如焚。今天上午我还收到了史先生从南京发回的电报，我怎么会不尽力呢？现在不管是工部局、市政府或者是我们警政部，都在全力缉凶，只是目前还没有任何线索。可能是凶徒看到引起的波澜太大，想要暂避风头，因此才迟迟没有提出要求，你不要太着急，只要他们露出一点蛛丝马迹，我们一定会追查到底！”

“匪徒一直没出现，会不会是撕票了呀！静安寺路上的枪声，会不会是他们撕票啊！”

“不会，不会，哪有绑匪在大庭广众之下撕票的，你不要胡思乱想。”乔月安慰着丁寄萍。

“我想到了，一定是警察们逼得太紧，所以凶徒们不敢露面，余先生，请您务必告诉他们，不要把这件事情闹得这样大，就算要钱，也要让我能够给得出去才好是不是！先让我们知道父亲是死是活，好不好呀！”

余笑蜀叹气道：“丁小姐，上海市警察局我倒可以打个招呼，但是我这里控制不了租界的巡捕房呀，再说，现在沪上报纸铺天盖地，赏格已经挂出去了，现在想收回，恐怕也来不及了！你冷静一下，警政部在上海的线人很多，相信很快就会找到丁先生的下落！”

“不行，如果加大警力，万一绑匪看到勒索无望，撕票了怎么办！请你一定要帮我们丁家这个忙，赶快把他们都撤回来好不好！”

丁寄萍哭得双眼红肿，心思一会儿一转，这已经是不知道转了第几个弯儿了。

陶俊杰大步走了进来,正赶上屋子里乱作一团,他迟疑了片刻,道:“主任，赵先生请过来了。”

乔月看叶佳兰有些睁不开眼了，便拉着丁寄萍站了起来，道:“余先生，丁先生失踪，寄萍实在不知道该找谁了，来打扰你是不得已，还是请你多多帮忙，那今天，我们就先回去了。”

丁寄萍失望地站了起来，一言不发，转身就走，乔月抱歉地对余笑蜀挤出了一个笑容，快走两步追了上去。

“笑蜀，我送她们一下，你聊正事。”叶佳兰起身，余笑蜀赶忙也站了起来。

“俊杰，请赵先生进来，在这里等一下我好了，我去送一下。”

等到余笑蜀再走回客厅，赵复生已经在沙发上坐定了。

“刚才走出去的，是不是……？”

余笑蜀点点头，道：“没错，是丁司城的女儿和史秉南的夫人，还有一位，是史秉南的旧友，叫作乔月。”

“哦，”赵复生回头又望了望那扇已经合上的大门,道,“这次我来，就是要和你谈一谈这件事。”

“什么事？”

“丁司城失踪这件事！”虽然偌大的客厅只有他们两个人，赵复生还是习惯性地前后左右看了一圈。

“你也对绑票案感兴趣吗？”余笑蜀叹了口气。

说丁司城的失踪轰动全国是夸张了，但是轰动整个上海滩却是有的，丁司城是上海商界鼎鼎大名的人物，又是公共租界的华董和著名的慈善家，除了商界，在民间也颇有声望。这一次在上海此起彼伏的绑架潮中失踪，引起了各方关注。在李秉书的策动下，上海总商会的会员们联名上书上海市府、南京政府和日军驻沪登部队，余笑蜀一个白天都在协调这件事的处理，晚饭也只吃了一半，又坐在这里听丁寄萍哭诉了一个小时，现在真有些精疲力竭。

“岂止感兴趣，现在我们不仅要赶快找到丁司城的下落，还要尽可能营救他！”

“什么情况？”余笑蜀心里一惊。

“说来话长，丁先生是进步民主人士，他的吴兴公司一直在帮省委运输物资。”

“什么？”余笑蜀拿着烟的手僵在了半空。

“已经有一段时间了。最近他就在帮我们转移一批香港来的西药，除了奎宁和疫苗，最重要的是百浪多息和一台X线机，都是前线急缺的。现在这批货就在吴兴的船上，等他的条子放行，这关口，他偏偏出事！”

“这样的话，恐怕要另想办法了。”余笑蜀猛吸香烟。

“什么意思，你知道丁司城的下落？”

“丁司城死了！”余笑蜀缓缓说出这几个字。

“你说什么？”赵复生惊得站了起来，“这情况属实吗？”

“属实，”余笑蜀闷声道，“李秉书借力丁司城，在参与汪伪中央储备银行的筹建，史秉南要对李秉书动手，就一定要先除掉丁司城，丁司城是许仕明绑的。”

“这么重要的情况，你怎么不汇报！”赵复生急了。

“这件事史秉南没有通过我，我也是刚刚知道的。”

香烟燃尽，他仿佛又回到了大雪纷飞的那一天，乐乡饭店里，瘦骨伶仃的丁司城正在痛斥助纣为虐的许仕明。

赵复生两只手紧紧捏在了一起：“可惜了，丁先生是狷介了些，也不认同我们的政治观点，但他是个爱国者，帮了我们不少忙。他对日本人的反感是真的，所以对我们的斗争，也是支持的，我们很多战略物资，都是通过他的掩护才能进入上海。”

“真是太可惜，太可惜了。”赵复生又连说了好几个可惜，“史秉南疯了吗？丁司城这样有影响力的人物，说杀就杀了，他就不怕翻船？”

“史秉南没疯，他并不想杀丁司城，只不过是想让他退出中央储备银行而已。杀他的，是许仕明。这两个人有旧怨。”

“到底是怎么回事？”

“丁司城早年丧妻，对独生女一直娇生惯养。许仕明曾得罪过他的女儿，丁司城在李秉书的怂恿下，曾经在西商众业公所的股票市场和许仕明多空对决，让许仕明背上了巨额债务。这是前因，你也是亲历者。据说绑票时丁司城认出了许仕明，上车后又拼命反抗、一路呼喊，骂得很难听，许仕明一时冲动，对着他连开三枪，把他打死在车里了。车子当时正路过静安寺路，很多人都听到了枪响。”

“所以说，坊间的传言是真的了？”赵复生半晌没有说话。

“没错。”

“那这一批前线急需的物资，是不是就没有办法了？”

“丁寄萍，他的女儿也许可以，我试试看能不能通过她把药品弄出来。”

赵复生沉默了一会，道：“好，那你小心，现在情况紧急，在皖南，我们的部队正和国民党顽固派交火，急需消炎药。人命关天，这百浪多息价比黄金，也只有冒险试一试了。”

“老赵，还有一件事，张德钦，这个人，你了解吗？”

“张德钦？青帮的大字辈师爷、留美的大律师，很有些影响力，日本人占领上海后，就深居简出了，你怎么忽然问起他？”

“他曾是史秉南的救命恩人。”

余笑蜀表面上在打听张德钦，其实他真正好奇的，是乔月。这么突兀的来客，就算史秉南不吩咐，他也会做背景调查的。乔月曾是左翼作家联盟的成员，因小说创作而在上海小有文名，是一个颇具号召力的爱国作家。抗战后，她千辛万苦辗转去了重庆，为什么突然好端端地回来投奔史秉南？现在又这样自然地转入了日本人的情报系统？余笑蜀无法相信她的单纯，怎么看，她也不是一个贪图享乐、得过且过的人。

“张德钦，严先生和他有交情。”赵复生若有所思。

“是吗？”

“对，‘四一二’政变的时候，青帮也参与了对革命的镇压，在这一股逆流中，同情我们的卢冬纯大律师牺牲了，张德钦先生也是律师公会的会员，是卢律师的好友，卢律师牺牲的消息，就是他带给严先生的。”

余笑蜀心底一震，如果是这样，那他是否知道，卢冬纯唯一的女儿卢一珊，也已经为了他深具戒心的共产党牺牲了呢？

张德钦、卢冬纯、卢一珊、乔月……

他好像捕捉到了一些游离在时光中的蛛丝马迹，又好像一切都格外扑朔迷离。

让他心情沉重的，还有一件事，梁成杰的健康急剧恶化，不得已要赴日本治疗，船票已经订好。想到梁欣怡即将漂洋过海，在这样的乱世里，还会有机会与她再见吗？如果不能再见，至少要好好去说一声再见吧？

余笑蜀就那样靠在沙发上，夜风从窗子吹进来，吹得头上的水晶吊灯哗啦作响，地上，都是凌乱的光斑在无规则地晃动。

4-6

“沪生最近神神秘秘的，我拿到情报就赶快来找你了，现在怎么办？”严屹峰抻着脖子观察桌对面的余笑蜀。

那一张译电纸上，只有一行字：“晚七时顺泰码头收渔获。渔夫。”

啪的一声，余笑蜀把电文重重拍在桌子上，才能控制住自己不失态。

严屹峰吓了一跳，道：“难道是真的？”

“这情报是哪里来的？”余笑蜀的嗓子发紧。

严屹峰犹豫了片刻，道：“军统的线人。”

“军统？”

“对，李处长以前在军统的关系，蛮可靠。”

李再兴调往南京后，严屹峰代为主持情报处也有小半年的时间了。

余笑蜀在屋子里慢慢踱步，他实在太过震惊，一时想不好应该做何反应。

这上面的“渔获”，正是丁寄萍签了字，要吴兴公司放出来的那一批香港药械，字条上面交接的时间和地点，是他和赵复生不久前一起定下来的。

丁司城的意外，让赵复生不得不冒险借助自己来完成后续的工作。他先拿到了丁寄萍签字的提货单，由地下党找人把货物从吴兴公司转移出去，再包装成东南贸易公司的警政部专用物资。日伪检查站通关的路条也都是自己亲笔签发的。

现在接收人马上就要提货，这时候接头人暴露，自己也会被拖下水去。

军统？军统是怎么得到这样极度机密的情报？还会被严屹峰拿

到？到底是哪个环节泄密？自己和老赵不会泄密，那么是提货运输人？根据地驻沪的接收人员？省委的物资通道？

“屹峰兄，这有没有可能是军统给我们放的烟雾弹？”

严屹峰看着余笑蜀好一会，才道：“烟雾弹，也许还不至于吧？我的看法，既然共党的重要分子‘渔夫’已经露了马脚，那还是宁可信其有的好！至于军统有共党的物资情报并不奇怪，他们不是在一致抗日？从共产党那里得到情报不容易，但军统的组织，早漏得像筛子一样了。”

“也有道理，运气好，我们也可能一举把他们都打掉？”

他仔细地观察着严屹峰的反应，幸好情报交到了自己手里，如果是交到李沪生手里，甚或直接交给史秉南或者日本宪兵队呢？

“这，没有进一步的情报，说不好。”严屹峰远远看着那张薄薄的纸片。

余笑蜀狐疑地盯着严屹峰，他还是那副人畜无害的样子，正在努力琢磨，也许，他真的不知道这份情报意味着什么？这一瞬间，余笑蜀心底生起一股恶念，是不是现在掏枪把严屹峰击毙，这件事，就会被永远地埋藏呢？

严屹峰看他不说话，尴尬地笑了起来。

究竟是今天的严屹峰不太正常，还是他余笑蜀自己不太正常呢？

余笑蜀晃了晃脑袋，很快打消了这个念头。军统既然获得了这个情报，严屹峰能拿到，难保其他人不会拿到，当下最紧要的事情，是通知赵复生，要他取消这一次的行动，只要不被抓到现行，一切还都有机会。

他看了看墙上的挂钟，上午十点，时间还很充分。

“屹峰兄，这不是一件小事，抓捕现场很可能会有交火，我要赶快布置下。还有，感谢你的信任，这次如果有所斩获，我绝不会忘了你！”

“哎，兄弟，这话你就见外了，我有什么功劳？不过拿到了情报，想着是个机会，就马上来找你了。”

“晚上的行动，咱们一起去吧？”余笑蜀盯着严屹峰，以退为进。

严屹峰变了脸色，摆手道：“我就不去了，你看，许总队长的能力特出，我又很少出外勤，行动经验太少了嘛，不但帮不上忙，还会碍事！”

余笑蜀叹了一口气，道：“这样，也好。”

“我听说，那些共产党都是拼起来不要命的，你千万要小心。那我就静候佳音，我先？”

严屹峰比了个离开的手势。

“老严，”余笑蜀拉住了严屹峰，道，“这件事情，你知我知。”

“你放心，我严屹峰不是那种人。”他讨好地拍了拍余笑蜀的手臂。

严屹峰前脚离开，余笑蜀马上抄起了外线电话，拨给了上东信托。

“请帮我转股票经纪赵复生先生。”

“请问您是哪里？”

“我是余笑蜀，有急事找他，麻烦你了。”

“好的，请稍等。”电话被那一头放在了桌上。

此刻的余笑蜀度秒如年，他正在焦急地擎着话筒，忽然吱呀一声，办公室的门被推开了，史秉南带着许仕明大步走了进来。

“笑蜀，你马上跟我走一趟。”

“发生什么事了？”

电话那头响起了隐隐约约的人声，可是来不及了，余笑蜀只得挂掉。

“丁司城找到了。”史秉南意味深长地看了余笑蜀一眼。

“找到了？”

“对。”

余笑蜀跟在史秉南后面，快步下了楼。

严屹峰已经备好了车，正等在院子里，他看了余笑蜀一眼，做了个意料之外的表情。

“老严，沪生呢？”史秉南忽然停下脚步。

“李主任今天没过来，二处的人也调走了不少，可能今天有行动吧。”

“哦，”史秉南点点头，“不管他了，我们先过去。”

几个人低头钻进防弹汽车，车子启动，飞快地向法租界疾驰而去。

一路上，史秉南都沉着脸。

余笑蜀知道，丁司城的死亡并不在史秉南的计划之中，他本来不应该这么快返回上海的。现在正在丁司城一案的风口浪尖，他原本以为史秉南会一直拖下去。

车子沉默地疾驰，目的地，是法租界马斯南路的广慈医院。

余笑蜀对广慈医院很熟悉，它由法国天主教会和租界公董局倾力建造，如今是上海现代化程度最高也最具规模的医院。这里贫富兼收，医德医术都享有盛名。爱国者丁司城的灵魂真的暂留于此，总算也能给人些许安慰。

将近午时，太阳热辣辣的，车队开进了医院，院子的东北角，是法租界巡捕房用来暂押生病犯人的拘押病房。此刻它的外面已被法租界巡捕房三步一岗、五步一哨地封锁起来了。

车子停稳，史秉南带头走下车来，面色凝重。看着他沉痛的表情，余笑蜀始终无法相信，他才是丁司城案的幕后主使者。

七十六号南市警署的署长已经先到了现场，和他一起来迎接史秉南的，还有法租界的特级督察长马龙，这个法国人余笑蜀还有印象，当年李沪生突袭四明商业银行宝昌支行，曾经和这个马龙打过交道。

“什么时候发现的？”史秉南接过口罩。

“报告部长，昨日清晨在广慈医院的东草坪发现的，经过勘验，已经死亡多日。由于尸体上有三处枪伤，因此由医院通知巡捕房做凶杀案登记，正准备按照无名尸体火化处理。”他看了看身旁的法国人，道，“还好马龙先生发现了丁先生的身份。”

“我曾有幸目睹丁先生的风采，这次再见，实在不胜遗憾。这件事情，巡捕房一定会调查到底。”

那刘署长忙又补充：“是法国巡捕房查阅了近期的失踪人口，然后通知上海总商会前来辨认，丁先生的身份才得以确认。”

听到上海总商会几个字，史秉南微微皱了皱眉头。他向马龙拱手道：“有劳了。”

停放丁司城遗体的房间已经做了处理，散发着浓烈的消毒药水味道。

法国人一马当先地走进去了，史秉南放慢了脚步，病房的门相当狭窄，他身后几个人的步子不由得都停了下来。

“不好看吧。”史秉南道。

“是。”刘署长捂着鼻子，点了点头。

史秉南整理了一下口罩，走了进去，众人也跟着鱼贯而入，只有余笑蜀留在了走廊。

死人而已，有什么稀罕呢？在淞沪战场上、在南京屠城中，他已经见了太多，在上海的这几年，卢一珊、黄武宁，包括那些认识不认识的革命者、汉奸、叛徒、爱国人士，多少人都在他的眼前死掉了，相比最后一面，他更愿意记住他们生前的样子，可爱也罢、可恨也罢，生命和死亡的味道是截然不同的。

回想起乐乡饭店里那个指天骂地、狂狷刻薄的丁司城，余笑蜀也承认，他从来没想到这样一个人，也是革命的保护者和同路人。他又想到了那个不谙世事、骄纵任性的丁寄萍，在丁司城失踪后，这个小姑娘完全乱了方寸，当他以侦办丁司城案为由，提出要调配“海光”号上的货物时，丁寄萍问都没问，就心乱如麻地签下了自己的名字。

他看了看手表，不能再等了，他叫来陶俊杰，道：“你现在就去上东银行，一定要在今天收市之前找到赵先生，就说普洱马太橡胶公司的股票我都不要了，请他立即清仓。”

陶俊杰刚刚离去，史秉南走了出来，道：“我们走吧，消息已经传出去了，李秉书正在串联上海的商界要说法，总商会就要闹起来了。”

余笑蜀从沉思中反应过来，点点头，掐灭了手中的香烟。

4-7

江湾，伪上海市市政府，市长李墨卿不动声色地放下电话，道：“怎么样，今天能定一个胜负吗？”

“能！一定能！”李沪生呼地站起，“我手里的这个消息，是爆炸性的，东南贸易公司从香港走私过来的药品，就在顺泰码头，我本来以为史秉南不过是想赚一笔快钱，还真是小瞧他们了，这一批货不是给重庆，是给共产党的！”

“共产党？”李秉书摘下了眼镜，道，“消息准确吗？他现在的地位，何至于做一个共党的内应？”

“就是共产党，史秉南也是人，谁会嫌金子烫手呢？而且这个消息，绝对可靠！”李沪生走了过去，道，“上次杀了两个共党，我还有意放了一个，这个人当时已经向我个人秘密投诚，谁都不知道。他现在正代表新四军驻在上海，这次交接的情报，就是他提供的！”

“嗯？这不是假投降？烟雾弹？如果我们这一次又搞错了，史秉南反扑起来，那可是不好应付的。”

“他不敢，我有他的自白书。而且，这个姓穆的不知道我早就盯上了这批货，他给的码头、轮船、货物的批次、押运人，和我得到的情报严丝合缝。共产党之所以没能及时转移这批货，不是因为小心谨慎，而是因为送货的船是吴兴公司的。”

“吴兴公司？丁司城？”李秉书抬起头来。

“没错，丁司城突然出了事，没有他的条子，这批货下不了船！还就是这点有些麻烦，你做中储行行长还需要那个姓丁的配合，万一这次把他也搞倒了，倒是一个损失。”

“如今这倒不是障碍，”李秉书道，“丁司城死了，尸体刚刚找到。”

“什么？”李沪生呆住了，“史秉南这么有种？”

“所以说，史秉南一伙根本就是一群狼奔豕突的禽兽之徒，不把他彻底搞倒，我们都过不上安生日子。”李秉书的脸上阴云密布。

难道要正面开战了吗？李沪生本来是要积极劝谏乃父挖史秉南的墙脚的，没想到李秉书的心思更加阴沉。

“现在史秉南太过张扬，一贯支持他的周佛海都开始吃不消，你对你的情报确有把握，我们这次就一举把他按死！”

“有把握，这次提货的条子，是丁司城的女儿丁寄萍开的，而让她开条子的这个人，就是假惺惺地在调查丁司城案的余笑蜀！”他咽了一口唾沫，“七十六号走私，必有路条，我们这次捉住人，证据也就一起到手！有了丁寄萍和余笑蜀的签字，这事情史秉南脱不了关系！何况，现在姓丁的也死了，史秉南连分辩的机会都没有。”

李秉书看了看表，道：“这次是老天要灭他，送给我们一个丁司城。刚刚的那个电话，就是总商会打过来的，总商会要马上举行丁司城的追思会，现在正在草拟联合声明，敦促租界当局和政府尽快捉拿凶手、改善上海治安。我建议他们推迟到五点，这样趁着史秉南和余笑蜀都在处理这件事，你正好去把顺泰码头掀了。”

“可是……”李沪生欲言又止。

“我知道，你在担心日本人。史秉南一向跋扈，全因为他和竹内的关系非同一般，没人敢动他！但日本人里也有派系，可不是每个人都是竹内。”李秉书嘴角露出一丝笑容，“何况，竹内此刻，并不在上海。”

“父亲，你的意思是……？”

“留在上海的这个松泽俊久，别看他平日里笑眯眯的，其实脑后有反骨，早就想取竹内以代之，只是一贯奸猾，不肯轻易动手。这次史秉南发了疯，这正是我们的机会。而竹内也并非站在史秉南一边，他一向是站在日本的利益一边！如果今天晚上能够坐实史秉南通共，那史秉南对梅机关所有的谄媚和努力，都会顷刻化为乌有！”

“明白了，我现在就给松泽打一个电话！”

“不，你还不够分量，我来打。”李秉书拿起了电话。

李沪生按下满心躁动，深深地陷进了沙发里，自七十六号创建以来，他就陷入了与史秉南、余笑蜀的死斗，有好几次，眼看就要把对方置于死地，但却总在最后的时刻让对方逆风翻盘，这三年多恶斗下来，不但自己处处受制，连丁仲芳也被弄得人仰马翻，彻底退出了七十六号。今天，终于能够出这一口恶气。

枪杀丁司城，公然抢夺上海的金融控制权；暗通共产党，走私军备扶植新四军！他就不信，这一次史秉南还能逃出生天?！

李秉书放下了电话。

“松泽怎么说？”李沪生等得口干舌燥。

“松泽俊久会调动宪兵配合你，一旦拿到证据，连夜拘捕余笑蜀和史秉南！”

“太好了！”李沪生站了起来，“我现在就去布置！”

“不用急，要做万全的准备，第一，他们不知道你获得了这样确切的情报，第二，我现在就去总商会给丁司城的死加一把柴火，就算他们得知了这个消息，也脱不开身去阻止你！”

李墨卿按响了桌上的呼叫铃，大门打开，他的秘书走了进来。

很快，他便在一大堆随扈和警卫的簇拥下，坐进了防弹轿车。

夏夜的晚风拂过苏州河岸，本来已经是散工回家的时刻，但北苏州路上的上海总商会里，却一片喧嚷吵闹。一辆又一辆小汽车鱼贯而入，保镖们开门让主家下车，又紧跟着匆匆进入总商会大楼。这些来客大都是上海商界有头有脸的人物，个个表情凝重，手臂上多依西式丧仪，戴有黑纱一块。

“哪，来者不善啊！”史秉南递过来一块黑纱。

余笑蜀接过来，佩戴在右臂上。

不过几个小时，丁司城的死讯已经迅速传开，从中午开始，上海总商会里便有人居中串联，要为丁司城讨一个公道，虽然最近上海滩绑票暗杀成风，但大多是勒索钱财，抑或是政治人物遭遇报复。丁司城素来爱国，不涉政治，他无缘无故地失踪，早有传言说是日汪所为，如今确认遇害，且连中三枪，显然是被虐杀。这使得整个上海的实业家、金融家们都生起了兔死狐悲之感。

当然，尤为愤怒的，是上海市市长李秉书一派的人马，人们也都清楚，丁司城和李秉书正在协助伪方重要人物周佛海筹备中央储备银行事宜，可在这个紧要关头，丁司城竟然遇害，大家一下子都糊涂了，不知道这事情究竟是谁做的。

不过是谁做的都不要紧，只要有人组织，便有人声援，就在当天下午，上海总商会便临时决定，即刻召开一个追思会兼记者会，要给上海市政府、七十六号，乃至驻沪日军一个压力，就是市面一定要迅速靖平，绝对不能任这样无法无天的事件再蔓延开去。

如今的七十六号已是正牌的警政部驻沪机构，史秉南又是汪政府的警政部的实际负责人，这样的消息自然第一时间传到他的耳朵里。现在的总商会里电话不断，会员正自上海的四面八方蜂拥赶来，阻止是肯定来不及了，日军宪兵司令部的电话一个又一个，也都是催促，史秉南只得带上余笑蜀和许仕明，从法租界赶到苏州河北岸来救火。

4-8

果然是“中国第一商会”，迎面的意式罗马凯旋门气势恢宏，曲折幽深的入口后，便是清水红砖的总商会主楼。史秉南一行人脚步不停，穿过彩色马赛克拼花的过厅，直入南楼一层议事厅。

推开议事厅的大门，里面已经乱成了一锅粥。

这是一个过于开阔的空间，在一个无梁无柱的巨大穹顶下，议事厅桌椅呈回字形摆开，大门正对内凹的主席台，台两侧后方各有一扇小门，正门两侧则有木制楼梯通向二楼，而所谓的二楼，不过是半环绕议事大厅的内阳台，用作居高临下讨论发声。

不用看第二眼，余笑蜀就断定这里是一个是非之地。议事大厅三个门不说，左右两侧的玻璃大窗也是天然的进出通道，现在正值上海的酷热时节，窗子都是大敞四开，虽然有一层白纱掩映，但必然挡不住刺客杀手。

这可能是七十六号成立以来，史秉南所处最为危险的场所。由于丁司城被绑票身亡，现在上海的商业大亨们无不配备保镖，在这混乱阔大的空间里，显然没有条件一一核实议事者的身份。许仕明的人要想控制这上百号情绪激昂的商界人物，不擦枪走火几乎是不可能的。

此情此景，史秉南的脚步也有些犹豫，但终于还是走进了议事大厅。

“诸位、诸位，还有没有天理王法了，丁先生，宅心仁厚、风骨凛凛，居然在自己住宅门口，被强行绑架，即行杀害，数日之后，才暴尸广慈医院。这许多天，无论是工部局巡捕房还是我们上海的警察，竟然没有任何线索！请问，这像话吗？！”

“说得好，试问，我们在场这些人，哪个不是小有薄财，时局如此，奉公守法、辛苦勤勉还有什么用！对沪上这样恶劣的风气，怎能听之任之！”

“如今丁先生遇害，我只想问，这是求财的普通绑匪，还是政治谋杀！如果是求财，为何没有听说绑匪勒索，如果是政治绑架，那丁司城先生素来不参与政治，为什么这样的人，也有人绑，害人害到他头上！”

“不是不想求财，听说绑票的时候丁先生激烈反抗，是当场就没命了，绑匪仓皇逃窜，当然没有本钱去要钱。”

“我提议，我们必须向工部局、向日方抗议！这样暴力横行的市面，我们人人自危，又该如何做生意！”

“向他们抗议，不如向如今的市政府、警政部抗议！现在沪西、南市遍地烟土、赌场、舞厅！治安能好才怪！”

“没有一点道理，你以为警政部是要顾全你的安全的吗？七十六号里面什么人你还不知道？！到时候第一个绑的就是你！”

已经落座的几十号人，有的满头斑白、有的年轻少壮，穿的衣服有中式、有西式，五花八门，只是每个人都情绪激动，七嘴八舌，每个人只说上一两句话，便被别人打断，主席台上，还留有几个空座位，余笑蜀知道，其中一个是总商会名誉会长、病中的上东信托公司董事长梁成杰的，而另外一个，就是大业商团董事长、上海市市长李墨卿的。

“大概快到了。”史秉南看了看手表。

果不其然，有人站上主席台，大喊：“肃静、肃静！”

上海市市长李秉书在大批随扈的簇拥下走上了主席台。

“诸位，诸位，我是墨卿啊，还请听我一言，”李秉书望着楼上楼下这上百号人，大声道，“丁先生是我的至交好友，是我们上海总商会的柱石，更是国之栋梁，这一点，相信大家都没有异议。今天他遭遇这样的惨剧，实在是上海人民的大不幸！我，李秉书，愧为上海市市长，难辞其咎！难辞其咎！”

一句难辞其咎，他说了两遍，竟哽咽起来：“关于缉凶，近几日，我们和驻沪日本宪兵司令部、工部局总巡捕房多方联络，并向中央政府警政部做了详细通报，区区不才，市府实在已经竭尽全力！淞沪战事沪上受创至深，国府还都不过数月，百废待举，世事维艰！在此，李某人还希望诸位同仁体量国府的苦衷，今日议事，尽可以提出想法建议，并以总商会之名义，推行促进上海治安、平靖市面之举措，但万不可冲动之下做出过激举动，动摇沪上金融之根本！”

“请问墨卿老，丁先生那日被绑，静安路上数声枪响，丁先生司机无恙，何以匪徒能在光天化日之下犯案，又从容逃去？凶案迄今毫无线索，到底这上海，有无警政法治可言！”

话音未落，又站起一个，手一挥：“墨卿老说的不无道理，可场面话谁都会说，如果没有实际解决，谁知道下一次会不会轮到我们头上！”

李墨卿道：“大家说的都有道理，但这样争吵不是办法，我们且坐下来，把大家的意见和批评做一个汇集，由我代表总商会出面，请中央统一做一解答好不好！”

“李市长，你是不是有什么难言之隐，日本宪兵、租界巡捕、沪上警察，这许多的警力，白忙数日，徒劳无功，是不是触到了什么人的禁忌！”

“听说绑架丁先生的车子，是沿着静安寺路直奔沪西越界筑路而去，请问，这件事情和七十六号的政治警察有没有关系！”

“对，这是一个绝大的疑点，这次事件，七十六号为什么不作声！”

“沪西的烟土、赌场泛滥，究竟是什么原因！我们这些人，今天被绑一个，明天被杀一个，究竟是什么人做的！都是重庆吗？重庆做什么要绑一个爱国反日的丁司城？！”

“对，真相必须查明！”

“查明！”

“不可放过凶徒靠山！”

“我们集体去跟日本人请愿！这上海留不下去了！”

李秉书左摇右晃面做难色，这更激起了众人的疑心，众人你一言我一语，群情激昂，把矛盾焦点不知不觉转移到了沪西七十六号身上。

许仕明悄悄凑过来，道：“个老邦瓜在搞鬼，那几个嚷得最大声的，都是他们的人。”

“不能这样下去了，要不要把他们冲散？”余笑蜀看着史秉南。

史秉南道：“李秉书知道我们在这里，才会故意这样说，现在我们一退，就更乱了。”

“仕明，你跟上我。”史秉南说着转身上了楼梯，几个人径直来到二楼小阳台上的最前端，这里，是发表演讲的好位置，也是遭遇枪击的好靶子。

“诸位！诸位，请安静下来听我一言。”史秉南举起双手。

“你是谁啊你！”

"哪家商号？"

"诸位！"史秉南再次提高了声量，"请安静。我，叫史秉南，现任国府警政部政务次长！这一次，是受到警政部部长周佛海先生的特别委托，来到总商会与大家交流，希望大家听我一言！"

"史秉南？他就是史秉南？"

自报家门后，大厅里面的吵嚷声明显降低了，因为史秉南这个名字实在太过响亮，也因为实在没有几个人见过这个汪政府头号特务头目的真面目。

"诸位，我首先要纠正大家的一个错误。七十六号的名字，不叫作七十六号，我们自加入汪主席领导的和平运动那一刻起，便是政府的政治警察署。今天，它的正式名称，叫作警政部驻沪办事处！这一点，秉南希望大家谨记。为什么这样说呢？因为政治警察的存在，实在是上海市面治安保证关键中的关键。在座的各位，包括李市长，都是上海的商界精英，我想大家也明白，目前上海市面的绑票、暗杀和破坏，让大家不能做生意的，到底是政府，是重庆，还是共党？！我相信，大家都很清楚唐开诚先生是怎么死的，季云卿先生是怎么死的，梁励之先生又为何没能出现在现场！我们上海商界的精英，倒在重庆分子的刀斧和枪口之下的，还少吗！生意，无关政治吗？"

他的目光扫过楼下这一排排模糊的面目："生意，就是政治！不然诸位告诉我，为什么诸位今天还能在这里安安稳稳地讨论谴责，却没有被没收财产，投入监狱呢？因为大家不是重庆分子嘛！所以，包括丁司城先生在内，其实我们都是汪先生和平运动、国府东亚共荣计划的拥护者！如果谁反对我的观点，请现在立即告诉我！"

史秉南夹枪带棒的威吓，让下面顿时鸦雀无声。

"丁司城先生的遇害，毫无疑问，是重庆分子的手笔，为什么，因为政治！丁先生正和李市长、和财政部部长周佛海先生在筹建中央储备银行，为什么要建立中央储备银行？因为法币币值不稳，重庆外汇储备捉襟见肘！因为汇市的波动，导致上海民众手中的法币一再贬值，一再损失！我想，这一点，大家也应该都感同身受，为什么股票市场大起大落，为什么投机囤积风靡一时，因为法币失去了应有的信用！因为重庆的金融体系行将崩溃！那么我请问，现在是日方、是工部局，还是上海市府或者我警政部，希望上海市面崩溃吗？我们的崩溃，又会让谁受益呢？让谁用增发的钞票夺走我们的财富呢？重庆！重庆！还是重庆！

“国府还都之日，亦即本部诞生之时！我警政部为政府首创，既为划时代的组织，使命任务，当然与往昔的内政部警察署有所不同！我了解，诸位在当前局势下充满愤懑和怒火，但是，这怒火的发泄向我警政部、向上海市府，是完全错了方向！现在的上海，流寇滋扰、敌特横行，民不聊生，反躬自省，如果诸位对我们有所期待，我更愿诸位批评警政部戒备计划不周、配备武器不精、通信设置不畅、警力孱弱不彰！警政为民，经纬万端，这都是秉南日思夜寐、顷刻不忘精进的工作！唯愿早有强大警力为诸位后盾，才能发展出一和平繁荣之上海滩，以戢匪乱！以安良善！”

史秉南惯于雄辩，更是抓住了在场诸人的痛处，说到底，大家都是重庆眼中的投日分子，都在一条“东亚共荣”的船上，如今却要攻击汪派和日方的武力，不是太可笑了一点吗？

“只要诸位一日不能与国府勠力同心、同舟共济，那么上海的匪患治安，便不能息止！丁司城先生的惨剧必将重演！在场诸位，就没有一个人是安全的！”

史秉南一番演讲，周围鸦雀无声，正在众人抬头仰望史秉南发表演讲之际，有一个人却悄悄挪动脚步，向主席台靠拢。

“什么人！”

一声呼喝未完，忽地砰砰数声枪响，余笑蜀转身抱住史秉南扑倒，整个会场鬼哭狼嚎，乱作一团，在这一片混乱中，有人高声叫道：“狗汉奸！你死不死！”

一片混乱中，有人破窗而出，许仕明飞身从二楼跃下，连开数枪，窗外一人倒在血泊之中。

余笑蜀浑身的血都涌到了脑袋上，枪声一响，他仿佛又看到了举枪对着自己瞄准的黄武宁。

他挤开人群，飞奔过去，附在那个身着警卫制服的年轻人耳边，问道：“你是什么人！”

“山东朱、朱文、治。”他身中数枪，口鼻中都流出血来，眼看是活不成了。

血，洇入青砖的缝隙中。

余笑蜀拍拍手，缓缓站了起来。

“快来人啊！来人，李市长遇刺！”身后，议事厅传来颤抖恓惶的嘶喊，“快来人！快来人啊！”

4-9

夏夜的晚风吹起，北外滩散步的行人三三两两，黄浦江边泊满了各国的船只。其昌路的顺泰码头一如往日，一片热火朝天的景象。码头工人们在船上岸上喊着号子装货卸货，账房和野鸡工窜来窜去，代客搬运行李的红帽子跑前跑后。

时间还早，李沪生正蹲在耶松船厂一侧的江边，慢慢吸着手里的香烟，看着那艘已经卸了货的“海光”号。和穆天生的情报一致，货轮上的货品已暂存于日方二号仓库，只等着货主签收。

“厉害。”李沪生深深吸了一口，把那还剩一多半的香烟向黄浦江里一弹，飞溅的火星在空中划出一道弧线，悄无声息地没入滚滚江水之中。

他佩服的，是史秉南居然选中了顺泰码头。

上海的码头业是高度集中的，顺泰码头是外商码头，属于公和祥码头公司，背后是英商怡和洋行，但民国二十六年开始，顺泰就和虹口码头一起被日本海军整体租用，淞沪战事结束后，仍然有相当部分由日本海军控制。而“海光”号现在的泊位，正是由日本海军管理的。史秉南把违禁货物放在日本海军控制的仓库，自然不会有人打扰，谁能想到，在日本人的码头，居然藏着红色物资呢？

“海光”号停在这里有好几天了，船上静悄悄的，丁司城的死亡也是一个谜，这个谜底，也许只要一些些的耐心，等提货人带着丁寄萍的批文出现，就会大白于天下了。

二号仓库的日本哨岗动了起来，路障被移开，一辆黑色的小汽车停在了大门口，李沪生看看表，很准时，七点就要到了。

那个神秘的“渔夫”就要出现了吗？

影影绰绰地，一个身穿深绿色短裙、浅白外套的女子遥遥走来，先在库门外跟组织搬运工的脚头嘱咐些什么，然后才步行通过哨岗，一路走向“海光”号。

李沪生的脸上终于露出了笑容，这个人他不但认识，还很熟悉，这不就是前些日子刚刚跟着陈仲友来到上海的乔月吗？史秉南的座上宾。

他做了一个手势，示意众人准备行动。

在这堆满木箱的仓库里，只有高跟鞋敲击地面发出的哒哒声，所有人都屏住了呼吸。

“来提货的吗？”库管员是李沪生的人装扮的，还是紧张，不很自然。

“是呀。”乔月微笑回应，她已经走了一半，但是脚步却忽然慢了下来，突如其来地向后转身，向来时的路快步走去。

“行动！行动！要活的！”

松泽俊久看着手表。

从崇明路的宪兵司令部到顺泰码头，只有十分钟的车程，士兵已经集合完毕，海军方面也打了招呼，现在只要他一声令下。

七点，就是顺泰码头中共物资的交接时间，上海日军代理人争夺战的天平上，自己即将在李秉书父子这一边加上一颗重重的砝码。

时间正在一秒一秒地过去，他却迟迟没有下达出发的命令。

这件事，竹内行男还不知道，这是他第一次违背竹内的心意。虽然他已决心趁竹内不在，独断地迅速解决掉史秉南。可这次先斩后奏，对于自己究竟意味着什么呢？

他也承认，史秉南和绝大多数他所认识的中国人不同，这个人没有眼高于顶、懒散拖沓、好说大话的恶习，相反，他勤勉刻苦，勇于任事，富于煽动性，能够团结一批死士在自己的左右共进退。今天的举动，毫无疑问会破坏竹内对史秉南一派千辛万苦的扶持，但是，如果李秉书父子提供的情报是真，难道自己不是也为帝国消除了一个莫大的隐患吗？

或者，自己要冒着触碰竹内逆鳞的危险，也一定要打垮史秉南，其实根源于一种深深的渴望，渴望着自己也能像这个中国人一样，被一向崇敬的竹内前辈肯定、激赏？

“中佐，时间快到了。”武藤美朝也在不断地看手表。

“我知道。”松泽俊久依然阴沉着脸。

又或者，自己是在害怕吗？怕重蹈内野丰的覆辙？别忘了，中国人都是不可信任的，何况，这个李沪生已经坑过内野丰不止一次了。

“中佐，如果还不出发，我们就赶不上了。”武藤美朝的声音里带上了一丝急躁。

“出发！”松泽俊久终于下达了出发的命令。灯光亮起，一辆又一辆摩托驶出司令部的大门。

也正是在这时候，电话铃声急促地响了起来，他的一只脚已经迈出了门槛，他并不想接这个电话，然而迟疑了好一会，电话铃声依旧在那里锲而不舍地丁零零作响。

终于，松泽俊久走回桌前，接起了电话。

“什么？李秉书死了？”

夜幕中，载着陶俊杰和余笑蜀的帕卡德汽车也正向顺泰码头疾驰而来。

余笑蜀的心早已经沉下去了，陶俊杰并没有找到赵复生，这也就意味着，顺泰码头的接收行动未能及时中止，而他并没有赵复生下线的联络方式。再说，这个时间，想要阻止提货已经来不及了。而更糟糕的是，失踪了一天的李沪生早就得到了消息，现在正在顺泰码头守株待兔。

当史秉南告诉他这个消息的时候，他浑身的血都烧起来了。

这一切都来源于史秉南的一个电话，确定李秉书遇刺身亡后，史秉南第一时间致电松泽俊久通报死讯。

令人意外的是，松泽俊久在电话里透露了一个重要的情报：“李沪生正带人在检查顺泰码头日本海军管理的货仓。”

挂了电话，史秉南一头雾水：“李沪生去顺泰码头做什么？”

“东南贸易公司的货在那里！”余笑蜀急了。

史秉南的脸色也沉了下来：“总商会这边我走不开，仕明，你叫上人，跟笑蜀一起走一趟。”

叫上已匆匆赶回的陶俊杰，余笑蜀几乎是跳进了车子。

“快点！”

“再快点！”

司机把油门踩到了底，在一次次的转弯和急刹中，帕卡德橡胶车轮摩擦地面，发出尖锐的啸叫声。

“乔月小姐，不认识我了吗？”

“李先生？”

乔月被预先埋伏的特务们拦住了去路，只好回转身来，不疾不徐地道：“你怎么会在这里？”

李沪生露出了发自内心的微笑，他目光落在乔月的手包上，这个女共匪的手指正紧张地扣在一起。

“乔月小姐，我就不绕弯子了，你我都知道你来这里的目的。想不到，你这样一个漂亮的女人，竟然也是赤色分子。共产党真是不像话了，怎么能让女人来做这么危险的事呢？太可惜、太可惜了！”

“李主任，有些话，不好乱说的。”乔月笑了起来。

“你不是要提走‘海光’号上的物资吗？事情还没办完，就要走吗？你可不要告诉我说，你是来海军仓库看风景的。”

乔月捋了捋头发，道：“是啊，我是来帮丁小姐接货的，进来之后，觉得这里鬼气阴森，害怕得很，于是想出去透个气。李先生，吴兴公司的所有货物，都有合法的通关手续，怎么，七十六号还要负责转运货物的核验吗？”

“哈哈哈哈，”李沪生笑了起来，“那就要看是什么货了。”

“从香港采购的民生物资，棉织品、机器、马口铁、玻璃。”

“是吗？”李沪生打了个手势，“把她的手包拿过来。”

“你们要做什么！”乔月虽然把她的白色小包死死抓住，终究抵不过两个彪形大汉。

小巧精致的手包被送到了李沪生的手中，他慢慢打开，把里面的单据一张一张抽了出来，像欣赏艺术品一般，对着灯光细细观察。

“丁寄萍，啊，还有我们的余笑蜀先生，”李沪生啧啧有声，从口袋里掏出一个药盒，径直丢到乔月的脚前，“百浪多息，国际最新的消炎药品，就这样通过史部长的东南贸易公司化为警政物资，进入新四军的淮南根据地，真是厉害啊！”

啪、啪，空旷的仓库内，李沪生双手鼓起掌来。

“看住她，不要让她自杀！”

两个特务一左一右把乔月夹在了中间。

“救命啊，绑架！”乔月忽然挣扎了起来。

远处响起了杂沓的脚步声。

“侬拿乔月小姐放开，否则吾要不客气了。”

许仕明带着他的人出现在仓库里，跑得气喘吁吁。

李沪生对许仕明的到来不以为意，他举起了手上的票据，抖了抖，道：“许总队长，你来晚了。我已经拿到了证据。”

“吾不晓得撒额证据不证据，乔小姐是史先生的上宾，侬先放人。”

“许总队长，这我也知道呀！正是因为乔小姐是史秉南的座上客，这次他才脱不了干系！我明确地告诉你，从今天，从此刻开始，史秉南已经完了，倒了！如果你现在就放下枪，将来跟着我李沪生，我是绝对不会亏待你的。”

“侬讲撒吾听不懂，吾最后再讲一遍，侬拿乔小姐放特！”

“仕明兄，在上海滩，你是一号人物，你既杀重庆又杀延安，丁司城的事情，也是你做的吧？我呢，是绝对相信你没有背叛和平运动的。但是，你被余笑蜀和史秉南骗了，他们要拿你做枪，去实现他们的荣华富贵，他们的革命理想！就像他也没有告诉你这个乔月，其实是个共产党！”

“李先生，吾额枪法侬是晓得的。”许仕明举起了枪。

“许仕明，你还不知道吧？日本宪兵已经把这里包围了！你不知道我的身份吗？在这上海滩，有谁敢动我，史秉南，敢吗？你，敢吗？”

李沪生脸上嘲弄的笑容还没有退去，一声枪响便打破了仓库内的沉寂，他的胸口绽开一朵血花。

许仕明疑惑地看了看自己的枪口，确定自己并没有扣动扳机。

人们还来不及反应，砰砰砰，又是连续的三枪，两枪胸腹，一枪头颅。李沪生像一根树桩一般重重地倒了下去。

余笑蜀大踏步从许仕明身后走来，面色如铁，枪口里喷射着火光。

整座仓库内的特务当然都认得他，在一片震惊的沉默中，他畅通无阻地走到李沪生的身边，从他的手里抽出了那一沓带血的票据。

他回转过身子来的时候，李沪生的人马已经战战兢兢地把枪放在了地上。

乔月则捂着耳朵跌倒在地，余笑蜀知道，现在自己的样子，一定非常惊人。

他站定，用极慢的语速道：“你们，记住，东南贸易公司，我余笑蜀，是董事长。”

他回转身来，看了一眼死不瞑目的李沪生，随后用那一沓染血的票据点燃了香烟。

“还有，在上海滩，只有一个史先生！而谁是共产党，死人说了不算！”

这句话阴冷的语调，让余笑蜀自己也感到无比陌生。

这是他离开淞沪战场之后，第一次动手杀人。为了保住乔月、保住这一批送往前线的珍贵药品，为了死去的卢一珊、蔡玉珍，为了那些为抗日救亡浴血牺牲的国人的英魂。

当他看到那些战战兢兢的目光和许仕明讶异的表情，他知道，自己成功了。

“余先生讲额，捺才听懂了哦？”许仕明追问。

“听到了，听到了。”

“捺记得了吗？”

“记得记得。”

许仕明脸也是说冷就冷：“下趟，撒宁要当死人，用不着史先生跟余先生讲言话，吾许仕明，送侬一程。”

许仕明提高了音量，他的声音在空阔的库房里久久回荡。

05 锱铢必较

5-1

笑蜀，你还好吗？父亲的病好好坏坏，虽然不能够得到根治，但多少有所缓解。现在每天晨起后歇息片刻，可以出去散步了，也比较能够吃些东西，可能东京的天气要比上海温润些，他的脸色也有些健康的光泽了。

我们时时都会谈到你，父亲说，笑蜀有他的苦衷，他未必是在这样一条路上跑到黑的，我私底下心里也是这样想的。

你看日本在中国那样的骄横跋扈，来到这里之后，我感觉战争对他们也是苦不堪言的。在这里，普通民众的生活很难讲会比上海更好，他们有一个“物动”的计划，也就是由国家来调配物资的供应。因为这里的市面和上海一样，也混乱得紧，钱总在贬值，生活必需品严重缺乏，大米、豆酱、酱油、盐、火柴、白糖、木炭，简直没有一样供应充足。在街道上，随处都是“浪费是大敌”这样的宣传广告。说来好笑，父亲的病情有了改善，但是我们在这里的生活，却远不及上海舒适。

你不要担心，我们一切都好，史秉南的关系靠得住，哥哥的朋友也很帮忙，但是一般日本人对中国人的偏见还是很深，素昧平生的人，也难有什么愉快的交流，不过我的日语很有些进步了。

最近的东京下了几场小雪，这种时候，我总会思念你。不知道你在上海好不好。希望近期医生治疗的新手段可以收效，父亲早一点康复，我们就可以早一些返回上海去。

今天就写到这里吧，缺乏燃料，医院里太冷了，上海应该也很冷吧，请穿暖一些，等你的回信。随信的平安符是给秀燕求的，听说很灵验，她一贯喜欢这些零零碎碎的小东西，替我问秀燕好，我也很想她。

欣怡于东京

余笑蜀把信小心折好，放回抽屉，窗外又飘起了雪花。

从这里正可以看到七十六号门口的水泥碉堡，哨岗上站岗的警卫瑟缩着、不断跺脚，铁丝网和机枪把那个烟火人间的上海隔在了高墙之外。

他坐回桌前，又是一年将尽。

梁欣怡是悄悄离开的，余笑蜀赶到码头，载着梁氏父女的船已经鸣笛起航了。梁利群一副世事洞明的模样，在余笑蜀面前从来不提这个妹妹，余笑蜀也不知从何说起，在最初几个月，只有秀燕每天都会缠着余笑蜀，问欣怡姐姐去了哪里。

梁欣怡每个月都会来信，有时多写些、有时少写些，然而余笑蜀很少回信，每次摊开信纸，许许多多的话涌上笔端，却又不知怎样写下去。

他的日子还是一成不变，处理冗杂的警政事务，处理一次次的暗杀、绑票、恐怖事件，和四面八方应酬，与军统中统打打停停，小心翼翼地维持着东南贸易公司下的那一条红色物资通道。

顺泰码头发生的一切太过戏剧化了，李沪生至死也不会想到，出卖自己的，竟然是与他合谋一起扳倒史秉南的松泽俊久。他应该也没有想到，有人敢公然开枪击毙他，而这个人还是办事一向稳妥保守的余笑蜀。

李秉书父子的死彻底改变了上海的局面，不但七十六号从此牢牢掌握在史秉南的手中，更不会有人敢于公开挑战和质疑余笑蜀的权威。如今的东南贸易公司几乎垄断了华商涉日的物资贸易，余笑蜀就算一言不发，家里的黄金钞票还是潮水样涨起来。可是又有什么意义呢，这一切的一切他又怎么去对梁欣怡解释呢？他大概永远不可能挂甲止戈，牵起她的手一路天涯了。

窗外的光线渐渐暗淡，只有他手中的香烟一支接一支，忽明忽暗，卢一珊死后，他总是在刻意回避梁欣怡，他这样刀口舔血、万人唾骂的生涯，真的可以再拖一个人下水吗？

在他点起新的一根香烟时，史秉南推开了房门。

“怎么回事，这么黑了，也不开灯。”史秉南挥挥手，驱散扑面而来的烟气。

光线汹涌而来，余笑蜀拿手挡住了眼睛。

“笑蜀，竹内邀请我去台湾参观，顺便去日本度假，大概两周后出发，你准备一下，和我一起走一趟。”

“去日本？”

“怎么，奇怪吗？紧张了这么久，也要放松一下嘛。我们已经不是默默无闻的小人物了，你余笑蜀的脚跺一跺，这个上海滩也要抖三抖啊。”史秉南打开窗子，一股冷冽清新的空气涌了进来。

“中央税警学校那边能走开了？”余笑蜀有些奇怪，中储行争夺无果，史秉南半年来的大部分心血都投入到了税警团的创建上，眼下正是最紧要的时刻。

“不搞了。”史秉南摆摆手。

余笑蜀站了起来：“建制没了？竹内反悔了？”

“都不是，是我退出了。佛海把税警团交到了熊山川的手上。他终究对我还是不够放心，想要搞一个新力量来制衡我们。想法对，只是佛海还是太过天真了。”

“怎么能这样？你这半年多的心血白费了？”

“他当然可以这样，他是财政部部长，没发现吗，现在警政部的预算越来越少了。他吃准了我现在还不能和他抗衡，踢我出去，对他来说，宜早不宜迟，我能理解他。”

“熊山川这个人不好相处啊，你当年杀了王如茵，而王如茵为救熊出了不少力，熊早就想给王如茵复仇了！”

史秉南摇了摇头，道：“现在，我确实没有实力和佛海争，这件事，让让他好了。不要忘了，我们在谁的屋檐下，熊山川不是我们的威胁，日本人才是。这一年多来，佛海和汪兆铭与日本人争来争去，要自治要主权，却忘了自己只是日本希望尽快结束战争的工具。不然何至于新政府已经成立了八个月，才得到日本人的承认？”

“周佛海要把你从税警团踢出去，竹内也就同意了吗？”

“是啊，是不是很有意思？其实竹内在日军内部的话语权也不是无限的。不过不要担心，如今谁能站在日方的利益和角度上，谁就可以屹立不倒，佛海和汪兆铭不是不明白这个道理，是他们还存了委曲求全、名垂青史的心，不肯完全放弃了民族的自尊。这是他们的悲哀，也是我们的机会，我们不要让日本人成为我们的威胁，相反，要让他们成为我们的助力才好。”

史秉南缓缓把一口烟雾吐向空中。

余笑蜀不知道应该作何反应。史秉南也变了，如果是在一年前，哪怕是面对余笑蜀，他也绝对不会说出这样赤裸裸的僭越话语的。

“何况，我这个交易也不是白做的，佛海同意把警政部部长让给我，政务次长由邓祖禹递补，而常务次长，就由你来做。”

“秉南，我在想，这个警政部常务次长，我还是不要做了。”

“为什么？”史秉南转过头来。

“邓祖禹不是周佛海的人，他把警政部部长这个位置让出来，肯定对常务次长有安排，我抢了位子，他怎么会满意。”

“有什么关系，税警团我退出了啊？”史秉南慢悠悠地说，“把警政部部长让我做，是他过意不去，我和丁仲芳斗得如此辛苦，他左右摇摆，如今老丁和李秉书彻底被我击垮，他这个好人倒是容易当。既然已经决定让我当家警政，他何苦又要往里面掺自己的人？我让你做常务次长，也是为他好。省得将来我再做清洗，大家面上都不好看！”

史秉南看似漫不经意，话却说得斩钉截铁，毫无回旋余地。

这样强硬乃至于招摇的史秉南，也让余笑蜀感到了一丝陌生。汪政府刚刚成立他和周佛海矛盾就开始激化，这个时刻他要去日本，真的只是度假吗？

“这个常务次长，你只管放心做下去。有我在，邓祖禹不过是个摆设。有名有实、事权统一，才好施展手脚。现在你声望已经有了，如果不把帽子也戴好，将来怎么压得住熊山川？既然佛海把着中储行不松手，只让利群做一个常务理事，那我何必在警政上再让他剜走一块肉？”

“我去了日本，上海怎么办？”余笑蜀还有些犹豫不定。

“这里？中储行已经开始发钞了，现在租界内的银行钱庄拒不接收、银钱业公会公开抵制，市面已经乱作一团了。更不要说前两天中储行的推销主任在法租界被枪杀，佛海头都大了。现在他一天三个电话给我，你以为他这个警政部部长是白送我？重庆已经失去了租界的司法权，现在连法币也要被清出市场，你觉得他们会善罢甘休吗？趁这一场腥风血雨还没刮起来，我们去台北泡泡温泉，不是很好吗？”

余笑蜀明白，史秉南这是不想接中储行发币这个烫手的山芋。

“仕明和严屹峰他们，我怕压不住上海的局面。”

“这你都不要管了。你简单交代一下，秀燕送到我家就好，佳兰会照顾好两个小孩子的。”

“也好。”

看余笑蜀还在犹豫，史秉南无奈地叹了一口气，道：“笑蜀，说心里话，你就不想借着这个机会，去看一看欣怡吗？”

余笑蜀忽地愣住了。

是啊，自己去日本其实并无真正的障碍，为什么这样推三阻四呢。

这几天报上沸沸扬扬，都是国共在皖南开战的消息，重庆发出通令，宣布新四军为叛军，取消番号，孤岛上弥漫着一股悲观丧气的氛围。新四军被围剿的影响尚未完全显现，但对于“渔夫”小组来说，因为后方消失了，至少在一段时间之内，余笑蜀不用再启动这一条秘密通道了。

留在上海，的确可能被周佛海当枪使，去了日本，反而可能收获重要情报。那么自己为什么还是下意识拒绝离开这个是非之地呢？真的不是因为想要躲避梁欣怡吗？

史秉南关上窗子，道：“人家一个女孩子，喜欢了你那么久，你这毫无表示的样子，是要做孤狼？”

余笑蜀知道，史秉南对自己的关心不是做做样子，在这样的时刻，他总会心中一暖，但随之而来的，却是惶恐与畏惧，史秉南这样的体察入微，是不是很快就会发现破绽，揭穿他小心翼翼的潜伏呢？

他尴尬地笑笑，把烟头按灭，道："好，我去。"

不知为什么，他久已麻木的心竟然莫名雀跃起来。

史秉南指了指余笑蜀，道："你看看你，喜上眉梢！"

两个人都哈哈大笑起来。

"走吧，回家吃饭，最近你嫂子张罗，家里延请了一位法国厨师，我们回去尝尝。"

"想不到我这蹭吃蹭喝，一蹭就是三年多。"

余笑蜀穿上了大衣，忽地转过身来，道："只留仕明在这里，会不会不太妥当？"

"哦？有什么不妥当？"

"仕明的执行力没有问题，我是怕他下手太重，"余笑蜀看着史秉南，"你也知道，他习惯横冲直撞，已经是恶名远播了，要是这一次再做出什么出格的事情，将来可就一点回旋的余地都没有了。"

史秉南奇怪地看着他。

"我的意思是，不要让他顶在最前面，让他韬光养晦，慢慢调整，会不会好些？"

史秉南脸上的笑容渐渐消失，道："你不做、我不做，事情总是要人做的，韬光养晦，他有什么光好韬、有什么晦好养？"

两个人在走廊里一前一后走着，过了楼梯口，早已等候的随扈保镖都跟了上来。

杂沓的脚步声打乱了余笑蜀的思绪，许仕明为史秉南水里来火里去的一幕一幕都在他的眼前闪过。

史秉南话里透出的寒意，比上海这个冬天更冷得多。

5-2

江风带着一丝寒意，南京路上，汇中旅馆通向外滩的马路边，许纵立起大衣的领子，伸手招呼一个贩烟的小童。

“喂,来一包金鼠。”他从口袋里摸出一张崭新的绿色壹元钞票来。

“先生，我们不收这种钞票。”小童警惕地往后退了两步。

“怎么不收？”许纵皱起了眉头,用手指弹了弹那钞票,啪啪作响,“你看，这不是国父吗？”

那钞票上的孙中山像在风中摆来摆去。

“这不是法币,没用,我们不收。”小童眼睛瞪着那钞票,连连摆手。

“哪，你看，中华民国国币壹元,”许纵耐心地把钞票上的小字念给他听,“这也是法币啊！”

“这是日本人的钱！”小童夹起烟板扭头就跑。

“哎，好了好了，你不要跑，来来来，我香烟还是要的。”他把那张中央储备银行刚刚发行的新钞塞回口袋，又摸了法币出来。

“看好了，烟给我。”

那小童用袖子抹去了脸上两条清鼻涕，终于还是慢慢走了回来。

“好端端的,你逗小孩子做什么。”周竟成接过许纵递过来的香烟。

“一张钞票，民心向背啊。”风很大，许纵伸出手去拢火，两人合作，点燃了香烟。

“上峰非常重视这次行动，能落实吗？”

“妥当，正好顺势锻炼队伍、考验新人。”许纵跺跺脚，抬起头，看着一街之隔的中央银行大楼。

“这次不要搞得太过分，毕竟这里大多是打工吃饭的小市民。”

“哎，周区长，你真是想太多，什么普通的小市民，小市民能进得了中央储备银行吗？在这里面服务的都是财税骨干，既然有一技之长，哪里不能谋生？偏偏要为虎作伥，卖国求荣，这样的人，死一个少一个！”

周竟成吐出一串长长的烟雾来。

看周竟成不说话，许纵转过身来，道：“放心，我知道你是怕动静搞大了，日伪报复。但我们总不能因为害怕报复，就让他们为所欲为！我都安排好了，一旦成功，马上全组隐匿。而且这一次上峰催得这么急，我们要是不来点大动作，他们还以为我们上海区是吃干饭的。”

他把吸了一半的香烟丢在地上，踬灭了烟头，道：“你就放心看戏好了。”

周竟成低头看了看表，道：“好，等我出来，就行动。”

许纵一愣，道：“好，区长就是区长，不入虎穴，焉得虎子！”接下来又放低声音道，“把握好时间。”

周竟成点点头，拢了拢风衣，向新成立的中央储备银行走去。

江风大了起来，他用手按住了帽子，逆风而行。

被国府视作大敌的伪中央储备银行终于开始营业了，建立新央行，发行货币，这是日本控制中国经济的必由之路。

在日本占据大半个中国之后，一度充斥市场的军用票、维新政府发行的华兴票、华北临时政府发行的联银票同时在沦陷区流通，金融市场极为混乱。但由于各国依然承认国民政府的合法性，因此法币的金融地位并没有根本动摇，依然是外汇结算的合法货币。这导致日方必须想方设法取得法币来套取外汇，再加上国府通过孤岛上的商业银行顽强抵抗，一定程度上，上海的经济话语权还是掌握在重庆手中。

但是周佛海是个精明的对手，他力主成立的中央储备银行正在逐步取缔华兴票、军用票，强力推动货币的统一结算。如果照这样下去，用不了多久，法币就会被迫退出沦陷区市场，而中储券便会成为唯一流通的合法货币。现在中储券和法币的强制兑换，意味着巨大的通胀压力已经迫在眉睫。为此，军统上海区收到了紧急命令，要配合各沪上各国有银行狙击中储券，针对中储行及其工作人员，要展开大规模的袭击和制裁。

许纵拿到这一份计划，大为兴奋。通常军统的制裁计划，对制裁对象都有严格的限定，这些罪大恶极的汉奸走狗，往往是日伪政权的高层人物，执行起来都相当困难，常常成功执行一个人，就要损失一大批骨干。然而这一次，上峰只笼统提及以中储行及其机构员工为目标，这相当于鼓励大家放开手去做，目的由制裁关键人物转为造成社会影响，一旦打击面下沉到普通人群，那动起手来就要容易太多了。

然而周竟成却有一丝犹疑，在日伪严密控制的上海，这样硬碰硬的对杠，合适吗?

麦加利银行、台湾银行，再走上十几米，就是中央银行那白色的意大利式建筑了，日本占领上海后，央行大楼已被征用，现在更换上了中央储备银行上海分行的招牌，说是分行，但它的地位远远超过它的南京总行，这里才是汪政权金融权力的真正心脏。

眼下的行动，一定会捅出马蜂窝的，因为春节前许纵刚刚亲自出马，暗杀了中储的专员兼推销主任季翔卿，租界和日方已经提高了戒备。此时再来一次针对中储行的无差别恐怖袭击，会有怎样的后果，不难预料。

新增巡捕的巡视让平日悠闲的外滩平添了几分肃杀紧张，周竟成并没有停下脚步，跟着人流穿过了租界巡捕的哨岗。

中储行大厅里，日光通过穹顶的彩色玻璃灌注进来，配上四围雕花廊柱间的灯光，让这里显得通透庄重，美轮美奂，一道宏阔的楼梯中分为二，直上二楼，一对铜制女神雕像则向下俯瞰着芸芸众生。

周竟成在人流中静静站了一会，等到十点的钟声响起，他走到三楼的橱窗前排队兑换了些中储券，又慢慢退了出来。

他离开时，立起了风衣的领子。

附近的街边，特务们制造了小小的混乱，巡捕们紧张地聚拢了过去，这时候三个西装革履的男子趁乱混进了中储行的大厅。不多一会，爆炸声、枪声连成一片，刚刚还神采奕奕的男男女女纷纷惊叫着一拥而出。

周竟成知道，一场注定血流成河的厮杀开始了。

“仕明，你不要冲动，不要冲动啊！”严屹峰一把拉住许仕明的胳膊，“这样大的行动，史部长和余次长都不在，你总要容我发个电报向邓次长请示一下。”

“侬放开！有撒好请示额，姓邓额管不着，侬请示来请示去，每趟才让伊面帮赤佬抢了前头，阿拉工作还要不要做了！”

许仕明横起来，严屹峰也不敢阻拦，只得放开手，道：“仕明兄，不然这样，我向日本发电，请示一下史部长总是可以的吧。”

“给侬面孔伐要面孔！”许仕明停住了脚步，道，“师兄拿吾留了个的，就是要吾拿上海的局面稳牢，现在军统春节前枪毙特中储行干部一宁，节后又去中央储备银行里厢丢手榴弹、枪击职员，今天又开枪弄死了中储行科长一名。事不过三，是可忍孰不可忍，这幅吞头势，吾哪能交差！”

严屹峰苦笑道：“仕明，开弓没有回头箭，这人命关天的大事，你总要慎重一些的好。”

“老实帮侬讲，就是因为人命关天，这趟才不能便宜了伊拉！吾帮侬讲，吾阿不希望事体闹大的，譬过周佛海额电话已经过来了。周佛海侬晓得哦？侬放心，个眼重庆分子脑壳后面才眼乌子额，每趟吾一去，就跑了清清爽爽，吾跟侬讲，个趟吾有了计较，不去寻伊拉的后势。”

“哦，好，那就好，和气生财嘛。”严屹峰松了一口气。

许仕明则黑着脸，带着人从严屹峰身边呼啸而去。

“去跟着，看看他去做什么？”办公室秘书姜成嗯嗯连声，脚下就是不动。

“你倒是去啊！”严屹峰抬腿就是一脚。

“主任，我实在是不敢，不然，你现在就把我枪毙了得了。”小姜居然开始耍起赖来。

“废物！”

两个人还在那里废话，院子里面车灯亮起，许仕明的车队已经离开了。

追是追不上了，想提醒周竟成，却是一丝线索也没有。他看看手表，已经接近晚上十点，不知道许仕明会闹出什么事情来。

这边严屹峰一肚子火无处发泄，劈头盖脸把姜成一通臭骂，正骂得来劲，院子里又有响动，姜成正垂头丧气地靠窗挨训，突然兴奋地喊了起来："来了来了，回来了！"

“回来了？谁回来了？”

“许总队长回来了！”

这么快？严屹峰觉得有些不可思议，忙也跑到窗前，发现铁门大开，一群衣衫不整的男女正被警卫总队连推带拉扯入门来，他连忙撤腿跑下楼去。

“怎么回事，这是些什么人？你们许队长呢？”

“不知道。”许仕明的部下明知道严屹峰的身份，只是吆喝着人们向反省楼走去。

严屹峰站在那里干瞪眼，只好拉住一个男人问道：“你们是哪里的？”

那人苦着脸道：“我们都是银行的职员，好好地在宿舍睡得正香，也不知道为什么就被绑到这里的！”

严屹峰跺脚：“胡闹，真是胡闹。”

旁边的特务见有人说话，一声大喝：“不要命了！”

吓得严屹峰一激灵。

院子里的岗哨都转起来了，手电筒和碉堡上的探照灯射出道道光柱，横七竖八地照着这长长的人龙，络绎不绝，为漆黑的夜色平添几分恐怖诡异。

严屹峰这脚没白跺，许仕明确实没去找军统的麻烦，他是冲去了同在极司菲尔路上的中国银行员工宿舍，不知道到底绑了多少人回来。

“完蛋了完蛋了。”严屹峰喃喃自语，军统的一连串恐怖活动终于惹恼了许仕明，如今史秉南和余笑蜀都在日本，此刻整个上海滩，再没人压得住这个混世魔王。

怎么办，得想个办法通知周竟成才好。严屹峰徒劳地走来走去，宛如热锅上的蚂蚁，他不知道，许仕明远比他想象的还要疯狂。

5-3

“您的会面已经安排妥当，将在武藤少将的私邸进行。”

日军大本营参谋本部，竹内行男正站在参谋次长冢田攻面前，他当然知道冢田攻是顽固的鹰派，但他必须就日军在华前途发表自己的意见。就算不能成功，也一定要试一下才会死心。

“辛苦了，请坐。”对方点了点头。

冢田攻现年五十五岁，曾是华中派遣军司令官松井石根大将的参谋长，直接参与指挥了南京会战，几经调转，最终来到参谋本部接任次长。在回东京之前，竹内行男已经很明白他的立场，冢田是继续对华作战，并实施南进计划的极力推动者。反复考量之后，竹内把史秉南与冢田攻的会面安排在武藤章的别墅，武藤和冢田一样，是有名的对华强硬派，想必冢田会满意吧。

两个人面对面对视着，都没有说话。

冢田有一种强大的气场，但竹内也倔强地坚持着，不肯示弱。

这次陆军与汪派警政部的会面是竹内一年多来努力的结果，不管冢田攻有没有兴趣，他作为在沪工作了近四年的对华情报负责人，必须促成这次关系到帝国命运前途的会面。

“冢田中将，听说参谋本部正在计划与美国决裂，要大举突袭珍珠港。不知道军令部是有这样的意图吗？”

还是竹内先开了口。

“哦，”冢田攻的表情毫无变化，道，“这是谣言，现在欧洲战场还不明了，我们对美作战的时机还不成熟。”

时机不成熟？那就是确实有这样的打算？竹内行男心一横，道：“作为梅机关机关长和汪政府的督导者，我觉得，当下我们实在不能再扩大战争了。”

“暂时是不能扩大，目前外相在努力和苏联达成协议，我们北上或是南下，还要看德国在欧洲战场的表现和苏联对我们的态度。目前参谋本部和军令部意见比较一致，英美绝对不是我们的朋友。”

“恕我冒昧，我的意思不是有条件的等待，伺机进击，而是现在应当尽力收缩战线，争取和重庆和谈，从支那战场上拔出脚来。”

冢田攻皱眉道：“竹内君，我知道现在局势不稳、资源不足、运输也困难，恐怕难以支撑长期战争的消耗。不过，我好奇的是，汪政权是你一手扶植又经过艰苦谈判创建的，也是经你推动，才获得了我们的认可。怎么，现在你要抛弃汪政权，决定对重庆进行和谈了吗？”

竹内行男摇了摇头，道：“汪兆铭是个有抱负、有声望的人，也有一定的能力，但是战争像这样陷入僵持，我们能给他的支持实在有限。而且他身边的人，除了一个周佛海和我带来的史秉南，多是无能之辈。要改良支那争名夺利、尔虞我诈的文官体系，绝对不是一时半会可以见效的。你也清楚，现在驻华各个部队都扶植了自己的代理人，汪就是再有能力，在这种情况下也难以施展。虽然我对他的努力是有信心的，但是，我们没有足够的时间。要想迅速地从中国战场脱身，还是和重庆直接交流比较快。关于这一点，我已经多次向参谋本部进言，无奈每次都石沉大海。实在是惭愧。”

冢田攻哈哈大笑起来，道：“我刚刚上任，不能为你的意见无人反馈负责。竹内君，你不愧是军刀组的一员，眼界胸怀都是一等一的，你的意见，其实大本营里面也做过讨论，在我们进军武汉之前，大本营就收到了你的报告。”

“是的，我认为支那的中央政府转移到重庆以后，军方就难有作为了，因此，虽然我们的军力还可以夺取汉口这样的中国腹地，但这无法左右战争局势，反而会给我们增添沉重的负担。那时候我的建议就是不如停止进攻，赶快与蒋方和平谈判，早日脱身。”

“而且你还说，中共和国民党是对立的，以后说不定就联合起来反日了。”

冢田攻站起身来，道：“我听说，本间雅晴中将也曾向大本营表达过类似的观点，也是你的手笔吧？你还真是锲而不舍啊。”

竹内行男也站了起来，道：“本间中将那里我确实也做了一些工作，实在抱歉，我当时还准备向多田参谋长进言，但是很遗憾，没能在中国战场遇到多田阁下。”

冢田又一次爆发了笑声，道：“竹内君，你做得对，作为情报官，向大本营建言是你的职责所在，只是你掌握的情报不够全面，不足以正确判断现在支那战争的局势。比如，支那人是不会真正团结起来，一致对外的。听说最近重庆的军队已经开始对日渐壮大的新四军下手了，不是吗？还有，现在德国在欧洲战场势如破竹，英美自顾不暇，苏联隔岸观火，对于我们来说，正是一个大好的机会，没有了英美支持的重庆势力，气焰大减！而南亚的英法殖民地失去了宗主国的庇护，也都不堪一击！目前我们尚未明朗的，只是苏联和美国的态度而已。”

“在这样的大势下，只要我们应对得当，寻找机会将重庆政府一举击破，说不定支那事变就会很快结束，到时候，你也就不用为汪政府的未来烦恼了。”

“冢田中将……”

“哎，”冢田攻举起手来，示意竹内毋庸多言，“我明白你想说什么，为了支持战争，国内的经济压力已经到了极限，这个情况大本营很清楚。不过，现在我们都已经被绑上了战车，在陆军、海军这样旺盛的战斗意志面前，想要刹车停止，实在是太困难了。从另一方面来说，如果我们不能通过迅速扩大战场获取物资，在支那和南亚的能源输送中止后，不只是军队覆灭，连本土的经济也将很快崩溃。”

竹内脸色铁青，目前本土百业凋敝，经济摇摇欲坠，但是陆军、海军的野心却在局部战争胜利的鼓励下日渐膨胀。虽然表面上看起来帝国已到全盛时期，但就是没有人愿意正视胜利背后隐藏着的巨大危机。

对无法说服大本营迅速结束支那战争，他已有心理准备，那么要适时拿出备用计划了。

“我明白您的意思，那么，这次我邀请汪政权警政部负责人来日，是有另外一个计划。”

“我看过了你的构想，”冢田攻点点头，“专注于汪政权的稳固和发展，用支那人来对付支那人，是一个不错的方案。”

“是的，如果需要汪方面维护和平，必须赋予其一定权力。让其具有一定实力，我们才能得到喘息的机会。我将敦促汪政府尽力维持统治区的稳定，来配合大本营进一步的作战方针。”

冢田攻满意地点点头：“这次来的这个人是你选择的代理人吗？”

“是的，跟汪政府大多数官员相比，史秉南年轻而具有朝气，人谨慎果敢，具有极强的行动力，虽然不可避免也带有支那人难以合作、自私自利的恶习，但是确实比汪身边那些结党营私、互相倾轧的无能文官要好太多。而且这次的计划，其实也是他提出来的。概括地说，就是要加强占领区的基层动员，从根本上铲除共产党和重庆分子的滋生环境，把已控制的广大农村和小城镇都牢牢捆绑在汪政权的身边，形成坚固而能共进退的堡垒。这样的工作，必须由支那人自己去做，我们的军方是无法承担的。”

“看起来，这个肃清计划，不仅仅承担军事上的意义，是有着完整的政治意图和构想的。”

“是的，这次我带他来东京，就是希望他能来向您当面汇报，以便您考量判断，是否我们要把这个计划纳入到对华整体战略中来。”

“扶植他？帮助汪政权站稳脚跟，解放我们的军力？”

“是的，这是我的建议，这次他提出的军政并进，剿抚兼施，三分军事，七分政治的方针，我很认同。有了更大的权力和实力，史秉南也可以辅佐汪兆铭,更好地稳固我们的后方,同时对重庆施加压力。”

“那么，这个很有能力的人，会不会失控呢？”

竹内沉默了片刻，道：“在汪政权内部，我也扶植了另一股势力来牵制他。同时，在上海的特工战中，史秉南为了赢得我们的完全支持，双手已经沾满了他中国同胞的鲜血，现在他只能依靠我们，绝没有回头路可走了。让他来当肃清运动的执行者,我认为是非常合适的,如果肃清运动收到预期的效果，我们不管是转向南进，还是北上，压力都会小得多。”

“你这样说，我倒很期待见一见这个支那人了。”

5-4

“武藤先生和竹内先生在会议结束后，会陪同冢田次长一起返回，还请稍候片刻。”

东京下町,日本陆军省军务局长兼调查部长武藤章的私人别墅中,身材窈窕的女侍者端来了茶盘和点心，柔声慢语地安慰着史秉南和余笑蜀。

入乡随俗，两个人已经换上日装，等了好一会儿了。

这是一栋西式三层小楼，有一个阔大华丽的厅堂，巨大的拱形窗外，是一个面积不小的幽静花园，此刻，大厅一侧的佩卓夫三角钢琴上，响起了流水般的乐章。

不过此刻，余笑蜀却没有欣赏音乐的闲情逸致。

“秉南，上海出事了。”

“哦。”史秉南微笑着，注视着弹奏钢琴的妙龄少女，轻轻鼓掌。

“上海的密电，仕明这次捅了大娄子了。重庆分子连番挑衅，他一怒之下一夜绑了二百多人回来，并且亲自驾车冲到江苏农业银行宿舍，扫射银行员工，当场死亡五人，重伤六人。”

“什么？”史秉南转过头来，“动作这么大？”

“是，报纸上已经吵翻了天，邓祖禹的电报也来了，他在南京，仕明直接越过了他，木已成舟，他也没办法。严屹峰只好在报上以警政部名义，刊登启事解释此事，大概意思是行动只针对重庆的恐怖活动，被绑职员不过暂时限制自由，审查检视。只要重庆停止恐怖活动，即行放回。”

“刚才日方转过来的电文就是这些吧？”史秉南脸色看不出是喜是忧。

“是，”余笑蜀苦笑，“以《申报》和《大美晚报》为首，几乎所有租界报纸都在报道这次的巨型绑票案，江苏农业银行一连串死了六个也是爆炸新闻，舆论已经把两件事都扣在我们头上了。”

“重庆有没有什么反应？”

“现在重庆的几家银行仍勉强开业，他们已经咨请各国驻沪领馆及租界当局，来和我们交涉释放人质，话说得很重，说我们采取不法手段蔑视租界治安、破坏租界法权，他们要保障中外商人利益等等。”

“我这是在给佛海的中储券开道，这次他总应该满意了。”

“啊？”史秉南的反应完全出乎余笑蜀的意料之外，“我们要不要给仕明发个电报？这样搞下去，不好收场吧？”

史秉南摇摇头，道：“拍电报做什么？竹内不是也知道了吗？我们看一会儿他会不会提及这件事。”

“好。”看史秉南闭上了眼睛，余笑蜀只得闭嘴。

他表面强作镇定，但是心里却火急火燎，因为梁利群也从上海发来急电，这一次被许仕明捕入七十六号的，除了重庆几家银行的职员，还包括了上东信托的证券顾问赵复生。

余笑蜀不知道老赵为什么要大半夜跑到中行别业去，但是当务之急却是要把他营救出来。许仕明并不知道赵复生和自己是旧识，万一大动肝火，再枪毙几个人质，那就危险了。

佩卓夫钢琴上一曲奏毕，史秉南也睁开了眼睛。

弹琴的女子娉婷走来，鞠躬道："献丑了，这一首夜曲在我手底总是不如人意。"

"哪里，真是太谦虚了，在这样庄重华美的场合，能听到一流的钢琴演奏，真是精彩绝伦。"

史秉南和余笑蜀都站起来鼓掌。

"多谢二位，余先生，你不认得我了吗？"那少女穿一身小豆色的唐草纹样和服，把两只眼睛笑成弯月一般。

"你，你是……？"余笑蜀觉得眼前的少女在哪里见过，却又一时说不上来。

"我是今天的翻译官，千都真鹤子。"

"哦，真鹤子小姐，想不到在东京又见到你！"

千都真鹤子？难怪她看起来有些眼熟，余笑蜀忽地想起一年多前上海安乐俱乐部，她就是那一晚和梁利群一起喝红酒的小姑娘？那时候的她还有几分青涩，汉语也说得不甚流利，但是现在，如果不是这一身和服，只凭口音，已经无法把她和中国人区分开来了。

"你们认识？"

余笑蜀略显尴尬，道："我和真鹤子小姐只有一面之缘，倒是利群，和真鹤子小姐比较熟识。"

“是的，梁先生是我在中国的好朋友，还有，乔月小姐。”

“是吗？真鹤子小姐和乔月也相熟吗？”史秉南满面春风，但余笑蜀却从他的眼神里看到一丝警惕。

余笑蜀心底也有疑问，真鹤子不是一直在上海工作吗？

“是的，因为我比较了解上海的情况，是竹内先生将我临时调回，充当这次会面的翻译。当时梁利群先生曾经找到我，要我引荐乔月小姐去海军报道部工作的。所以说，虽然我们没有见过面，但也是老朋友了。”

史秉南点点头，道：“了解了，再回上海，欢迎去我们那里做客。难得你的钢琴弹得这样好，想不到在东京，竟然可以听到这样好的肖邦。”

千都真鹤子笑逐颜开，道：“谢谢喜欢，很久没有摸琴，生疏了，多亏是在武藤先生的宅邸，因此能够为两位弹奏一曲，对于我来说，也是十分幸运的。”

“哦？真鹤子小姐弹琴也会受到限制吗？”

真鹤子微笑道：“不仅仅是我，如今军乐和爱国歌曲才是主流，一切娱乐活动都受到限制，在大多数日本人的眼里，弹钢琴这样西化的活动，实在是和卖国没什么两样。”

史秉南和余笑蜀对望了一眼，他们来日本后，都是安排好的社交活动，并不知道日本本土的政治氛围居然也如此紧张了。

“还不止这些，现在政府已经颁发了奢侈品禁制令，如果两位有空，我可以陪二位在东京街头走一走，马路上，穿长袖和服的人渐渐没有了，以汽油为动力的汽车也不多呢。”

史秉南若有所思地看着真鹤子，道：“笑蜀，你不是要去看欣怡？我们的翻译虽然日语流利，但是对东京却不熟悉，你可以让真鹤子小姐陪你去走一趟呀。”

“那当然很好，只是不知道真鹤子小姐是否愿意。”

余笑蜀明白史秉南的意思，既然日方特地安排了常驻上海的真鹤子返回东京，那肯定不只是给两个人做翻译那样简单，而自己和史秉南在东京的私人活动，也不可能不受日本军方的监督。而这个真鹤子怎么就那么巧，又同时和梁利群和乔月都相识？大概率她就是竹内放在上海的日谍。如今与其和那些军方的特工打交道，那还真不如顺水推舟，要这个巧笑倩兮的真鹤子陪同了。

“非常荣幸，我知道两位来到东京后，一直还没有机会出去走走，欣怡小姐我也有耳闻，是梁利群先生的妹妹吧，听说现在正在陪父亲在帝国大学附属医院做治疗，这件事，不如就交给我来安排吧。”

真鹤子果然一口答应。

“那有劳了。”余笑蜀微笑着，还能说什么呢？一年前初见真鹤子，他就有感觉，这个小姑娘绝不普通，果然，不要说史秉南、梁利群，就连来到日本治病的梁成杰和梁欣怡，也一样逃不开这双无所不在的眼睛。这样说来，史秉南那些在夹缝中生存、左右逢源的自信，是不是过于盲目了一点呢？

真鹤子鞠了一躬，走到一旁去拨电话。

余笑蜀收回目光，才发现史秉南的脸色并不好看。

“日本人真的无孔不入。”

余笑蜀道：“也不都是坏消息，起码这证明乔月并不是日方派来你身边的，而且，也说明，我们的地位真的今非昔比了。”

史秉南并没有被安慰到：“那乔月是谁的人呢？”

余笑蜀知道，史秉南对乔月的关切和怀疑，应该更重了。史秉南当然不会相信日本人，因为说到底，他其实并不相信任何人。

外面传来轮胎在碎石路面上碾压的声响，他们一起站了起来，整理了一下衣服。

别墅的铁门缓缓打开，两辆黑色的小轿车一前一后开了进来。

第一辆轿车上下来的，是此地的东道主武藤章，他大步向后，和第二辆车上下来的竹内行男一起，拉开车门，请出了一位两鬓花白，身材壮实，拥有两道浓密眉毛的军人。所有人都挺直了身子。

这次来到日本，史秉南翘首以盼的大人物，终于出现了。

5-5

“梁先生也来了电话，这人，你到底是放还是不放嘛！”

严屹峰在许仕明的办公室内焦急地走来走去，许仕明却依旧不紧不慢地抽着烟。

“准备好了哦？”

“没有问题！”这已经是进来的第三拨人马。

许仕明挥了挥手，来人点点头，退了出去。

眼看着特务们一拨拨进来又离开，严屹峰忍不住心惊肉跳，许仕明一口气捉了中国银行二百多人，震惊了整个上海滩，那一笔江苏农业银行的血案，一点不意外，也是许仕明做的。警政部政务次长邓祖禹从南京发急电质问许仕明，为什么攻击和重庆没什么关系的江苏农业银行，许仕明轻飘飘地回了四个字，“走错门了”，就算解释完了。虽然他说的确是实情，他本来是带队去寻中国农业银行的晦气，也确实是走错了门，不过这一错，就造成了六死五伤的惊天大案。

许仕明那无所谓的态度彻底激怒了邓祖禹，他生气的方式是，彻底消失了。

邓祖禹当然有自知之明，他不过是个空头次长，连警政部南京区的李再兴都不理他，又能把许仕明怎么样？何况，这血腥的报复背后，是对上海金融权力的争夺，没有周佛海和史秉南的默许，许仕明也没有这么大的胆子。

邓祖禹放任许仕明不管，严屹峰和周竟成都惨了。虽然这一连串事件是上海区率先挑起事端，但他们执行的是军统的战略指令。针对伪职员和平民的无差别攻击看起来是个好主意，经由许纵指挥的一连串恐怖活动，又是暗杀又是丢手榴弹，确实起到了一定的效果，使得中储行员工人人自危、不敢上班，市面上中储券寸步难行。但被激怒的许仕明很快就学会了同样的套路，开始了毫无底线、狂风暴雨般的反扑。

中国银行职员被捕之后，国府急了，大走外交途径，通过英美大使馆和公共租界当局对日方和伪府施压，只是日本军方装聋作哑，汪政权又寸步不让，是一丝一毫的实质进展也没有，这下所有人只能干瞪眼，总不能强令两统特工去强攻驻着日本宪兵的七十六号。

周竟成在外，严屹峰在内，加上方方面面的势力出马，交涉了好几天，除了因为实在关押不下这许多人，许仕明象征性释放了部分银行低级职员外，事情并没有得到根本解决。目前尚有一百二十八人被关在“反省楼”里，而上海的舆论已经沸反盈天了。

和预想的一样，不过几天工夫，国府内的风向一转，开始指责起军统的行动方针“冒进”了。这压力很快又传到了上海区，具体执行的许纵早就不说话了，周竟成作为直接领导，天天被骂得狗血喷头。现在能起一点作用的，也只有潜伏在七十六号的严屹峰了，最近几天，周竟成三天两头地催严屹峰继续营救，但严屹峰的作用实在有限，面对软硬不吃、油盐不进的许仕明毫无办法，只是每天被周竟成逼得火烧眉毛，一向光洁的脸上平白鼓起了一连串的燎泡。

周竟成想要靠严屹峰缓和局面，实在是太天真了。

此刻的许仕明，就如一头脱了缰的野马，任谁也拉不住，在扣押中行别业一百余人后，他除了继续大肆绑票，又接连向中央银行法租界亚尔培路分行、公共租界白克路分行、静安寺分行，交通银行公共租界南京路分行实施猛烈爆炸袭击，造成将近二十人死亡，上百人受伤。这一系列举动，比军统进行的制裁猛烈百倍，直接导致重庆方面中央、中国、农业、交通四大国有银行人人自危。

爱国热情抵不过真枪实弹，国府四大银行在沪业务终于全面瘫痪。

对一味蛮干的许仕明，上海金融界实在没有办法，纷纷通过各种渠道向重庆呼吁求饶，请国府在沪的制裁行动暂时停止，不要让无辜从业人员遭受血腥报复。这些金融大佬们实在吃不住七十六号的蛮横，怒气转向了国府的上海特工站，连戴笠都被迫出面解释，锄奸工作并非都是中央特工行使，各地的热血爱国分子自动锄奸的也不少，而且如果抗日锄奸工作要是停止，不就是意味着我们害怕了吗，这是中了逆匪的奸计，伪币也就要横行市面，肆无忌惮了。但在许仕明疯狂的无差别报复面前，这样的辩解显然毫无效果。

在日本访问的史秉南同样收到了无数电报，也确实曾从日本回电指示，但是电文内容却是要许仕明“不惜采取一切手段，务必给予重庆暴乱分子毁灭性的打击”。

严屹峰不知道电报的具体内容，但他看看许仕明黑着脸大杀四方，猜大概也猜到了。

终于，周竟成实在吃不消各方压力，不但叫停了许纵针对中储行的进一步计划，连其余的制裁计划也统统取消了。现在大家只能眼巴巴地看着七十六号，期盼许仕明的疯发够，让整个事件可以暂时告一段落。

不过事情也不是一丝松动也没有，今天上午，梁利群给许仕明打了电话，因为现在还留在“反省楼”的那一百二十八个人中，有一个上东信托的证券顾问赵复生，据说是去中行别业访友，被囫囵一起抓过来的。梁利群满以为自己打一个电话就可以解决的事情，他却忽略了，许仕明其实是见过赵复生的，当时许仕明和董之微一起大炒股票，输掉底裤，对于赵复生不会一点印象没有，那么先期释放的人员里面，为什么没有赵复生呢？

结果可想而知，没用。别人也就罢了，他梁利群可是史秉南的结拜兄弟，而且，上海市面的诸多银行机构中，上东系为了对周佛海派系表示支持，也是最先接受中储券的，许仕明这个翻脸不认人的功夫，真是让梁利群领教了。

“怎么办？”

他一个电报打到东京，没有打给史秉南，而是打给了余笑蜀。

余笑蜀迅速回电了，建议他去找一个人，乔月。

“仕明，你果然在呀。”许仕明办公室的门被推开了，看到了来人，许仕明第一次从椅子上站了起来。

“嫂嫂，依哪能今朝噶有空过来呀。”

进来的女子身材窈窕，一身暗红色锦缎旗袍，正是极少出现在七十六号的叶佳兰，她身后那个替她拿着小羊皮大衣的女子，正是乔月。

正在团团乱转的严屹峰猛地一拍自己的脑袋，有救了，自己怎么没想到，如果说现在这上海滩还有一个人能够左右许仕明，那这个人只能是叶佳兰。

每个人都知道，史秉南和叶佳兰是患难夫妻，这个女人性子执拗、能力超群，作为一个富家小姐、复旦大学高才生，能够不顾一切地跟着穷酸青年史秉南搞革命、做特工，近二十年的风风雨雨、枪林弹雨走过来实在不容易。而且，叶佳兰在史秉南几次落难时刻都对他不离不弃。因此史秉南虽然出了名的决绝冷酷，但是对于叶佳兰一向是呵护备至、百依百顺的。这么重要的资源，自己怎么早没想到。

“呐，这一位我想你也认得的，乔月小姐，是我和秉南的好朋友，现在呀，我们有件事要你帮忙。”

“嫂嫂尽管讲。”

“乔月小姐有一位友人，这一次去中行别业去见朋友，没想到失了踪，现在秉南和笑蜀都不在，我一个妇道人家不好抛头露面，只好请你来帮忙找找看。”

“嫂嫂要寻额宁叫撒额名字？”

“赵复生。”乔月眉头微蹙，眉眼中带着一丝焦急。

“好，”许仕明点点头，“吾马上派人去寻，侬稍微坐一些。”

许仕明先拨了一个电话，站起来推开门走了出去。

“啊，史夫人，我是机要处的严屹峰啊，我去过史部长家的。”严屹峰赶忙上来打招呼，“仕明他呀，最近忙得肝火旺盛，您这次来，就是来灭火了。”

叶佳兰坐在沙发上，笑了起来：“我记得你的，你是不是也有什么事情要我帮忙呀。”

许仕明沉着脸，脚步不停，一路来到了“反省楼”第二十二号囚室前，别的囚室，都挤挤挨挨关押着中国银行的职员，只有这一个囚室，关的是碰巧捉来的不相干的其他人员，这些人都被安上了一个统一的名字，嫌疑犯。

此时的赵复生正狼狈地倒在地上，看起来不知死活。

“伊情况哪能？”

“吃了不少苦头，但是什么都没说。”

“死了哦？”

“没有、没有，健康得很，活蹦乱跳！用水一泼准醒！”

许仕明道：“勿要再弄伊了，拿伊转到高级间去，寻医生帮伊看一看，限期一额礼拜，要伊能够下地走路。”

“啊？”

“侬是没听到吾额言话吗？”

“是是，可是，现在没有空房间了。”

“个还用吾讲啊？中国银行伊面几个主任不是还来了里头吗？拿伊拉弄出去。”

“明白，马上就办。”看守忙乱地行动起来，许仕明则看了一眼处在昏迷状态的赵复生，转身走向了审讯室。

赵复生，乔月的朋友？许仕明在等待情报处代处长曾长发的时间里，点上了一颗烟。

5-6

“要穿成这样吗？”余笑蜀转身，他换上了时下日本平民穿着的土黄色的国民服，而真鹤子则脱下了层层叠叠的和服，换上了连裤裙。

“是呀，为了行动的方便，一定要这样才好。”真鹤子浅笑着，“如今东京不比往日，不能太张扬，如今女子穿和服、电烫头发，男子留长发、穿西装，走在街上，都会变成众人瞩目的对象。我们也尽量少惹人注意为妙。

“再说，余先生就算穿上了国民服，也是一样的帅气呢。”

“哈哈，好吧，都说东京是亚洲一等一繁华的大都市，这次终于可以开开眼界了。”

从下町到位于本乡的帝国大学附属医院并不远，汽车把两个人和随行宪兵送过秋叶原，在西黑门町附近停下，这里离见面地点赤马馆居酒屋已经很近了。

梁欣怡信中描述的一切此刻都鲜活了起来，东京的市面比上海还要萧条，木制的低矮房屋连绵不绝，到处都是硕大的标语，有些可以看懂，有些看不懂，问了问，大致都是些“别无所有、直到胜利！”“生育吧！繁殖吧！”一类的口号。街上的行人行色匆匆，果然见不到和服的女子和西装的男子，余笑蜀所穿的国民服则十分普遍，很多男人还像军人一样，打上了绑腿。

在公车站排队的一个男子，被人揪着衣服推出了队伍，两个人斗鸡一样怒目相向。

真鹤子好像有些不好意思，道：“让您见笑了，很多年轻人都已经应征入伍，现在排队的人家里的负担都很重，常常发生摩擦冲撞，都是因为生活艰难，心里面有怨气的缘故。”

“可以理解，”余笑蜀路过一间看起来还算气派，招牌花哨的建筑，好奇道，“这里是什么地方，这个时间还没有营业吗？”

“这里是以前的跳舞厅，去年秋天开始，东京的跳舞厅就全部被关闭了。”

“原来如此，那舞女们呢？”

“舞女们都失业了呀，”真鹤子叹了口气，道，“余先生，你一直在上海，大概也想象不到，发动战争的我们，生活也并不容易吧。”

余笑蜀没有想到真鹤子会说出这样的话，在军国主义狂热包裹的日本，这不像二十上下的女孩子会有的见识。

他愣了片刻，摇头道：“真的想象不到，至少上海还有锦绣繁华、奢侈无度的一面，在这里，完全看不到这样的迹象。”

"是的，日本是个资源有限的国家，在这样的时刻，如果国民不能团结一致，以勤俭坚忍的精神努力奋斗，是不会有未来的。所以参谋本部对史先生和余先生提出来的'肃清'计划才会这样感兴趣，决定加以大力支持。说到奢侈，如今日本，只要是高消费都会受到严格的限制。"

"皮革也不行吗？"

"是的，皮革制品也被划作奢侈品，比如女性使用手提包，就不得超过三十日元。"真鹤子晃了晃手里的棕色小皮包。

"我现在真正了解，为什么在武藤将军的府上，你说弹奏一曲钢琴是多么的难得了。"

真鹤子居然也叹气，道："是啊，今天的东京已经不像战前，就连在繁华场所跳爵士舞和喝法国烈酒也被严格禁止了。但我的童年，是见识过日本人有多快乐的。"

这一路的漫步，让余笑蜀不由得对千都真鹤子刮目相看。

他的心情是复杂的，原来穷凶极恶的日本人，在本土的生活竟是如此困窘不堪，甚至比起畸形繁荣的上海来还多所不如，而如今，才刚刚进入战争的相持阶段而已，这条路一直走下去，最终的结局会怎样，余笑蜀不知道，但是面前的一切让他相信，中日一战，虽然中国在兵员素质、武器装备上具有绝对的劣势，但是中国绝不是没有机会的。

"转过街口就是了。"真鹤子躬身，请余笑蜀先行。

颇有名气的赤马馆就在眼前，和余笑蜀想象的不一样，这里完全谈不上高级二字，不过是一排二层的木制小楼，棕色的木材让建筑整体上显得昏暗，从外观上来看，倒和上海的茶馆有几分相似，说是比较整洁的小铺大概也合适。居酒屋的两侧，是出售凉粉和鱼糕的移动摊位，在挤挤挨挨的平民中，站着穿着米黄色风衣、白色高跟小羊皮靴的梁欣怡。

余笑蜀的心中一暖，梁欣怡显然是经过了精心打扮，红色唇膏和栗色的帽子，脖子上用红色的纱巾打了结，可以说，在熙来攘往的人流中，她这一身装束，已经冒犯了所有灰头土脸、辛苦求生的日本平民。

梁欣怡的双手合在胸前，手中捧着一束淡黄的花束。猛地看到余笑蜀，她的眼睛里发出了跳动的微光，不自觉地笑了起来。

在这一瞬间，喧哗的市声越退越远，在异国他乡的街头，这个笑容是那样的亲切而熟悉。直到这一秒之前，余笑蜀还在为两个人是否应该相见而踟蹰犹豫，但此刻，他只想要张开双臂，把梁欣怡牢牢搂在怀里。他甚至开始责怪自己为何如此冷漠，没有给她带来任何礼物。这种微妙的感觉，自从卢一珊死后，他已经久违了。

微风吹动了梁欣怡的衣摆，也吹动她的纱巾和发丝，然而，就在他大踏步走向梁欣怡的一瞬，他却发现，梁欣怡脸上的笑容正一点一点慢慢退去，变得尴尬、僵硬起来，眼睛里的神采也一点一点熄灭了。

余笑蜀跟着她的目光回头，看到了身后微笑着的真鹤子和两个面无表情的日本宪兵。

“欣怡小姐，您好，”真鹤子鞠了一躬，“我是余次长在东京的翻译和助手，我叫千都真鹤子，我身边的这两位，是参谋本部的士兵，这次一起跟来，是为了照顾余次长的安全，打扰了你们的相聚，请见谅。”

“哦，”她看余笑蜀和梁欣怡都有些发愣，又道，“您和余次长的相会，当然不需要我来翻译的，我们会稍作回避，在您需要的时候，只要召唤我就可以。”

余笑蜀和梁欣怡面对面地站着，面对中间那短短的距离，余笑蜀的双臂终究没有张开。

“笑蜀，这是给你的，”梁欣怡把手中的花递了过来，“我是想着带着花去车站迎接你的，可惜父亲在这里，我走不开，而且，我也想到了，大概他们是会送你过来的。”

余笑蜀接过这一束花，感觉刚刚还在雀跃的心，被什么东西死死压住了。

“我的信，你都收到了吗？”

“收到了，知道你一切都好。”

“今天我看到你，就知道你也都好。”梁欣怡笑得有些勉强。

“梁先生还好吗？”

“都好的，他还在休息，我没有告诉他你要来看我，医生说，如今他的情绪不能有太大的起伏。”梁欣怡低头，咬着下唇。

“如果过一阵子还没有大的改善，”她沉默了好一会儿，才道，“我已经和哥哥商量过了，也许我们会去美国再看看。”

“是，”余笑蜀避开了梁欣怡的期盼的目光，道，“如今欧洲打得一塌糊涂，是去不得了。”

“嗯。”

两个人并没有走进喧闹的赤马馆里坐坐，哪怕梁欣怡已经订好了二楼靠窗的座位，在这个时刻，刚好可以看到东京湾最美的夕阳。

一楼散座的酒客吵吵嚷嚷，抱怨只能喝到一合凉酒，抱怨下酒菜里只有黄豆芽和薄薄的几片肉，抱怨新鲜的沙丁鱼已经成为贵重的食品。

夕阳柔和的光线把这条街市染得一片金黄，穿着日式便服的余笑蜀和穿着西式风衣的梁欣怡并排站着，好像这世界上注定无法兼容的一切，和这个陌生的国度显得那么格格不入。

他们长久地沉默，没有说话，只有晚风拂过余笑蜀手中的花朵，推着花瓣轻轻晃动着。

06 风过无痕

6-1

“怎么样，紧张吗？”法租界思利和路与宝健路交叉口，许纵双手插在风衣的口袋里，看着爱国青年夏子彰。

夏子彰身着蓝色短衫，夹着一个黑色包袱，目不转睛地盯着远处的大华医院。

“许书记在问你话。”

“放心，我一定完成任务。”他稳了稳心神，压低了帽檐。

许纵低头看了看手表，道：“再把行动细节确认一遍，上楼梯三楼右手第十一号病房，张弘文有带一个保镖，他们会为你引开。”

“我知道，得手之后，迅速撤离。”夏子彰喉结滚动，咽了一口唾沫，这一次许纵势在必得，专门为他安排了三个行动支援人员。

许纵抬头，看着宝健路十九号大华医院的红墙，道：“你一定记住，巡捕房离这里只有三分钟的距离，枪声响起之后，最多五分钟，巡捕就会出现。如果来不及撤离，你就去找侯医生。”

“明白。”四月的上午，天气本不炎热，汗水却顺着夏子彰的鬓角滑了下来。

他的手一直紧紧抓住那个黑色的包袱，那是一套西装，里面裹着一把手枪，他看了看表，已经十点整。

“来了来了。”前方特工发来暗号，他看到丁寄萍的轿车缓缓开进了大华医院。

“走，出发！”

执行任务的四个人从街角闪出，急匆匆地汇入往来的人流。

在大华医院的停车场，丁寄萍已经下了车，还站在原地焦急地张望。夏子彰则尽量稳住步伐，躲开她的视线，此刻他还不能让丁寄萍认出自己。

他大口大口地吸着气，心跳得自己震耳欲聋。

这是夏子彰第二次执行制裁任务，毛遂自荐之后，许纵并没有立即吸收他加入军统，而是让他在军统外围“锄奸队”里和帮会分子们一起执行任务。从和军统接上头以来，他一共只执行了两次任务，对象都是同一个人，伪中储行会计课副主任张弘文。

一个月前，正是军统和七十六号在上海放开手脚杀得一塌糊涂的时候，许纵把“培养”了许久的夏子彰派了出来，小人物张弘文，就是许纵用来考验夏子彰忠诚的对象。

行动在法租界西爱咸斯路张弘文的寓所展开，当夏子彰冲进房间时，张弘文正在和家人吃午饭，他一门心思抗日锄奸，满心里鼓鼓的，不管张弘文的妻儿尖叫，兜头就是一枪。张弘文仓皇起身逃跑，撞破窗子翻到隔壁房间。面对活人，夏子彰百发百中的枪法没有了，本来是瞄着胸口的第二枪，居然打到了腿上。

他跟着张弘文跳过窗子，再举起手枪时，发现这个男人已经瘫坐在地，鲜血染红了整条裤子，他不知道，原来人的表情竟然可以这样绝望。心神松了松，张家人奔跑呼救的声音才传入他的耳朵。他知道，时间不多了。

“求求你，我没做坏事，你不要开枪，不要开枪！”男人连连摆手。

“你亲日卖国，助纣为虐！”张弘文绝望的情绪感染了他，夏子彰耳鸣了，他面目狰狞地又开了一枪。

一声巨响在他的耳边炸开，他没有意识到，这一枪是他闭着眼打的，子弹击中了张弘文身后的八仙桌，木屑纷飞。

拖着断腿，张弘文还在拼命地往后挪动，在地上拖出了长长一道血痕，似乎那破碎的桌面可以挡住子弹一般，夏子彰咬紧牙关，几番想了结整件事情，但直到用尽了浑身的气力，扳机上的手指却再也没能压下去。

“在那里，别让他跑了！”只是瞬间的犹豫，机会转瞬即逝，夏子彰只能转身逃跑。他一路狂奔逃出西爱咸斯路，直到坐上了许纵为他准备的汽车，依旧惊魂未定。

“怎么样？死了吗？”

夏子彰已经跑到窒息，拼命地干呕，连眼泪都出来了，过了好一会，才艰难地点了点头。

飞驰的轿车上，许纵满意地拍了拍他的肩膀。

然而，这次制裁并未成功。

制裁张弘文，是许纵精心策划的“摧毁敌伪金融系统”计划的一部分，中储行的头头脑脑在双方连番恶战之后，已经提高了警惕，刺杀难度大大提高，于是许纵便选择了这个名不见经传的倒霉蛋。张弘文其人是个技术人员，三十出头，勉强可以算作中储行的中层干部，像他这样的小人物，自然不会有任何保护措施。于是许纵稍加考虑，就派出了手里拿捏很久的夏子彰，这张牌握久了，总要打出来现现，才知道将来好不好用。

饭只吃了一半的张弘文被新手特工夏子彰一枪打得魂飞魄散，送入广慈医院后，即时动了手术，中弹的大腿不得不截肢，总算保住了一条性命。据说这件事，让整个汪伪的金融系统“义愤填膺”，效果立竿见影。

应该说，对于军统的指令，许纵执行得力，很快就让中储行陷于瘫痪。但青帮头子许仕明的疯狂反扑完全压住了军统的声势，周竟成也因为“冒进”被上峰批得狗血喷头，区长的地位摇摇欲坠。这个时候，许纵意外地发现，转机来了。

上海的局势失控，当然要有人来背锅，失去戴笠信任的周竟成，还能在上海区待多久呢？

事件不能这样轻易地结束。于是，在双方偃旗息鼓了整一个月的当口，许纵觉得，是时候加一把火了。他把这决定性的一天，定在了张弘文出院的日子。

夏子彰低着头快步走上楼梯，直奔三楼住院区，十一号病房在走廊的尽头，护士的推车被撞翻，适时发生了一场不大不小的混乱，足够引得那个应付差事的保镖去看热闹了。

他侧身贴着深绿的墙围，在人们围着那推车探头探脑时，悄悄靠近了目标房间。

木门发出轻微的吱呀声响，屋子里洒了好大一片阳光。

“谁呀！”

病床上的男人仓皇坐起，满脸胡楂、两腮塌陷，一只裤管空荡荡的。

是他，就是那张熟悉的脸。夏子彰机械地走上前去，砰的一声。子弹从对方的鼻梁处打进去，穿过头颅。病床后的墙面变得一塌糊涂。夏子彰别过头去，把枪按在张弘文的胸口，又补了两枪。

这次任务确定完成了，空气中弥散着一种带着铁锈味的腥气，夏子彰哇的一声吐了出来。他的手一直在颤抖，勉强开门走了出去，混进走廊的人流，直奔二楼的耳鼻喉科。

“打扰了！”

侯医生探头去看了看，关门拉上布帘。

等夏子彰再走出来的时候，已经换上了熨烫妥帖的西装。

“没事。”夏子彰自言自语，快步走到窗子前。他看到丁寄萍正茫然地半蹲在汽车旁的草坪上，小心翼翼地伸头探望。他站在窗前摆了摆手，高喊了一声：“寄萍！”

丁寄萍抬头，看到了夏子彰，起身就逆着人流往医院里面跑。

“你不要过来啊，危险，快离开！”夏子彰努力挥着手，他依然浑身僵硬，但是心里却充满了暖意。

巡捕们赶到的时候，医院里的患者已经跑了一大半，剩下的人大都惊魂未定，张弘文的保镖被夺走了手枪，头上还挨了一闷棍，他十分确定，趁乱进入房间的行凶者是一个身穿蓝色短衫裤的杀手。

附近的街道封锁了，医院里的人在被挨个过筛子，这时候，丁寄萍已经找到了来医院“看病”的夏子彰，抱着他哭了个稀里哗啦，那一身簇新的西装上，都是她的泪水和鼻涕。

“你要不要紧啊，你没事吧？太危险了。”丁寄萍语无伦次，这一年，她和夏子彰分分合合，最大的矛盾，就是绝对不同意夏子彰去“为国尽忠”。丁司城的死到今天依旧是悬案一桩，此时的丁寄萍，已经不是一年前那个无忧无虑、骄纵任性的小明星了。

“我没事啊，就是最近想你想到发烧，嗓子说不出话来，你看现在不是已经好多了吗？”

“为什么不告诉我！”丁寄萍一拳捶在夏子彰胸口，“太吓人了，你和我吵架不会死人啊，万一死了谁和我吵架。”

“不会的，怎么会。”夏子彰没有想到一贯骄横的丁寄萍真的会这样关心自己，一时间也有些手忙脚乱，不停安慰，张弘文那双紧盯他的眼睛，反而渐渐淡去了。

正在排查的法国巡捕被这两个脆弱的年轻人吵得头昏脑涨，挥挥手，让他们离开了医院。

“一个普通的银行职员，被打掉了一条腿还不够！还要追到医院里，一枪打穿头颅！重庆这是什么意思！想要无休无止地打下去吗？”史秉南少有地一巴掌拍在办公桌上，砰的一声，钢笔雪茄掉了一地。

“渝方凶徒纵暴，中储行职员避入大华医院仍遭毒手。”他伸手将机要处送来的新闻稿扫到地上，“这是什么话？市民能明白我们在说什么吗？！按我说的写！”

史秉南铁青着脸，道：“渝方不顾战后疮痍民生，密派暴徒，加害于手无寸铁之中央储备银行沪行职员，扰乱金融及治安，数月以来，暗杀恐怖案件层出不穷。渝方劣性不改，而外商报纸，竟抹杀事实，其暴虐情态，有目共睹！其惨无人道之手段，更令人人自危！今警政部针对渝方做最后之严厉警告，渝方必须即日停止在沪之一切暗杀等卑劣行为。倘渝方此项无耻暴行仍不断行使，为自卫及保障上海之秩序计，将对渝方金融机关之全部人员，一律予以同样之处置。莫谓言之不预也！”

史秉南一边念，严屹峰一边做记录，及至史秉南说完，已写了满满一页，他从未见过史秉南发这样大的脾气，汗都下来了。

史秉南和余笑蜀刚刚从日本回来，到七十六号办公还未及一周，就在两天前，史秉南刚刚诫勉了许仕明，要他适当收一收，并释放了所有的人质。然而转眼重庆便又开始制造事端，倒好像专门给他这个警政部部长来个下马威一般。

“这样公然恐吓，登在《中华日报》上，恐怕有些不妥吧……”

史秉南停住脚步，看着余笑蜀，道：“你闭嘴！”

余笑蜀只得真的闭上了嘴，旁边的严屹峰更是一脸苦相，大气也不敢出。

史秉南到桌前拿起了电话，直接拨到了警卫总队，道：“仕明，你过来一下。”

“我已经给足了重庆面子，现在他们偏要在关公门前耍大刀，我倒要让戴笠看看，如今这上海滩，到底是谁的天下！”

史秉南把电话重重地摔在桌上。

6-2

法租界，辣斐德路军统秘密办事处。周竟成脸色铁青，看看桌上的电文，又看看旁边悠哉悠哉的许纵，那种熟悉的感觉又回来了。两年前，李再兴叛变投敌，他被戴笠派来上海救火，那时的许纵，就是这样一副志得意满的样子，那种掩饰不住的兴奋神情，又在这个房间里复活了。

“竟成，真的不是我，你看，我们明明已经停止了行动。这上海滩爱国组织这么多，说不好就是哪一派动的手！对了，有没有可能是共产党呀？”

共产党？周竟成在心里暗骂，你许纵拿着鸡毛当令箭，胡搞乱搞，这一个月来上海血流成河，也毫不意外地招来疯狂报复！好不容易局势有所缓和，如今又起战端！共产党？

虽然周竟成内心已经气到爆炸，但他还是强压怒火，道："其他组织？这个风声鹤唳的时候，谁来搅这趟浑水？真的不是你的人？"

"竟成，你这样说就没意思了，你是上海区区长，我是上海区书记，虽然行动主要是我负责，但是也都是在你的指导之下嘛，是我们的人，你会不知道？不是我们的人，我能指挥得动？现如今我们都在一条船上，我有什么必要出这个风头嘛！"

周竟成无语，把桌上的译电稿推给了许纵，这是戴笠的密电，上面对军统的工作评价一个字也无，只是转来了一段极密电文。

"四行总处徐秘书长钧鉴，"许纵皱着眉头，道，"这不是给我们的？"

周竟成没有回应，许纵便拿起电文接着读了起来："伪方所称报复行为一节，显系信口雌黄，此种藐小汉奸，我方在沪工作人员，何至视为对象，必系敌伪自施残杀，阴谋制造排除四行离沪之口实，顷已密令在沪工作人员特别注意减少活动矣。"

"你看你看，上峰也是这样解释嘛！"然而读着读着他也觉得不太对劲，看向周竟成，"戴老板把这个电文转过来做什么？"

周竟成站起来，道："你看呢？这电文虽然抹了发电人的名字，但是这个人既可以勉励安抚中央四行不许撤退，又可以谕令戴老板停止我们的行动，你看看这语气像谁？"

许纵背后生起一股寒意："你的意思是……？"

"我什么意思都没有，"周竟成加重了语气，道，"张弘文上午刚被刺杀，七十六号晚上就枪击了我们三个人，本来做人质的中行职员已经释放，不过监视居住而已，结果忽然被提出九个人，回去路上，便遭凶徒枪击，三人中枪，两死一伤。这是巧合？隔天《中华日报》就发表伪警政部的最后之严厉警告，威胁若我们再次行动，就要对我方人员一律予以同样之处置！这样紧急的情况，戴老板这封急电上却一个字指示都没有，你猜是什么意思？”

“你说话不要说一半啊，竟成，难道上峰在责怪我们？这话从何说起！”许纵把那电文往桌子上一摔。

“这有什么难以理解的吗？”周竟成用手指把桌面敲得哐哐响，道，“四行顶不住敌伪的压力，才向中央求救。停止行动，是中央的意思，戴老板的电令也到了多日了。这个时候，上海战端再起，不是驳了大老板的面子吗！这电文什么意思？还不是明电通告，说戴老板控制不住自己的部属，危及了抗战大局，害得中央要出面为戴老板解释！”

“周区长，你不要激动嘛，这些意思，你明白，你做过戴老板身边的主任秘书嘛！我没做过啊，这密电没头没尾，让我去哪里猜去！再说，这次张弘文事件纯属意外，有爱国义士自行其是，这实在怪不到我们身上啊！”许纵摊开双手，“如果非要上海区背这个锅，我负责行动，我来背，我去重庆和戴老板解释！”

他呼的一下站起来，一副义愤填膺的神情。

周竟成心里冷笑，又把那电文拖过来看，欣赏许纵并不高明的表演。

许纵说的话是真是假，他一看便知。这个张弘文一个月之前，刚刚由许纵亲自布置加以制裁，结果失败。如果说之前的行刺是民间行为，还可勉强解释，毕竟一个中储行的小干部，无足轻重。但是这一次大不相同，张弘文遇袭后，中储行替他配备了持枪保镖，大华医院又是熙来攘往的公众场合，距离法租界福煦路巡捕房不过咫尺之遥，任何风吹草动，巡捕们都会闻风而来。不要说实施制裁不容易，就算制裁完成，想要在几分钟内逃离作案现场，更是难于登天！什么样的爱国志士，愿意接过军统的烂摊子，能够在无人筹划，不带支援的情况下，不露痕迹地做了这样的大事？

真是鬼才信！

如今局面这样不可收拾，如果说会有谁获利，那就是许纵。他之前没能接任上海区区长，一直耿耿于怀，现如今，他只要把局面搅浑到不可控制、不可收拾的地步。中央追责下来，要承担首要责任的，一定是自己！

这几个月，戴笠那里的压力，周竟成感同身受。现在他只能死死盯住许纵，不要让他趁火打劫，做出更加不可收拾的事情来。

许纵在一旁摇晃着二郎腿，他也看出了周竟成的恼怒，这个周竟成毕竟不像一介武夫李再兴，搞起来还是要再小心些才是。

“秉南，停战吧！再这样搞，市面崩溃了，大家都不要做生意了！不管是中统、军统、共产党还是日本人，大家统统都要饿死！”

史公馆里，梁利群追着史秉南唠叨。

“怎么，倒好像是我要和他们开战一样，你怎么不去劝劝重庆？”史秉南皱起眉头，瞪了梁利群一眼。

“我，我这不是和那边说不上话吗？还有，那个许仕明啊，你也真的应该管一管，他捉中国银行的人也就罢了，干什么连我上东银行的人也捉走，还打了个半死，我要不是找乔月、找佳兰，恐怕就不是半死，全死无疑！”

“好了，”史秉南站了起来，“牢骚无益，我很快就要到南京，去中央推动肃清计划，只要这个计划可以实施，你上东在这次停业期间亏了多少钱，我如数补给你！”史秉南一边说一边拿起皮包，“回来再聊！”

“哎，秉南、秉南，什么肃清计划？这么大威力呢吗？天上掉馅饼啊！”

“不清楚的，你去问笑蜀！”史秉南人已经在院子里，上车，一溜烟地开走了。

梁利群站在院子里，发了一会儿呆，也走回了余公馆。

进了余笑蜀的客厅，他把头摇得拨浪鼓一般，道："说了白说，不如不说。"

余笑蜀正和赵复生在聊着什么，他一屁股坐在沙发里，强行插话道："笑蜀，秉南说他在搞什么肃清计划，还说这个计划比眼下上海的金融市场还要重要，如果成功了，要给我发损失费，这到底是什么东西？"

余笑蜀一愣，用眼神示意，旁边还有个人呢。

"哎呀，有什么关系，老赵也不是外人，你们两个天天嘀嘀咕咕的，还少了？"

"好吧好吧，"余笑蜀无奈道，"这个肃清计划，秉南已经苦心经营一年多了，是一个巩固苏浙经济的基层建设计划，现在要提交到中央政治委员会讨论，改称作'清乡计划'。"

"清乡？跟以前老蒋在江西搞的那一套比如何？"

"意思上差不多。只是秉南这个人想问题一向周密，他嫌中央这一群大员蝇营狗苟、人浮于事，于是想要通过制度上的设计和基层的组织建设，创建一个半独立于中央的机构。"

"啊，你们前一阵子去日本，是不是为了这件事？"

"没错。"

梁利群呼地坐了起来，道："新政府的蛋糕刚分好，秉南这是要自己重新下刀，我看啊，这件事做起来可危险得紧。"

"没错，现在陈公博和周佛海都极力反对，说秉南这是要在基层搞变相独裁。"

"汪兆铭呢？汪兆铭不反对？"

“他还真的不反对，他现在政令不出南京城，这个空头党主席做得也是如坐针毡，何况我们这一次日本也不是白去的，竹内已经放了话，秉南‘精明强干、可堪大任’！”

“日本人这样支持，挡是挡不住了。”梁利群叹了一口气，“这日本人真是想一出是一出，上海的金融市场已经乱成这个样子了。”

“秉南这一次去南京，就是要做这个清乡委员会的秘书长，这个位置大权在握，到时候在你那里开几个户头，上东那一点小小的损失，真的就微不足道了。”

“不说这些了，乔月小姐呢？最近都没有见她，复生兄的事情，我还要当面谢谢她。”梁利群对政治一向没什么热情，聊了几句就有些不耐烦了。

余笑蜀道：“乔月早就不住在这边了，搬到法租界辣斐德路的花园洋房去了。”

“辣斐德路的花园洋房？她一个小编辑？”梁利群整个人又倒在沙发里，眯着眼看余公馆客厅的琉璃大灯。

“人家是个小编辑，那你不是还要找小编辑说项？”余笑蜀看了一眼赵复生。

“也是。”梁利群点点头，道，“笑蜀，我准备要在国际饭店摩天厅请客吃饭，你去不去呀？”他没等余笑蜀回答，又道，“算了，你这个人越来越无趣，有那么一点儿危险的地方，是注定不去的。”

“好端端的，又要吃什么饭？”

“得吃啊，千都真鹤子从日本回来了，在日本，她没少照顾老爷子和欣怡，这个情，你余次长心里没有，只有我来还了！”

“复生，你也去，乔月小姐我也要邀请的。”梁利群的声音越来越轻，眼神已渐渐放空了。

6-3

“寄萍，怎么了，又这样丧气呀。来尝尝，英国的红茶。”乔月把冒着热气的茶杯放在桌上，也坐了下来。

“烦死了，还是他。”

“谁呀？董之微？”

“不是那个狗皮膏药，是他了！”

乔月笑了，道：“噢，那个一心报国的小夏呀。”

“是，现在他不好好做工，要他来吴兴帮忙他也不肯，三天两头就消失，一年不知道吵了多少次，我是坚持不下去了。”丁寄萍眼圈一红，就要掉眼泪。

“也好，我看那个夏子彰，除了长得俊俏些，合你口味，看行事，将来恐怕是个不着家的。你呀，不如就别苦着董公子了，人家家大业大，老爷子又是政府要人，你不如就从了算了！”

“啊？连你也拿我打趣！”丁寄萍收回了眼泪，瞪了乔月一眼，“这都一年多了，董之微这个人脑子有问题，油盐不进，人前人后地跟着我，要是觉得他这样好，不如你收了去。”

乔月笑嘻嘻地推推丁寄萍面前的茶杯，道：“我是真打趣，董公子这样的，我也消受不起。”

“爸爸以前说得对，乱世人命贱如泥，那天我陪小夏去医院，还遇到了一起刺杀，真是吓死我了，”丁寄萍用手捂着左胸，道，“就这里，这里，好半天喘不上气来。”

提到丁司城，丁寄萍的神色黯然，乔月心中不忍，道：“过去的就过去了，丁先生的事情恐怕一时也没有结论，你就不要总是想了。”

“我没有总是想，只是小夏这个人还是……”她想说夏子彰还是以前一样，是一个愤激的爱国青年，这次自己慌里慌张去医院接他，居然就遇上命案，也感觉怪怪的，他该不是还在和那些特务搅在一起吧，不过这样的事情说出来好像也不妥当，于是又临时改了口，“还是在上海四处乱跑，让我每天担惊受怕。”

乔月抚了抚丁寄萍的后背，道：“好妹妹，他现在还不是你丁家的女婿，人家那些绑匪，多半也看不上他。还是你，尽快收服了他，牢牢拴在家里才好。也免得董之微天天来烦你。”

乔月的话让丁寄萍红了脸，正不知该如何接话，那边电话铃声响起，乔月便放下丁寄萍去接了电话，丁寄萍就在那里心事重重，一小口一小口地品着那一杯红茶。

“谁呀？”丁寄萍警惕地看着乔月。

乔月笑道：“你放心，不是董公子。是上东银行的梁先生，你见过的呀。他呀，说要在国际饭店请老朋友吃饭，我说，我在这里陪丁小姐，可没空去赴宴，他听了，还要叫你一起去呢，说是热闹。”

丁寄萍松了一口气，道：“不是董之微就好，你不晓得，他这个人神通广大，简直是我走到哪里，他的电话就跟到哪里。”

“那国际饭店吃饭你要不要去呀，周五晚上，摩天厅。你上次不是还跟我说，这个梁利群先生人蛮有趣的吗？你最近心情也不好，去散散心？”

丁寄萍脸上有点发烧，她可没跟乔月说起过，她和夏子彰曾经图谋刺杀梁利群来着，如今夏子彰这个疑神疑鬼的样子，自己怎么还敢去梁利群的饭局。

“还有谁要去呀？”丁寄萍要转圜一下。

“都是你见过的，梁先生，还有上次那位警政部的余笑蜀先生，还有就是我的一位日本朋友，刚刚从东京回来，梁先生特别设宴，就是为她接风。”

丁寄萍装作认真地思考了一会儿，道：“还是不去了吧。小夏也不知道怎么了，自己每天躲着不见我，但凡我有什么交际，他又第一时间出来反对，我看呀，我还是少惹麻烦的好。”

乔月笑道：“好嘛，那也随你，你要是不去，最近也少出来走动，市面实在是太不安全了。”

丁寄萍摇摇头，道：“还是羡慕你，有史部长那样好的关系，安全无虞。”

乔月只是笑笑，没有说话。

从桃源邨乔月家出来，司机兼保镖老于已经在外面等了好一会了。

丁寄萍拉开车门，坐好之后，满心挫败。

未来的日子，怎么办才好呢？

当年的夏子彰在上海第三区专员公署做公务员，穿着一套崭新的制服，人又英挺帅气、满腹经纶，为民族危亡热血沸腾。恋爱中的丁寄萍昏了头，连他幼稚的热血、明显的控制欲和嫉妒心都当作是甜蜜的负担，吵吵闹闹、甘之如饴。直到她在史公馆吃了那一顿饭，才猛地发觉，同史秉南、余笑蜀、梁利群这些在上海滩叱咤风云的男人比起来，自己的小夏真的还没长大。而等到父亲被绑票谋杀、家道一落千丈的这几个月，她愈发觉得张口闭口家国天下的小夏难以忍受了。

但是，惯性使然，她还是爱小夏的呀，她又能怎么办呢？

这一次她来找乔月，本来是想要乔月拿个主意，自己到底应不应该再与夏子彰交往下去，但是不知道怎么回事，只要一开口，恋爱中的真实情况一点儿没说，反倒要处处回护起他来，这下连她自己也弄不懂自己到底想要些什么了。

“小姐，回家吗？”

“去新闸路。”想都没想，丁寄萍就脱口而出。

“斯文里？”老于回头看着丁寄萍。

丁寄萍脸红了，没说话。

“好，小姐坐好。”于祖安不以为然地发动了车子。

是啊，一说新闸路，那不用问，就是又要主动跑去见夏子彰了，就跟上次夏子彰一个电话说喉咙痛，她就匆匆忙忙跑去大华医院接他一样，她想都没想过，家在公共租界的夏子彰，为什么看个喉咙痛要跑到法租界的医院去。

这个生活环境、背景、地位都和自己差得太远的男朋友，自己到底爱他的什么呢？

到了大通路口，再往里面，就是斯文里的巷弄了。

车夫停了黄包车，赔笑道：“先生，里面不好走了，路面不好，毁车子。”

“那就到这里吧。”许纵抬腿下车，付了车钱。

抬眼看去，面前都是二层砖木结构的石库门房子，灰秃秃一片，里弄里横七竖八堆满了杂物，许纵小心地绕着脚下的水坑和不知哪里来的油泥，深一脚浅一脚向夏子彰的住所走去。

他在公共租界里住了十几年，却从未来过这样的偏僻地段，只是听说在淞沪战前，这里的房产市场相当冷清，但是战后，由于租金低廉，反而聚集了大量的外来人口。

这个夏子彰在市府档案里登记的住址，就在这简陋里弄之中，这里无业游民丛集，多的是流氓地痞，居然也有夏子彰这样的爱国人物？

再往前走了几步，一辆锃明瓦亮的帕卡德小轿车静静地停泊在雨后的泥水中。这里怎么会有一辆高级轿车？夏子彰暴露了吗？许纵下意识闪身躲到了一旁。

没多一会，从那满是泥污的巷子里却快步走出一个身穿米白旗袍的女子，红着眼圈拉开门坐上汽车，马达轰鸣，疾驰而去，许纵这才探出头来，发现对面街角蹲着的那个痛苦的青年，正是他要寻找的夏子彰。

特务工作最需要的，是耐心，最能沉得住气的人，往往会赢得最后的胜利。他不紧不慢地静静看了一会儿，从口袋里摸出香烟来，一支烟吸完，才慢慢走了过去。

“怎么了？心里不舒服？”许纵递一根香烟过去。

“我这样朝不保夕的人，就不应该谈什么女朋友！”夏子彰接过烟来，叼在嘴上，闷声闷气地说。

“大小姐嘛，总有大小姐的脾气。”

帕卡德在泥水中留下的车辙还在，这一刻许纵若有所思，原来，那就是丁家大小姐啊，也不知道夏子彰这个小瘪三是怎么攀上的。眼下周竟成正在焦头烂额，自己可要靠这个夏子彰再添上一把火。

“是我无能，还是她太易变心？”夏子彰脸上还有泪痕，“以前她为了我去闯魔窟，现在却要主动和他们套近乎了。”

“魔窟？谁？”

“自然是七十六号。”夏子彰恨恨道。

“哦？丁小姐和七十六号里的人物很熟吗？”

“她去大魔头史秉南家里吃过饭，过几天，还要和伪次长余笑蜀一起吃饭。”

“嗯？”许纵的眼睛亮了，“子彰，你先不要消沉，自我情感的痛苦比起家国的血仇，终究是小事，你忘了苏州河畔浴血抵抗的八百壮士了吗？你有没有想过，这正是你建功立业、报效国家的大好时机！”

“什么？”夏子彰有些迷茫。

“制裁首恶，杀掉余笑蜀，我亲自接你进军统。”

许纵搂着夏子彰，边走边聊，消失在巷弄中，旁边得意楼靠窗位子上，更有耐心的张筱云刚好喝完了最后一壶茶。

6-4

“竟成，可不能轻举妄动！你不知道，现在我每天都心惊肉跳，夜夜都睡不好。不管怎么说，拳头也拼过不刺刀，现在的上海是日本人的天下，这样硬来，吃亏的还是我们自己。还有，不是说上峰已经下了命令，不要再在上海搞动作了吗？”

严屹峰眼眶铁青，神情倦怠。

“没错，我们在一个月前就停止活动了。”周竟成看了看张筱云。

张筱云叹了口气，坐在了严屹峰身边，道：“这事和我们没关系，现在是有人在背后捣乱，继续以军统的名义在搞恐怖暗杀，挑起事端。”

“谁？为什么要这么做！现在的一举一动，背后都是人命！怎么能这样不负责任！”严屹峰激动起来，“你们不知道我现在有多被动，本来史秉南回来，许仕明已经要收手了，这个时候在大华医院枪杀张弘文，这，这可不是故意去捅马蜂窝吗！你说说，张弘文一个没什么分量的小人物，已经残废了，还要去赶尽杀绝做什么！哎！”

“是许纵。”周竟成把烟摁灭在烟缸里。

“什么？谁？”

“许纵，是他找人做的。”

“许书记？他为什么要这样做，他这样搞，不怕被上峰处理吗？”

“抓不到他的马脚，上峰只会处理我。他用的，不是我们系统内的人。”

“帮会分子？”

“不是，爱国青年。还不是普通的爱国青年，这个人你也见过。”

“我见过？谁？”

“夏子彰。”

夏子彰？严屹峰皱着眉头想了好半天，道：“这个名字怎么这么熟？”

“就是在安乐俱乐部开枪的那一位，当时是中统的外围，后来投奔我们，许纵就把他留在自己的锄奸队里了。”

“想起来了想起来了，有没有搞错？我记得他这个人文质彬彬的，看样子，不像是个能做制裁的人啊？”

“那你看许纵，像是个想要背后插我一刀的人吗？”

严屹峰皱起了眉头，认真道：“这个，你别说，还真有点像。”

周竟成和张筱云都笑了起来。

“筱云，你说说吧。”周竟成看了看她。

“好，这次周区长让我去查探夏子彰，我在斯文里盯了几天，果然见到了许纵。”她从身旁的手包里掏出一沓相片来。

严屹峰拿起来一张张看过去：“丁寄萍也去找他？一年多了，丁家大小姐还在和他谈恋爱？”

张筱云点点头，道：“看来是这样，大华医院和福煦路巡捕房我也都去过了，据说张弘文被刺当天，丁寄萍的车恰好也在大华医院，而这个夏子彰，偏偏那天跑去大华看病。同时，给夏子彰诊治的侯医师，也是许纵的人。”

严屹峰的手停下来，手上的那张照片，许纵正在和夏子彰聊着些什么。他叹了口气，道：“张弘文已经死了，为什么他这个时候还要去找夏子彰呢？”

“四个字，火上加油。”

严屹峰挠了挠头：“许书记这样做，恐怕有损抗日大局啊。”

周竟成站了起来，道：“屹峰兄，你还不明白吗？如果他心里有过抗日大局的话，恐怕这上海区的区长还是李再兴吧。”

严屹峰尴尬道：“哎，这个中内情我就不晓得了。”

周竟成道：“我给你讲个笑话吧，说一个流氓遇到一个书生，问他要钱，书生不肯给，被流氓痛打。流氓打人不说，还要讽刺书生，你书读得多，有什么用？书生说，可以使人变得文明，流氓又说，文明有什么用？还不是一样被我打。结果没几日，流氓又遇到这个书生，照例去问书生要钱。书生说好，这次你不要打我，我给你钱，结果他趁流氓不备，一砖头拍在流氓头上，跟着又是一通老拳。打完之后，书生说，你上次问我的问题，我想到了答案。文明的作用，就是保护了你。”

严屹峰愣了，道：“竟成，你什么意思？”

张筱云道：“老严，你这脑袋真是不转弯，就许他许纵放火，不让我们点灯吗？他不仁，我们也就不能太讲究道义了！”

周竟成不置可否，道：“夏子彰见过丁寄萍，又见了许纵，这其中有没有什么关联？我们是要制裁日伪分子，但是不是要在这个时候。老严，你在伪组织里面，现在局势的严重性你比我们了解得多，非常时期，接下来的工作，恐怕要靠你了。”

严屹峰睁大了眼睛，望着周竟成好一会儿：“我知道，我知道。”

他频频点头，不知道他到底理解了些什么。

防弹轿车平稳地行进着，已经可以看到国际饭店深棕色的高大建筑了，余笑蜀低下头，又把信封里的照片抽了出来。

上面一个青年，亲昵地扶着丁寄萍的肩膀，好像在说着什么话，只是，他再怎么回想，也不记得这张英俊的脸。

“余先生，快要到了。”陶俊杰回头提醒。

车子缓缓停下，侍者上前打开了车门。余笑蜀没有像往日一样低头快步走进饭店，而是驻足停留了片刻，对着这灯火通明、好像要燃烧起来的大楼舒展了一下身子，才缓步向内走去。他很想知道，今天，丁寄萍会不会前来赴宴。

摩天厅，顾名思义，高高在上。

国际饭店金碧辉煌的十四层餐厅，差不多是全上海最高的就餐地点，这里除了高，场地也极为宏阔，可供数百人宴饮，进行一定规模的舞台表演也绝无问题。晚上八时，摩天厅已经客满，各国人士济济一堂，余笑蜀进去的时候，刚好当晚的表演嘉宾入场，那歌女手里挽着一篮鲜花，在几个伴舞女郎的簇拥下，转着圈跳着华尔兹，吸引了无数目光。

远远地，梁利群正在窗边一桌对他招手。

“快来、快来！就数你要迟到，”梁利群一把拉过余笑蜀，摁在座位上，道，“你看看，是不是大伙都到了。”

赵复生穿着白色棉纱衬衫，千都真鹤子穿着一身华丽的黄绿色杭绸旗袍，分坐梁利群两侧，在赵复生的右手，是微笑着的乔月，余笑蜀拉开椅子，就坐在了乔月身边。

“真鹤子小姐，好久不见。”余笑蜀站起来和真鹤子握手。

“余先生，又在中国见到你了。”真鹤子微笑。

这一刻，没来由地，他又想起了东京湾落日余晖下的梁欣怡。

“不是说丁寄萍小姐也来吗？怎么没见？”余笑蜀看了看旁边的

空座位。

梁利群开始瞪眼，道："这许多人，除了跟真鹤子打招呼，你谁也不理，倒先找起美女来。"

余笑蜀道："我可不是冲着美女来的，我更喜欢西式大餐。"

乔月笑道："是梁先生要我也邀请寄萍来，这我可不敢不转达到，寄萍呀也最喜欢这里的法式点心，算算时间，也差不多该到了。"

余笑蜀望了望窗外的上海，星星点点的灯火一路延伸着，直到无尽的远方。这一桌上，赵复生、自己和乔月，居然会一起在上海顶级的宴饮场所里共进晚宴，想一想，也直觉人生荒诞。

那边歌声绕梁，这边梁利群举起酒杯来，道："来来来，不要忘了今天聚会的主旨，让我们欢迎舍妹的守护神、乔月的好同事、笑蜀的大翻译、复生的新朋友，千都真鹤子小姐从东京回到上海！"

"来来……"几个人都举起了酒杯。

晚八点，许纵一个人在梅白格路的宝隆医院天台抽着烟。从这里，他可以清晰地看到整个灯火辉煌的国际饭店。

为什么约定的时间已经过去，但是摩天厅毫无异常？

没过多一会，那辆熟悉的帕卡德小轿车开到了国际饭店的门口，丁寄萍走进了大厦。许纵心头更生起了一种不祥的预感，丁寄萍在现场，夏子彰还会动手吗？夏子彰呢？他人在哪里？

又是一刻钟过去了，国际饭店迎来送往、一如往常，饭店十九层的经理部也一直没有亮起预定的暗号。

"他妈的！"许纵掐灭了烟头，快步走下医院的屋顶，看来计划失败了。他一路小心避开路人的视线，溜着墙根走到葡萄牙领事署附近，才叫了一辆黄包车。为保险起见，还故意先去法国公园转了一圈，等回到辣斐德路的情报站时，已经将近晚上十一点了。

是夏子彰临阵退缩吗？早知道他太过软弱，杀一个张弘文，吓得鹌鹑一样。

或者，是夏子彰暴露了，被捉了？一路上，许纵患得患失。制裁张弘文的事，周竟成已经起了疑心，因此这次行动他没有安排支持人员。只要夏子彰按计划行刺余笑蜀就够了，这个人是死是活，其实都与大势无关。

谨慎让他在楼下徘徊了好一会，直到夜风吹得浑身冰凉。

看着黑黝黝的窗口，窗帘还在他离开时固定的位置上。他犹豫了一会儿，还是决定上楼去拿东西，必须避一避了，谁料到他刚一进门，忽然灯光大亮，被人一把勒住脖子，好像有无数双手从四面八方伸过来，把他按在地上，他一丝声音都发不出来，就被捆了个结实。

就在他被勒得快要背过气去，一个穿着中式绸衫的男人走到了自己的面前。

许纵失去知觉之前，听到了一声模模糊糊的“瘪三”。

6-5

晚宴后余笑蜀并没有回家，而是马不停蹄地赶回了七十六号。

“确认身份了吗？”已是深夜，反省楼里脚步声杂沓纷乱，余笑蜀在前大步走着。

“确认了，落网的，是军统上海区的书记兼副区长许纵，他什么都不肯说，只是要面见史先生。”

“知道了，你先去开门。”严屹峰挥挥手，打发走了小姜。

“想得出额！”许仕明用鼻子哼了一声。

“想不到那个夏子彰还真是挺有价值的，上次他进来，是中统的外围，过了这一年多，居然又变成军统的人了。”说话的，是李再兴在上海的老部下，曾长发。李再兴调往南京，最终还是他递补了情报处处长的职位。

曾长发边说，边有意无意地看了严屹峰一眼。

快到审讯室，余笑蜀忽然停下脚步，道：“许纵被关在哪个房间？”

“零号室。”严屹峰回答。

“没有动手吧？”

“没有，看起来身子骨没有那么硬朗，怕把他打坏。”

“去零号，我们和许书记好好聊一聊。”

“零号”是整个“反省楼”里最高配的拘禁室，弹簧软床、全套的法式沙发，各种高档的生活设施一应俱全，专门用来关押有一定社会地位的重要政治犯。

余笑蜀战前就在军统上海区服务，对许纵并不陌生。许纵能力强、心机深、官瘾大，做事喜欢留后手。几年前，李再兴临危受命，在上海区锄奸抗日，搞得风生水起，要不是王青容内讧，恐怕是不会主动投到七十六号来的。余笑蜀也了解王青容，单凭一个王青容，是绝对逼不走李再兴的。而王青容和李再兴鹬蚌相争，背后的得利者，就是许纵无疑。

“这个人不识相，进了反省室还要摆谱，不如先把他揪到普通号关上几天再说。”

余笑蜀看看曾长发，摇头道：“为什么要在零号室和他见面？因为环境好，容易说话。他声称非史先生不见，这是早就做好准备，要和我们做交易了。”

“懂，不过他一个军统骨干分子，杀了不少我们的人，大概没有这么容易投诚吧？”

“一会进去了，你就知道。”严屹峰心里沉甸甸的，不愿意听曾长发聒噪。

“老严，你说，我们这四位大员一起去审他，他不会吓到吧！”

“吓到最好！”

警卫打开了零号室的铁门，许纵正在皮沙发里跷着二郎腿抽烟。

“许书记？”

许纵愣了一下，呼地站了起来，道:“哎呀，笑蜀兄，不，余次长，这一晃，好几年不见了！”

两个人的手亲切地握在一起。

“来，我给你介绍一下，这一位是警卫总队队长许仕明先生；这一位，是我们的情报处处长曾长发先生；这一位呢，是机要处处长严屹峰先生。”

“许先生，不瞒你说，我们警政部，还从来没有这样大的阵仗，来这里见朋友呢。”严屹峰说着先伸出了手，曾长发和严屹峰都和许纵热情地握了手，只有许仕明远远抱了抱拳，照例是一副冷淡的样子。

“许兄，今天我和几位处长来这里，是一个表示欢迎的意思，欢迎许兄你，脱离重庆，加入我们的队伍！来，我们坐下聊。”

“笑蜀，这，你这话，怎么一点儿余地也不给我留啊。”

“大家都是明白人，有些话也无须多说，你有什么条件尽管提。”

许纵愣了片刻，也坐回了沙发，一言不发，先把自己的一支烟抽完。

“笑蜀，说实话，本来呢，我是想要见史部长，当面讨教一些问题。不过既然你来了，大家都这么熟了，我也就长话短说。现在战争处在僵持时期，作为中国人，我是不赞同汪先生和贵方的主张的，跟日本人比，是，我们军械、兵员，样样处于劣势，但是中国地大物博，人多啊，三年不成就五年，五年不成就十年，十年不成就二十年，十年生聚、十年教训，我相信，最多二十年！一定会取得最后的胜利。那你说，我是不是为国家做个烈士比较好呢？”

余笑蜀笑了，慢悠悠道：“许兄，处在我的位置，实在无法认同你的看法。人生朝露，二十年，岂不太久了吗？如今战祸连绵，普通的平头百姓，莫说二十年，二年都熬不过去呀，你不要中日和平，那你有没有听过一将功成万骨枯？难道这就是我们追求的目标吗？

“不说日本人，就说你我，在这子弹横飞的上海滩，生死也不过是一眨眼的事，你以为，我余笑蜀投奔汪先生，不是提着头在搞和平运动吗？我衷心劝你一句，在戴老板的组织里，兄台你做的是革命工作，但在史先生的麾下，我们也一样是为国为民啊。就说前几个月，大家互相枪杀平民百姓，这难道也是斗争策略？你真的要在这里和我撕破脸皮，做一个军统的烈士吗？”

许纵低头抽烟，没有说话。

“许先生，余次长的话实在有理，你看，在下原来是李再兴李区长的部下，这次从天津千里迢迢跑来上海投奔，才发现李区长已经弃暗投明，进入警政部了。仔细一问，原来是贵组织里有小人作祟，导致李区长报国无门！这真是从何说起！最后，也是在这一间房里，我想通了，于是发誓跟随史先生，继续革命，这其实是大大的好事！你又何必抗拒呢？”

“侬要是想要当烈士，吾来成全侬。”在一旁半晌不吭声的许仕明，忽然冒出一句上海话。

如果说余笑蜀、曾长发的劝诱对许纵来说是春风拂面，那许仕明这一句无疑就是兜头冷水。

许纵干咳了两声，在上海滩，许仕明的恶名早已如雷贯耳，而现在，这个活生生的杀人狂魔就站在眼前。可以肯定，和余笑蜀、曾长发这样的国府叛徒不同，那些兔死狐悲的亡国感和同理心，这个人是绝对没有的。

余笑蜀看看许仕明，笑了，道："许兄，许总队长在说笑，你不要介意，人生快乐的事情还多得很，何至于此嘛，对不对。"

曾长发和严屹峰配合着连连点头。

许纵低头想了好一会儿，道："我清楚，如果我不把我知道的和盘托出，恐怕没法不做烈士。可如果我都说了，也就没有回头路了。也罢，我许纵就向汪先生和你笑蜀兄学习，为国为民，继续努力吧！"

"哎，就知道，你看，你们看，"余笑蜀笑着拍拍严屹峰和曾长发的肩膀，站起身来，"大事底定，我们恐怕要换个地方，给许先生接风洗尘了。"

许纵却忽地一下站起来，道："接风洗尘倒不忙，现在最要紧的，是马上行动。我被捉进这里的事，很快就会泄露，今天晚上如果不出动，恐怕明天，军统的人就撤得一干二净了！"

"还有，"许纵一把拉住余笑蜀，"余次长，有些话，我本来是打算和史部长说的，既然史部长在南京，那我也只能和你说了。"

"哦？你说。"看许纵一脸严肃，余笑蜀也收了笑容。

"只能和你一个人说。"许纵警惕地望着其余三人，几个人互相看了看。

"好好，我们回避一下。"严屹峰当头往外走。

"许师兄，你留下来一起听听。"余笑蜀叫住了许仕明。

"笑蜀，这……"

余笑蜀严肃起来，道："我自己代表不了史先生，你有什么就直说吧。"

“好，好，”许纵看了看许仕明，又看看余笑蜀，小声道，“我为什么坚持见到史部长前绝不开口，是因为在七十六号内部，有军统的卧底！”

“军统的卧底？”

这倒是个新情况，当年在周竟成的布置下，黄武宁曾在自己身边长期潜伏。难道今天还有第二个黄武宁吗？

“而且不是普通的情报员！你有没有想过，为什么这一年多来，贵部对军统在上海的打击毫无效果，而我们却顺利进行了如此之多的制裁行动，这首功，就是这位神秘先生的，由于他的存在，你们的一举一动都被预先掌握了。”

“你的意思是，一位机要岗位的高级潜伏者？”

“没错，不过你也知道，周竟成那个人，鬼得很，而且从来信不过别人，这个人我是不掌握的，但是这个钉子一定是贵部的重要人物之一。”

余笑蜀点点头，道：“这个情报太重要了。”

他看了看许仕明，发现许仕明也正看着自己。

6-6

“敢问，现在知道我的身份的，有几个人？”

“侬的抓捕是我执行的，情报的来源是情报处的曾处长，行动调派经过机要处。”

“抓我的便衣们知道我的身份吗？”

“他们不知道。”

“那就是说，除了情报来源，现在知道我被捕，并且了解我身份的，只有今天见到的四位，”许纵盯着余笑蜀，道，“我有军统上海区备用机关的秘密地址，请立即安排予以抓捕。今天我投诚，这个内应肯定要冒险通知周竟成，所以，请余次长安排人，严密监视今天在场的人。此外，抓捕我的情报来源，也要追查！”

“夏子彰？”

“是夏子彰？”

“个份情报是情报处拿到的，来了张弘文案发当天，有宁看到伊出现在大华医院，情报处跟踪了伊额女朋友丁寄萍，顺了丁寄萍，寻到了夏子彰额住所。是吾带人拿伊逮捕归案，案犯招供，当天夜道，伊准备对余先生下手。”

许纵的表情却有些尴尬，道：“那就好，那就好，这样说起来，军统内部应该还不知道我们被捕的消息。”

余笑蜀奇道：“许兄，难道现在军统的规矩变了？行动失败，不是应该由负责人进行检讨善后吗？”

许纵干笑了两声，道：“对兄台你的刺杀，这个，那个，其实，不在军统的行动计划之列。因此，没人知道。”

“这是什么意思？”

许纵清了清嗓子，道：“余次长，这次对你的刺杀，是夏子彰的一时冲动，而夏子彰不过是我们的一个外围，所以，军统不会那样快察觉到他的失踪。”

“夏子彰可不是这样讲的。”许仕明的目光像把刀子，弄得许纵浑身不舒服。

“好了，都是一家人了，过去的事就不要提了。只要以后我们同心同德，共同努力就是了，许纵兄，你说是不是？”

“是是，说得太好了，以前在军统，我们交流不多，但是说实话，那时候我最钦佩的就是你，后来听说你在苏州河北岸阵亡，真是痛惜之至！幸好你没事，今天我许纵，才多了一条出路。”

许纵在这左支右绌地圆来圆去，余笑蜀对事件的经过已然了然于胸，以夏子彰的本事，完成大华医院刺杀案并全身而退，绝无可能，这里面，一定逃不开许纵的怂恿和支持。

和重庆的金融血战已经进行了好几个月，好不容易双方偃旗息鼓，奇怪的是，一个张弘文案横空出世，又是一阵血雨腥风。在史秉南的铁血手腕之下，重庆四行本就损失惨重，狼狈不堪，如果他余笑蜀是戴笠，也绝不会在这样不利的情况下，还要进行挑衅。

但放在许纵的角度，事情就好理解了。七十六号的血腥报复正是打压周竟成的最佳武器，许纵还想要再接再厉，利用夏子彰和丁寄萍，再取一个大人头，把这场厮杀推向一个新高潮。而这一次的目标，就是自己。

许纵为什么找外围“志士”夏子彰行刺，目的昭然若揭，就是让上海局面彻底失控，周竟成下台，他便可以主掌上海区。

这一套的操作，和当日王青容栽赃李再兴叛国，颇有异曲同工之妙，若说当日李再兴反水没有他许纵的功劳，实在有些说不过去。

“为了一己私利，不顾平民伤亡，其心可诛啊！”余笑蜀长长叹了一口气。

“余次长？”许纵的话音有一丝惊惶。

“哦，我是说，戴老板被形势所迫，居然采取这样不智的策略，搞得上海烽火连连，实在是一大败笔。”

“笑蜀，”许纵咽了一口唾沫，道，“我还有一个重要情报，相信你会很感兴趣。”

“哦？”

大家都是聪明人，既然余笑蜀已经知道他许纵想要他性命，还能这样装傻充愣，和自己谈笑风生，难道就不会在拿到情报后翻脸不认人吗？

许纵自负在上海有一定的能量，就算七十六号不肯策反留用，也最多是个软禁控制，重庆自然会想办法营救，但是如果想杀余笑蜀的意图暴露，这情况就大不相同了。这个余笑蜀城府太深，连沪上公子、共事的李沪生都能一枪毙命，那自己这种点头之交，于他又算得了什么呢？

简单了，过去把余笑蜀，把七十六号想得太简单了。

许纵的底气不知道什么时候溜走了，这一瞬间，他甚至后悔自己投诚太早，万一许仕明真的顺藤摸瓜抓了周竟成，自己还有什么利用价值呢？他最后的筹码，看来也要赶紧抛出去！

"军统在共产党内部，也埋了钉子！"

"共产党？"许纵的话一出口，余笑蜀心里一惊。

"是，这个潜伏者是抗战初期戴老板在香港布下的，从外围开始，经过了重重考验，现在已经打入了新四军的内部核心，这之前，他曾经为军统提供过共党上海地下交通线的重要情报，因为那时候皖南新四军还没有被中央围剿，周竟成不愿意背上破坏抗战的恶名，因此通过埋在七十六号内的内线，把这个消息交给了李沪生。"

"李沪生？"

"对，没错。"许纵小心翼翼地看看余笑蜀，其实他并不在严屹峰的汇报线上，一来不知卧底究竟是谁，二来更不知道严屹峰当时执行周竟成的指示，到底通知了七十六号的哪一位，既然什么都不知道，当然安到李沪生头上是最保险的，因为李沪生已死，是再也不能掀开棺材板为自己辩白了。

余笑蜀百感交集，对于李沪生突袭顺泰码头，李沪生的情报来源究竟在哪里，他一直百思不得其解，刚刚许纵说到周竟成想要借刀杀人，他一度以为这个军统卧底应该是严屹峰，但他又说情报给了李沪生，那么这个军统在七十六号的卧底到底是谁？打入新四军的军统卧底又是什么身份？更令人意外的，周竟成居然和李沪生暗通声气？！

“那么关于这两位潜伏人员，许兄你，还有什么信息吗？”

“笑蜀，你不要这样看着我，我真的是知无不言，言无不尽，都说了！我是真的全心全意反正投诚！这个打入共党内部的钉子，我确实没有任何信息，他的情报都是直通重庆的，只有周竟成才能拿得到，我是两眼一抹黑的。”

余笑蜀点点头，道：“那一会就烦劳老兄跟许总队长一起，去会一会周区长。”

“对了，”许纵忽然再次开口，“当时钉子的情报里，已经把共产党的地下交通线掀了出来，有一家他们的代表公司，我似乎有些印象，好像叫作百得商贸。”

“多谢许兄，今天就这样。”

“好，好，就这样。”许纵像个泄了气的皮球，瘫倒在沙发上。

没有人发现，许仕明的眼睛里闪过了一丝困惑的光。

在七十六号派出大批行动人员，浩浩荡荡地开出极司菲尔路时，周竟成正在法国公园外的树荫下抽着烟，就在不久前，他已经完成了对上海区情报人员的再布置，同整个许纵的人马进行了彻底的切割。

阳光落到办公桌上，史秉南在文件上签完字，抬起头来，道：“怎么样？”

“很好，我觉得合适。”余笑蜀面前是一份委任状，许纵获得的头衔是“国民政府清乡委员会驻苏办事处副处长”。

“不是说他擅长行动吗？”史秉南站起身来，拍拍手，“李再兴在南京，许纵是去不得了，留他在上海，也不利于你开展工作，正好，跟我去苏州走走。”

史秉南最近心情大好，在竹内行男的支持下，他在争夺清乡领导权的斗争中大获全胜，如愿当上了清乡委员会秘书长，正计划以苏州为中心，以沪宁铁路沿线为示范区，向四面展开他的肃清计划。

由于“清乡运动”越过现有政府机构、深入基层，统揽地区的行政、军事、财务大权，因此史秉南心心念念的独立王国就此成形，此刻的他不能说是不兴奋的。不但回上海的时间大为减少，甚至连特工总部的一般事务，他也不放在心上了。

“这次没有抓到周竟成，经你的排查，严屹峰和曾长发这两个人有没有问题？”

“我和仕明秘密监视了将近一个月，这两个人的举动没有异常。”余笑蜀如实汇报，他也确实很想知道，军统潜伏在七十六号内部的钉子，到底是哪一位。

“那许纵提到的关于共党的线索，有结论吗？”

“没有，许纵提到的那个百得商贸公司，曾经和我们的东南贸易有过交集，但是在我们开始调查之前，已经停业注销，背后的董事人员身份证明都是假的，线头都被掐断了，现在无法找出背后操纵者。”

史秉南点头，道：“找不到就算了，共产党做事，一向是小心的。不管怎么说，上海的局面稳住了。”

“秉南，有一个想法，我不知道当讲不当讲。”

“你说。”

“自从年初去了东京，我就有一种预感，日本人在这场战争中，未必撑得下去。中国幅员辽阔，只要继续把日本拖下去，一旦局面有什么变化，日本是反应不过来的。这样的话，我们要不要留一条后路呢？”

史秉南看看余笑蜀，道：“我和你的看法一样，日本进军中国，是一条蛇想要吞大象，这样急躁，决计会失败的。但话说回来，如果没有这一场乱世，也不会有我们崛起的机会，不会有中国崛起的新希望。

“你有没有想过，现在整个世界都卷入了战争，英法美德俄日意奥，就算分出胜负，也必定元气大伤。对于中国来说，一旦日本失败，无论是欧美或是苏联，还会有力量像以前一样介入中国吗？我告诉你，属于我们的时代真的要开始了！

“笑蜀，打起精神来！我只知道，中国的未来，一定不会落在一帮尸位素餐、互相拆台、党同伐异之辈的手中。将来的世界，实力是唯一的通行证，只要有实力，我们就算不自立山头，也一定会是各方争取的对象！

“谁说我们就不能为三民主义、共产主义奋斗了？”史秉南伸出手，拍拍余笑蜀的肩膀。

“矢勤矢勇，必信必忠，一心一德，贯彻始终。”

他走近窗台，整个人都站到了阳光里面，哼着唱着，一只手在微微打着节拍。

07 孤岛陆沉

7-1

“我知道你在想什么，连顿饭的面子也不肯给，你让我这个冤大头怎么给你出力嘛！”华懋饭店的大堂，西装革履的董之微一把拉住了丁寄萍。

“你放开我！”

董之微往后退了一步，高高举起双手来，道：“我放开了。”

丁寄萍扭头就走，高跟鞋敲得大理石地面当当作响。然而临近门口，她的脚步又慢了下来，终于停住，用力一跺脚，又沉着脸转身走了回来。

董之微立即满面春风地迎了上去，伸出了自己的手臂，丁寄萍赌气似的把手挽了上去。

“这就对了嘛，我的心意你不是不知道，寄萍，我这颗心一直是和你在一起的呀。”

“表面的话就少说，这顿饭我可不白吃！”

“你这真是以女人之心度君子之腹，”董之微摇头，道，“你能找的人还不都是找遍了？你那个大宝贝不是还在七十六号里面出不来吗？”

“你？！”丁寄萍忽地停住，恨恨瞪着董之微。

“来，走嘛，”董之微夹紧胳膊下的那只手臂，拖着丁寄萍又继续往前走，“寄萍，你总是不信我，我今天之所以来吃这一顿饭，完全是为了你，你还这样对我，真是没了良心了！”

两个人一路拉来拽去，走到了宴会厅门口，侍者打开了大门，董之微拔起了身子，而丁寄萍也换上了一副灿烂的笑容，多了几分亲昵。

“哎呀，兄弟，你可算来了。”包房里站起来一个小眼睛、宽额头的中年男人，穿一件黑青苏绣短衫，颇有几分古风。

“答应了山川兄，怎么能爽约呢？”董之微笑嘻嘻的。

“诸位，我来给大家介绍一下，这位，就是咱们军事参议院董务德董院长的公子，董之微先生！前些天特地从首都赶到上海，到了，就一定要和大家聚聚。”

“久仰，久仰！”正主驾到，一桌的人都站了起来。

“这位是……？”董之微狂追丁寄萍，上海滩早就尽人皆知，熊山川偏偏要明知故问。

“哦，这是我的未婚妻，电影明星白萍小姐。”董之微果然露出了志得意满的笑容。

丁寄萍尴尬一笑，算是承认了。

“啊呀，久闻大名，白萍小姐，在座不少都是你的影迷啊！”一个西装革履的青年热情地打着招呼。

熊山川道：“二位，我来介绍一下今天的好朋友，刚刚站起来这位，是实业部参事谢思源先生；这一位呢，是苏州聚丰商号董事长张本昌先生……”

熊山川顺着桌面一路介绍，董之微好不耐烦，抱拳道：“诸位，感谢盛情美意，不然我们坐下慢慢聊？”

“对对对，坐下来，慢慢聊。”

“哪，这个人就是营救你大宝贝的关键人物了，”两个人坐下，董之微对着丁寄萍耳语，“现在的军事委员会委员、中央税警团副团长熊山川。”

“我去找了史夫人、余笑蜀，都没用，他一个副团长，就能起作用？”

“你看看你，税警团可不是普通的军事单位，说了你也不懂。这正团长你知道是谁吗？周佛海！这个熊山川，现在正是史秉南的主要对手。”

“找史秉南的对头！你是不是想要借刀杀人啊！”丁寄萍柳眉一竖。

“哎呀，杀他，我至于么。你看看，你找来找去，不都是七十六号的人吗？既然史秉南不肯松口，你找他们有什么用？要找，就要找他们搞不定的人，才有得谈，有得换。明白了吗？”

丁寄萍脸色一沉，道：“我不管，反正人你要不出来，我现在就走。”

看二人坐稳，满桌的逢迎便都涌了过来，董之微面上打着哈哈，手底下却把丁寄萍拉了个结实。

“哎呀，今天能和董公子在这里见面真是开心，来，我先敬董公子和白萍小姐一杯。”

熊山川提酒，还一敬两个人，董之微无奈举杯，丁寄萍马上把手抽了回去。

“这话怎么说，初次见面，应该是我们敬诸位才对嘛。”

丁寄萍配合地一起站了起来，和满桌神佛共饮了这一杯。

董之微一门心思都在丁寄萍身上，对其他人不过草草应付，这些苏沪政商各界的头面人物，也没给他留下什么印象，这一杯酒喝过，就算大家都认识了。

“董先生，我有个问题，请教了上海很多人，大家都说不明白，今天可巧，在这里遇到了你，一定能为我们解此大惑！”

“这位老先生，有什么话，您说？”董之微正忙着给丁寄萍夹菜，停下了手中的筷子。

“令尊贵为军事参议院院长，手握重兵，是国之柱石，不知道，有没有听说最近警政部在进行的这个清乡运动。”

“哦，清乡运动啊，我知道，由新成立的清乡委员会在负责，家父正好也是委员，您老对国政有些什么疑惑？”

“不不，我对国政，是百分之百的拥护，只是这清乡的执行，有许多的难解之处。”

“比如？”

“比如，这次的治安肃清确实大有效果，但是，现在清乡委员会要求，清乡地区的一切财政田赋必须由江苏省地方银行经管，可实际上呢，到沪之后，又不经过中央储备银行，都流入了上东系的银行信托，这在财政上实在不妥啊！”

“您是说，清乡委员会贪污？”董之微一句话点中要害。

“没有没有，”对方一下子慌了，“我只是觉得奇怪，如今这清乡资金不归财政部节制，这样一来，这清乡事务委员会，不是独立了？还是国府的机构吗？”

董之微歪着头看看发言这一位，头发白了一多半，大褂青衫，像个旧时的先生，刚刚介绍过，应该是中央储备银行顾问之类的角色。这问题问得刁钻，他自然知道，现在史秉南的清乡已经惹起轩然大波，再看看其他人，都目不转睛地盯着自己，看来这个熊山川找自己吃这一顿饭，也是没安什么好心。

他清了清嗓子，道：“您老多虑了，清乡委员会要想做到弊绝风清、政治廉明、人心归向，必须有一定的自治权利嘛，就算令中储行的业务不好开展，这钱总归还是国家的，对吧！”

“董先生，你接近中央，能不能向令尊反馈一下，目前清乡委员会打着保护地区民众经济、争民心、赢民意的幌子，实际上，却把大小地方官员都弄去做管理封锁、建立什么自卫组织，只要是地方稍有名望的人物，都要派特工严加监视，还按月、按周定计划、作报告，揭发‘官员的恶劣行为’。这、这样搞，不是乱了套嘛！”

这说话的又是谁？聚丰商号那个张本昌？

董之微压根没有存心结交这一桌不知所谓的“陪侍”，现在脑子一团混乱，他耐着性子道：“矫枉必过正嘛，清乡清乡，如果我们的乡村地区没有任何问题，共匪也偃旗息鼓，那何必清乡呢对不对？实不相瞒，董院长虽然手下有兵，但那是国之干城，可不是用来替你们威胁政府讨价还价的不是？”

“哎哟，这话从何说起，不敢不敢！”

他眼角一瞥，发现座上有个面孔刚才有些印象，用手一指，歪着头半天说不出话来，熊山川顺着他的手指望过去，道：“实业部参事谢思源。”

“对，这位谢思源先生，也是中央的人嘛，实业部正管这工商事务，诸位有什么烦恼，也可以请谢先生上达嘛！”

董之微话说出口，众人愕然，他却扭头看向熊山川，道：“老兄，你这是请我吃饭，还是开诉苦大会啊！”

熊山川尴尬一笑，这时候那位被点名的谢思源却站了起来，道：“董先生，大家说了半天，都不敢提一个名字，他们不敢，我敢，就是史秉南嘛！他借着警政大权在手，又是清乡委员会秘书长，现在一手遮天！中央也任他在下面胡搞乱搞！现在还只是苏州附近，顺着沪宁铁路，将来保不齐会延伸到上海！甚至首都！哪，首都近畿可都是董院长驻防的地界，那一定是不容他史秉南乱来的，是吧？”

董之微奇怪地看看这个谢思源，什么时候一个实业部的参事，也敢数落史秉南了？

他又看看眼前这些人，叹了一口气，道：“这还用说吗？自然啊，清乡委员会，虽然行政院管不着，但总还是国府直辖的机构嘛，当然是受到国法制约的，大家也用不着这样紧张。说到警政部，我提前给大家透露一个消息好了，行政院很快就要发文，撤销警政部，史秉南呢？自然也就不是警政部部长了，警权过大、不受限制，国之大患啊！”

“啊，要撤销警政部？”桌上众人议论纷纷，熊山川也颇为意外，道：“兄弟，这话确实吗？”

“诸位，我会乱说吗？”

那边谢思源又发了话，道：“那警政这一块儿？”

“归入内政部下面，成立警政总署。”董之微夹了一块亮晶晶的扣肉，一口吞下。

“七十六号？会撤销？”谢思源还在继续追问。

董之微只得放下筷子，悄悄地靠近熊山川，道：“这个人是谁啊，怎么这么烦？”

熊山川道：“他是维新政府的旧人，在江苏经营很深，早就对史秉南打着清乡的旗号胡作非为不满了，最近要上调监察院做监察委员，所以气势上满够。”

董之微听了大皱眉头，道：“诸位，说话点到为止最好。你们想想看，七十六号怎么会撤销呢？现在的形势，十个警政部部长，也比不上一个清乡委员会秘书长啊！史秉南，现在四个字，如日中天！你的心意、他们的难处，我都了解，但是咱们将心比心，这年头，但凡谁手里有点权力，不给自己用用呀？是吧？”

他这大实话一说，所有人面面相觑，不知道这个董公子到底是哪一头儿的。

董之微知道话说得太白，于是抬起头，又对众人道：“再告诉大家一个好消息，在座的各位，都是我董之微的好朋友，我呢，受中央指派，不日也将前往苏州指导清乡，深入基层！在下去了，一定会关注各位的建议和呼吁的！好不好呀？”

“哎呀，太好了，到底是董院长面子大，那我们在座的，得一起敬董公子一杯了！”

一大堆人哄然叫好，乱糟糟地站了起来，纷纷举起了酒杯，唯有那谢思源却一脸失望，熊山川对他连使眼神，他才慢吞吞一起站起来。

董之微也不在意，道：“哎，诸位的盛情？”他看看身边的丁寄萍，使了一个眼色。

众人会意，纷纷道：“是了是了，我们敬董公子，也敬白萍小姐，敬郎才女貌，敬天作之合！”

桌上诸人推杯换盏，几杯酒下肚，气氛瞬间热闹起来，而丁寄萍也对董之微刮目相看。她见多了浮夸的纨绔子弟，董之微当然也是一样德行，只是没想到真到了场面上，却能说出一番大道理来。当然，更重要的是，她真切地感受到了董家的巨大影响力。

“熊老哥，”几杯下肚，董之微已经满脸通红了，他拉住熊山川，道，“我劝你一句，虽然你税警团装备精良、有人有枪，但是史秉南这个人，是个政治老油条！现在竹内行男挺他，他这个清乡委员会的秘书长坐得不能再稳。说实话，现在连我家老爷子都要让他三分，你还要和他冲突？要我说，忍一时风平浪静，退一步海阔天空，我们最好慢慢走着看。”

“兄弟，这口气太难忍了，史秉南现在在上海，不，乃至南京，乃至整个国府，那叫一个飞扬跋扈。周先生的意思，如果不及早处置，将来必成大患。至于我，和他更无共处的可能，今天我拿老弟你做兄弟，索性就把话全都挑明，我这个税警团，召集人和筹备者都是他，是周先生觉得他太难控制，所以半路交给了我。那我能不做吗？我也没有拒绝的余地啊？但就因为这个，我成了他的死敌，我已经是退无可退了！”

“理解、理解，”董之微伸手握住了丁寄萍的手，对熊山川道，“退无可退，那就进嘛。正好，我未婚妻还有个小忙，希望老哥你能帮一下。”

“什么事情？但凡能做到的，熊某一定办！”

“你去帮她要个人。”董之微在丁寄萍那白皙的手上亲昵地拍了两下。

“什么人？去哪里要？”

“去七十六号，叫，叫什么来着？”

“夏子彰。”

“对，夏子彰，现在以政治犯身份被关着，好几个月了。”

熊山川瞪大了眼睛，道：“兄弟，你开玩笑吧？要我去七十六号要人？就算你要天上的月亮，我也能摘下来。可是去七十六号要人，我这实在是没有把握啊！”

“老兄，这件事，谁都不好使，还就真只有你行！你想想，现在整个上海滩，敢和史秉南叫板的还有谁？只有你熊老哥一个啊！现在史秉南的头等大事，就是清乡，只要你不给他使绊子，要个人，这芝麻绿豆大的事情，他会拒绝吗？你呢，接了这个人情，顺水推舟缓和一下关系，不是很好？”

“你这样说，倒是有些道理，”熊山川若有所思，“那可以，白萍小姐这件事，包在我身上好了。只是有机会，兄弟，还是向令尊表达一下我熊某的心意，我是随时等待董院长的召唤的。”

“哎呀，说这么见外的话，有什么意思？来，我们再喝一杯！”

这些事丁寄萍听得懵懂，反正这个熊什么肯帮忙去救夏子彰她是听懂了。这一次，她并没有把手从董之微那里抽回来，她忽然觉得，这一餐，多少重要议题董之微全然不顾，只是为了自己，这样尽心斡旋，目的竟是要救出情敌，最终，不还是为了让自己开心？谁能说这不是一份情义呢？丁寄萍莫名有了一丝感动，加上酒精的作用，她的眼眶不知道什么时候竟然湿了。

在这热热闹闹的酒席上，只有谢思源那一双眼睛，一直盯着董之微看个不停。

7-2

"熊山川要夏子彰做什么？他们怎么认识？熊山川也没在松江公署做过事啊？"余笑蜀一脑门子问号。

"管他要夏子彰做什么，这个节骨眼上，只要他不捣乱，他要什么，给他就是了。"史秉南阴沉着脸，在房间里转来转去，道，"清乡刚刚开始，周佛海就要给我穿小鞋，去游说竹内取消警政部，他妈的。"

"周佛海去找了竹内？"

"对，这是竹内亲口对我说的，而且周佛海早就说过，我名为清乡，实际上是在政府之外搞独立王国。"史秉南轻蔑一笑，"他毕竟还是个聪明人。"

"竹内居然就同意了？"

"哼，竹内也是个聪明人，既然有人跳出来做恶人，他自然也要顺水推舟，试一试我的反应，之后不论怎么处理，也都好两边卖人情。只是他们实在是错估了我了。"

史秉南站定，道："我一个警政部部长，取消警政部的决定我居然不知道！还要行政院来知会我！我跟竹内说，即日起辞去一切职务，不但警政部部长不干了，这个清乡委员会的秘书长，我也不干了！我就不信，行政院那一帮烂泥扶不上墙的东西，谁能控制这糜烂的局势！”

“秉南，不是我说，对竹内的态度，是不是还是要谨慎些。”

“明明是过河拆桥、卸磨杀驴！这脏活累活还没干完，就要给我上眼药！没有我史秉南，哪有七十六号，哪有汪兆铭的国民党六大，哪有今天的国民政府？！看我资历浅，就一路压我，压不住我，又找日本人来压我！”

余笑蜀给史秉南倒上一杯茶，道：“你消消气，这不是新成立了调查统计部嘛。”

“还不是我说我不干了，竹内和汪兆铭傻了眼，新弄出这样一个组织，行政院刚撤掉警政部不好再挂，只好挂在军事委员会下面。”

余笑蜀道：“我看，这也不是坏事，七十六号还在、政治警察署还在，换个名头而已，而且从行政归口到军事，也有利于我们将来建军啊。”

史秉南点点头，道：“这个调查统计部我已经跟中央摊牌了，你也跟着原职调转，还是做常务次长。”

余笑蜀苦笑道：“什么劳什子次长，比起这些虚名，我继续替你看好七十六号就是了。”

“还是不一样，”史秉南道，“我就是要他们看看，跟着我史秉南的兄弟，就是一分努力、一分荣光！如果我像他们一样和稀泥，别说日本人，连重庆和共产党都会看不起我们！觉得根本没有什么南京政府，有的只是一群趋炎附势的汉奸小丑！

“笑蜀，你这个人，就是太没有进取心，不然你早一点上位，也去了南京，现在我也好有个助力，”他沉默了一会儿，又道，“不过这也怪我，是我让你一直在上海给我看家的，你看看仕明，现在完全是得意忘形了。”

史秉南忽然提到许仕明，余笑蜀不知道说些什么。李沪生死后，七十六号内部空前统一，再也无人能够压住许仕明跃跃欲试的劲头，这几个月来，汪兆铭命令关闭沪上的赌场，许仕明一个毫无经济常识的武夫，也投巨资成立了贸易公司，开始给东南贸易公司打外围，而且路子更野，什么都敢做，除了对日本人稍有忌惮，谁的账都不买。许仕明日进斗金暴富之后，穷奢极欲、呼朋引伴、撒钱不看风向，许多新近招募的七十六号特工，甚至只知许仕明，不知史秉南。

看来虽然口上不说，但心里，许仕明已经犯了他的忌讳了。

“清乡进行到现在，你怎么看。”

“我只有四个字，喜忧参半。”

“说说看。”

“喜，是我们有了更大的自主权，周佛海的独立王国四个字，其实也算切中要害。他这下子没法拿财政部预算有限来限制你，只要能够把握机会，我们将来就不必仰人鼻息。忧，是引起了多方面的嫉恨，现在熊山川正在纠集一批从苏太常被赶出来的旧官僚，在抱团反对你，并且，竹内的支持似乎也有变化。

“竹内的态度是必然的，因为我们的实力太强了。”

史秉南叹了一口气，道：“你说得对，也许是我的步子走得太急了，维新政府留下来的那一批劣吏，每天混吃等死、鱼肉百姓，就没想过，有一天日本战败，大家都会上绞架吗？这几个月，我在苏州摸排情况、招募巡警、建立保甲、把税制承包改为办事处直征、免除基层拖欠的国税和省税，这哪一条，不是为了基层政权的稳定？他们尸位素餐那么久，没税收、没兵员、没物资，却没人非议，我怎么稍稍做了一点事，就会被人群起而攻之？不错，我是处理了一批官员，但是也提高了做事人的薪水啊。”

余笑蜀试探道 :“今天看起来，这些都是小节，恐怕你真正走急了的，是对日本人的态度。”

好像故意要回避这个话题，史秉南忽然沉默了，他已没有了数月前意气风发的兴奋神情。

余笑蜀想了想，还是开口，道 :“你的这些举措，我都完全支持，行政院那一帮酒囊饭袋的不满也可以预料，毕竟清乡之后，他们多年的经营全被摧毁,也赚无可赚了。但是你为什么要公开针对日本人呢?是，对我们来说，撤出日军物资采购人员和特务机关，虽然工作上阻力会少，效率会高，但这是犯了日本人的大忌！竹内的警惕和反弹大概就是这里来的，他们现在依靠你，动不得你，日后就难说了。”

“嗯，”史秉南缓缓点了点头，“你说得对，这些话除了你，别人也不敢和我说。我和你说起来，头头是道，一旦自己下手，就难免操之过急，要不是上海实在离不开你，我真的想把你也带到苏州去，助我一臂之力。”

余笑蜀笑道 :“上海离苏州也不远嘛，现在市面平静，自从许纵翻了船，军统也老实了不少，我还不是说去就去。”

“对，要去。你余笑蜀要去看看，肃清是我设计的，很多细节我完全没有感觉，你的眼睛毒，替我看一看。”史秉南站起身来，“我一会儿还必须回南京。”

“对了，那个董之微上午来了好几个电话，打听你什么时候回来。”

“我知道，我赶着回南京，就是要去见他的老子。如今这些地头蛇，你不拜一拜，就寸步难行。董务德在京畿手握重兵，清乡在沪宁铁路沿线扎根之后，迟早要延伸到他的势力范围，他有真刀真枪的部队，我们不得不重视。”

“你们在讲条件？”

“对，董之微，他要把儿子安插到苏州办事处去，谋一个位置。”

余笑蜀摇头道：“这个董公子我见过两次，不是个省油的灯，你可一定要小心。”

“小心不小心的，也没办法，这是利益交换，董之微不进我的苏州办事处，董务德的防区就不会对我敞开大门。

“还有，最近，新四军在苏常太有死灰复燃的趋势，要对日本人有所交代，就不能不对共党的活动有所抑制。许纵在建立保甲进行封锁，还很得力。你捉的这个人，可用。”

余笑蜀道：“只是听说，太残酷了些。”

“怎么办呢？共产党的渗透力这样强，我们总要做事情的。他也不是一味蛮干，与新四军有关系或者接洽过的人，一经查证，立即逮捕处死，但是对新四军被捕的人员，则实行优待，又组织了许多爱乡青年会，还是发挥了很大的作用。”

“但是我觉得，对新四军，我们不宜赶尽杀绝。”

“为什么？”

“因为有了新四军，我们才好建军。”

“嗯。”史秉南若有所思地点点头。

7-3

“来，正式认识一下吧。”

华灯初上，法租界华格臬路，锦江川菜馆的私密小间里，赵复生伸出手来，向刚刚进门的乔月介绍余笑蜀。

“乔月同志，很高兴认识你。”余笑蜀伸出手来，难得露出一丝轻松的笑意。

“啊，太意外了。”乔月握住那干爽温热的手掌，用力摇了摇，又收回来捂住了胸口，“老赵，你知不知道，我的心都快从嗓子眼里蹦出来了。”

赵复生笑道：“笑蜀现在身份敏感，能够出来一次不容易，来，坐下来慢慢聊。”

“我能问问，这就是我们的‘矿工’同志吗？”乔月的手还在心口上，看看余笑蜀，又看看赵复生。

“没错，是我。”余笑蜀点点头。

“真是，心脏受不了，刚一进门，我还以为老赵暴露了，我们都被一网打尽了！”

三个人一起笑起来。

“我的介绍还没完成，乔月同志从这个月起，组织关系由江苏省委转到社会部。”赵复生笑道，“你不知道，笑蜀盼多一个同事盼了多久，但是组织纪律在这里，只能让他天天面对我这一个山东大汉了。”

余笑蜀感慨道：“真是太久了。”

“想不到，你就是‘矿工’，这样看来，你早就知道我的身份了，你真是厉害，怎么忍得住。”

“看来你们已经唱过不少对手戏了。”

“你不知道，那天的顺泰码头，当时他当着我的面一枪又一枪，我的天，我真是吓死了！脚都软了，完全忘了我已经暴露了身份，没想到这位余笑蜀同志什么话也没说，直接派车把我送回家去了。等了几天，毫无动静，物资也顺利转运走了。我说老赵怎么要我少安毋躁，原来，他就是‘矿工’。”

“吓到你了，不好意思，形势紧急，没有别的办法，李沪生不死，不但你我要暴露，运输线也没了。”

乔月连连摇头，道：“你不知道，后来只要有你的场合，我就马上肠胃不适。”

她又看赵复生，道：“你们真是一丝风声也不露，严先生带出来的人，我今天总算见识了。”

“是吧。”赵复生看着余笑蜀，笑笑。

民国三十年的深秋，余笑蜀带头，三位潜伏在敌后的共产党人举起茶杯，共同碰了一碰。一股暖意涌上余笑蜀的心头，两年了，望着面前空了一角的八仙桌，他不禁感慨万千。

赵复生收起了笑容，道：“笑蜀，你大概也明白，既然乔月加入了小组，我的使命也就快要完成了。”

余笑蜀叹气：“热闹不过三秒，你要调走了是不是。”

“对，华中局成立有一段时间了，最近汪伪政府的清乡工作，让我们的组织在苏太常地区遭遇到了空前的困难，那里的同志没有同伪府打过交道，经验不足，所以组织上决定调我过去，加强敌后根据地的建设。正好乔月关系进入了社会部，之前她对华中局的联络，也就转到了我这里。”

“你要小心，许纵向伪方投诚，说军统在我们的队伍里插了钉子。还记得蔡玉珍牺牲的那一次吗？我后来反复琢磨，如果问题不是出在上海，很有可能在根据地。”

“你提醒得及时，我会注意。但不管怎么说，我总还是要和根据地接触的。现在苏北根据地的迅速发展，和老吴、一珊、你当年一起开辟的敌后物资通道是分不开的，乔月同志的掩护身份比我牢靠，人也比我聪明、机警，相信在上海的这一年多互不知情的接触，你们对彼此也很了解了，以后你们搭档，一定能发挥更大的作用。此后乔月同志就是新的‘渔夫’，对你保持单线联系。”

“我明白。”乔月郑重点点头。

“就要回根据地汇报了，对抗战的前途、对上海将来的工作、对汪伪的清乡运动，我们再来交换一下意见。”

乔月道：“谈些感受吧。最近我和日本军方中上层的官员接触比较多，其实日本人对中日战争的前景并不乐观。”

“笑蜀，你刚从东京回来，有类似的说法吗？”

“乔月同志说得很准确，无论是日本本土，还是上海宪兵司令部和登部队，有相当一部分日本人认为军方决策有误，我就听松泽俊久转述过一种说法：解决中日战争，要以尊重国民意愿为基础，而现在军方激进派的做法，并没有留下尊重民意的余地。因此，‘尽快解决事变’这个最高的目标就完全无法实现。”

乔月点头，道：“千都真鹤子也说，日本现在的物资筹措遇到了很大的困难，我想，这是汪伪进行清乡运动的一个原因。”

“千都真鹤子？”余笑蜀有些诧异。

“没错，就是在日军参谋本部服役的那一位，她虽出身日本贵族、受过西式教育，但是是反对日本极右翼势力并且同情中国人民的，是我们的同志。”

怪不得，乔月一到上海，就由千都真鹤子介绍，进入了海军报道部。

“原来是这样，我一直以为她是日军派来控制和监视七十六号的。”

乔月露出了一丝微笑，道：“你这样想也没错，我们的公开身份，也都有自己的工作不是吗？”

余笑蜀又想起东京和梁欣怡见的最后一面，当梁欣怡脸上的笑容渐渐退去时，真鹤子脸上那一丝尴尬。

自己是不是有意无意忽略掉了一个事实，从东京回来，已经很久没有收到欣怡的信了。

“笑蜀？”赵复生看余笑蜀有些走神。

“对，乔月同志说得没错，从资源角度，占据中国的时间越长，日方的负担越重，目前的清乡运动，其实是史秉南提出来的，明显有他个人野心的成分在，但是对于日本军方来说，却是一根救命稻草。目的是尽快依靠清乡补充军需物资，把兵力从占领区抽离出来。”

“是啊，对于辽阔无垠的乡村，其实他们是一筹莫展的。所以，史秉南这个人真的要重视。现在他的人正在和我们争夺群众，苏太常地区今年青黄不接，人民口粮接济不上，他们就运米来低价出粜；日用品短缺，他们就办合作社，并廉价出售物资给乡民；还处理了一批贪官污吏，厘清了不少苛捐杂税。不得不说，现在日伪的清乡运动，有理论、有组织、有核查机制，应对起来确实比较困难。清乡之后，我们的部队的活动遇到了极大的困难。”

余笑蜀道：“是要重视，史秉南本人是有抱负的，他不是一个简单的汉奸或者傀儡。”

“我同意。”乔月也默默点头。

“史秉南和我聊过，为了实现他的政治野心，他是要维护占领区群众的利益的。何况他现在亲自在苏州坐镇，力度当然不一样。苏州的清乡团队是他精挑细选的，主持保甲和封锁的许纵，是原来军统上海区书记，执行力强、行动经验丰富。从这些角度看，对我们很不利。

“好，关键点来了。清乡运动不是铁板一块，史秉南把我留在上海，就是为了看住七十六号，而且要扛住他的对头周佛海对清乡的干预和压力。现在是史秉南最风光的时候，也是他压力最大的时候，是我们工作的有利时机。”

“怎么说？”赵复生若有所思。

“这个清乡委员会，将地区的军、政、财权集于一身，差不多是要在汪政权的行政体系之外再造独立王国，是个大大的肥差。因此，除了大批既得利益者的抵制，还有无数人试图插一脚，想要浑水摸鱼。比如，地方军阀董务德，为了换取他的支持，他的儿子董之微已经进了苏州办事处了。”余笑蜀停顿了片刻，“目前史秉南压力太大，已经有意要我也去苏州帮他处理这些复杂关系。敌人之间的裂隙，就是我们的资源，我想，根据地要生存、要发展，就要充分利用敌人不同派系间的矛盾。史秉南这样的人确实无从下手，但是他这样的人不多，甚至在伪府里面绝称不上主流，像许纵这样的投机者、董之微这样的纨绔子弟才是我们的突破口。”

“不错，这是个大好机会，你能接触到清乡委员会的核心机密，特别是了解史秉南的意图，对根据地的工作会有极大帮助。”

“是，我有信心。这种裙带关系产生的问题，史秉南再有才干，也是解决不了的，其他混日子的官僚，也不可能被完全取代。我会抓住一两个人，譬如董之微，改善根据地的生存环境。”

“好，期待你的工作，为前线开辟新的局面！”

房间里的铜铃响起，是伙计询问能否传菜。

“来，长风破浪会有时，”赵复生动手把小菜一盘一盘码好，“从南京，到上海，四年多了，好不容易见面，又要分开了。”

“还会再相见的。”

“会的！”

7-4

夜幕低垂，虹口乍浦路，寒风带着落叶在街上翻滚，路旁的日式餐馆却一片红火热闹。在诸多日本料理店中，间或有一两间神秘隐藏在又高又长的弄堂间，这些庭院深处的“料亭”，便是日本军方和汪伪要员隐秘聚会的场所。

此刻，著名料亭美浓家二楼的私密客室内，青瓷香炉中烟雾缭绕、悬轴上的竹田山水、古铜花瓶内的寒椿、金唐纸的华丽屏风，都显示两位客人的身份非比寻常。

“你们先下去吧！”松泽俊久挥挥手。

“熊先生，税警团做好准备了吗？”

等到艺伎们都退了出去，松泽才拿起酒杯，做了个请用的手势。

熊山川脸上带着僵硬的笑容，这个笑眯眯的日本人总是让人不舒服。

他按住镀银的桌面，道：“请放心，竹内先生的计划，周先生完全配合。税警团随时听凭调遣。”

松泽俊久点点头，道：“那真是有劳了，史秉南先生去了苏州，上海剿共的工作就更重了。当此非常时期，七十六号还要维持市面安稳。就只有请你们随时准备了。”

“松泽先生，熊某别的能力没有，税警团三团一营，如臂使指！只是，要如此多的人力是做什么？”

“到时候你就知道了。”

“近郊又出现新四军的游击队了？”

松泽俊久笑而不语，伸出筷子，去夹盘中的白鲟鱼。

“松泽先生，我是个武人，虽然不是做情报的出身，但是也不是一个傻瓜，现在新四军在江苏、淮南迅速扩张，规模已近十万之众，他们的钱和粮哪里来的？七十六号在上海真控制得天衣无缝，史秉南还要下去清乡？说到底，七十六号根本就和新四军沆瀣一气！”

“哦，愿闻其详？”

“烟土馆、歌舞厅、赌台，偷运转卖战略物资，这些事情，哪一样不是日进斗金？七十六号大赚特赚，忙着收钱还来不及，怎么会有时间去强化治安？你也清楚，史秉南其人，虽有能力，但无法无天！李沪生因为跟他不睦，居然就被枪杀，谁干的？余笑蜀嘛！”

“熊君，史先生现在，可不是可以随便指控的人物。”

熊山川自以为听出了松泽俊久的言外之意，道：“问题就在这里，没人敢啊！现在史秉南清乡私设税制，全部银钱都流入上东信托公司，连周佛海先生的中央储备银行都成了摆设，这样发展下去，他岂不是要自立中央，占山为王？”

松泽俊久抬头，道：“你说的虽然是事实，但七十六号也确实摧毁了重庆势力，中统、军统都被打得抬不起头来，功劳也是不小的。”

“这就是最大的问题！你看，史秉南跟重庆势不两立，这个我也承认，但是对共产党呢？我怎么没听过史秉南杀过共产党？”

“也许，是因为共产党很少从事暗杀和恐怖活动？”

“他不只是不杀，连抓都不抓啊！七十六号有限的几个共匪案，都是李沪生办结的。史秉南为了争权夺利，左右逢源、一手遮天，真的是不择手段，没有底线！”

熊山川一边义愤填膺地斥责史秉南，一边却在观察松泽俊久的脸色，毕竟，没有梅机关的支持，就没有史秉南的今天，话不管说到几分，也不能不给日本人留面子。

然而松泽俊久还是笑眯眯的，道：“熊君，你的意思是，现在共党的发展如火如荼，是因为七十六号对他们网开一面？”

“不不，”熊山川用力摇头，“我的意思是，七十六号里面就有共产党！”

“哦？”松泽俊久放下了筷子，“这是一个严重的指控。”

“我知道，竹内先生对史秉南，还是相当信任的。但我的话绝对不是空穴来风。”他压低了声音，“七十六号在那次超级绑票案中，曾意外抓获一个上东银行的证券顾问。”

“嗯？”

“这个人叫作赵复生，是个共产党！许仕明当年炒股大亏，因此公报私仇抓了他严审，但这件事情后来却不了了之了。因为查来查去，查到了史秉南的头上。”

松泽俊久皱起了眉头，虽然七十六号鱼龙混杂已经是公开的事实，但是他还是不能相信，史秉南现在的身份地位，居然会和共产党做交易。

“你的情报从哪里来？”

“来源绝对可靠！证据，就要看松泽中佐你想不想要了。”

“熊君，你的谨慎我可以理解，但用错了对象，难道我会把你的线人透露给史秉南吗？”

熊山川迟疑了片刻，如果他知道当年把李沪生卖给史秉南的就是松泽俊久的话，也许他会做出更好的选择。

松泽俊久耐心等待着。

熊山川终于开了口：“提供消息的，是七十六号的情报处处长曾长发。据他说，许仕明没有情报工作经验，一味蛮干，因此赵复生虽被打了个半死，但没有吐露半点口风。等到他接手，果然就有了突破。其实说来也简单，赵复生三更半夜去中行别业，必定有会见的对象。但是那一晚二百多号人实在也没法一一审理，于是他就说服许仕明，把无关的小人物先放了一批，剩下的，再根据赵复生的社会关系层层排查。”

“结果如何？”

“他发现这个赵复生背后，有一条地下贸易链条，大量的资金进进出出。曾长发刚刚掌握了一个名单，史秉南的太太就出现了，许仕明当即偃旗息鼓，调查就此终结了。”

“这个赵复生现在在哪里？”

“放了！”

“放了？”

“是，这个人和史秉南的心腹余笑蜀、梁利群都有很深厚的关系，他们在南京时期都是军统的工作人员。由于查到了史秉南头上，曾长发害怕遭到内部清洗，就第一时间向周先生检举了。”

松泽俊久摇摇头，道：“说他们从南京战役时就开始布局，这太牵强了，那时候史秉南不过是个低等密探，谁能料到将会出现一个呼风唤雨的七十六号呢？”

“松泽中佐，中国有句俗话，时势造英雄。你不了解共产党，他们惯于烧冷灶、布长线，史秉南是中统人员不假，但最初，他也是共产党员啊！也许，是有了七十六号之后，他们才激活了他呢？”

“你的意思，史秉南不是通共，他就是共产党？”松泽俊久是真的惊讶了，“这未免荒唐了。”

“你听我讲。当时赵复生案结案，曾长发也没多想，觉得不过是姓史的走私捞些油水罢了。但不久之后，许仕明忽然找到曾长发，问当时调查赵复生的时候，是不是查到一家百得商贸公司。要知道，军统上海区书记许纵落网投诚后，给余笑蜀提供了上海共党的绝密情报。这个时候，许仕明偏偏问起这家毫不起眼的公司来，是什么意思？”

“许仕明在替史秉南排雷？”

松泽俊久脸上的笑容渐渐消失了，如果，当日李沪生的猜测是对的呢？史秉南利用日本军方控制的顺泰码头，为新四军的物资运输做掩护，而代理人，就是这个赵复生？

熊山川看松泽俊久不说话，又道：“还有，许纵投诚后，这公司就注销了！”

“这个赵复生是个关键人物。”

“是，非常关键！”

“辛苦了，方便的话，请你把他带到我这里来。”松泽俊久和熊山川碰了碰杯子，一口喝干。

熊山川露出了胜利的笑容，为了搞定曾长发，他实在是破费不少，打蛇要打七寸，这一次，他是不是击中了史秉南的要害了呢？

“先生，是去哪里呀？”

上海北站，赵复生正等待进入站台，一个穿着对襟中式褂子的中年男人坐了过来，开始和他搭话。

“去常熟走亲戚。”

“听说那一带正在搞清乡，可是麻烦得很。”

“不至于那么严重吧？”赵复生的手悄悄抓住了身边的包袱。

“很严重，因为共产党最近实在是闹得太过分了。”另外一个大汉也坐了过来，把赵复生夹在了中间。

意识到出了问题，赵复生反而放松了下来，抖了抖长袍，道：“好吧，你们要我做什么？”

“请赵先生你跟我们走一趟。”

7-5

“山雨欲来啊，笑蜀，这特别通行证，你到底是签还是不签？”

梁利群在房间里打转，而余笑蜀则在沙发上默默抽着烟。

“到处都在传日本人要进占租界了，现在美国海军也撤走了，黄浦江上就那么两艘光秃秃的英国船，你觉得租界还能保得住吗？实话告诉你，日本对英美全面开战，就在这两天！”

余笑蜀提起笔来，看着面前的空白批文，道：“利群，日本如果对英美开战，恐怕香港也去不得了，你在上海，秉南和我还能维护你，难道你这个上了制裁名单的人，还要去重庆不成？”

“你以为我这通行证是为自己准备的？”梁利群停下脚步，“这是给王寿春、徐大年他们的！”

“什么意思？他们都走了，你这上东银行不做了？”

“哎呀，你不要装糊涂了，赵复生跑到哪去了？那天说去苏州办事，怎么到了车站人就不见了？我这个人是乐得逍遥，不想刨根问底的，但你们也不要当我是傻子！

“以前租界不被日本人控制，反日抗日还有空间，可眼下，这整个上海都要落入日本人手里！你想想，没有了英美的庇护，什么中统军统共产党，还能像以前那样继续活动吗？日本人要在租界也施行保甲制度，我不信你不知道！工商界的敌产名单我都看到了！是，这些年梁家做了不少的违心事，但是，反日的工作也没停啊，一珊做了什么，你知我知！王寿春、徐大年他们卷入地下交易，现在没有了租界法权的保护，万一追查起来，我还能保得住他们吗？他们为我们梁家上刀山下火海，我不为他们的妻儿家小想想吗？！”

“好好好，你太激动了，不要说了，”余笑蜀提起笔来，唰唰唰，在几份空白文件上都签了名字，抬头道，“我就问问，你走不走？”

“我走？就像你说的，我一个臭名昭著的汉奸卖国贼，我走到哪里去？”

余笑蜀耐心道：“你不走，我劝你也不要让他们走。”

“我不走，是我不能走，我是挂了号的大汉奸，他们只是普通的职员，为什么不能走？有手艺，去了哪里还不能吃饭？！

“笑蜀，我不知道你和复生是什么路数，是重庆还是延安，我也不想知道！是，国府钩心斗角、一塌糊涂，共产党呢？共产党就比较好吗？今天的局面，不是苏联造成的吗？日本敢于南进东南亚，还不是北方给它吃了定心丸？苏联只想着自己的利益，左边吞一个波兰，右边割一个外蒙，现在被德国痛击，纯属自取其辱！他们忘了和日本签下的中立条约了！要和日本相互尊重蒙古国与‘满洲国’的领土完整！这不是摆明了用对‘满洲国’的承认来换取对外蒙古的控制吗？请问，苏联和日本割裂中国的企图，有什么不同？！签完字，斯大林还亲自跑到车站，拥抱松冈洋右！”

“利群，我不想和你吵，你冷静一下好不好。”

“好什么好，我还没说完，欣怡她喜欢你，这是个人都能看出来，你连躲带藏，我也能理解，甚至我觉得你做得对，我也不想你毁了欣怡。但是你有没有想过，现在她孤悬海外真的就比较幸福吗？”

随着一声叹息，梁利群的声音渐渐弱下去了，余笑蜀知道，他又想起卢一珊了。

“利群，你知道，我对欣怡的好，不是没有感觉的，我已经选了我觉得最好的那个选项。”

“但是对欣怡来说，可能你选错了。”

“是吗？”余笑蜀苦笑，对和错谁能说得准呢？

是啊，梁利群也曾面对同一道难题。但他和自己不一样，他是勇于面对的，哪怕美好的时光如此短暂，哪怕朝不保夕。

余笑蜀自忖没有他的勇气，以至于只要看到梁利群手上的戒指，他的心里就涌起无穷无尽的羡慕来。

他把手里的批文推过去，道：“我的意思，王先生和大年如果这个时候去重庆，这边，上东当然垮了，那边，他们的前途也未见得光明。但留在上海，无论如何，秉南也会全力保住上东。现在他是上海滩数一数二的大人物，无论是日本人还是汪兆铭，审时度势，大概还都要利用他，不然他也不会又新兼了政务委员，我看，如果清乡顺利，他的地位还要继续上升。既然上东现在就可以在秉南的羽翼下安然无恙，你又何必担忧将来呢？”

看梁利群不说话，他又补充道："退一万步说，将来万一日本失败，他们也算坚守敌后，为国府做了贡献的呀！”

“这样乱，求个平安罢了，明天都说不好，还谈什么将来？”梁利群叹了口气。

余笑蜀稍作沉吟，道："这么说吧，九月起日本就开始筹划进驻租界了，与英美开战，板上钉钉，早晚而已。汪兆铭觉得这是将租界主权收归国人的好机会，但日本军方是绝不会吐出这一块到嘴的肥肉的。只要日本人和汪兆铭之间还存在摩擦和妥协，秉南就是其中不可忽略的力量，他一定会有办法的！”

梁利群歪头道："秉南的能力我当然相信，但他也不是万能的。你知不知道，熊山川的税警团这次会辅助日本宪兵，对租界进行接收？”

“我知道，而且我们已被提前警告，不许介入租界事务，也不得在租界进行任何政治活动。”

“所以，你觉得秉南的位子还那样稳吗？”

“松泽俊久启用熊山川，当然是为了制衡秉南，可你要反过来想，没有了秉南，岂不是周佛海一家独大了？”

“好吧，”梁利群站起身来拍拍手，“我说不过你，那我们就静观其变。”

余笑蜀举起手上的批文，道："还要吗？"

梁利群看了看，道："算了，我刚刚忽然又想到，要是所有嫌疑分子都是通过你余次长批的条子消失不见，那你恐怕也脱不了干系。我刚才急了，大概是把你也划到早死早托生的那一群里了。"

余笑蜀苦笑，道："这几天都不要去办公了，这次接收租界的是登部队的陆军混成独立第十七旅团和陆战队，七十六号的路条他们未必认，如果是遇到熊山川的税警团，那这特别通行证，更是废纸一张了。"

梁利群道："今天冲你乱发一通脾气，我道歉，你也不容易。"

"这年头，大家都不容易，包括秉南，我知道，你总认为秉南是为了利益才和我们结拜，我是不愿意这样去想他的。"

"笑蜀，还是那句话，我们是兄弟，你又救过我的命，反正你要什么，我做就是了，其他事情，我也懒得管。你这个人，说聪明很聪明，笨起来，不亚于我！我要提醒你，你搞的那些小动作，连我都能看出不对劲，你以为秉南会毫无察觉吗？"

余笑蜀道："我早就想通了，我并没有对不起秉南，而秉南又是那么一位实用主义者，所以我还真的不怎么害怕他。另外，有些事情，你看得到，秉南还真不一定看得到，因为你温厚，有一颗大心脏。"

"好吧，权当你在夸我，你也劝劝秉南，这世上不是每一样东西都可以争到的。"

"别送了。"梁利群戴上帽子，匆匆离去。

余笑蜀默默地点上雪茄，桌上那厚厚的一沓文件，是四面八方雪片般飞来的急电。这几个月来，其中最重要也最紧急的消息，已经顺利由乔月经法租界贝勒路的秘密电台发出了。日军即将对美军在太平洋的军事基地珍珠港发动突袭！登部队已准备接收租界，在广东，日军也在密集调动，香港注定难逃一劫，更大规模的战争一触即发……

梁利群当然不会知道，日本早已秘密做好对苏作战准备，但正是日方决定南进的绝密情报及时通过中共中央传达到了苏联，与共产国际的情报相印证，苏联才能将其在远东的兵力调往欧洲战场，与德国法西斯势力决一死战。二次世界大战的格局也就此翻转。

而这些十万火急的情报，正是共产党远东各情报线通力合作的结果，大家就像无垠海面上一座座孤零零互不联通的岛屿，在这特殊的一刻，同时点亮了灯塔，又迅速归于沉寂。

余笑蜀也是第一次知道，原来在日军更深的内部，还有着自己一样的潜伏者。

共产党人迅速行动了起来，在收缩租界地下党组织的同时，乔月也带来了严先生的指示，要求余笑蜀不惜一切代价，将滞留上海租界、从事抗日斗争的知名民主人士和知识界精英疏散到大后方。

非常时期，七十六号真正炙手可热起来，求情电话一个连着一个，来访者一拨接着一拨，毕竟多一张特别通行证，就能多疏散一个人，现如今一切都在贬值，不管是金条还是奉承，人们都是争先恐后地大把硬塞，早顾不得什么面子里子了。

此刻上海，鱼龙混杂、泥沙俱下，余笑蜀的特别通行证也一张一张地送达民主人士手中，这是完成疏散任务的最后机会。可让他心焦的是，通往大后方的交通线迄今还没打通，因为离开上海前往苏南的赵复生，突然失踪了。

7-6

“特别通行证？”史秉南猛地回过头来，“这件事和余笑蜀到底有没有关系？”

“师兄……”许仕明看看史秉南，欲言又止。

史秉南脸色愈发阴沉，道：“我不是说了？不管涉及谁，就算是天王老子，也要一查到底！”

“目前没赵复生跟余先生串通一气的证据。”

“那就好。”史秉南闭上眼睛，长出一口气。

“不过……”

“不过什么？”

“个宁跟另外一个宁有关系。”

“谁？你今天是怎么了，这样吞吞吐吐的！”

许仕明清了清嗓子，道：“乔月小姐。”

“你说什么？乔月是共产党？”

“有可能。”

“到底怎么回事？”

“当时捞到姓赵的是个意外，个宁我晓得，搞搞股票投机，本来想放特算了，结果发现伊跟余先生额公司有贸易，吾倒有点犹豫了。紧接着，乔月小姐就寻了嫂嫂来，拿个宁这保出去了。两个人总归有点不大对头。”

许仕明停住话头，史秉南一副莫测高深的表情，没有说话。

“后来余先生抓到了姓许的，个赤佬吐出来共党来了上海经营一家百得商贸，吾重新查了查，就来了姓赵的名下头，个才拿伊拉帮共产党串起来！”

“许纵？除了你和笑蜀，还有其他人知道这个消息吗？”

“没，许纵要单独帮余先生谈，是余先生拿吾阿留了屋里头。”

“嗯。”史秉南缓缓点了点头。

“个么要不要控制余先生呢？”许仕明语带迟疑。

史秉南叹了一口气："笑蜀究竟是自己人。许纵提供的情报，他已经对我原原本本地说了，否则，我就不是要你去抓这个赵复生来调查他，而是要拘捕他了。"

听史秉南这样说，许仕明也放下了心中的一块大石，说实在的，余笑蜀为人磊落仗义，他是不愿意起冲突的，但如果余笑蜀极力掩盖关于共匪的情报，史秉南起了疑心，他终究也没有办法回护。幸亏这次没有唐突从事，不然真是枉做小人。

既然史秉南已经排除了对余笑蜀的怀疑，下面的话他就脱口而出："姓赵的个桩事体，要通报余先生哦？"

史秉南奇怪地看看他，道："既然和他没有关系，就不要惊动他了。"

"明白，"看史秉南的神情，许仕明知道自己失言了，又道，"个么，乔月小姐哪能办？"

对乔月，他更加谨慎，因为史秉南每次谈到这个女人，确乎都有一种特异的温和。

"李沪生对松泽俊久说，有共党打进了我们的核心，看来不是空穴来风。"

果然，刚才连余笑蜀都不愿放过的史秉南，并没有说乔月的半句不是。

"估计余先生阿没料到，所以才开出了通行证。"

许仕明根本不在乎乔月余笑蜀是不是共产党，共产党又没有碍着他的财路，可以说于他全无干系，史秉南如此厚爱这个女人，余笑蜀又是一起出生入死的兄弟，既然史秉南都没有追究的意思，自己何必自讨没趣。

"乔月，"史秉南沉吟了好一会，才道，"她和这个赵复生又是什么关系？"

“乔小姐从日本海军获取情报，再给姓赵的，姓赵额再接近余先生跟梁先生，利用伊上东信托额工作便利，跟新四军做生意。据讲伊来了南京额辰光阿就职军统，因此帮余先生、梁先生才老熟额。”

“笑蜀和利群，真的不知道这些事情吗？”

“姓赵额欢喜投机取巧，帮余先生炒股赚过大钞票，看起来，余先生纯粹是出于情面照顾伊。梁先生更加用不着讲，伊家大业大，这种小事体管不过来，除特跟个姓赵额吃过几顿饭，其他没撒交集。”

史秉南微微点头：“共产党厉害啊，这就给我们来一个灯下黑。”

“吾马上去，要姓赵额拿帮新四军做生意的钞票才吐出来！”

“不，”史秉南举着雪茄的那只手擎在空中，久久未动，“现在形势复杂，那个赵复生你也要看好，不要打、不要骂。”

“吾晓得了。”

已近夜里十一点，愚园路史公馆依旧灯火通明，与隔壁一团漆黑的余公馆形成了鲜明对照。

史秉南下车，看看隔壁，此刻，余公馆的主人还在特工总部布置工作。

进了客厅，管家迎上来拿走了大衣，紧跟着，叶佳兰从后面转了出来。

“回来了？”

“怎么还没休息，明天家琪不是还要上学？”

“你自己忙，都忘了时间了，这个月，这是你第一次回上海。”叶佳兰微微蹙眉，“如今汪政府打牌的打牌、看戏的看戏，只有你这样白天黑天地转，值不值得！”

史秉南摇摇头，道：“怎么会，大家都忙。日本人要对英美开战，准备接收上海的租界，清乡又在关键时期，实在是抽不开身。”

他走到餐桌前，道：“怎么，今天回来晚了，残羹冷炙有没有一口？”

叶佳兰笑了，道：“残羹冷炙没有，白粥倒是有一碗！你每天这样饥一顿饱一顿，还不如以前做个中统的小中尉，这都好几年没吃过你做的饭了。”

史秉南也笑了，拉住了叶佳兰的手，叶佳兰向管家使了一个眼色，后厨马上把早就煲好的虾仁粥和几碟小菜端了上来。

“快趁热吃吧！”

叶佳兰把小菜一一摆好，挽起袖子，剥起史秉南最爱的健脚笋来。

史秉南举起勺子，舀了一勺滚烫的粥，吹了又吹，一脸满足，道：“好香啊，看来做部长还是比小中尉好。那时候你比我忙，现在，总算可以喝上夫人熬的粥了。”

叶佳兰笑道：“反常呀？怎么甜言蜜语不断。”

史秉南道：“我对夫人，哪一天少了甜言蜜语？”

“不要贫嘴了，说吧。”

“好，还真有一件麻烦事，不知道如何处理。”史秉南放下了勺子。

“你们下去休息吧。”叶佳兰遣散了等着服务的用人。

史秉南道：“佳兰，乔月是共产党。”

“我没听错吧，乔月是共产党？”叶佳兰笋也不剥了。

“没错，她来上海就是为了搜集情报，证据确凿。”

“你把乔月抓起来了？”

“没有，我还没想好该怎么处理。”

“没有就对了，我还以为什么大不了的事。”叶佳兰把剥好的笋放在他的碟子里。

“这是什么话？她是共产党！你怎么好像没事人一样？”

"我听到了呀，大家都知道了吗？"

"现在还没有公开，只有我和仕明知道。"

"就是啊，那就让她去做她的共产党，有什么大不了的。"

史秉南放下粥碗："佳兰，你这是什么意思呀。"

"我还不知道你？什么国民党共产党、汪先生日本人的，你什么时候在乎过政治身份，说到共产党，十多年前，我们两个不也都是共产党？没想到小乔月文质彬彬的，也是个有决断的。"

她轻描淡写道："只要没人知道她是共产党，她就不是。"

史秉南道："话是这么说，但是现在我们身份不同了，一言一行都敏感。共产党是日本人严厉打击的对象，我一个政治警察的最高负责人，能装作不知道？"

叶佳兰道："蒋汪都好大喜功，你这一两年，对重庆痛下杀手，戴笠那里，是结下了深怨了。往近了想，中统和军统都被打垮，忠义救国军不成气候，如果共产党再被你连根拔除，日本人还要七十六号做什么？汪精卫还会任由你不断扩张势力吗？往远了说，日本人对英美开战，胜负难料。万一日本人失败，以今天共产党的发展，国共必有一战，你为了赢得今天地位，不知道杀了多少两统特工，就不想着给自己留一条退路？"

"你是说，这条退路，就是共产党？"

"周佛海不是一直在攻击你剿匪不剿共吗？且不说共产党的组织力、行动力明显优于重庆，他们在上海，也确实没有公开抛头露面，就民众意愿上来讲，你和共产党斗，也是事倍功半！反正现在日本人离不开你，俗话说，虱子多了不咬，说你容共，你就容共又怎样？只要他们抓不住把柄，谁能扳倒你？

"何况，我们最难的时候，人家乔月救过你。"叶佳兰把那空了多半的碗拿过来，又添上了滚烫的新粥。

史秉南望着叶佳兰，当年在复旦大学的校园里，她是一呼百应的风云人物，也是自己加入中共的领路人。二十年风风雨雨、沧海桑田，如今她虽已经成了身边的史太太，但在眼界胆识上，洞明世事的本领却未曾稍减。

“还没想通？为什么那个陈仲友不搭理你？还不是因为周佛海早就和重庆偷偷有联系吗？他的资历，在重庆的关系，不知道比你深多少，有了周佛海，戴笠怎么还会在乎你呢？”

史秉南缓缓点头，道：“笑蜀也对我说过，清乡清得没有了新四军，恐怕我们处境更困难。”

“余笑蜀倒是聪明，就你，官越做越大，脑子越转越慢。”

叶佳兰站起身来，道：“快吃吧，一会都凉了，我去看看家琪睡得怎么样。”

走了没两步，她又回过身来，道：“别的我不管，你要动乔月，我第一个不同意。”

“好好好，我这不是没动嘛。”

08 孤家寡人

8-1

狄思威路日本陆军总参谋部情报部，自从梅机关迁往南京之后，竹内行男回沪，就借用这里作为临时办公场所。

“这是一个新的起点，要加油啊！”

此刻，在这间宽大方正的办公室里，竹内正伸出双手，按住了松泽俊久的肩膀。

“竹内将军，我一定会努力的！”松泽俊久郑重地向竹内行男鞠了一躬。

一直以来，松泽俊久在军职上都隶属日军驻沪宪兵司令部，虽然所从事的情报工作至关重要，又参与梅机关的运作，但和历任特高课负责人一样，不过挂中佐或少佐军衔而已。这一次，为了表彰他两年来对汪工作的出色表现，竹内特地以国民政府最高军事顾问的身份，为他争取到了大佐的军衔。在日军尚未有一线战斗履历的情报人员来讲，这是极其罕见的。为此，松泽俊久发自内心地感激竹内行男。

“这是你应得的，借用税警团来阻止七十六号介入租界接收，做得很好。”

“这是得益于您的悉心指导，我知道史秉南在警政部裁撤后，公然向您诉苦，实在太过分了，他完全忘记了自己的身份。”

“是啊，”竹内行男叹了一口气，“以前我用史秉南，是看重他的能力和进取心，也是看重他在汪政权中没有派系，便于掌控，但是没想到的是，他的自我膨胀的速度，太快了一点。”

“所以我特别启用熊山川的税警团，也是给他敲敲警钟。”

“嗯，你在上海可以当机立断、独自处理复杂问题，我很欣慰。目前史秉南已经知道收敛，去苏州继续推动肃清计划了。”竹内行男沉吟，道，“说到熊山川，你有何评价？”

松泽俊久道：“这个人心胸狭窄、缺少风度，能力和头脑上不及史秉南。这一次我稍稍暗示，他马上串联起大批维新政府的地方官员，去给史秉南的清乡运动设置重重阻碍。他的积极，不过为了个人的权力，毫无大局意识，又因为急于求成，常常抓不住重点。”

“我听说，他也在努力拉拢董务德一派的势力，有这回事吗？”

“有，董务德有个儿子，常年在上海鬼混，熊山川想尽办法投其所好，心里想的，还是牵制史秉南。”

“史秉南、董务德，都是我们的心腹之患，不过史秉南为祸大，董务德为祸小而已，对董务德，也要早做预防。”

“是，董务德是个老油条，在周佛海和史秉南的争执中貌似中立，吃两边的红利。至于他的儿子，是个典型的纨绔子弟，每日赌博，投机，搞女人，不成大器。”

“熊山川的工作有效果吗？”

“难说，董务德的儿子对一个小明星朝思暮想，熊山川为了帮他把这个小明星搞到手，甚至去和史秉南谈判，把一个军统分子从七十六号的监狱里面放了出来。”

竹内行男皱起了眉头，道：“毫无是非。”

“是的，对于大多数汪政府的官员来说，重庆也好、延安也罢，都不如眼前的利益实在，这也是他们对于民生和建设提不起兴致的根本原因，这些两边观望的骑墙派，都在等着看我们的笑话。”

“太遗憾了，原来想汪兆铭有足够的影响力，可以拉起一个有实权、有影响力的政府，我们就可以借之和重庆分庭抗礼，把军队从战争的泥潭里拉出来，但是这群高官厚禄的政府官员每天都在投机钻营。看来我们的战略，也要加以反省了。”

竹内说出了这样丧气的话，让松泽多少有些意外，他小心道：“珍珠港一战，美军的太平洋舰队已经全军覆没，在南亚，曼谷、香港都被我们收入囊中，现在大东亚的战事势如破竹，战局向好，您为何如此悲观呢？”

竹内的脸上一丝笑容也无，两年来，他的头发已经白了一大片，人也更显瘦削，这张严肃的面孔，简直像是刀刻出来一般。

“战争已经进入第五年了，”竹内行男转过身来，“我们即便要扩大战争，也要将战争放在建设而不是破坏的基础上进行。正如要利用汪政权，就必须让汪政权能够顺利工作，这样才能发挥它的作用。现在军部发动了大东亚战争，上海作为国际城市的存在价值和特殊性质已经发生了变化，一旦上海的国际市场沦为地方市场，它的衰退就无可避免了。”

竹内行男语气沉重：“虽然皇军现在所向披靡，但是日本的资源正在渐渐消耗殆尽，一旦丧失了战场的优势，危机就会很快来到。先不要提能源，现在皇军的机械化部队，连零件的更替都发生了困难，战争初期的闪电战放在今天，已经不可想象了。

“这也是我今天找你谈话的原因。这样的局势下，我们不得不求稳为先，汪兆铭的要求，要有限度商量，史秉南的进取，也要适当松绑。”

“我明白您的苦心，肃清计划正在史秉南的努力下顺利进行。现在要稳固占领区，不得不依靠史秉南这样的人，哪怕他有野心也是一样。”

竹内行男点了点头。

“不过，我这里还有一件关于史秉南的严重指控，要向您汇报。熊山川指责史秉南是共产分子。”

“哦，他有什么依据？”

“史秉南没有公开处决过一个共产党。”

“就这一点吗？”

“他指控一名史在金融界的代理人为共党秘密输送物资，虽然他的指控未必属实，对那个代理人的秘密逮捕也归于失败，但东南贸易公司的账目混乱，也不是一天两天了。”

“这是一个及时的提醒。五年了，是有不少支那民众将对战争的憎恶之情转移到了无能的中国政府身上，但也依旧有人还在顽固反日。我们的情报工作，不过是先军方一步在钢丝上行走，稍不留神，一样会粉身碎骨。”

“是的，我会谨记您的教诲。”

“关于东南贸易公司的事情，你暂时还是不要介入了。它是七十六号筹措资金的主要渠道，这次清乡，史秉南希望独立掌控资金，我也答应了，如果汪政府的财政一直掌握在周佛海手里，他就永远也无法完成清乡的任务。”

“是。”

谈话已经进行了好一会，在保守的竹内行男面前，松泽俊久第一次产生了疑惑和对立的情绪。竹内前辈是不是太悲观了呢？大东亚战争开局如此顺利，可以说，已经全盘摧毁了英美盘踞在东亚的势力，难道重庆政府还有其他输血渠道吗？而偌大的汪政府，除了史秉南，真的就无人可用了吗？

他的意见和竹内行男恰巧相反，对东南贸易公司的调查，必须马上开始。现在新四军的势力日益壮大，如果史秉南真的和共产党沆瀣一气，他相信，就是一手把史秉南提拔到今天位置的竹内行男，也会坚决地放弃这颗棋子的。

“另外还有一件事，你也要有个心理准备，”竹内行男缓缓道，“再过一阵子，我很可能就要调往北方前线了。”

“啊，恭喜您！”松泽俊久的祝贺是由衷的。

现在，他和竹内在对史秉南一派的态度上已经出现了分歧，虽然囿于竹内的权威，他还不敢对此有所表现，但如果竹内调走，也许是个大展拳脚的机会。

“连你也把这件事看作是我要青云直上吗？”

竹内神色暗淡：“我只是希望松泽君你，能够认同我的判断，行走在有利帝国前途的，正确的路上。”

他的话说了一半，忽然停住了：“总之，松泽君，好好努力吧。”

竹内再次拍了拍松泽俊久的肩膀，结束了这一次谈话。

究竟是怎么回事呢？从竹内的办公室走出来，松泽的兴奋之情已经全然消散了，哪怕这一次晋级大佐的喜悦，似乎也被竹内突然的调动冲淡了。是不是竹内在中国太久，以至于变得像支那人一样孱弱、畏惧、失去信心了呢？

这种大不敬的想法在松泽俊久年轻的心里不断膨胀起来，经过再三反省，依然无可遏制。毕竟在上海，他才能脱离参谋本部的小幕僚人生，在这里，他被无数趋炎附势的中国人包围，有着翻手为云覆手为雨的至高权限，在这样的年纪，难道要把才干和能力都如竹内一样在犹豫彷徨中慢慢耗尽吗？

当然不能！竹内太看重那个中国人了，这让松泽俊久心里产生了一种异样的嫉妒。

作为汪政府的幕后操盘者，竹内行男把史秉南由默默无名的中统情报员，一路提拔为汪政府的部会首长、军事委员会委员、行政院政务委员，成为时局中炙手可热的关键人物，史秉南究竟有什么过人之处？

他松泽俊久，真的比不上那个支那人吗？

8-2

苏州巷弄，树影婆娑，一排清水砖墙的两层小楼素净淡雅，十梓街信孚里是史秉南精心选定的办公地址。清乡委员会驻苏办事处自设立起，就取代了位于南京的清乡委员会总部，成为整个肃清运动的总中枢。

“果然是山水灵秀，一派清幽。”

“就是生活有些寡淡。”董之微挺胸抬头，引着余笑蜀向前，新雨初歇，青砖墙上斗大的政治标语格外夺目，“严守纪律、不畏艰险、苦干实干、增强效率”。

“史先生呀，这次肃清运动再认真没有！所有机关都要按周报送进度、接受考核，真是劳心费力，早知道这样辛苦，我宁可躲在上海不出来了。”

“董兄真是太谦虚了，都说你发挥了大作用。”

“哎呀哪里哪里，都是在史先生的指导下，敲敲边鼓罢了。现在啊，大亚洲主义深入人心，史先生也在多种场合反复宣讲，清乡不是扰民，而是清除扰害百姓的败类！百姓有什么理由不支持呢？来苏州之前，其实我也对清乡心存疑虑，但是办了一些实事，发现百姓们的日子真的好了，史公，伟大啊！”

史秉南办公的小楼在信孚里深处，院内的青砖和甬路旁的零星小花，使得这个本就有几分诗意的城市愈发温润起来。

“笑蜀，你来了？”史秉南遥遥打招呼。

“秘书长，我来了。”余笑蜀快走几步，此刻史秉南最为倚重的身份，就是这个大权在握的清乡委员会秘书长了。

“来得正好，刚送走几个省府的老爷，来这里哭诉我断了他们财路。”

“什么？”董之微眉毛一竖，道，“这些王八蛋，肯定又是高冠吾怂恿来的！我早就跟他们说，有事找我，不要来烦秘书长。他妈的，做不好官就不要做了，到清乡委员会来，我给他们安排！”

史秉南道：“之微，你是官越大，话越糙啊。”

“这些混账东西，着实令人讨厌，不给他们些颜色，还以为自己有多么了不得。”

史秉南一笑，道：“来，进来坐。”

“秘书长，你全副精力都投在清乡一线，余次长这一路把你念叨的。”

“是啊，时间真快，笑蜀，这次要你来苏州，就是想让你多走走，看看你的感受如何。”

“这次触目所及，都是欣欣向荣的一派生机，在路上人们也都说，苏太常地区无论是治安还是匪患、民众的税负，都得到了很大的改善。”

“哦？是吗？”史秉南的脸上露出了欣慰的笑容，“你初来乍到，就有了结论？”

“一路前来，是所见，我虽远在上海，情报渠道的所闻，也是一样的。”

史秉南满意地点点头，道：“看来这一年的心血没有白费，也是之微和全体同仁一起努力。”

“余次长，你不晓得，这一年来，史先生亲力亲为，光江苏省县、区一级的行政人员就培训了上千人，有了这个基础，基层的工作，做得再扎实没有，无论是财税编收、封锁管理、保甲编制，史先生都一一过问。汪先生来视察，想到问到的，统计数字史先生全部脱口而出。现在清乡能有如此大好的局面，第一要数史先生领导有方！”

史秉南道：“你不要总是说我的好话，现在江苏的清乡工作根基稳固，中央的意思，很快要向浙江推广，我呢，想派你做一个前锋，不知道你怎么想？”

“史先生，清乡成绩卓著，大家有目共睹，浙江省一定也非常欢迎，不过我真的是才具有限，只能在这十里八乡打打下手，开疆拓土这样的事情，您三思。现在周佛海和高冠吾这些人的谬论甚嚣尘上，什么清乡愈行扩大，行政院愈见缩小之类，越说越是荒唐。对这些论调，家父已在中央严加驳斥！将来就算清乡运动扩展到浙江和首都近畿地区，家父也是鼎力支持的！”

“那太好了，董先生高瞻远瞩。”

“英雄所见略同！”余笑蜀适时插话，三个人都笑起来。

谈话中，董之微已经看了几次手表，道：“史先生，今天有些特殊情况，我就……？”

“你去忙，回头，还要请你带笑蜀下去走一走。”

董之微喜上眉梢，道：“那是自然，回头我来接上余老哥，一定安排得妥妥帖帖。”

“董兄，你尽管去忙，稍后再去叨扰。”

“好好。”董之微和余笑蜀都很江湖地拱了拱手。

董之微这个纨绔子弟，由于乃父董务德实权在握，经由史秉南的运作，竟摇身一变成了“清乡委员会秘书处副秘书长”，真正踏入了伪府高官的行列。只是他那一份浪荡气质，和信孚里严肃郑重的气氛未免格格不入。

余笑蜀忍不住道：“秉南，你让董之微在这里搅和，我看早晚要坏事。”

史秉南啜了一口清茶，道：“由他去吧，上个月董务德刚刚吞并了重庆第三十九集团军，正志得意满。不让他坐稳这个位子，他老子怎么肯来支持我。今天他去接你，已经不容易，他本来是要去接那个从上海赶来看他的小明星的。”

“丁寄萍？”

“对，丁寄萍，看来小姑娘已经从革命的激情里清醒过来了。”

余笑蜀摇摇头，丁寄萍是骄纵任性了些，人并不坏，但是先遇到一个喊打喊杀的激进分子夏子彰，又遇到一个纨绔风流的花花大少董之微，命运对她未免实在刻薄了些。

“上海的动向怎么样？”史秉南收了笑容。

“都在批评你，你这次把苏州也圈进了清乡范围，江苏上下都被惹毛了。还有，中储行最近推行法币兑换，传闻在你这里遇到巨大阻力，周佛海更是大为光火，痛骂你是骄横之主。”

史秉南轻蔑一笑，道：“一群大员，风吹不到雨淋不着，在那里靠一张嘴要救国振兴，有脸吗？再给我两年时间，我要给他们看看，我史秉南究竟有多少分量！”

“秉南，我也担心，你连省会苏州都圈入清乡范围，那江苏省主席还管什么？不怪高冠吾猛烈抨击你。还有，中储行推行法币兑换，官价法币二比中储券一，到了你这里就行不通了，一定要一比一，这总是事实吧。你这不仅仅是给高冠吾和周佛海难堪，实在差不多是要宣称独立了！”

史秉南黑着脸，道：“没错，是事实，这次要你来，就是要给高冠吾这个省主席好看！从我来苏州，他就在明里暗里给我使绊子，省保安队不听调遣不说，还整日里给我制造麻烦。你听说没有，最近江苏省政府在通令各县政府，要求举发清乡服务队的不法行为，要停止给养、禁止我们擅自活动！这样的情况我若不反击，这肃清运动还能进行下去吗！”

史秉南的话中，满满都是怒火。主持清乡这一年来，他整个人都透出一股疲乏暴戾来，变得更加偏狭好斗，和往日那个大权在握、信心满满的警政部部长已经判若两人了。

“秉南，你先消消气，你想想，日方在清乡指导方针里面规定了，已完成的地区行政权要归还行政院。不要忘了，这个计划，还是以你为主拟定的。当时你也说过，这样做可以减少阻力，可是现在你对方方面面都这么强硬，不是在四面树敌吗？”

史秉南看看余笑蜀，道：“笑蜀，你还没有明白问题的关键。现在清乡并没有取得根本的成功，高冠吾、周佛海他们反对我，纯粹是因为清乡影响到了他们的利益，在跟我捣蛋。清乡工作的基础，在于政治机构，唯有战时编制下，我可以把控大局。现在重庆的军队被迎头痛击、新四军在江苏也无法立足，如果行政权回到江苏省府手中，他们必然对清乡工作反攻倒算，清乡现有的一点成绩，马上就会化为乌有。”

“可现在你成了众矢之的，退一步，再找转进的机会也是个选择。”

“不，不能退！我已经对竹内提交了报告，现在行政事务交由江苏省府来处理是很困难的，我希望改革江苏省府，作为交还清乡地区的前提。”

余笑蜀禁不住目瞪口呆：“你这不是要公然跟高冠吾夺权？他们会认为你来了江苏就不想走了。”

“我就是要夺他的权，尸位素餐，鱼肉百姓！我为什么不能夺他的权！”

余笑蜀还不死心，又道：“秉南，那对中储行的货币兑换政策，你能不能让一步呢？毕竟周佛海的影响力还是大的，不好一点面子也不给。现在其他地区都是以二比一进行兑换，到了你这里，一定要一比一，你这就不是单单得罪一个周佛海，是把所有清乡区域外的官员全部得罪了！”

史秉南呼地站了起来，拍桌道：“财政部的决定，未经立法院讨论，本来就属无效！周佛海硬要以二比一的比率拿法币兑换中储券，老百姓吃亏太大！对清乡来说，声誉太坏！我不能犯众怒，让民众吃亏，以至于丧失了清乡的政治基础！”

“你的意图是绝对正义的，但是，南京、上海，到处有人嚼你的舌根，说你一比一收了中储券，又去二比一换给民众，自己凭空生出几百万来。”

出乎意料地，这个流言，史秉南并没有像刚才一样愤怒地加以否认，而是沉默了许久，才道：“我只能说，这些钱，没有一分一毫花在我史秉南个人身上！”

史秉南的态度之强硬，完全超乎余笑蜀预料。在上海，反对史秉南的声音已是排山倒海，这一次他来苏州，也事先和梁利群商量过，希望能在某种程度上缓和史秉南和整个汪政府的对立，他没想到的是，不但所有流言具是事实，而且史秉南竟然如此坚持。

史秉南发了一通脾气，又坐下，道：“周佛海这是给高冠吾打侧翼、做掩护，目的就是打垮我！笑蜀，不是我一意孤行，你要知道，留给我们的时间不多了。现在，战略物资越来越紧张，你不在下面不知道，日本人的经济统制已经摧毁了农村的经济，如果我们还要跟着周佛海他们竭泽而渔，不要说拉起一支自己的部队，就连重庆和新四军的壮大速度，都要超出我们的控制了。”

“局势坏到这种地步了吗？”

“你去看看就知道。很多事情一言难尽，刚才那个董之微，打着清乡的旗号四处横征暴敛，我不知道吗？高冠吾的小动作，说实在的，也不是全无凭据。但是怎么办？我又不能查办董之微，相反，我还要他老子和我站在一条线上，把清乡推进到底。高冠吾想要查我，我用枪把他堵了回去。这个事情，既然捅到了政务院，别人查不如自己查，所以这一次，我要你带着政治警察来苏州。你现在，就是要对所有对清乡的指控，以政治警察署的名义做一个独立调查，塞住高冠吾、周佛海他们的嘴！”

“可是，我是你的人啊，你这样的调查，如何服众？”

史秉南叹了一口气，道：“顾不了这许多了，如果清乡这一战胜利，江苏省保安司令乃至江苏省主席都是我的，只要撑过这一段时间，真正的转机就会来到。”

史秉南按住了余笑蜀的肩膀，道：“笑蜀，天下熙熙皆为利来，天下攘攘皆为利往，能和我史秉南站在一起而不谈利益的人，已经不多了。”

8-3

通向镇江的公路上，车子一路颠簸，余笑蜀正在车内听董之微胡侃，放眼望去，路两侧的农田里，都是一望无际的排排竹篱笆。

“怎么这么多竹篱笆？”

“这就是封锁线，蛮好用的，篱笆里面是清乡区，交通要道设检问所，凡出入必须经过查验。这样一来，那些无孔不入的共产党就无所遁形了。”

“工程浩大啊。”

“老兄，你得理解，这是没有办法的事。难，实在是难，即便是这样步步为营，也要一年多的清理，才将共党剔除出去。”

“重庆的人马呢？情况如何？”

董之微面有得色，道：“在清乡地区集结但不通过检问所，是不可能的，善于搞群众运动的新四军都不行，更不要说忠义救国军了，如果不是武装分子被肃清干净，大白天我们是不敢这样通行的。”

“我理解你说的基础扎实是什么意思了。”

“就这样，史先生还不是很满意的。接下来划定的清乡地区，会先由保安队、警察队会同日军进行军事扫荡，然后就是史先生亲自培训的政工团进驻。到时候政治宣传打头，民众基础才会扎实，建立封锁线、设立新的乡镇机构、调查户口、编组保甲，这一套便都水到渠成了。那时候，江苏才是真正的安稳。”

“辛苦，真是辛苦。”

听着董之微的介绍，余笑蜀心里百味杂陈。根据地传来的信息，自从去年史秉南亲自督战清乡开始，日伪联合的肃清运动已经进行了两轮。在如此严密的围堵下，苏南东路地区的新四军遭遇了极大的困难，近乎无法立足。要命的是，余笑蜀和乔月小心维持的地下交通线也时断时续、难以为继。这一次余笑蜀来到苏州，除了要为史秉南打前锋、做“调查”之外，更重要的，是要找机会解决日益艰难的物资输送和人员交通。

“老哥，工作上的事情，大家就是埋头苦干，其实也没什么说的。倒是吴县这一代，风景最是秀丽，一会到了镇江，我们先去吃上一桌大闸蟹，再就近转一转，心情蛮好。寄萍已经在那边等着了，许纵也会赶来，这样大家聚一聚，热闹。”

“好，这样好。”余笑蜀低头，看了看手表，还不到上午九点。

他摇下车窗，道：“之微兄，时间还早，你也知道，这次调查，史先生承受了很大的压力，就算是表面功夫，我们也要做一做，我看我们挑一个检问所，下去看一看怎么样？你知道，史先生一向重视媒体的风评，我架不住上海媒体的热炒，这次带了《清乡前线》和《经纶月刊》的几名记者，我看我们下去拍几张照片，我回去也好写报告、发新闻。”

“你说得是，我这脑子，就是装不了东西，”董之微露出了一个了然的微笑，道，“余老哥想事情就是周到，没有些报纸壮声势，这一次调查岂不真成了我们的自娱自乐？是我大意了。”

他和司机嘀咕了两句，车子就拐上了一条不甚平整、尘土飞扬的岔路。

“这是去哪里？”

“清乡第三期的模范，许关镇，这里的检问所很规范，咱们一起去看看。”

车子开了不多远，前路渐渐堵塞，人流混着车马，越来越慢。车子动弹不得，司机便按起了喇叭。

董之微摇下车窗，示意后车的随扈们过来。

“你们几个，下去开道。”

余笑蜀却道：“哎，何必呢，这天清气朗的，请他们几位等等后面的记者，我们走过去看看？”

“也好，你说走，咱们就走。”董之微回身道，“余次长和我微服私访，你们后一点，远远跟着。”

阳光刺眼，这是一大片竹篱笆圈起的田地，前方路侧一个大草棚，两侧放了两条长桌，准备接受检问的旅客已经排起了长长的队伍。

一根竹竿抬起又放下，过往旅客一律先过行李再搜身，那些看起来老实巴交、没什么油水的乡民，检问员草草应付一下，也就放行，凡是那些看起来稍有身份的过客，盘问起来就特别的仔细，证件翻来覆去看个不停，有时候会换一个证件，有时候又不换，把人叫到一边等待，不一会，这里就堆了好多人。

余笑蜀和董之微走到检问员面前不远处。那检问员正在盘查，面前这个人异常顺利，问不到几句，草草看了证件，就被检问员拿粉笔在行李上画了一个圈儿，算是通过了。

余笑蜀不解地看了看董之微，董之微用手指了指那检问员的口袋，里面正露出一角钞票来。

“过检问所，要交税的？”

“税是没有的，过行李嘛，有快有慢，旁边的人如果等不及、耐不住，掏了钞票，自然放行。”

“依你说，有许多检问所，每天通过检问所的人更多，这额外交的钱，岂不是相当可观？”

“是啊，这钱都不是白给的，这些考核人员，也是没办法，”董之微向旁边另外一个草棚努努嘴，“没有钱，我们的工作也做不下去的。”

余笑蜀顺着董之微的目光看下去，那草棚的阴凉处坐着六七个日军士兵，正在闲聊。

“日军也要揩油？”

余笑蜀有些愕然，虽然日军穷凶极恶，但在战争初起时，无论是士气还是纪律，只要得到严令，这些士兵还算自我节制，偶有违反军纪的日本士兵被宪兵捉到，也会受到严厉惩罚。这种在光天化日之下中饱私囊的日本士兵，在上海倒没见过。

“入乡随俗嘛，日本人鬼得很，没多久就都学会了。他们的第六十师团、十五师团对驻扎在这穷乡僻壤意见很大，再加上物资越来越少，军纪早就垮了。”

“算啦，提他们做什么，来来来，”董之微回身招呼跟上来的记者，“给我和余次长拍几张照片。”

检问员和日本兵发现闹闹哄哄一大帮子人，也来查看，搞清楚是清乡委员会的大员前来视察，马上整衣肃立，配合余、董二人完成了这一场闹剧。

回去的路上，余笑蜀暗自摇头，这样的清乡中，史秉南想要的民气、民心、民意自是半点也无。

“余老哥，不要惊讶，这些检问员不交钱，是得不到这样的差事的，小小过路费，不过毛毛雨，真正的大头，都被许纵老兄的清乡服务大队拿走了，还有各县田赋管理处和营业税征稽处的税款，就算我不拿、他不拿，也一样有别人拿。”

“这些事，史先生知道吗？”

董之微脸色一变，道：“笑蜀兄，你可不要跟我开玩笑，史先生是什么人，你觉得他会不知道吗？现在江苏省主席高冠吾带头抵制清乡，中央的经费要补足，还要补贴日本人，水至清则无鱼啊！如果我们真的照章办事，下面做事的人都吃风拉屁，谁会去认真清乡？现在这世道，无利不起早啊！”

看余笑蜀不说话，他又道：“其实呢，大家都清楚，情况也没有那么严重，就算我们这样吃拿卡要，民众的负担也未必就重了，主要是维新政府这群王八蛋更黑！从前借口筹措清乡经费，竟要私收二成五的营业税！挂上清乡的帽子，谁敢反对？还不是史先生捅破了窗户纸？说这钱没到清乡委员会！”

“这事我知道。”

“对嘛，日本人知道了之后，大发雷霆，立刻要给姓高的好看。现在我们课收的这一点捐税，远比不上他们，而且，我们还把治安肃靖了，至少解决了匪患啊！”

听了这么多，余笑蜀一句话也说不出来。

而董之微还在喋喋不休：“依我看，史先生还是不够放得开，清乡这件事，耗资巨大，中央拨款也好，从下面收上来的一点税费也好，不过勉强维持，史先生为了填这个巨大的窟窿，对清乡区的百姓，也算仁至义尽了。”

余笑蜀心下叹气，他终于明白史秉南硬扛中储行收上来的钱都去了哪里。不怪史秉南心情不佳、脾气暴躁，原来他精心筹划、全力推行的“崛起”大业，竟然被董之微和许纵之流执行成了这个样子，但事已至此，开弓没有回头箭，他也已经骑虎难下了。

“笑蜀兄，你不要这样看我，是，我承认，我从这个清乡里面，捞了不少好处，但是，这么大一块肥肉，谁能不咬一口呢？我董之微又不是来搞慈善的。我不要，你不要，史先生不要，不代表别人就不要啊，如果不清乡，这些肥水还不是流到了高冠吾他们的田里？再说，我也是确实发挥了作用的。”

“没有，我没有指责你的意思。”余笑蜀知道，自己的脸色想必很难看。

“老哥，你这次来苏州镇江之前，熊山川已经在上海纠集了一帮金融界、经济界的奸商恶贾，想要给史先生釜底抽薪，挖陷阱、下绊子，我深明大义，已经把他们全部策反了！现在他们得了好处，正在联名上书国府和日本人，要求由史先生驱逐贪腐的江苏省府，使江苏军政统一，复兴经济，确保治安！现在呀，史先生大权在握，一呼百应，我看，高冠吾这个江苏省主席的位子也坐到头了。”

“那还真要多谢你的努力了！”余笑蜀挤出了一个笑脸。

“哎，算不得什么，史先生既然让你来调查清乡事宜，你自然是绝对的自己人，一家人不说两家话，这次，我可是全部透了底了。笑蜀兄，咱们还要去别的地方走走看看吗？”

“不必了，咱们去无锡，去吃你的大闸蟹。”

“哈哈哈，就是，照片也拍过了，这时候太湖虾蟹正肥，我给你接风洗尘！”

车子摇摇晃晃重新上路，飞奔而去。

一路上，余笑蜀都在遥望着想象中根据地的方向。

这就是今日之中国，腐烂的土壤中必然无法生发出新的希望。或许史秉南也早意识到，在汪政府和日本人的夹缝中，他富民强兵、逐鹿天下的愿望，不过是纸上楼台，只是现在，他已经无路可退了。

8-4

这一次去无锡，除了要吃董之微的太湖大闸蟹，余笑蜀还要去见一个人。

这个人，关系到淮南根据地物资通道的安危。

这次来苏前，心焦如焚的乔月终于收到了赵复生的消息，他是被史秉南秘密扣押了。出人意料的是史秉南扣押赵复生的目的。他要通过赵复生，约见自己在中央特科时的老同事，严先生。

自抗战爆发以来，余笑蜀和严先生已经有五年未见了。但从裕仁天皇御前会议的作战计划，到日军大本营参谋本部的南进指令，甚至日军发动太平洋战争的具体日期，在这些情报中，一次次的决断和指导，一张张不具名的电文，勾勒出了他的存在。

因此，当乔月告诉他，这次他前往苏州，一个最重要的任务，是要开辟一条新的交通线，供严先生和江苏省委的主要负责人使用时，他就意识到，变局已到，有大事要发生了。

“哎呀，笑蜀，好久不见！”

从无锡名馆拱北楼里走出来的，正是现任江苏省清乡保安大队大队长许纵，他一身靛蓝制服，踏着长黑马靴，精神抖擞。

“许兄，好久不见。”

两个人这边说着话，那边董之微已经挽住了一起迎出来的丁寄萍。

“余先生好。”

“丁小姐，又见面了。”

董之微苦追丁寄萍，在上海社交圈里尽人皆知，此刻丁寄萍有些不好意思，想要挣开董之微，却被董之微先行一把拉住，道：“余先生，我和寄萍就要结婚了，到时候还要请你喝喜酒。”

“哈，大好的喜事，先恭喜二位了，一定一定，我有厚礼！”

许纵道：“去去，大家都要去的，在南京办，我就去南京，在上海办，我就去上海，反正到了哪里，都是吃你董公子的！”

一行人上桌坐定，菜便一道道端了上来。

董之微道：“这馆子的面食最出名，但光吃面未免不够气派，这无锡的白虾和银鱼，余老哥，你务必尝一尝。”

余笑蜀点头，道：“早听说太湖的闸蟹比肩阳澄湖的秋蟹，别有一番风味！感谢感谢。这次我受了秘书长的委托，代表政治警察署来做一个清乡调查，还是要写报告交差的，咱们边吃边聊，劳烦诸位把掌握的情况说一说，互通有无，这样也省了我的四处奔波。”

余笑蜀的意思很明显，调查，他走个形式，一切以饭桌上这些地方大员提供的信息为准，这样董之微、许纵以下，全都松了一口气，饭局立刻活跃起来。

“咱们，今天就好好吃饭，相关的材料，我找人专程给你送到上海去，镇江、苏州，我们都有不错的笔杆子，一定为余次长你减轻负担！”

董之微道：“许兄，清乡的进展我已经跟余次长介绍过了，不如你把忠义救国军和新四军的情况也介绍一下，这样，让余次长心里也有个底？”

许纵放下筷子，道：“好，在座的都不是外人，有什么话我也明说，对忠义救国军，我们带着日本人打了几次硬仗，游荡在苏太常地区的匪兵们，不是被打散了，就是被整编了。”

董之微附和道：“这我可以做证，前一阵子上海市郊的游击队闹得还蛮凶，都是这边待不下去了，跑到青浦那边去的。”

许纵笑了，道：“老实说，今天许某才知道自己行军打仗也不错，在军统这么多年，真是浪费时光，也只有在史先生的麾下，我才能有所发挥。”

“你的声势如今不得了，现在上海都说，史秉南麾下，南北两个许队长，上海有个七十六号警卫总队队长许仕明，苏州有个清乡委员会保安大队大队长许纵。”

“哈哈，之微老弟，你这就不对了，许仕明许先生，脚踏黑白两道，声震上海滩，谁见了不避让三分，我许纵在清乡委员会里，不过是个普通工作人员，做的是国府的官员，拿的是公家的俸禄，完成的是国家的使命，怎么能够相提并论。”

“许兄，新四军呢？你刚刚说了忠义救国军的情况，新四军怎么样？”

许纵挠挠脑袋，道：“新四军就不一样，怪得很，开始的时候，对新四军的清剿也很顺利，但后来就摸不到人影了。不得不说，共产党做起民众工作有一套，迫不得已，我只能连带着通共的乡民劣绅杀了一批。渐渐地，他们也立足不稳，前几个月，他们的主力部队第六师第十八旅已经撤出去了。让我头疼的是，共党的小股匪患还是接连不断，一直没法彻底根除！”

董之微有些惊讶，道：“许兄，你上报委员会的战果，可不是这么说。”

“哎呀之微，当着余次长的面，我能像那些幕僚师爷一样粉饰太平吗？”他皱起了眉头，道，“史先生也知道的，新四军在本地的活动从未停止，但奇怪的是，每次我们整装待发，要进行大规模清剿的时候，他们就忽然不见了，不但部队不见了，连机关、后勤单位、支援人员也不见了。真是他娘的奇怪了。”

“哦，怎么会这样？”余笑蜀听得愈发认真。

“无法解释，在兵力上，我们是占绝对优势的，但是新四军好像比我们自己更清楚我们的行动计划，这真是见了鬼了。”他举起酒杯，一口喝干。

“那么，新四军的活动，会不会影响京沪物资的运输呢？”

许纵愣了一下，道：“镇江是清乡的北大门，京沪间的物资往来是绝对有保证的，过了六合，进入皖南，就是重庆和共产党的活跃区，那边就不好说了。”

“余老兄，你问这么细做什么？”董之微有些奇怪。

“问得细一点，自然也是要为调查统计部打算的，”余笑蜀端起酒杯，抿了一口，道，“两位都知道我名下还有一家东南贸易公司吧。”

“明白、明白。”许纵和董之微都露出恍然大悟的表情。

“东南贸易公司在各处都有办事机构，不过江苏不是上海，还要二位多加关照。”

“哎呀，笑蜀，你这就太见外了，江苏不是上海不假，但不也是秘书长的地盘吗？永兴隆是吧？说实在的，现在苏太常、无锡、武进、江阴，都是兄弟们说了算，物资通道，绝对是通畅的，史先生高举高打、日理万机，具体办事的，还是你余次长，明白，明白。”

董之微也道：“老兄，东南贸易公司，是七十六号的钱袋子，你不说，我们也是识相的，以后只要你余次长一句话，这边走人、走货，都随便你！”

余笑蜀哈哈笑起来，道：“既然如此，那我就先敬二位一杯。”

三个人举起杯子，余笑蜀又道：“丁小姐，这杯也敬你，祝你和董公子，早日双宿双飞。”

众人把杯中的酒一饮而尽，连吃带聊，气氛愈加热络了起来。此刻，崇安寺市声喧哗，为了宴请余笑蜀，整个拱北楼都被董之微包了下来，大厨举火随时准备着，连随扈保安都在外面推杯换盏地吃小灶，不怪许纵清乡清得满面红光，这是土皇帝一般的生活啊。

既然已经打了史秉南的招牌，索性就把话说透好了，余笑蜀又道：“我要走的人和货，怕是有点特殊，也没有关系吗？”

“有什么特殊？”许纵停下了筷子。

“这人的身份，货的对象，如果日本人知道了，恐怕多有不便。”

“哎呀笑蜀，你说什么呢，大家都是中国人！日本人不便一些，又能怎样，”董之微啪地拍了一下桌子，道，“你就说把，重庆还是延安，我替许纵大队长给你打包票！我们，也一样和他们做生意啊！还就怕找不到门路呢！”

许纵一个阻止不及，董之微喝得高兴，把什么话都放出来了。

余笑蜀听了，心里一松，也对，面前这两位本就是逐利之徒，利令智昏，向来不把越轨走私的事情放在心上，担心的，不过是自己手中的清乡实权罢了。

他没想到的是，他这话问出口，许纵也是心头一松。

许纵和董之微串通一气，在清乡过程中胡作非为也不是一天两天了，他知道史秉南是睁一只眼闭一只眼的，只是这次搞得民愤太大，被高冠吾一派捅到了上海南京，正不知如何收场。所以这次史秉南先行派余笑蜀下来，到底是个什么意思呢？

如果史秉南的意思，只是要求自己和董之微配合东南贸易公司的地下黑市生意，那倒是简单了，反正大家都在一口大缸里，谁也说不上谁染谁，出了事，大家一起死。从这个角度说，岂止有了护身符，简直是上了保险，因为大家一起下水，也就意味着，只要史秉南不出事，他们两个也肯定不会出事。

史秉南现在如日中天的样子，连日本人都要让他三分，他会出事吗？

“那日本的哨卡，也要有劳两位了！”

董之微大笑起来，道：“哎呀，来的时候你不是也亲眼见过了。我们把他们喂得这样饱，他们反倒去查我们，他们吃太饱？”

酒过三巡，几个人眼神相对，各自会心。

余笑蜀喝得有点上头，原来只要当权者手下松一松，一切法律规章不过是遮羞布罢了。他第一次深刻地领会了和光同尘这个词的意思。

“哎，之微啊，你不是问过我，我那些扫荡新四军的战绩都是哪里来的吗？”

“哪里来的？”

“我告诉你啊，新四军的战斗能力，和忠义救国军可不一样，你不要看着数字漂亮，就犯傻去和他们冲撞。以后遇到新四军，要绕着走！”

董之微已经醉眼蒙眬：“绕着走，还能绕出大成绩来？”

“看哥哥我，每次清剿的部队拉出来，先做什么？放风啊！在交战区兜几个圈子，抓几个零散小兵，等新四军的大部队撤了，再散开来猛攻！抓不到人，就去保长、甲长那里把登记在案的劣等流氓收他几十人，回来开一个宣判大会，该游街游街，该枪决枪决。请记者们吃上一顿好的、银元丢几枚，《清乡前线》上鼓噪一番，这问题不就解决了吗？”

“啊，我说政务院都要通令嘉奖你，佩服佩服！”

“你以为我们不想短兵相接，共党就想吗？”许纵张口，又是一杯酒落肚。

一旁的丁寄萍已经好半天插不上话了，董之微又生起了怜香惜玉之心，夹起桌上一块排骨，道：“寄萍，来，这个酱排骨，是专门为你做的，后厨大灶铁锅烧出来，也不知道你喜不喜欢。”

丁寄萍似懂非懂地听了半天，也没抓住什么重点，吃上一口，便吐在了碟子里，道：“怎么这么甜，还有一股草药的味道。”

8-5

董之微宴席上提到的“永兴隆公司”，是东南贸易公司设在江苏的连锁企业，在无锡就有一家。

午后下起了毛毛细雨，余笑蜀也不要车马警卫，带着陶俊杰走上了街面。

以前在南京和上海往来，余笑蜀不知道搭乘过多少次京沪线，民国二十六年，淞沪会战，余笑蜀从上海撤回南京，也曾在这里和逃难的流民一起抢登人满为患的四等列车。往事历历，只是此刻的无锡比起从前的热闹来，又是另一番寥落景象。

拐过街角，他就看到了“永兴隆”那三个颜体的青黑大字招牌。

这是当年卢一珊利用上东信托的资源设立的关联公司，赵复生接手“银匠”小组后，它又为淮南根据地的后勤和物资补给发挥了重大作用。然而皖南事变爆发后，新四军元气大伤，这条交通线也被搁置了，直到民国三十年夏季史秉南展开清乡运动，乔月和余笑蜀才借机将其慢慢恢复。随后，太平洋战争爆发，日军进占租界，中央又以上海为中转站，通过这条线路撤走了大量的文化名人和民主人士，因此，它也被誉为根据地的“生命通道”。可这之后，赵复生就奇怪地消失了。

赵复生的再次出现令人费解，他代表淮南根据地发来紧急电文，并特别申明，希望余笑蜀能够来无锡和自己碰面。

余笑蜀非常吃惊，赵复生是个组织观念和党性都极强的人，怎么会破坏组织纪律，越过单线联系的乔月，直接对自己发出这样的请求呢？余笑蜀第一时间对乔月做了汇报，乔月那边没有等来严先生对此事的答复，而约定见面的时间却越来越接近了。

前往无锡会见赵复生，是危险的，也并不合组织纪律，但是余笑蜀感到了乔月强烈的焦灼。

“也许，是根据地真的遇到严重困难，来不及向中央汇报了？”

余笑蜀沉吟：“清乡确实给根据地带来极大困难，何况老赵我是绝对信任的，不然，我还是去见一下吧，不是生死攸关的大事，他不会破坏组织纪律。我现在的身份和地位，别人想要扣我帽子，也没那么容易。”

看到乔月仍在纠结，他又道：“放心吧，无锡现在是清乡重地，这次是秉南叫我过去，我手里还有尚方宝剑呢。”

乔月叹气，道：“这种情况下，你要是出了问题，我是对不起组织，对不起严先生的。”

“见老赵，也是要彻底把物资渠道打开，我想，有时候我们也不能过于机械。当年‘银匠’老吴暴露，如果不是卢一珊同志自作主张，现在你我这一条线，已经不存在了。”

“好，那辛苦你，非常时期，你就口头带个好吧，跟老赵说，等抗战胜利了，我们的任务也完成了，希望三个人还能再饮一杯清茶。”

“好，话我一定带到。”余笑蜀笑笑。

“注意尾巴。”余笑蜀对陶俊杰比了一个手势。

“明白。”陶俊杰向街角瞥了一眼，一个脑袋迅速缩了回去。

余笑蜀拍了拍陶俊杰的肩膀，走进了永兴隆。

永兴隆并非传统意义上的运输公司，它只利用七十六号的特殊关系，去和清乡督查专员公署打交道，专门走通日军关节。说白了，是个运输权代理公司，为了钱款往来方便，通常和上东系的大丰银号同署办公。余笑蜀把会面地点安排在这里，也是赵复生的提议。

出示路条后，余笑蜀被请进了园林角落的茶室，中式圆窗外数丛翠竹，微风拂过，窸窣轻响，别有一番诗情画意。

只可惜余笑蜀无心欣赏。

茶盏冒着热气，肥壮卷曲的叶片渐渐展开，正是茶香四溢的时刻，房门打开了。

“哎呀，老袁！”赵复生推门进来，这特殊的称呼让余笑蜀一愣，这才看到赵复生的身后还跟着一个人。

“袁恭同志是吧！我是华中局情报部的张立成，初次见面，你好，你好！”

来人有一张国字脸，上来一把就握住了余笑蜀的手，用力摇晃了几下。

这一瞬间，余笑蜀心里跑马灯一样，闪过了无数念头，赵复生怎么会不加通报，带陌生人来见自己？如果来的是自己人，为什么赵复生要称呼自己在南京时期的化名？来人如果是华中局情报部的，那么严先生知道这一场会面吗？

“立成同志，你好。”余笑蜀脸上的惊诧一闪而过。

“坐下聊吧，”赵复生拉出椅子，道，“我介绍一下，这位是打入清乡委员会驻苏办事处的袁恭同志，这一位张立成同志，刚才已经自我介绍过了，现在负责华中局情报部的对外联络，立成同志有着丰富的敌后工作经验，在香港、上海都曾经坚持过敌后斗争，来到皖南根据地也已经两年多了，最近调来协调我们的物资运输线。”

“袁恭同志，早就听说严先生系统都是精兵强将，你能和敌特头目接上关系，不容易啊！在敌后孤军奋战，你的自律精神、做出的成绩，都令人感佩！有了你，我们才能掌握日伪在沪宁、沪杭线的部署，特别是清乡部队的调动信息，厥功至伟啊！”

余笑蜀看了赵复生一眼，赵复生失踪后究竟发生了什么？

“应该的，立成同志，我不过是完成了自己的任务。”

茶叶在碧绿的汤底里展开了茸毫，这个张立成十分热情，几句话下来，却把余笑蜀说得一头问号。他提及的情报，有些确实是余笑蜀报送的，而另一些，比如清乡部队的具体部署，则是他无法掌握的。现在张立成把一切都套在自己的头上，显然对自己的工作内容并不了解，那么，如果他不是通过正常的组织关系了解自己，老赵又怎么会带他来见自己呢？

聊了好一会，并没有意外发生。余笑蜀只能肯定，第一，老赵这次的见面安排，是迫不得已；第二，这个张立成并不是严先生系统的人，对方并没有掌握自己的真实身份；第三，赵复生没有联络乔月，而是直接联络自己来无锡见面，也许对方曾经见过乔月。

不管是哪一种可能性，乔月带的一声好，大概是没机会说出口了。

"袁恭同志，从前你做了很多有益的工作，今后，还会有更重要的工作等着你！必须承认，去年年中清乡开始后，我们犯了轻敌的错误，误以为日、伪清乡同以前的扫荡一样，只是一阵风，过一阵子就会撤走，因此对敌人长期占据的严重性估计不足。让我们在苏太常地区潜伏工作的同志受到了巨大的损失，这种情况，不能再继续下去。"

张立成看了看赵复生，又道："赵复生同志这次从上海带回了大量有价值的情报，特地带我来确认情报来源。袁恭同志，你在敌人内部有很好的社会资源，请你克服困难，继续支持我们的工作，务必保持交通线的畅通。"

"为党工作，我不讲条件，一定尽力完成。"

余笑蜀略作思忖，道："现在清乡已经进入了第三期，斗争只会更加残酷，请党组织考虑做长期准备。我建议，对于临时性的组织，要转为秘密工作，暂时不要行动，仅仅保持联络或完全不留。而坚持长期斗争的地下党组织，则要利用敌人内部的关系和矛盾，见缝插针为主。我在敌伪内部，已经争取了一批高级官僚可以掩护我军和党政干部。同时，我们的交通线，也争取了部分伪乡、保、甲长的同情和中立，这些都是可供我方使用的资源。”

“太好了！”张立成又惊又喜，“华中局急需这些资源，你能不能做个简要汇报？”

余笑蜀道：“张立成同志，我们都为了共同的目标而奋斗，但并不处在同一条情报线上，纪律要求，我现在不能对你直接汇报，但我会向组织做出专门说明。”

“哦，对对，”张立成转头去看赵复生，“你看看我，实在是太兴奋了。”

“立成同志、复生同志，感谢你们的信任，我一定坚持贯彻中央的战略，遵守组织的指示和要求，把这条通往上海的生命线维护好，请组织放心。目前敌伪保安大队和清乡委员会我都做了疏通，华中局有什么需求，我尽力配合！”

“好，袁恭同志，交通线就是生死线，等抗战胜利的那一天，我们在根据地为你召开庆功宴！”

当张立成把另一只手也握上来的时候，余笑蜀也加上了一只手，两个人的四只手，紧紧、紧紧地握在了一起。

09 四面楚歌

9-1

不过离开了几天，从山水明秀的苏南再回到上海，扑面而来的却是一片愁云惨淡。

日军进占租界半年来，物资一天比一天匮乏，昔日车水马龙的街道变得死气沉沉，没有汽油，公共汽车都停业了，节电计划展开后，电车也只能缩短运营时间。余笑蜀的防弹轿车只得突兀地行驶在宽阔的街面上，宣示一种耀武扬威的特权。

回上海的第一时间，他约了乔月和梁利群一起吃饭。

车子停稳，乐乡饭店二楼的包间内，乔月已经等了多时了。

“老赵还好吗？”

“很好。”

乔月目不转睛地看着余笑蜀。

他在心里组织了好一会儿，才道：“原来他是代表华中局来协调物资通道的，这次一起会面的，还有一位华中局的同志，叫作张立成，我和老赵没有机会单独交换信息。我和华中局不该有横向联系，这不合常理。”

乔月叹了口气，道：“我知道是怎么回事，老赵大概被甄别了。”

“甄别？”

两个人对视了一刻，都没有说话。

太平洋战争爆发、日军进驻租界，江苏省委的地下工作受到很大冲击，而史秉南的肃清运动也给新四军带来极大困难，这种背景下，华中局对有沦陷区工作背景的同志展开了内部甄别。这次本不该发生的会面要带上一个张立成，大概证明赵复生的处境已经出现了问题。

“怪怪的，不知道老赵这段时间去了哪里？”余笑蜀的胸口发闷。

“笑蜀，严先生已经在苏州见过了秉南，复生牵的线。”乔月稍作停顿，“严先生说，是许仕明赶在日本宪兵队动手前，从车站劫走了复生。”

“这样就好理解了，”余笑蜀微微点头，“原来是秉南想要找后路，复生关系到了华中局，人却为秉南和严先生牵线，大概这也是他要对华中局有所解释的原因。”

“还有，我暴露了，”乔月平心静气道，“秉南已经知道了我的身份。”

余笑蜀心中一惊：“严先生的安排？”

“不是，”乔月自嘲地笑笑，“是秉南亲口对严先生说的，这就全都理顺了。”

“秉南怎么会知道？”

“上次中行别业复生被捕，许仕明就开始调查我了，许纵给出了百得商贸的信息后，他摸到了复生的身份，而又是我去找叶佳兰营救了复生。”

余笑蜀沉默了一会儿，道：“当时复生被捕，是我要梁利群去找你的。”

乔月道："你不找我，我也要去找叶佳兰的，前线急需物资，我们没得选。其实顺泰码头那一次，关于我的流言蜚语就很多了，我不信秉南没有感觉。我反而担心你，从顺泰码头到这次的百得商贸，再到特高课下手要抓住复生。军统对我们的行动了如指掌，我们内部出了问题。"

余笑蜀不禁又想起了几年前，李沪生在反省室里大谈"银匠"计划的那一幕。

"严先生怎么讲，你要不要撤走？"他在仔细回想苏州时史秉南的一言一行。

乔月笑了，道："我现在不是好好的吗？秉南连严先生都见过了，现在我已经是一张明牌了。只是，现在江苏省委机关要撤往根据地，这件事还要你来办。"

"这么着急？"

"是的，在日本军方潜伏的我们的同志，暴露了！"

"哎，香喷喷！"梁利群风尘仆仆推开了包房的大门，他最爱的法式焗蜗牛恰好上桌。

"笑蜀啊笑蜀，你想想办法，出事了。"屁股还没坐稳，他就喊了起来。

"什么事？"

"真鹤子被日本宪兵逮捕了，你知不知道？"

"我不知道。"

梁利群抬手拿过余笑蜀的咖啡，一饮而尽："中西功被东京警视厅的秘密警察抓走了，整个研究小组都给连锅端了。真鹤子和他有牵连，是第二天被宪兵从海军报道部带走的。"

“中西功？他们怎么抓起自己人来了？”

余笑蜀愕然，这个中西功是个日本人，在上海的情报界很有名气，是满铁派驻上海的特别调查员，也是日本派遣军总司令部的顾问，他还见过几次。难道……？

“共产党！”梁利群摇了摇头，给自己倒了一杯红酒。

余笑蜀和乔月对看了一眼。

“他和近卫内阁里的‘共产国际谍报团’秘密往来，近卫的秘书的情报，经由中西功转给中共上海的秘密电台，再发往延安。这共党，真是无处不在！”

乔月道：“真鹤子也是共产党吗？”

“你说呢，她一个学习院的贵族女孩，怎么会跟着犬养来到中国，又和这么多权贵结交紧密，谁给她打开的通路？对了，她不是还在东京参谋本部招待过笑蜀和秉南吗？”

“中国共产党？她可是日本人！”

“这不奇怪，中西功也是日本人。”梁利群工工整整戴好餐巾，拿起刀叉。

虽然已知道有同志暴露，但余笑蜀绝没有想到是真鹤子，他的心里沉甸甸的，东京下町的午后，那一首夜曲仿佛还在耳边回荡。

“松泽俊久和我谈过话了，问我和真鹤子是什么关系，我当场表示，我们没有关系，但是我一定要把她保出来。之后松泽就不说话了。笑蜀，我们一起想想办法，总还是有机会把她救出来的。”

“利群，你想清楚，你不怕惹火上身吗？”

梁利群笑了，道：“好像我不惹，那火就不烧我一样，我梁利群就是一池浅水，任谁都看得透透的，真鹤子在东京帮了我梁家不少忙，我管她什么共产党不共产党，这个人，我必须救！”

梁利群话说得斩钉截铁，牛排也切得不疾不徐。

余笑蜀忍住内心的澎湃，道："好，我帮你一起想办法！"

"小姑娘人那么好，我也跟秉南说说，我想他也会帮忙的。"乔月也插话。

提到东京，余笑蜀又开了口："励之公和欣怡还好吗？"

梁利群停了刀叉，道："你是多久没有和欣怡通信了，你回国之后，她陪爸爸转去美国治疗了。现在日美战火连天，我和他们联系也中断了半年多了。"

余笑蜀愣在了当场。

"我还没跟你说，南京来了急电，我们的麻烦事儿又来了，近来沪上各种物资奇缺，熊山川正鼓动维新政府的傀儡们在监察院大肆攻击秉南，说你们调查统计部贪腐成风、扰乱市面。最高国防会议已经派了几个政务参赞，要彻查我上东信托。"梁利群把一个大蜗牛剥出来，一口吞下，"还有你的东南贸易公司。"

也许是焦急，也许是愤怒，梁利群的眼睛里都是血丝。

9-2

"人呢？都去哪儿了！"史秉南走进余笑蜀的办公室，怒气冲冲把帽子往桌上一摔。

"都赶过去了，熊山川狡猾得很，没有直接去上东找利群的麻烦，而是拉上松泽俊久和调查组，带着实业部的二十多个会计，浩浩荡荡去突击银钱业票据交换所了。"

"你，怎么不阻止他们！"史秉南指着许仕明。

"阿拉才来了上东银行，没想到伊拉才去了另外一头。"

“那知道了他们的去向，为什么不赶紧去票据交换所拦住他们！”史秉南大发雷霆。

“秉南，这件事和仕明确实没关系，去交换所查账的不仅仅是实业部的会计，还跟着税警总团的特务营，我们知道消息就已经来不及了，现在除非正面交火，是没法阻止他们查账了。”

“王八蛋！升格成为税警总团，就觉得可以爬到我头上了！”史秉南重重拍桌，“我在清乡前线拼死拼活，他们在我的后院点灯放火！”

他的眼睛眯了起来：“还有，从今天开始，给我好好盯着这个松泽俊久，竹内刚刚调到北满，他就跟我玩阴的，是何居心！”

史秉南急火攻心是有原因的，他在苏州主持第三期清乡，正到关键时刻，忽然听说周佛海准备对他釜底抽薪，要彻查上东系和东南贸易公司。如果金融通道被堵死，这可比财政部截留清乡经费还要严重得多，于是他一面叮嘱梁、余小心应对，一面调派许仕明组织力量武装阻挠。自己则跑到了南京去见汪兆铭。现在看史秉南火气这样大，而实业部调查组还在大肆搜证，难道史秉南的游说之行也不顺利？

“秉南，我们要不要低调一些。这件事没有日本人在后面捣鬼，熊山川不敢。”

“怎么低调？周佛海够狠，掀我老底，货币兑换，我多要了他两千万中储券，现在他这是要我都吐出来！他可真是想多了！

“利群呢？叫你们等我，他怎么不在？”

“利群早上已经被叫去问讯了。”

“去哪里？”

“中储行。”

“他们查那个什么票据交换所，能够查出什么纰漏吗？”

“不乐观。利群说，沪上银行、钱庄的票据交换都会在里面留下记录，虽然查不到细账，但是可以很容易查到交易客户，据说这次他们要倒查到四月初物价暴涨，有了户头，抓到我们的资金流向就不难了。”

“嗯，”史秉南缓缓坐下来，“他们查了多久了？”

“整整两天，恐怕该拿到的资料都已经拿到了。”

办公室的电话铃声响起，余笑蜀接起来，听了几句，对史秉南道：“是实业部和调查委员会，要我也去说明情况。”

史秉南阴沉着脸，背着手想了一会，道：“走，我们一起去。”

“叫上你的人，也一起去。”走出门的时候，史秉南又叫上了许仕明。

外滩，中储行办公大楼门前，一气开来了七八辆黑色的小轿车，当头走下来的，正是汪记国民政府军事委员会委员、行政委员会政务委员、调查统计部部长、清乡委员会秘书长史秉南，身边跟着调查统计部常务次长余笑蜀和政治警察署副署长许仕明。

这本是中储行正常营业时间，但在中储行办公大楼的台阶上，早有士兵荷枪实弹，站成一排，如临大敌。

走上台阶，中储行大门洞开，松泽俊久、熊山川带着官员们迎了出来。

“史君，听说你在南京，怎么也来了。”

“史部长，我们请余次长来说明一下情况，只是调查工作中的必要程序，你千万不要误会。”抢话的，是调查委员会成员、新任的监察院监察委员谢思源。

史秉南看都没看谢思源，对松泽俊久道：“松泽大佐，上东银行是清乡资金的重要周转机构，它在江苏的分号和下属公司，对清乡事务的开展极为重要，如果说它们卷入了囤积物资的弊案，那清乡委员会责无旁贷。所以，我有必要来了解一下情况。”

说着，他又转头，面对一大堆他眼中的闲杂人等道：“也请诸位放心，我和松泽大佐一样，仅是对这一奸商误国的灾难事件做一个观察，立场是绝对中立的，如果特工总部的产业确实卷入了弊案，我支持各位追究到底，该撤并撤并、该没收没收、该法办法办！”

“史部长亲来备询，相信事情一定会水落石出！”熊山川站在松泽背后，笑眯眯的。

“熊副团长，你也是调查委员会的成员吗？”

“史部长说笑了，我哪里有这个资格，我是接受调查委员会的委托，为了避免涉案势力干扰，来做政治保卫工作的，你看，为实业部的经济调查保驾护航，也是成立税警总团的应有之义嘛。”

“真是辛苦了啊。”史秉南冷笑，迈过熊山川，和松泽俊久并肩向中储行内走去。

四楼会议室里，梁利群正跷起了二郎腿吸烟，看到大门打开，他惊讶站起，道：“秉南？你怎么来了？”

余笑蜀走到他的身边，一把将他按在椅子上，低声道：“什么场合，直呼姓名。”

梁利群一巴掌拍在自己的脑袋上，道：“哎呀，是，忘记了。”

一张长条桌，众人分开坐定，实业部、监察院和最高国防会议的委员、参赞们坐一边，余笑蜀、梁利群、上东银行财务部主任王寿春、东南贸易公司总经理徐大年以及经理们坐另外一边，史秉南和松泽俊久则并排坐在侧面，许仕明和熊山川分立在两人身后。

“梁先生，请问这样巨大的金流，你上东的账簿和东南贸易公司完全对不上，你作何解释？”负责问话的，正是刚才那个谢思源。

“没法解释，一上午了，我早就说过，票据交换所提供的金流和户头，我们上东可以配合，一一核实到人，所有东南贸易公司的货品往来，也都有底账可查。能借助监察院和诸位的调查来完善上东经营，再好没有。诸位的心情我理解，但我敢保证，目前上海囤积居奇的情况和上东、和东南贸易公司绝无关系！”

“你们和清乡委员会过往的账目如此混乱，又怎么解释？现在苏沪的物资进出，都由皇军陆海军机关统制，严禁自由贩运。而你们的商品运往内地，却可以轻易取得搬运许可证，这里面，有没有其他特殊的关系？”

厉声责问后，谢思源的目光看向了余笑蜀。

余笑蜀真是大为惊诧，这个谢思源是头脑短路，还是不知死活？七十六号借助梅机关获得了物资运输特权，这是尽人皆知的事情，说查个别囤积大户、贪赃枉法的官员也就罢了，这样明火执仗地质问七十六号和日本军方的关系，难道竹内调走之后，日本人要对他们一手扶植的整个特务系统动手了吗？

梁利群轻咳了一声，徐大年开了口：“谢委员，诸位长官，扰乱上海市面的经济，这指责着实太重。东南贸易公司和清乡地区的物资交换，都是严格按照正当程序审批的，军需物资的进出，更是尤为慎重，笔笔可查。这样的指控，我们实在担不起。”

“据我所知，清乡委员会本身就弊端重重，汪主席几次视察，每到特别区公署，都要提出两个问题：清乡前后的人口比较如何；清乡前后的赋税收入是否增长。这关系到清乡地区的治安是否确立、民生是否改善。然而现在贵公司和清乡地区物资交换频繁，大量物资源源不绝进入上海，高价贩售，又不通过中储行监管，这本身就不合法度。监察院收到不少举报，有人为了政绩，虚报人口、加重劳役、增收赋税，民众苦不堪言。这些你都不知道吗？”

“回委员，我们只是一家贸易运输公司，这政府机构如何决策和实施，我们实在是管不到。”

谢思源看了一眼松泽俊久，大声道：“在皇军军粮征收都极度困难的情况下，你们还能从苏南送来大量米、棉，加以贩售，这正常吗？江苏民间流传一句话，清乡就是清箱，清理的清，翻箱倒柜的箱！这句话，你们也没听过吗？”

这个谢思源，现在人人都能看出，他醉翁之意不在酒。

史秉南越听越愤怒，砰地一掌击在桌上，连茶杯都跳了起来，整个会议室的人，都看向史秉南。

谢思源也吓了一大跳，呼地站了起来，道：“史秉南，你要做什么？”

史秉南半天没说话，却拿起茶杯，将那半杯热茶慢慢喝了一口，道：“清乡是当前政府工作的头号任务，也是大东亚和平运动的重要保证，虽然清乡运动和上海囤积居奇的风潮并无关系，但是对清乡运动进行有效监督，也是很必要的。所以，我支持调查委员会的追责和调查。我是清乡委员会的秘书长，也是具体负责人，如果在工作中，有什么困难，谢委员可以直接找我，我清乡委员会一定会全力配合。”

史秉南声名在外，此时开口，屋子里气氛诡异，谢思源连咽了几口唾沫。

“不过，”史秉南的目光越过若无其事的松泽俊久，把屋子里所有人都看了一遍，“要是有人没有证据，却要造谣惑众、破坏清乡大计，我史秉南和在前线参与清乡运动的二十万弟兄，也会倍感痛心，必将严惩不贷！”

“你不必吓唬人，我们自然是有一分证据说一分话。”不知道是气的还是吓的，谢思源的声音抖了起来。

史秉南没看见这个人一般，站了起来，道：“松泽大佐，诸位，我还有些事，先走了，如果有需要我史秉南的地方，请千万不要客气。”

余笑蜀摇了摇头，也站了起来。

“余次长，史部长公务繁忙，还请你留步说明情况。”史秉南的强横出乎预料，谢思源的脸上已没了血色。

余笑蜀脸上露出了古怪的笑容，同样没有理他，道：“谢谢，诸位辛苦。”头也不回地跟了出去。

几句话的时间，整个会议室，接受质询的一方，只剩下梁利群和他的两个老部下。

看房间里没人说话，梁利群咳了一声，放下了二郎腿，倾身道：“松泽先生、诸位，辛苦了，午饭时间要到了，乐乡饭店，我请客，方便吗？”

9-3

“你太莽撞了！”对方翻看着桌上厚厚的文件。

南步青山，日本陆军中将，前任竹内行男调任北满后，他以第五师团长转任汪政府最高军事顾问。正是在两人交接的空档里，松泽俊久展开了对史秉南系统的全面攻击。

“是。”松泽立在桌前。南步是坚定支持东条首相的强硬派，这是他大胆唆使熊山川挑动汪政府内斗的最重要原因。

“你是不是对竹内将军有不满情绪？”南步抬起头来，推了推眼镜。

“绝对没有，在竹内将军的领导下，梅机关取得了众所瞩目的成绩，作为后辈，使汪政权运行在为帝国排忧解难的轨道上，是我的职责。”

“这么说，你认为他们有脱轨的危险了？”

“有，”松泽俊久硬着头皮道，“汪政府的构成本来就很复杂，现在最大的问题，是以史秉南为首的特务系统，已经在某种程度上把控了这个软弱的政权，对国家的行政权力、财政事务，乃至军队都进行了渗透，如果还不加以制止，必将形成特务治国的局面，到时候，会更加难以控制。”

南步青山嘴角露出了一丝笑意，道：“其实，你如果对竹内有什么意见，也不必隐瞒，毕竟现在是我在主持对汪政权的工作。”

“是！”

他又道：“我想，你趁着竹内北调的机会猛烈攻击史秉南，也是先研究了我的态度吧？”

南步青山说话慢声细语，但却咄咄逼人。

“是的。”松泽俊久只能承认。

“对支那作战，陆军的佐级军官一向有胆大妄为的传统，看来你也很有拼劲啊。”

松泽俊久这次对史秉南的突袭，其实是征求了驻沪登部队意见的，从清查上海奸商囤积居奇入手，动作也不能说很大，他的本意也不是扳倒史秉南，只是给他一个警告而已。但是史秉南反应之激烈确实出乎他的预料。让他想不通的是，在南步履职后，史秉南反而顺利挤掉了高冠吾，再兼了江苏省保安司令和省政府主席，如今倒成为不折不扣的实力派了。

难道，大本营寻求与重庆直接对话的政策又变了吗？

“这次盘查市面，本来以为可以解决登部队筹措军粮的问题，实在是对不起。”

松泽俊久鞠躬致歉。

“你坐吧。”南步青山桌上厚厚的一沓报告，正是四月以来梅机关和登部队关于清乡事务的秘密情报。

“竹内对你的评价相当好，如今他刚刚离开上海，你就违背他的工作指示，这很不应该。”

松泽俊久刚坐下，听了南步青山这样说，马上又从沙发上站了起来，道："让您失望了。"

南步青山道："竹内以军中的理智派自诩，其对帝国的忠诚无可置疑。当然，我并不是在责备你。我想你也清楚，自从东条首相组阁以来，全盘推翻了对华既有政策，竹内也多次受到公开指责。根源，就在于他太过重视汪政府的作用，而实际上，汪政府又太不争气了。

"竹内的眼光是好的，他放权用史秉南进行清乡，是一剂猛药，可以暂时遏制敌对势力的发展势头，缓解皇军的资源窘境。但是，我在北平的时候，就听过一句中国俗语，叫作'是药三分毒'！这剂猛药的副作用，就是让史秉南的个人势力迅速扩大，并产生令人难以忍受的分离倾向。

"从这个意义上来讲，你扶持熊山川来打击史秉南势力，做法也是正确的。"

"感谢您的体察，史秉南势力是竹内将军一手扶植起来的，比他接触汪兆铭势力还要早，而且史秉南对竹内将军也十分服从和恭敬，这样的话，我们处理史秉南难免会产生不必要的犹豫。"

松泽看南步还在听，便继续说了下去："而且事实是，清乡运动进入第三期，虽然取得了不错的成绩，但竹内将军调动后，史秉南也越来越傲慢和不可控制了。"

南步青山抽出桌面上的一份报告，读了起来："我就是要纠正这些伪装的日华提携。在江南地区建立永久的日华合作，在堂堂正正、平等的前提下进行合作。这些话，是史秉南公开讲的吗？"

"确切无误。"

"年轻的时候是培养国民资质的最重要的时期，在这个时期的教育，应把重点置于培养一个真正的中国人上面。史秉南就此否决了将日语作为小学生主课的提议，这是真的吗？”

松泽再次点头。

南步青山把那报告丢在桌上，笑了起来，道：“想不到竹内竟然培养出了一个支那的民族主义者。

“现在原江苏省政府的行政机构已经完全瘫痪，江苏的军政大权已被史秉南一手掌握。很多流亡官员都说，史秉南并不是在为皇军清乡，而是在培养他江苏国的国民。”

南步青山若有所思地点点头。

“这次我警告史秉南，是因为登部队的军粮遇到了严重问题。清乡初期，史秉南就包揽了皇军军粮的征收供应工作，却借助他的东南贸易公司在私下里走私棉花、粮食等战略物资，不但令登部队军粮告急，也同汪政府闹得很不愉快。让他这样搞下去，清乡的两个终极目的，使汪政府无保留地协助战争和取得占领区的重要物资，都面临着失败的危险。”

南步青山想了想，道：“你说的这些，我清楚，不过，肃清运动是大本营通过的对华战略，有一定积极效果。现在看来，没有史秉南这样固执的执行者，也很难强力推行下去。因此，你还是要和他搞好关系，不要再鲁莽从事了。”

“是。”

“另外，请你尤其要注意一点，那就是史秉南早有建军的计划。你和登部队再做一个沟通，在这方面对史秉南要严加控制，除了保安大队和警察系统之外，绝不能让他染指部队，更不能掌握番号。你现在掌握了熊山川，但是不要忽略了董务德，他是真正手握重兵的实力派，要防止史秉南势力和董务德势力的联合或兼并。”

“您的指导让我豁然开朗，董务德的儿子正在苏州服务于史秉南，对董务德一派，我竟疏忽了，实在是太愚钝了。”

南步青山站起来，走到窗前，看着外面秋雨连绵的街道，道：“竹内对你的肯定没有错，你是个做实事的人。史秉南势力现在有中枢、无组织，这也是个人能力过强的掌权者的通病，一旦某个人有着无可比拟的人格魅力和予取予求的果决手段，必将导致组织内其他干部的平庸，一旦他这个中枢瘫痪，整个势力就会烟消云散。”

“将军您的意思是……？”

“等到肃清运动接近尾声，我们大概也就不需要史秉南了。”

松泽俊久大喜过望，道：“史秉南现在四处树敌，狂妄骄横，不可一世，打掉他，对稳定我们在支那的统治只有好处！”

“四面树敌，不可一世吗？”

“没错，汪政权最高国防会议的监察委员，只因为在公开场合质问过史秉南，已经被吓得家都不敢回，在外面东躲西藏快一个月了。”

“不能操之过急，”南步青山缓缓道，“竹内虽然离开了上海，但是他的影响还在。除掉史秉南，大本营方面的工作我可以做，你不要直接攻击史秉南，要先剪除他的羽翼，最后再寻找一个恰当的，不露痕迹的方式。要知道，他现在手下有二十万的特工和政治警察，再加上其他外围组织，全部都对他唯命是从，是一股不小的势力，为安全计，我们不能硬来。”

“明白了，我一定以加倍的耐心，完成您的指示。”

“好，你这就安排一下，我要见一下史秉南。至于东南贸易公司的风波，你想办法帮他圆个场。至于这个江苏省主席，是我主张他来出任的，我们要给他一些甜头，让他好好为我们把清乡的工作做完。”

不出自己所料，南步青山和竹内行男代表的军中势力，对支那战争的看法完全南辕北辙，而南步和竹内也和传说中一样，政见不同、矛盾很深。这次自己的行动，确乎鲁莽了一些，但至少和南步的心意是一致的。

那么，除掉史秉南这颗毒瘤，就是指日可待的事情了。

9-4

“这次回来，不多停留两天吗？”

“我也想啊，清乡胜败，在此一举，偏又做了江苏省主席，更忙了。”

余笑蜀把大衣递给史秉南，车子已经等在楼下了。

史秉南边系扣子边道：“竹内行男调走了，日本人反而更重视我们了。这说明什么？天有不测风云啊！日本人在太平洋战场越来越被动，德国在苏联战场也越陷越深，他们也迷茫。我们将来的政治出路，全靠自己的实力。现在日本人不得不重视我们，只要我们实力足够，将来蒋介石胜了，也不愁得不到适当的地位。即使是共产党得胜了，我们也有讨价还价的本钱。”

“共产党，恐怕很难合作吧？”

“利益相关，有什么难？天下事，只有四个字，事在人为。”

史秉南心情不错，又道：“你看，这次熊山川搞事情，松泽俊久穷追不舍，挖来挖去，居然挖出了汪夫人的亲戚在囤积居奇，你说是不是连老天爷都在帮着我们？汪兆铭身为国府最高领袖，居然灯下黑，这案子怎么查得下去？这政权，怎么经营得下去？”

余笑蜀笑笑，道：“你不也说了嘛，事在人为，都指望老天爷还是不靠谱，我和利群还是会小心，以后绝不会再出类似的纰漏了。”

“说得对，笑蜀，这些年真是辛苦你们了，现在我经历的事情多了，想法反而少了，只希望你、利群，我们三个，可以相互扶持、有始有终。我现在去见个老朋友，之后就回苏州，上海这一边，还是你照应着。还有，工作不忙的时候，别忘了回家多陪陪秀燕，孩子都快不认识你了。”

“好好，明白，一定执行。”余笑蜀笑得尴尬，他最怕史秉南关心起他的个人生活，当然是担心他对秀燕有所图谋，却也害怕他的真心实意，这样的信任和关切，越来越成为他的沉重负担。

秋雨连绵，余笑蜀目送着史秉南离开，他今天去见的，是他货真价实的老朋友、中央特科时期的老同事，严先生。

聪明如史秉南，已经在为自己铺后路了。

史秉南的车子消失在雨幕中，余笑蜀拿起电话，也要了车，他要赶去上东信托。

这一次，上东虽然躲过了最高国防委员会的调查，但还是关闭了一大片关联公司，其中也包括无锡永兴隆。经过囤积事件，日军对运输证件控制得更严了，好在竹内行男虽然调走，但史秉南受到的倚重似乎没有动摇，这样，余笑蜀还是可以和乔月、徐大年一起，把交通线和转运站再次建立起来。

大致了解史秉南的态度后，余笑蜀的胆子更大了。在他的配合下，乔月继续借用东南贸易公司输送红色物资。而在他余笑蜀，则是在替史秉南卖共产党面子，路条就这样一张一张连续不断地签发出去。

梁利群就没有那样幸运了，这一次调查，上东系能够全身而退，首先是运气站在史秉南这一边。松泽俊久好死不死深挖猛查，竟查到了汪兆铭夫人陈璧君的身上，案件当然也就无疾而终了。其次，这也是一场利益交换，因为上海的物资供应越来越紧张，特别是米粮的匮乏，已经到了触目惊心的程度，抢购队伍常常排得看不到尾，社会氛围也极度恐慌。为此，松泽俊久提出，上东如想全身而退，梁利群必须加入新成立的全国商业统制总会，担任米粮统制委员会的副主任委员。

松泽俊久力主梁利群坐上这个位置，是有原因的。

如今兵灾绵延，粮食的缺乏是绝对的。苏太传统的粮仓地区都被划归清乡委员会管制，收上来的粮食优先补充了日军军粮，中共、重庆和汪伪，都在各尽所能收储，史秉南为了扩充势力，更是会先克扣一批民食粮。松泽清楚，让史秉南吐出额外囤积的粮食来，难度太大，但如果把刀架在梁利群的脖子上，会收到某些效果也说不定。

这个时候，余笑蜀当然要去见梁利群，一方面，是要和他商量，市面的米粮囤积和抢购风潮到底如何应对。另一方面，是要抢在重庆系统的民华公司前，尽可能将药品、橡胶、纱布等物资内运根据地。

民国三十一年的深秋，细雨绵绵，一个青衫黑帽的瘦削男人走进了华格臬路的锦江川菜馆，早已开好的私密小间里加起了炭盆，暖洋洋、热烘烘的。

那人推开房门，房间里面早已坐好的两个人一起站起，迎了上来。

“来了，快快，暖暖身子。”

“老弟，最近上海形势堪忧，中央有没有什么最新指示啊？”

“两位，别来无恙。”男人摘下帽子，原来是周竟成，而在房间里等候的，是上海总商会会董许香南和丁国强，这两个人，都是日资民华公司的董事，也是军统在上海金融界的抓手。

周竟成上了桌，许香南开门揿铃，示意店家可以上菜了。

中日全面战争已经进行到了第六个年头，战场不断扩大，日方资源匮乏，在太平洋战场又深陷窘境，已经疲态尽显，越来越多的伪方人员，在千方百计和重庆取得联系、效忠投诚，以求万一局势反转，给自己留一条后路。

在上海，除了梅机关一手扶植的七十六号，日军第十三军登部队也培植了属于自己的贸易代理人，许香南和丁国强，就是为日方操纵的民华公司主理人，可是日本人没料到，这两个人已经悄悄倒向重庆了。

“两位先生，约我见面，是有什么新情况吧？”周竟成把手放在炭盆上方烤着。

“这话说的，要是没个事情，还不能请你老弟吃顿饭了。”

“香南兄，不要打哈哈哈，你直说好了。”

“好好好，是这样，最近日方严令限制物资流动，现在法币无效、中储券又贬值得厉害，没有黄金，我们竞争不过东南贸易公司，实在拿不到物资。”

周竟成皱起了眉头，道：“又是七十六号？”

“是啊，前阵子日本人刚刚彻查了东南贸易公司，我看，我们也被盯上了。不然，高田正夫不会来！”

“高田正夫？”

“政府的最高经济顾问，特地从南京赶过来。”

“他来做什么？”

“还不是因为上海物资紧缺，物价波动得厉害。统制总会成立两个月，这也统制，那也统制。不但米面要移动许可证，肥皂、蜡烛、布匹，一切统统都要移动许可证！最近更是变本加厉，计口授粮！租界里白米面粉吃不上，连碎米和苞谷都越来越少，再这样下去，要饿死人啦！”

丁国强也跟着叹气，道：“是啊是啊，租界外的米面更少，我作为市府顾问，刚去过南市和闸北，那边情况更差，市民天天都是山芋和杂粮稀粥，找到什么吃什么，太惨了。”

周竟成道：“奸商囤积居奇，不法分子投机倒把，物价涨幅一日千里，这些我都知道，中央也很关注。二位，但是我们再难，也难不过后方抗日的将士们，如果需要的物资采买不到，那就想想办法，啊？后方需要啊！”

“哎呀，是是，那是自然要想办法，但是眼下这局势，米面最贵，其次黄金，没有这两样东西，我们就没物资。”丁国强摊手。

“对，国强的意思是，高田正夫这次来，目的是要给米统会募款，准备到清乡地区购米，以解上海的燃眉之急。”

“上海没有米，江苏有米？”

“有的，有的，”丁国强低声道，“米统会成立后，粮食部就停了直接收购米粮，现在江苏、安徽的米粮收购任务，已经完全移交米统会办理了，而具体负责的人，就是史秉南的把兄弟梁利群。史秉南为了扩充势力，在清乡时截留了大量的民食米，如今不知道怎么，竟得到了日军允许，准备运往北方获得暴利。周佛海没办法，只好去找高田正夫，募款要把这一批米买下来，改送上海。”

“周佛海的面子都没用，史秉南的手竟这样紧？”

“是啊，紧到不能再紧了！几次谈判下来，高田本来想借着上海的民意，逼清乡委员会收下加印的中储券，把粮食都吐出来，但史秉南坚决不肯，只要黄金。”

“他这样做，不但得罪了日本人，还会犯众怒的！”

“他怕什么？他手里有枪啊，而且，从他的角度来说，这也是维护了江苏的利益，他刚刚当上这个省主席，我看，是绝对不会让步的！”

周竟成眉头深锁，道：“既然是这样，没有粮，也没有钱，你们的意思，是我们的物资暂时停一停？”

他是真的忧虑起来，采购无门，面对史秉南的横征暴敛，连日军和汪政府都没有解决之道，小小一个军统上海区，又能有什么办法呢？

许香南把手伸进怀里，偷偷摸摸摸出一张字条来，道："竟成，这个，不知道能不能有些用处。"

"什么东西？"周竟成疑惑地接过来。

许香南眨眨眼，道："这是高田正夫的募款从正金银行运往江苏的时间。"

丁国强小声补充道："一车黄金。"

周竟成把字条反复看上了几遍，道："确实吗？"

"确实！"许香南和丁国强异口同声。

9-5

"跟上！"董之微点上香烟，在车里跷起了二郎腿。

一辆装甲车从仁记路横滨正金银行后院开出，摇摇摆摆上了四川路。驾驶室里除了司机，只坐了一个持枪的日本士兵。

老于踩下油门，稳稳跟上了前面的运钞车。

丁寄萍在后座上，向前探头去看，道："这就是银行的运钞车吗？"

"不然呢？你以为？"董之微笑道，"这一次苏太常运来的民食米，就要拿这车里的黄金去换。"

"这样的车子，也能装黄金？就一个兵？"

"哈哈，现在整个上海都是日本人的，从这里到北火车站，都是日军的重点防卫区，这是日本银行的车子，哪个不开眼的想要找死，对它动手脚？"

"那可说不准，现在市面上什么都缺，知道这里面有黄金，保不齐就会有胆大妄为之徒。"

"哎呀我的大小姐，要是一车米面，我会担心些，那些人饿得眼睛都绿了，现在这一车金子，不当吃不当喝，谁来抢？”

“国民政府抢啊，共产党？美国人？黄金可是硬通货，你们清乡委员会卖粮不也一样，不是也要黄金不要中储券？”

“言之有理。”董之微伸手去摸丁寄萍的头，丁寄萍侧身躲开了。

“好好好，这些天我忙昏头了，不是我们不想给上海提供米粮，而是现在所有的粮食都必须经过米统会的调配，而米统会呢？又得优先日本人的军粮需要。现在华北和满洲，比上海还要缺粮，这些粮食卖到北边，可以多赚上好几倍，各种物资都好换！但是如果免费拿出来放给米统会，一准又先给日本人刮走一大半，老百姓，还是饿肚子！”

“那你们就不给了？怪不得现在到处都说，清乡就是清箱，翻箱倒柜的箱。”

董之微哈哈大笑起来，道：“寄萍，你这话可不要乱说啊，上一次说这个话的人，惹恼了史先生，这不，已经半年多没回家了。”

“为什么？”

“他害怕，不敢啊。”

“我见过史先生，人蛮好的呀？”

“你呀，就是太单纯，日本人这样穷凶极恶，上海的达官显贵你也见过不少，有几个是容易相处的？今天的史秉南，他在苏州跺跺脚，上海都要抖三抖，这样的权势，是个好人能争来的？”

“所以那个人，为什么不回家？”

“他怕史秉南干掉他啊！这些年他杀掉的人还少了？这人是中央派下来的监察委员，去调查史秉南的兄弟，叫梁利群。对，你也见过，然后当着史秉南的面说了你那句，清乡就是清箱。就这样。”

“那也不能怪史先生吧，他先去惹梁先生的。”丁寄萍撇撇嘴。

“咦，怎么还替他们说话？好了好了，说这些也没意思，这次我回苏州，恐怕还要忙上一阵子，你等我，两周，两周以后我一定回来！带你去南京，我们好好放松放松。”

丁寄萍叹了一口气，道：“放松什么呀，你每次回来，那边左一个电话、右一个电话，催命鬼一样。”

董之微挠挠头，道：“你在上海实在寂寞，可以去找乔月，她在史秉南面前很吃得开，你和她搞搞关系，我在苏州也好做。”

“你又胡说八道什么，我和乔月本来就是姐妹，有什么关系好搞，倒是你，你把他说得这样可怕，你可不要有什么事情犯在他手上。”

“我能有什么事情？”董之微的神色不自然起来。

“他那么厉害，找个理由就把你扣起来。”

“敢抓我董之微的人，还没生出来呢，我可不是某些人，每次捅了娄子，都要你去替他擦屁股。”被丁寄萍戳到痛处，董之微不自觉地开始反击。

“你说什么你！”丁寄萍生气起来，伸手去拧董之微的胳膊，董之微就憋住了气，硬抗了一会，终于哎哟哎哟叫了起来。

两个人正在拌嘴，不知不觉车子已下了四川路桥。忽地车外一声巨响，老于把刹车一脚踩到底，急打方向盘，车子轰地撞到行道树上。

“他妈的，怎么回事！”

董之微一头撞在前座椅上，血从额头流下来，眼镜也掉了，忍不住破口大骂。

好不容易摸到眼镜戴上，才发现丁寄萍正死死抓住车门把手，一动不动。

“怎么样？疼不疼？”董之微伸手去摸丁寄萍的脑袋。

但丁寄萍对董之微的触摸完全没有感觉，只是眼睛直勾勾看着窗外，颤声道：“小董，这是不是打劫？”

董之微擦了擦眼镜，顺着车窗看出去，十几步外，那辆正金银行的运钞车一头撞在了路旁的电线杆上，车头完全变形，冒着白烟，那个日本兵把一杆枪从车窗伸出来，正砰砰乱放。一群青衣短袄的蒙面男子，正一边还击，一边向运钞车靠近。

“我×他妈，退退退，快退！”董之微猛力拍打着老于的椅背。

老于被卡在座位里，忍着痛伸手去打火，车子呜呜叫了几声，就是发动不起来。

“行了行了，别打火了！”董之微又喊起来，因为他发现，车子发动机的声音把远处那些蒙面人的注意力吸引过来了。

远处的枪声爆竹一样响，日本兵顶不住蒙面人的猛攻，打开车门，和司机跳车，钻进了路旁的商店。

“低头、低头、快低头！”董之微掏出枪来握在手里，一手去拉丁寄萍，却发现丁寄萍还伸着脖子往窗外看。

“姑奶奶，你不要命了，看什么呢？”

远处，那些蒙面人倒是很忙碌，先是打开运钞车门，上了车，捅咕一会，又下来去附近找东西来撬后车厢，连捶带打，弄得响声震天。而丁寄萍全部注意力却都被其中一个人吸引住了。

“妈的，不要过来不要过来，寄萍，快低头、低头！”

董之微的碎嘴毫无效果，显然，那个人也发现了丁寄萍，丢下了手里的铁棍，竟向这边走了过来。

“不要怕不要怕！”董之微咽着唾沫把丁寄萍往自己身后拉，紧紧握住手里的枪，道，“敢过来我就打死他！”

那人走到离车头几米的地方，放慢了脚步，竟然开了口，道：“寄萍，是你吗？”

丁寄萍咬着嘴唇，眼泪就流了出来，她摇下车窗，高声道：“你混蛋，知道我费了多大的气力才把你救出来，你又要去做这些事情！”

“你为什么不和我见面？”那人越走越近，一双眼睛里也水汪汪的。

这下子连老于也愣住了，张口结结巴巴地道：“夏、夏先生？”

没错，过来的正是夏子彰，这次被捕，他本以为必死无疑，已经做好了就义准备，谁知道又被莫名其妙地释放了。被放出来之后，他哭了一个稀里哗啦，第一时间就去找丁寄萍，可丁寄萍去了苏州，他原本以为丁寄萍过个十天半个月就会回来，可是没想到的是，她竟从此再也无法联系，彻底在他的生活中消失了。

归队的夏子彰被周竟成正式吸收，加入军统上海区第一行动大队，这次和同僚们一起出任务，目标正是正金银行的这一车黄金，他哪里想到这个场合会遇到丁寄萍？

“寄萍，到底为什么？”什么黄金、任务，此刻都被夏子彰抛到了九霄云外。

“什么为什么！你一天好死不死，搞什么恐怖暗杀！跟你在一起，我一天天提心吊胆，就没有睡过几个安稳觉！每次你失踪，我就要满上海地去找你！吃不下、睡不好，你怎么不真的死了呢你！”

丁寄萍眼含泪花，越说越生气，把手包也从窗子甩了出去。

夏子彰躲开了飞来的皮包，道：“说那些有什么用，寄萍，你就说，我们以前说的话，到底算不算数！”他用力把面罩一撕，眼泪终于流下来了。

丁寄萍委屈地看着夏子彰又哭又笑，心里软软的，一句温柔就要出口。

她刚打开车门，砰的一声枪响，夏子彰倒了下去。

“妈、妈了个 × 的！”不知道为什么，董之微说话磕巴了起来。

“你干什么你！你疯了！”丁寄萍抓住董之微的手猛力摇晃，董之微被拗得剧痛，手一松，枪啪啦掉到了地上。

丁寄萍冲了出去，把夏子彰抱在怀里，对着他的脸颊一通猛拍，道："你没事吧？啊？你说话啊！你没事吧！小夏！"

她低头，夏子彰胸部中枪，染得自己一身都是鲜血。

"董先生，你不要冲动啊！"老于在车上龇牙咧嘴，他被方向盘卡住无法动弹，只能眼睁睁看着董之微摇摇晃晃捡起枪来，再次对准了夏子彰。

"我就知道！"夏子彰露出了一个微笑，眼睛渐渐合上。

"你开枪！你再开一枪试试看！"丁寄萍把夏子彰丢在地上，回头对着董之微来了一个超高分贝的尖叫。

"妈的，他妈的！"董之微气得浑身发抖，面对丁寄萍恶狠狠的眼睛，犹豫再三，最终还是没有扣动扳机。

丁寄萍、董之微都没注意，不过片刻工夫，装甲运钞车的周围已经空空荡荡，半个人影都无，而街面上一辆接一辆的军用汽车正匆匆赶来，日本宪兵和伪警察已经把文监师路到武昌路这一段全部封锁了。

"统统抓起来！"武藤美朝大吼。

"误会，误会啊！"董之微高喊，"你们的负责人是谁，我要见松泽俊久、我要见南步青山！我是清乡委员会驻苏办事处副秘书长！我是董务德的儿子，我……"

"别拉我，你们谁敢拉我！快叫救护车！快点，这里有人受伤了！他是重要人物！他是关键人物！他死了你们要负责！"即便已经哭得满脸花，丁寄萍的嗓音依旧极为清脆，日语英语轮番上阵，这穿透力极强的哭喊终于引起了日本宪兵的重视，来了几个士兵把夏子彰抬上了车。

这一团混乱的场景中，只有被卡在座位上动弹不得的老于，困惑地瞪大了眼睛，紧紧盯住正在和日军交谈的几个中国人。这一刻仿佛时光凝固，整个世界上的喧嚣都不复存在。

9-6

“混蛋！究竟是怎么回事？”松泽俊久暴跳如雷，“宪兵司令部近在咫尺，居然有人打劫运钞车！正金银行的车上，为什么只有一名士兵！”

“是，对不起，因为一路都在我方的警戒区，确实放松了警惕，敌人的突袭实在出乎意料！”被训斥的武藤美朝知道这次事件非同小可，此刻已经是满头大汗。

松泽俊久还是黑着脸瞪着他。

武藤硬起头皮道：“还好司机机警，拔了钥匙跳车！黄金也没有损失。”

“这么说，要给装甲车的质量也记上一功咯？！”

这次黄金大劫案，松泽俊久真是被气到眼冒金星，近一段时间来，陆军的军容军纪日渐败坏，宪兵作为军中警察，本来是普通士兵的表率，现在武藤面对如此重要的工作，竟至如此漫不经心！这场在宪兵司令部眼皮下的惊天劫案，最先赶到现场的，居然是去崇明路开会的七十六号政治警察。这批黄金是高田正夫亲自协调来平衆的，如果出了问题，他这特高课课长、军事顾问都不必做了。

他心中的怒火越烧越旺，“抱歉，对不起”，这类的话再也听不进去了，如果可能，他真想把这个顽固的武藤当场击毙。

“究竟是什么人做的！为什么事前竟然一点情报都没有！”

“对不起，是我们的疏忽！”

松泽俊久厌恶地皱起眉头，吼道："你当然有疏忽！我要的是一个合理的解释！"

"我们已经在加紧调查，这批黄金征募已久，总商会的会董都知道，正金银行上下的保密工作也不到位，因此现在很难确定到底是谁泄露了消息。"

武藤微微鞠躬，汗珠从他的鼻尖上落了下来。

"不过，我们捉住了一个匪徒，相信不久就可以查明真相。"

"捉到了人？为什么我现在还没拿到口供？"

"对不起，这个人被枪击昏迷，现在还在医院里抢救！"

"枪击？"松泽俊久瞥了一眼桌上的简报，"你们八分钟后才赶到现场，他们还没走？谁开的枪？是七十六号的人吗？"

"击伤这个匪徒的，不是我们的宪兵，也不是张安国他们，是清乡委员会的人。"

"清乡委员会？他们武装押车了吗？"

"是一名官员，自称是驻苏办事处的秘书，叫董之微，他正和他的女朋友开车尾随运钞车，准备从北站坐火车返回苏州。"

"董之微？"松泽俊久有些疑惑，这场劫案会不会是史秉南玩的什么猫腻。但是，动机呢？毕竟这车里的黄金是要送到苏州给他本人的。

"这个董之微我知道，是个纨绔子弟，遇到这种事躲还来不及，怎么会和他们起冲突？"

"呃，"武藤没想到松泽居然对董之微很熟，加上案情过于混乱，不由得一时语塞，"这个，董声称枪击的是他的情敌，他的情人丁声称被击中的是她的保镖，而两个人的司机声称被击中的是丁的朋友。"

"所以，三个人的口供还不一样？"

"是这样！"

“一塌糊涂！难道他们三个人居然跑到案发现场谈恋爱吗？你怎么确定这个伤者就是劫匪？！”

武藤苦笑道：“有旁观者指认，而且，我们在现场发现了他用来蒙面的围巾！”

“这几个人现在在哪里？”

“除了伤者在医院抢救，董、丁两个人和司机都被我们扣下了，现在就在司令部。”

松泽俊久想了想，道：“把他们带过来，不，请过来，我要和他们了解情况。董是个重要人物，对他们要礼貌一点。”

“是。”这场艰难的谈话终于结束，武藤的汗把后背都洇透了。

“松泽大佐！可算见到你了！”董之微的西装皱皱巴巴，肿起来的脸上还带着几个乌青的指印，看来身份未明之前，已经吃了不少苦头。

“董君，没想到会在这里见到你。”

“误会误会。”董之微觉得丢脸，不愿意继续这个话题，他强拉住在不断挣脱的丁寄萍，脸上勉强挤出笑来。紧跟在身后的，是司机于祖安，他腿受了伤，是被两个宪兵架进来的。

“董君，真是抱歉，突发大案、情况未明，如果士兵们有所冲撞，还请你们多多包涵。”

“不不不，完全和皇军无关，是我们自己倒霉。”董之微看了看沙发。

“几位请坐，职责所在，我要向诸位了解一下事件的具体情况。”

松泽俊久话音未落，董之微一屁股就坐了下去，他现在身心俱疲。由于他嚷得大声，日军又不通中文，因此着实吃了一些苦头，直到丁寄萍回过神来，他们几人的身份才得以澄清，而这时，他已经被抽了好几个大巴掌了。

虽然伤了腿的是司机老于，但是现在站不住的却是丁寄萍。从进门开始，她的眼泪就跟断了线的珠子一般。松泽俊久去给丁寄萍倒了一杯热水，慢慢把杯子推到她的身前。

“丁小姐，怎么这么悲痛？是不是受到了什么委屈？”

丁寄萍哭得梨花带雨，倒让松泽俊久有几分相信武藤适才荒诞不经的言论了。哭成这个样子，难道真的是情侣反目？可一旁的司机也是眼圈通红，就更奇怪了，这是个五十上下的中年人，应该不会卷入什么情感纠纷吧？

丁寄萍哭得上气不接下气，松泽俊久只得把目光又转向了董之微。

“松泽大佐，这让我从何说起，”董之微吭哧了半天，才道，“这件事情和劫案无关，是虐杀丁司城先生的凶手，出现了。”

“什么？”松泽俊久大感意外，当年上海巨商、颜料大王丁司城被绑架撕票，轰动全国，只是反复追查都没有任何线索，遂成悬案，难道今天有了什么惊人的发现？

“董之微，你就这么㞞，你到底根本不在乎我！”

丁寄萍顶着红肿的眼睛喊了起来，对董之微怒目而视。

董之微忙抬起双手挡在身前，道：“好，好，你不要激动，我这不是……”

“你不是什么！”丁寄萍又哭起来。

“所以，究竟发生了什么事？董先生？”

董之微叹了一口气，拍拍老于，道：“还是你说吧。”

“这位先生，今天和武藤长官交谈的那个警察，就是两年前绑架丁先生的凶手！”

于祖安终于开口。

“什么？哪一位？”松泽俊久的脑子在飞快旋转，和武藤交谈的警察？

“老于，你知道你在说什么是吧？你确定没看错吗？那可是七十六号的人。”

董之微盯着于祖安，显然，这个话题，他们之间已经有过争执了。

“你这是什么话！老于在我们家做了二十年司机，你以为谁都能当我父亲司机的吗？父亲遭绑，他就在现场！任谁出错，他也绝不会出错的！”丁寄萍挣脱了董之微的手臂，已经进入了歇斯底里的状态。

“好好好，寄萍，你慢慢哭，歇一歇好不好！”

“这位先生，绝不会错，那天天特别热，刚过九点钟，在爱多亚路路口，他们用一个女人假扮小姐，引丁先生下了车。丁先生和他们起了争执，还开了一枪，就是在那个时候，这个人被丁先生扯下了面巾，虽然距离太远，我听不清他们说了什么，但是他的长相我绝不会弄错！”老于过于激动，嗓门越来越大。

“去，把武藤少佐找来。”松泽俊久已经在屋子里面绕起圈子来了。

此刻这个意外，已经完全压倒了他对黄金劫案的兴趣。

他现在想要赶快弄清楚，和武藤聊天的中国人到底是谁。是张安国吗？他是许仕明一手带进七十六号的青帮师弟，现在官至七十六号行动一大队大队长，是许仕明的心腹，如果丁司城被绑他确实在现场，那么，许仕明也一定在现场。

以丁司城的身份地位，许仕明未必有胆子下手，当年这桩轰动上海的大案，背后是谁就不言而喻了，这真是一个意外的收获。

“丁小姐，令尊的案件已经过了太久，单凭这位司机的记忆，警察是很难去继续侦查的。而且，这也不在日本宪兵队的职权之内。”

“那怎么行！七十六号是什么地方我很清楚！你们不查，谁敢查？”

“不过，我们也许可以用其他的理由来传唤当事人，先羁押，再做一个深入调查。”

“什么意思？”丁寄萍一脸茫然。

松泽俊久道：“丁小姐，现在被送进医院的人，是劫匪吗？”

“不是！”“是！”

丁寄萍和董之微一起开口，两个完全相反的答案。

松泽俊久微微蹙眉，道：“抢劫正金银行的黄金，而且是高田顾问亲自协调用来购买民食的黄金，这可不是一般的罪行，请你们考虑清楚再回答我！”

丁寄萍已经哭到眩晕，现在浑身乏力，只是一直盯着董之微。

董之微心里早问候了夏子彰十八代祖宗，但看着楚楚动人的丁寄萍，终于心中一软，道：“我糊涂了，受伤的是我们的朋友，吵了几句，擦枪走火。”

“原来是这样，明白了，那么劫匪是谁，你们有人看清吗？”

“劫匪，没看清啊，我们光顾着吵架，没注意啊！”看松泽俊久一直看着自己，丁寄萍愣住了。

“我看清了！劫匪国字脸，酒糟鼻，眼角有道疤！”老于忽然喊起来，“劫匪，就那个，还故意装着没事一样，和日本长官拉家常！欺骗日本长官！”

丁寄萍看看老于，又看看松泽俊久，忽地反应过来，马上站了起来，道：“我也看到了，就是，就是长成那个样子！”

董之微吓坏了，伸手去拉丁寄萍，道：“不要再说了，长成哪个样子了？”

“董君，你这是做什么？”松泽俊久拍了拍董之微的肩膀。

“松泽大佐！这，事情不是这样的，伤的那个才是劫匪！”

“你的意思，是你刚才做了伪证？”

原来松泽俊久是有意设计史秉南！董之微目瞪口呆，终于不说话了。

“案情已经很明白了，你们三位，哦，还有你们在医院急救的那位朋友，目睹了劫案的发生，现在，破获这桩黄金大劫案，就是宪兵司令部的头等大事！”他对董之微露出了一个诡异的笑容，“也希望董先生，不要走漏了风声。”

“就是他！就是他！”丁寄萍紧紧抓住松泽的袖口，久久不肯松开。

9-7

“怎么回事？”

史秉南推开门，大步走进办公室，余笑蜀和严屹峰早已经等在那里。

“这个张安国，居然会蠢到去抢劫正金银行的运钞车！到底能不能让我有一刻的安生！”砰的一声，史秉南把他心爱的青瓷茶杯摔个粉碎。

“仕明呢？许仕明呢？他这个警卫总队大队长，到底是怎么带队伍的，他不知道那批黄金是给我清乡委员会的吗！”

“秉南，张安国被宪兵带走后，仕明就已经躲起来了。”

“他还知道躲起来？！跑得了和尚跑不了庙！他能躲到哪里去！”

几个月来苏州、南京、上海几地奔波，费心劳神，史秉南明显苍老了许多，看他鬓角的白发，很难相信，他今年还不到四十岁。

“史先生，这个事件有问题，案发当天，张安国他们是有在现场，但是他们是去崇明路见武藤美朝的，不过恰好路过，听到枪声后，就赶去阻止劫案！就算他说了谎，那日本宪兵司令部为什么当场并没有扣人，却在事发几天之后，突然逮捕？”

史秉南慢慢转头，眼睛里闪出骇人的寒光来：“你是说，这是日本人有意为之？”

余笑蜀道：“秉南，事情没有那么简单，我已经去过宪兵司令部，这一次的目击证人里有董之微。”

“董之微？他是跟着黄金一起回苏州的，怎么没有跟我提这件事情？”

“我看过询问笔录，上面确实是他的签字，董之微说，张安国等人蒙了面，先用汽车当头阻停运钞车，然后带人开枪包抄，由于随车士兵拔下钥匙逃跑，所以车子无法开动，张安国他们只得退走。”

“荒唐的地方正在这里，”严屹峰马上补充，“张安国他们刚在宪兵司令部开过会，怎么会去武昌路截运钞车？而且，就算他们蒙了面，但身上不是还穿着政治警察的制服吗，就算当场逃脱，为什么他们一群人还去文监师路的日料店喝酒？”

“嗯？”史秉南的脸更黑了。

“也许，松泽有理由认为这件事是内部人做的？因为这次交易知情人不多，无非米统会、最高经济顾问部、总商会和清乡委员会，而且正金银行只跟了一个随车士兵，这个消息太具体了。能够在车子即将到达火车站之前精准埋伏，没有准确的情报是不可能的。”

“你刚才一口气说了四个机构，这还是少部分人知道吗？七十六号是我的，清乡委员会也是我的，七十六号劫清乡委员会的钱，我岂不是自己劫自己！天底下，还有比这个更荒唐的事情吗？”

“宪兵队可能也觉得不合逻辑，因此把事件定性为帮会分子利欲熏心，劫财自肥，没有扯到我们头上。只是这件事如果坐实了，安国就是死路一条了。”

“欲加之罪，何患无辞。如果松泽俊久证据如此充分，结案不就好了。扣了张安国，为什么又要四处找仕明，难道仕明那天也在现场？他知道仕明和我们的关系，没有充分的证据，等闲是不敢这样做的！”

史秉南抬起头来，道：“松泽一定还有其他目的！”

严屹峰小心翼翼道：“也是张安国他们平日里太招摇，要说身上有没有其他的案子，那真是数都数不过来。”

“一般的案子，松泽绝不会这样捕风捉影，一定是可以打中我们软肋的撒手锏！”

“秉南，乔月跟我说了一件事情，我想你一定要知道。”

“什么事情，你说？”

“丁寄萍去找她哭诉，说她家的司机撞见了她的杀父仇人，丁司城案，就要真相大白了。”

“丁司城的女儿当时在现场？”史秉南停住了脚步。

严屹峰愣了一下，低头去翻手里的案卷。

余笑蜀看着史秉南，史秉南看着天花板，严屹峰搞不清这两件事情之间有何联系。房间里没有人说话，陷入了一片谜一样的沉默之中。

脚步声越来越近了，史秉南平步青云之后，松泽俊久已经很久没有见过他了。

武藤美朝推开了办公室的门。

“史先生、余先生，好久不见。”松泽俊久露出他的经典笑容，伸出手去。

“松泽大佐，要不是接到电报，我还不知道我们的人做出了这样夸张的恶行。不可思议，真是不可思议！案件的具体经过，余次长已经对我做过了介绍。唉，这一批黄金是向我清乡委员会采买民食的，而我又刚好在上海，这次是特地来向你致歉的。”

“真是头痛啊，”松泽俊久揉了揉太阳穴，“经过仔细的调查，贵方的行动人员张安国是头号嫌疑人。我也正想将这些情况，和史先生做一个沟通。”

“愿闻其详。”

“史先生筚路蓝缕、创建特工总部，从青帮中吸纳了一些忠勇之士，以谋展开局面，无可厚非。皇军到达上海之初，也经历了类似过程。但大东亚战后，人心亟待巩固，个别此类分子积习难改，危害实在太大！”

“嗯，也怪我们把关不严。这个人原本是一个青帮流氓，混入特工总部后，胆大妄为，除了这一次的劫案，还犯下多种罪行，张安国这样的害群之马，必须予以清除！”

“史先生久在中枢，一定非常了解当前的局势，我做这样的决定，也是不得已而为之。现在上海民食匮乏已非一日两日，前几天高田正夫先生来上海，曾和金融、经济界人士座谈，希望中日双方的商界精英能够共同合作，以度过危局。但是，效果不佳啊。”

“哦，高田先生亲自出面，也未能统一意见？”

“阻力令人意想不到，”松泽俊久话中有话，“用商人们的话说，现在皇军为大东亚共荣尽心竭力，但登部队，也包括我梅机关、海军司令部、日本领事馆，均有一些外围服务人员，在皇军的庇护下，横行霸道、垄断市场、妨碍交通，无恶不作。因此，今天商界普遍感到缺乏安全与秩序，可是这些人与皇军关系深厚，他们也是敢怒不敢言，所以才人人自危，不敢和我们接近。”

“笑蜀，你怎么看？”史秉南转过头去。

余笑蜀道：“在商言商，商人们的一面之词，不过是为了自己的利益着想。不可否认，在特工总部中，有一些害群之马，但上海治安局面的好转，也的确是弟兄们一刀一枪拿命搏出来的。”

“余先生说得没错，不过个别案件，也确实触目惊心，民愤极大！比如吴兴商业公司的丁司城先生，既是上海市总商会的会董，又是公共租界华董，在上海的政商两界都有美誉，却在中储行的筹备过程中，被无端绑架暗杀。这分明是对政府金融秩序的恐怖攻击！”

史秉南与余笑蜀对视一眼，果然，关窍在这里。

松泽俊久收了笑容：“此案已经发生两年有余，迄无结果。造成此惨剧的恶势力，成了中日友善、共亲共荣的障碍，已是不争的事实。”

史秉南终于再次开口，道：“听说这次高田先生回到东京，还向东条英机首相亲自汇报了这件陈年旧案？”

松泽点点头，道：“史先生既然有所耳闻，当然可以理解我们工作的艰巨性，因此，这一次，我也就要开门见山地做一个请求。”

“请讲。”

“我希望在宪兵司令部通缉贵部许仕明先生之前，您能劝他站出来自首。”

“松泽先生，你要我劝我的部下投案，至少也要有个案可投，难道他也参与了北四川路的黄金大劫案吗？”

松泽俊久示意，武藤美朝走上前来，拿出早已准备好的文件。

“这是对张安国的调查资料，请过目。”

史秉南接过草草翻阅，脸色越来越难看。又把材料递给了余笑蜀。

“好，许仕明的事情，我会处理好。今天我还有些事情，就先告辞了，后续松泽大佐有什么需要，请尽管说话，我不在的时候，笑蜀会全力协助。”

余笑蜀把那份材料放回桌上，也跟着站起身来。

“我送两位。”松泽俊久一路把两个人送上专车。

“秉南，怎么办？这个松泽不是内野丰，做起事情来真是滴水不漏，先以抢劫案为由扣了张安国，在这一个多星期里，不但把张安国的关系摸了一个遍，连当日假扮丁寄萍的人都找出来了。”

“日本人狠下心来要查个究竟，不会没有突破，这个张安国也是一个草包，这样短的时间，就把仕明也咬了出来。”

“唉，仕明向来下手重，得罪人太多，张安国大概觉得横竖也是一个死，还不如利用这件事和日本人讲讲条件。”

史秉南冷笑道：“他可真是太过聪明了，他和日本人可以讲条件，不知道我史秉南是从来不讲条件的。”

沉默了片刻，史秉南又道：“你去和仕明谈谈吧，就说我的意思，要他去投案。”

“秉南？”

余笑蜀看了看史秉南，他脸上并没有一丝一毫异样，这种时候，难道他不担心许仕明一旦被宪兵司令部捉去，会把他本人也牵出来吗？

史秉南看着车窗外灰蒙蒙的城市，缓缓道：“很多事情，只能仕明做。不让你参与，就是准备有这一天。他横行上海滩这许多年，不会不明白。”

“秉南，在死亡的威胁面前，一切都是靠不住的。”

史秉南叹了一口气，道：“你跟他说，他是我史秉南的人，如果我任由日本人处置他，岂不是说明我连保护下属的能力都没有？以后我也不用再当这个家了。不但仕明，就连那个张安国，我也要他毫发无损地从日本宪兵队里走出来。”

史秉南的神情严肃，严肃到余笑蜀几乎相信，丁司城一案真的跟他毫无瓜葛了。

9-8

“师兄是个能讲额？”许仕明死死盯住余笑蜀。

许仕明不是一个人回到七十六号，他的兄弟下属、徒子徒孙，这几年带出来的只知许总队长，不知史部长的打手们，此刻都聚集在特工总部楼下，一个比一个愤激，他们的心中并没有法制、公理、道义这些虚无缥缈的东西，他们的全家老小，都是要靠着许仕明吃饭的。

今天的许仕明，早已不是那个寂寂无闻的青帮打手、车夫、小流氓，吃他的、喝他的，靠他免于饥馑、称霸一方的人，已经不计其数。凭借着特工总部的权柄，他早就成了威震上海滩、富可敌国的流氓大亨。

余笑蜀点了点头，道：“许师兄，你去宪兵司令部做做样子，审查几天，史先生在，没有人敢动你，你很快就会出来。”

许仕明没有说话，眼神里充满了疑惑。

余笑蜀把桌上的报纸一字排开，今日各报社会版的头条不是黄金大劫案，就是丁司城案，孤岛沦陷后，这里已经不存在所谓爱国或中立报纸，所有的声音都是也只能是日军和汪政府的传声筒。

许仕明肯定明白，这样整齐划一的版面，预示着事件已经惊动了日方和政府的极高层，这一张张的报纸，就是一块块压垮特工总部的千钧巨石。

“许师兄，你看，报纸上没有你的名字，所有的追问，都到张安国为止，这还不能说明问题吗？”余笑蜀拨开窗帘，看了看楼下纷乱的人群，道，“你不会以为，这些人可以挑战日本军队吧？你现在不去投案待检，等到事情进一步发酵，史先生也保不住你了。”

许仕明好一会儿没说话，拔出了身上的两支短枪，放在了桌上，道：“余先生，侬是好人，吾个趟去了，再阿不好替师兄做事体了，屋里厢，还请侬多照顾。”

“说什么呢，”余笑蜀感到些许伤感。他拍了拍许仕明的肩膀，“你是史先生的左膀右臂，也是为我挡过子弹的兄弟，史先生我们都了解，他说到，必然做到。”

“才怪吾当时心软，拿埃额司机留下来，阿留下了张安国这只瘪三。”许仕明恨恨道，“师兄阿不是当年额师兄了，如果伊不犹豫，早点做特松泽，就伐会有今朝额事体了。”

一丝寒意爬上了余笑蜀的脊背，原来史秉南对日本人也起过杀心吗？

“许师兄，你暂且忍耐，等你出来的时候，我让全上海给你接风洗尘！”

许仕明笑了笑，走到门口，忽然回身道：“余先生，吾知道，吾对头太多，侬不一样，吾由青帮小厮一路走到今朝，是没后路额宁，但侬有。”

许仕明这句话说得突兀，余笑蜀愣住了。

两个早就等候在一旁的日本宪兵给许仕明戴上手铐，一左一右架着他下楼离开。

这又是一个冬夜，雪花落地成泥，许仕明的亲朋故旧乱作一团。无线电侦查总队、行动总队、警卫总队、警卫大队、租界警卫队、直属行动组的各级干部无头苍蝇一般乱撞，把那囚车和日本宪兵一起团团围在中间。车子走到大门岗哨处就再也走不动了。拍着车窗呼喊、拔枪拉栓的就不下十余人。还是跟来的日本宪兵鸣枪示警，人群才稍稍散开。

囚车在人流的重重包围中慢慢挪动，好不容易才开出了七十六号的大门。

许仕明为人心狠手辣，但是够朋友、讲义气，千金散去，确实拥有一批不问是非、唯他马首是瞻的忠实拥趸，他带着这一群人横行上海滩多年，又养活了不知多少打手帮众。到了这一刻，当日本人的枪口终于开始对准自己一手扶植起来的七十六号，这些寄生者突然间都有了深深的切肤之痛。

飞雪纷乱，余笑蜀清楚，许仕明再也回不来了。

“去告诉他们，关上大门，把机枪架起来。”

陶俊杰匆匆从人缝中挤了过去，七十六号通向极司菲尔路的两道铁闸渐渐合拢，碉堡上的轻机枪也掉转了枪口，还留在院子里的人们觉得不对劲，喧哗声更大了。

曾长发、严屹峰陪着余笑蜀登上无线电塔下方的高台。

看着下面黑压压的人头，余笑蜀掏出配枪，照着空中扣动了扳机，火光一闪，子弹划破空气，尖厉的啸叫在高墙和楼宇之间久久回响。

整个大院里的人都安静了下来。

“你们想干什么？想让许总队长死在宪兵队吗！”雪花还在窸窸窣窣地打着旋儿飘落，余笑蜀黑衣长靴，他面前的土地，早已被众人踏成一片泥淖。

“诸位不要忘了，你们现在不是青帮龙头、不是地痞流氓，是我中华民国政府的政治警察、特务工作者，你们肩负的使命，不是穿金戴银、不是吃香喝辣，更不是要和政府或友邦叫板，去挑战司法、抢回兄弟！不管平时许总队长待你们如何，他都和你们一样，肩负的是复兴中华民族的使命，肩负的是复兴国家、复兴党务的重任！”

余笑蜀板着脸，声音在低沉的暮色中回荡着。

“今天，我余笑蜀深信，许大队长绝无被污蔑涂抹的各种问题，但是，这并不代表，我们一直以来的工作，就臻于完美。我们应当首先自问，你们手中的权力哪里来？你们手中的枪支弹药哪里来的，你们身上的制服哪里来的！

“我们还应当自问，我们本身有无力量，我们的组织是否健康，我们的能力是否得以发挥，我们自己是否对得起上海的民众、对得起国家，对得起汪先生！我们更应当自问，各位中有没有贪赃者、有没有枉法者，有没有吸食毒物、包揽讼词，极尽腐恶之事，弄得不堪与闻的败类？！我们应当自问，诸位中有没有敷衍塞责、上行下效、失去信仰、昧于金钱、不知自爱、甘于堕落、自绝于民众的庸人！如果，有谁完全没有我说的这些情况，走上来一步，让我余笑蜀看看你的脸！”

余笑蜀鹰隼一般的眼睛从这一群刚才还在山呼海啸、群情激奋的人脸上扫过。

“坦白说，两年前，特工总部还是一个群策群力、切实团结、信仰一致的大家庭！还都以后，由警政部而调查统计部，我们的任务日益艰巨,我们的人数飞速扩充,我们的组织日益庞杂,我们的机会多了、权力大了，诱惑也多了，我们的行事方便了，面前的障碍少了，但是我们的精神却涣散了，力量却削弱了，这两年究竟发生了什么！

“张安国，行动一大队大队长，究竟是个什么样的角色，相信大家都心知肚明，就算没有接触，也有耳闻！贪污、绑票、腐化，竟至在宪兵司令部驻防的核心地带，去抢劫友邦正金银行的黄金，这说明了什么！

“这说明在我们组织的肌体里，由权力、由利益，已经滋长出了凶恶的毒瘤，把我们的干部，变成了贪官污吏、变成了骄兵悍将！敌人认为我们手段厉害，但我认为，张安国们更厉害，他们的行为，对我们的奋斗目标产生了最消极的妨害！正是因为这些人，不但使得民众的痛苦不能解除，更让我们的国家、民族的复兴无望！在这里，我代表史部长，代表中央，告诫和晓谕各位、鼓励和劝勉各位，最近，我们就要借着友邦对我们的检调，将张安国这样的害群之马，彻底肃清！

“我余笑蜀服务特工总部凡六年，相信诸位就算没有见过我本人，也听过这个名字，如果说这里还有谁有资格说这番话，除了正在清乡前线为我民族前途奋战的史部长，就是我余某人！我受史先生之托，主持特工总部和政治警察署，当下，此刻，我就是组织！组织就是我！凡有异见者，现在就给站出来！”

碉堡上的探照灯在人群里晃动，一片茫然的雪亮，朔风卷起雪花，纷纷扬扬，七十六号的广场上静寂无声。

“各位，既然加入了特工总部，我希望你们要看清生死的观念，抱定牺牲的决心，去一致努力，我们才有光明的未来！”

余笑蜀手对着混沌的夜空，慢慢攥紧，变成了一个拳头。

许仕明的被捕的确是一场危机，当余笑蜀在七十六号各处室主管的陪同下走下高台时，讲到激动时发散的热气已经全数消散。

陶俊杰替他披上毛呢大氅，余笑蜀把双手用力搓着，好带来一点热量。

他看了看严屹峰，道：“去把今天所有到场的中层干部都集中起来，一会在小礼堂，继续开会，凡是有要挑事的刺头，就地拘捕。”

10 风烛草露

10-1

夜幕降临，法租界华格臬路锦江川菜馆的私密小包房里，早已经摆上了宫保鸡丁、干烧明虾、白油冬笋、回锅肉四盘地道川菜，桌上三个精致的瓷碗里面，满满都是热气腾腾的米饭。在如今的上海，这样的晚宴已可称奢侈。尤其是市面上奇缺的苏南大米，蒸得恰到好处，一颗颗圆润饱满，在电灯下闪着诱人的光泽。

周竟成一身长袍马褂，拿起烫好的酒壶，给三个杯子都倒上酒。

“来，第一杯，祝贺。”他举起了杯子。

在他对面，夏子彰和丁寄萍对望了一眼，拿起了桌上的酒杯。

“祝贺夏子彰同志，再一次从日伪的魔掌中逃脱！”周竟成一口饮尽了杯中酒。

夏子彰也跟着一口喝完，丁寄萍抿了一口，大皱眉头，这绍兴黄酒的味道，和她平日里惯饮的西洋酒，确实大有不同。

周竟成微笑，又把空杯满上，道：“这第二杯，是欣慰，丁先生的旧案终于了结，凶手伏法，正义昭彰！”

这次他又是一口干掉，夏子彰和丁寄萍却都没有喝完。

“周先生，你慢慢喝，这个酒我不大喝得惯，有点反胃。”丁寄萍的脸色苍白。

夏子彰忙用手轻抚她的后背，道：“都过去了，忘了就好，忘了就好。”

周竟成看了看夏子彰。

夏子彰摇头道：“天网恢恢，前两个月不是捉住了那个张安国吗，经过日本人的侦讯，里里外外都清楚了。丁伯父含恨而终，就是许仕明和张安国做的。史秉南脸上挂不住，派一个情报处处长把张安国提出来，带到苏州河边的荒地，当着我和寄萍的面，一枪打死了。寄萍是第一次见到死人，从此之后，饭就吃不好，人也瘦了一大圈。”

“好了好了你不要说了！”丁寄萍捂住了嘴。

“哦，是这样，那丁小姐先不要喝了，本来，这第三杯，就是我祝你们二位，虽然经历了些许波折，终于有情人终成眷属！那这一杯，我自己喝了！”

他杯子刚刚举起来，忽地传来了当当的敲门声，周竟成脸色一变，还没等他反应，门已经推开，进来的是锦江川菜馆的伙计，手里拎着一个食盒。

“你要做什么！”周竟成伸手去腰间摸手枪。

“几位客官，你们要的香酥鸭到了！”那伙计满面笑容，打开食盒，从里面端出一盘金黄喷香的鸭子来。

“怎么回事，我们没有要过香酥鸭，这是私人包厢，你怎么擅自进来！”

夏子彰的话音未落，从那伙计的身后伸出几支黑洞洞的枪管来，指定桌上三人，从那枪管背后，又转出一个人来，道：“哎呀，这馆子最有名的，就是这一道香酥鸭，怎么能够不点呢？”

暴露了，一股寒意从周竟成的尾椎骨直升天灵盖。到底是谁不可靠？他看看丁寄萍，又看看夏子彰，正在瞠目结舌，丁寄萍忽地站了起来，劈手就是一个巴掌打了过去，伴着她清脆的呼喊：“董之微！早说过，我们不要再联系了！你怎么还闹到这里来！”

“他来得！我来不得？”董之微显然对丁寄萍的套路了然于胸，伸手捉住了她的手腕，眼睛却瞪着夏子彰。

“你们都出去，外面等着，我要和寄萍见几个朋友。”董之微抖了抖衣服，拉过椅子，一屁股坐了下来。

“是。”保镖们收了枪，撤了出去，周竟成起身看了看，那几个彪形大汉都或站或蹲地塞在了走廊里。

他被弄蒙了，坐回桌前，这一下倒好，八仙桌四边分坐四人，桌上四个菜中间多了一盘香酥鸭，还冒着热气。

周竟成虽然没有见过董之微，但当然是知道董之微身份的，只是不知道他突然出现意欲何为，要把他这个军统头目扭送日本宪兵队吗？

没人说话，气氛一时尴尬，周竟成想了又想，说什么都不合适，最后只得开口道：“董先生，你要不要添一副餐具？”

董之微却转身对着丁寄萍，柔声道：“寄萍，你的电报我收到了，你说，要和我分手，我不同意。”

丁寄萍抿起嘴唇，道：“董之微，我这是为了你好，实话告诉你，我今天和小夏到这里来，不是什么儿女情长，我已经下定了决心，要和小夏一起，抗日救国、光复中华！”

“他妈的，”董之微一撸袖子，“寄萍，你真是太小看我了，我现在就告诉你们，我，董之微，也加入光复中华的革命斗争！”

丁寄萍一愣，道：“你不要闹了好不好。”

“我闹什么，”董之微从腰上摸出枪来，往桌子上一拍，砰的一声，转向周竟成道，“这位长官，我要加入革命，请马上吸收我！”

周竟成长长吸了一口气，这样的局面，他真的是不知道说些什么好。

董之微一笑，道：“我这个人，最是真诚！既然大家都是革命同志，我也就没什么好隐瞒的。我自己介绍一下，我叫董之微，现在做一个清乡委员会驻苏办事处副秘书长，你可能没有听过我，但一定听过我的父亲，现任军事参议院院长，他叫董务德！”

董之微看了看愣在当场的三个人，又道：“明人不说暗话，我董家一直都在积蓄力量，只要蒋委员长一声召唤，随时反正！这次张安国和许仕明怎么死的，还不是我董之微为国锄奸！”

他抄起筷子，把那香酥鸭先往丁寄萍的碗里放上一块，才又道：“你们的身份我清楚得很，坦白说，出了这个房门，我这些话确实没有人敢信。”

“但是，”董之微气势满满地拍了一下桌子，几个小酒杯都跳了起来，“天地有良心！”

周竟成的脑子在飞快地运转，这实在太意外了，无论是董务德还是董之微，现在都身居要职，只要他们稍稍放放水，军统在上海的处境就会得到极大的改善。董之微说董家要反正投诚，周竟成也不是全然不信。目前全面抗战已经进入第六年，眼看日本败象渐露，手里有点权力的伪府高官，大都在给自己找后路。手握重兵的董务德更是个老油条，这时候不与重庆建立一点联系，待价而沽，等到大势逆转，再去触霉头，反而不合理了。

问题是，现在，这个纨绔公子的豪言壮语可信吗？

内心做了一番挣扎，他终于还是不能无视董家投诚的巨大利益，于是开口道：“董先生，你如此深明大义，真是一个铁骨铮铮的中华男儿，我愿意代表国府，和你建立一个联系。”

“怎么样？”董之微得意地看了一眼目瞪口呆的夏子彰和丁寄萍，拿腔拿调地道，“未请教阁下尊姓大名。”

“我是军统上海区的负责人，我叫周竟成。”

周竟成伸出了手去，董之微也放下筷子，大方地和周竟成握了握，道：“久仰久仰。”

“非常时期，你和丁小姐的组织手续，我报请上峰，稍后补上，那以后，大家都是同志了！”

“好说，好说！”董之微扔是抱拳，敷衍了一下，紧接着又道，“既然大家是同志，就要在共同的革命目标和道德下团结一致，那是不是，在感情上，不应该撬革命同志的墙脚！”

“这……”周竟成没想到董之微开口第一句大道理，竟然说出这番话，不知道怎么回应才好。

“你真是没完了！”丁寄萍呼地站了起来。

周竟成今天来，本是想借着夏子彰的关系，吸收丁寄萍的，没想到此刻竟然左右插不上嘴。那边三个人在上演三国演义，他只得用手托着额头，去夹那还冒着热气的香酥鸭。

不愧是锦江川菜的招牌，皮脆脂滑，倒真是美味。

10-2

北苏州路上海总商会，米粮统制委员会的中方采办们正齐聚一堂。

梁利群烦闷地站在门口张望，楼梯口终于响起了咚咚的脚步声，是王寿春，他年纪大了，走得急，上气不接下气。

“怎么样？清乡委员会的粮食找到了吗？”

王寿春摇了摇头，道："少东家，这个事情没解，我们还是找机会脱身吧。"

"梁先生，开始了。"远处，武藤美朝正远远向着梁利群招手。

"被架在火上，走不了了！"梁利群叹气，转身向议事厅走去。

"没想到，日本人真会彻查丁先生的案子。"

"听说这次是东京亲自下达的指示，要登部队配合高田正夫，务必解决上海的民食问题。"

"这还不明白吗？没有粮食，日本人也撑不下去了。"

"史秉南收了黄金，不是发了粮吗？怎么这市面，丝毫不见缓解呀！"

"粮食到上海不假，最终分到谁的手里，可就不一定了。"

"你们小声点，被别人听了去！"

小议事厅里，嘀嘀咕咕的几个人看向了主宾席，那里位置空了一半，已经就座的各怀心事，对耳旁的窃窃私语充耳不闻。这其中就包括米统会委员许香南和他的好友丁国强，他们身边板着脸的，则是聚丰商号老板张本昌。

这里召开的，是汪政府全国商业统制总会的咨商大会。上海的粮食危机愈演愈烈，民怨沸腾，于是，由米统会和伪府粮食部一起，召集中方采办们共同商议。但是到了正式开会这一天，米统会主任委员袁登履称病、粮食部部长杜申荣缺席，最终有些分量的，只来了一个米统会副主任委员梁利群，此刻，他正在小房间代表米商和日方沟通。

两个小时过去了，楼上还是没人下来，在议事厅里等候的人愈加不耐烦起来。

"我看啊，这次从江苏来的粮食，大概又被日本人吞了！"

“不会吧，就算是日本人，也不能看着民众都饿死呀！”

眼看屋子里的窃窃私语变成了大声喧哗，许香南坐立不安。

“老丁，你缓和一下气氛，不要让大家胡说，被日本人听到，不是闹着玩儿的。”

“好，”丁国强会意，站了起来，大声道，“诸位，诸位，抱怨解决不了问题，上海民食紧张，大家也都尽了力，现在情势危急，友邦一定会雪中送炭，我们再等等，再等等。”

“有什么好等的，怕影响乌纱帽，能躲的都躲了，和日本人能商量出什么来！”

“商量来商量去，还不就是打我们库存这一点救命米的主意？”

“日本人维持军力是重要，但是也不能不让老百姓活啊！政府的米粮储备已完全耗尽，我们采买的米都缴售给米统会了，还要从哪里弄米去！另外，沪西从来也不产米，向来都是靠青浦、松江。自去年八月松、青清乡以来，封锁线一拉，米粮完全断绝，到现在只能喝西北风了！”

“清乡清乡，不清还好一些，清到现在，连米缸底儿都刮干净了，晁错有言，‘饥寒迫身，不顾廉耻’！现在民食不足，人心惶惶，统不统制，怕也没什么两样！”

“可不要说什么统制了，都要把人统死了！民众没米吃，不铤而走险，就只能坐以待毙，潜入封锁线买粮，又会遭到军队枪击！隔三岔五，就有人因为买米丢了性命，这，这景象，惨不忍睹嘛！”

“让梁利群出来，问问他！从清乡委员会买的赈济米，怎么现在还不发？！”

丁国强一句话，不但没能平息众人的议论，反而引出了山呼海啸般的抱怨。

他不知如何是好，看看许香南，同样一脸无奈。谁能料到上海的米荒竟到了今天的程度。

不久之前，高田正夫募款买米，已经把眼前这一群商人狠狠割了一刀，但谁也没想到，一车黄金从苏州换来的民食粮，居然已在账面上“如数核发”了。

不提那些凭空消失的，商人们更紧张囤在手里的粮食。

非常时期，替米统会收粮，是个肥差，几乎人人都在中饱私囊。米统会对粮食定价过低，收粮不易，于是采办商人们便私下隐瞒收粮数量，向米统会缴售的粮食远少于自己扣下的。这些粮食向黑市倾销后，所获粮款再用来贩卖其他物资，这在饥荒大起的当下，是个一本万利的生意。要他们在这个紧要关头，把存粮吐出来，大概相当于拿刀子剜他们的肉，恰如这一会儿，一个个痛得脸面都不顾了。

“哎，利群就不该接这个差事，骑虎难下，骑虎难下啊！”许香南喃喃自语。

他是梁家故旧，没什么政治野心，一辈子都在当一个和事佬，无论日本人、重庆，又或是共产党，他只希望大家都能手下留情，不要把上海彻底搞垮掉。他这个世侄，从来就惯于风流、拙于经营，这一次，还能全身而退吗？

贵宾厅的大门终于敞开，全国商业统制总会理事、米粮统制委员会副主委梁利群走了进来，还是一副大大咧咧的模样。他身边的商人代表却个个面如死灰。

“安静、安静。”丁国强站了起来，不断挥手下压，房间内的议论声渐渐消失。

许香南站起来道：“利群贤侄，情况怎么样？日本人怎么说？”

梁利群摇摇头，一屁股坐在椅子上，道：“日军的军粮和上海的民食粮一样，也是千方百计征收不来，登部队自己的军粮还嫌不足，请日本人拨粮或者减征这件事，就不要想了。”

“那，他们就什么都没说吗？”

梁利群点点头，道：“上海的粮食问题，还是要我们自己想办法。”

“我们有什么办法？”已有人喊了起来。

梁利群道：“荒年歉收，兵灾连绵，大家都拿着米统会的采办牌照，这些日子也不辞辛苦，下去收了不少粮食，如果手头有存米，就拿一些出来嘛。”

“清乡委员会的米呢？我们又不是没交粮，除了交粮，几个月前，我们还募了款呐！这样一而再，再而三，谁受得了？”

“诸位，不要激动，苏州来的大米，上个月已经发完了。”

“分四批运来的十万石米，投到市面上，就算不能救荒，至少也能听个响吧！这响在哪里？大家的肚子响啊！”

“什么荒年，只要清乡委员会在，年年都是荒年！”

提到史秉南运来上海，已经“如数核发”的民食粮，人们又开始激动起来。

梁利群看着这喧闹的众生相，索性身子往后一倒，跷起了二郎腿，道：“你的意思我明白，你只抓住个清乡委员会抨击，就是不敢说我们的友邦嘛，不敢说战争要是这样继续打下去，年年都是荒年嘛！”

“你！血口喷人！我可从来都没有这样说过！”

眼看三句话不到，又要吵起来，许香南忙站起来打圆场，道：“我看，今年虽然年景不好，但在座的各位，还都能过活，恐怕真正受不了的，是上海的市民百姓，这种时刻，大家应该同舟共济、同舟共济。”

“我怎么听说，最近有些老板仓库里的米，满得都要溢出来了？”

“梁利群，你这样说话可就不好听了，就算大家手里有些存米，那也是我们真金白银收来的，没缺过你米统会的份额。我们自家留一点应对不时之需，惹到谁了？再说，现在米粮缺口这样大，我们拿米出来，自己吃什么且不说，又有多少能进到市民的口袋？！”

发言的，正是被史秉南从苏州赶到上海的张本昌。

梁利群坐直了身子，道：“张老先生，您是苏沪商界的老前辈了，有些道理，您不该不明白。我米统会又不是白拿您的粮，是要用钱买的嘛！再说，我说有人囤积居奇，您老急什么？”

张本昌哼了一声，道：“用钱买？！用什么钱？中储券？印钞机一开，钞票滚滚来！现在纸币贬值这样厉害，拿到手里，谁知道什么时候变成废纸！”

“张先生，你的意思，是中储行发行废纸，政府在诈骗钱财了？你自己想想，这是不是在煽动民众颠覆政府啊？”

“梁少董，你不要给我扣帽子，不错，我有粮，但请你问问在场的诸位，如果米统会拿中储券换粮食，谁家愿意出？只要有一家愿意，那我张本昌马上跟上！”

“好，那我就看看。”梁利群站了起来，双手扶桌，慢慢左右扫视了一圈，果然没有一个人搭腔。

他摇摇头，又坐下，道：“好，你说得对。大家低头不见抬头见，你有粮不卖，我也不能强迫你，我就问问，你一家人，一天能吃多少米？你以为日本人不知道你存了多少粮？你留着这些粮食，自己又吃不了嘛。”

“对不起，梁少董，说破了天，中储券在乡下已成废纸，你也不问问，一合米现在黑市多少钱，官价多少钱？你米统会借着民怨硬来向我们收购，不就是抢劫吗！”

“是啊，抢劫嘛这不是！”这句话一说出来，附和声四起。

“哦？那你们向农户收购不是抢劫？对，你们官办采买，不是抢劫，不是抢劫。”

“你也不必阴阳怪气，我们也是通情达理的，我把话放在这，如果米统会能像上次对清乡委员会一样，用黄金照市价来买粮食，我就卖！”

梁利群气笑了，一群拿着日军购粮凭证的二道贩子，居然想学手握数十万武力的清乡委员会，和日方、政府讲起条件来。今天这样铁板一块的局面，后面没有人撑腰就怪了！他眼睛一眯，用手挨个指过去，道：“你、你、你，你们也一样吗？有黄金，按市价，就卖粮吗？”

“有黄金可以。”

“可以。”

商人们梗着脖子，硬气更胜史秉南，沦陷以来，上海多年不见的浩然正气又重新在厅堂里鼓荡不息，提到黄金，这些人嘴里的困难忽地都消失了，一个个大点其头。

“好！”梁利群啪地一拍桌子，蹦了起来，“你们把粮食都准备好，我这就去找黄金！”

10-3

民国三十二年，五台山下的匡庐路绿树成荫。迁来南京的梅机关就隐藏在这条不起眼的街巷里，对外，它的招牌是“国民政府最高军事顾问部”。

这是一幢西式二层小楼，阳光透过晃动的叶片，斑斑点点地洒满了院子，虫鸣鸟叫，一派清幽。

南步青山身着便服，正在慢吞吞地洗茶。

“说说最近的情况吧？”

松泽俊久微微鞠躬，道：“登部队正在向米统会强力施压，和我们预料的一样，梁利群没能解决任何问题。这次米统会无米可统，激起民愤，打掉上东这个史秉南的金库，只是时间问题。”

“嗯，高田正夫的米呢？”

“清乡委员会的米到沪之后，莫名其妙就发放一空，不只我们，现在上海的商人们都怀疑米统会手脚不干净，说什么的都有。现在上海粮食危机空前严重，饿殍遍地。黑市米价飞涨，米商们更不愿意缴交粮食。因此，清乡委员会和米统会已经成为众矢之的，史秉南的名声，彻底败坏了。”

“很好，处理许仕明，可以说是斩掉了史秉南的一条手臂，这次要把梁利群这一条也斩掉。”

“明白，史秉南居然真的对忠心耿耿的部属下手，这让他的很多旧部心怀不满，事情正在朝着有利我方的方向发展。”

南步提起茶壶，细细一条水线浇入茶盏，他缓缓道：“这个人的性子很难捉摸，手里的权力又太大，如果条件具备，就不要再拖延了。”

“是。”松泽俊久精神一振。

“你的运气不错，没有这次的饥荒和上海商人们的怒火，这件事也是很难办成的。”

“是，如果不是丁司城案意外曝光，商人们也不会集体抵制高田的募款，以致惊动了东京。说到底，还是史秉南过于狂妄、自取灭亡。”

南步青山点点头，抿了一口杯中的清茶。

“还要向您汇报，经您提醒，对董务德一派的工作有了重大进展。这一次配合我将重庆导演的黄金劫案安排在史秉南头上的，就是董务德的儿子董之微！”

“哦？”南步青山大感兴趣，“董务德和史秉南之间也产生了裂痕？”

"是，董姓一家人，唯利是图，毫无原则，早就盯上了江苏这一块肥肉，只要我们许以适当利益，他们一定会出卖史秉南。如今史秉南的三个重要助手，打手许仕明已经被我们除掉，相当于拔了他的獠牙，账房梁利群也即将被我们打掉，这就按住了他的钱袋子。接下来，只剩下最后一个，他的军师余笑蜀了。"

"余笑蜀，"南步抬起头来，"你对这个人有什么评价？"

"非常聪明、十分低调，而且，和史秉南一样，是一个实用主义者，所以，我觉得他是可以争取的，相反，要想不露痕迹地除掉他，会相当困难。"

南步青山笑了，道："你倒是很少夸奖支那人啊。"

松泽俊久忙道："这个人并不简单。史秉南为了平息上海商界的不满，杀了丁司城案的主犯，就是余笑蜀执行的，他让人从宪兵司令部提出了当事人，带到苏州河南，当着丁司城女儿和董之微的面，将其一枪毙命。在之后对于许仕明的处理上，又是他出来唱红脸，大张旗鼓地营救，所以最后许仕明伏法，看起来和史秉南的无情毫无关系。"

"审时度势，一个史秉南式的聪明人。"

"是，但和史秉南不同，他从未对我们表现出民族主义的情绪，他清楚，支那人是无法和大日本帝国抗衡的。"

"这么说，你已经和他单独接触过了？"

"接触过了，但是碍于他和史秉南的关系，我还没有向他透露我们的真实想法。不过，在除掉史秉南之后，总要有人把特务系统重新掌控起来，除了这个人，好像也没有特别好的人选。"

"嗯，"南步若有所思，"不过，这个人的手脚是不是也不干净？"

"是，但这个人非常实际，他已经承认，他的东南贸易公司做了很多违法的勾当，但如果不这样，就无法取信于史秉南和积累个人资本。他同样认为，竹内将军一直给予汪政权强力支持，毫无必要。因为这个政府实在是腐败得不可救药。”

“实际一点好，”南步青山叹了一口气，道，“史秉南虽然忠实履行了对我们的承诺，但他毕竟还是一个支那的民族主义者，而且，其所作所为，统统是为了其野心服务。”

“史秉南的事情，要抓紧，”陶制炭炉上，水又滚沸起来，南步青山看看窗外的树影，感慨道，“如今，他终于得到了梦寐以求的江苏省主席的位置，大概可以暂时缓解他的心情、让他放松警惕。迷信权术的人，最后也会被权术所吞噬。这就是宿命吧。”

茶水倒入杯中，毛茸茸的嫩绿叶片在水流的冲击下，正上下缓缓浮动着。

10-4

“到底什么事，怎么还要拉上我？”乔月站起身来。

“天下本无事，庸人自扰之。”

“那我就是个庸人咯？”乔月走到窗前，从这里望出去，正可以见到东亚银行和中储行的屋顶，这屋顶之后，就是空空荡荡的税关码头和寂静奔流的黄浦江。

宽阔的办公室里，一切陈设如旧，属于梁成杰的大办公桌原封未动，一旁梁利群的桌上则文件凌乱，椅背上还丢着他的米色风衣。

“这是利群最喜欢说的一句话，”余笑蜀也走了过来，“我们就以他的视角，看看这个无事的天下。”

“无事？焦头烂额吧。日本人全面占领上海，向满洲提供的军需却不减，洋米却进不来，华中各产米区又被游击队控制，这米粮问题，分明是松泽俊久给他挖的坑。现在汪政府、日本人、全上海的市民们，所有的眼睛都在盯着他。”乔月略带迟疑，“我总觉得他最近有些不大对劲。”

余笑蜀道：“大概，是真鹤子的事情吧。”

这句话出口，两个人都沉默了。自日籍党员中西功领导的潜伏小组全军覆没，上海敌后特情工作局面空前严峻，就在前几日，梁利群积极营救未果，只有二十一岁的千都真鹤子也以叛国的罪名，被日本海军秘密处决了。这之后，梁利群这个米统会副主委风格大变，一头扎进了上海民食弊案的调查之中，最近还要向余笑蜀借人借枪。

“我知道，为了抗战能够保存更多有生力量，也为了缓解根据地的压力，省委之前曾希望梁先生能够想想办法，帮助上海市民度过这个饥馑之年。就是通过真鹤子去给他做的工作。他跳进米统会这个大坑，也非完全被动。”

乔月叹了一口气，续道：“可如今真鹤子牺牲，省委也撤回了根据地，沪上米粮背后的黑手连日本人都没有办法，眼看着梁先生自保尚且困难，这当初的承诺，恐怕是绝对无法完成了。我和他接触不多，也知道这个人自由散漫，从来都是得过且过，但他也确实没作过什么恶，还给过我们很大帮助，你要想办法帮他迈过这个坎才好。”

余笑蜀摇摇头，道：“我也想，但是现在的局面，即便我借他再多条枪，也是解决不了的。”

“你确定？我总以为你有你的想法，他这个米统会副主委，要枪做什么？你也真借给他？”

余笑蜀苦笑：“就是实在想不出他要做什么，我才借给他。他还要我邀请松泽一起来跟他开发布会呢。”

“尽力吧，高田正夫这次弄出来的动静实在太大了。日本人分明要借着整肃米粮贪污来重新加强物资统制。东南贸易公司也好，民华公司也罢，统统都要清点盘查，通往根据地的物资线已经断了，交通线也不知道还能维持多久。”

“是啊，”余笑蜀叹了一口气，“反对清乡委员会的声浪一波接着一波，整个上海滩都人心惶惶，大家都感觉自己被针对了。”

他心头还有一个沉重的话题，不知道要不要和乔月讨论。

乔月果然先开了口，道：“还不是秉南，他就是不认输，除了他谁还能掀起这样大的波澜。”

“除掉了许仕明，日本人算是给了他一个严重的警告，不过他又顺利拿到了江苏省主席，这回他更不肯回头了。”

“严先生说，秉南最近不再回应华中局的要求，可能就是拿了这个江苏省主席的缘故，我怕到时就是他想回头，也来不及了。”

余笑蜀道：“松泽已经秘密约见了我，试探我对秉南的态度。如今秉南的地位越高，也越孤独，说是四面楚歌也不为过，请把我的意见转给严先生，‘银匠’小组，也要早做谋划才好。”

乔月点点头，道：“是的，严先生说，我们明日的道路，就在今日脚下。这给我很大的启发，秉南的未来，最终也在于他的抉择。我们都希望，他能够就此停下，站到历史正确的方向上来，但除了他自己，谁又能左右他呢？”

她稍微停了停，道：“省委撤往根据地之后，淮北苏北的反扫荡，苏中、苏南反清乡的斗争都很成功，根据地扩大了，也更稳固了。国际上，德国在苏联受到了重挫，英美进入了全面反攻，日本在世界上越来越孤立，我们的胜利大概也为期不远了。”

“嗯。”

“我总想，人的一生这样漫长，我们还这样年轻，还有无数的日子在前面等着我们。我也相信，战乱不会是我们这一代的人生终局。如今党指示我们和国民党要既联合又斗争，也是为了争取和平建国的局面，迟早，边区武装和新四军也一定都会合法化的。等到那个时候，成立了联合政府，我们就可以光明正大地建设我们的国家，再也不用秘密潜伏了。”

“是啊，真好，”余笑蜀望着远处的黄浦江，“但愿那时，大家都在。”

谈到未来，两个人都有意回避了史秉南这个名字，也回避了一个真切的疑问：真的有那么容易吗？在国府千疮百孔、问题重重的庞大官僚机构中，如何生长出一个全新的中国？

大门打开，上东信托的财务主任王寿春走了进来。

“余先生、乔小姐，梁先生请我转告两位，他的事情办得很顺利，现在请二位去聚丰商号一聚，下午两点，他要在那里召开临时新闻发布会。”

余笑蜀看看表，站了起来，问道：“这个时候开什么发布会？他午饭不吃了？”

王寿春道：“少董说，等发布会结束，他再回来请客吃饭。”

余笑蜀转头对乔月道：“利群忙到连午饭都不吃了，这倒少见。我们一起去看看吧！”

原来梁利群借人借枪，居然直接杀到了周佛海一派的最大采买商家里，这个一贯随心所欲的家伙估计又要捅马蜂窝了。

10-5

“快走吧，快走！没有了没有了！”

聚丰商号的伙计们在驱赶那些徘徊不去的市民。

淞沪战起，南市在激战中变为废墟，张本昌的聚丰商号最先迁回大吉路，在残砖废瓦上大肆兼并，如今已成为沪上规模最大的私营粮库。今天正是米统会按口授粮的日子，新一期的民食粮甫一发放，便被一抢而空。

余笑蜀的汽车开到聚丰商号院里时，这里已经聚集了不少粮商和记者，都是来等下午的新闻发布会的。毕竟现在上海粮荒、形势危急，人人都想知道米统会葫芦里到底卖的什么药。

“梁主委呢？在哪里？带我去见他。”

在伙计的引领下，余笑蜀和乔月匆匆穿过人群，来到了后院的储米仓。

时值正午，大太阳明晃晃的，粮仓内却一片阴凉，钢制承重柱支起双坡顶的高架，东西两侧的通风窗上，换气风扇在嗡嗡转动着，空气中弥漫着一股干燥的稻米香气。

梁利群正站在堆积如山的米袋中间发愣。

“利群，你要搞什么鬼！”余笑蜀大步走了过去，“怎么忽然要开什么记者会，不是前几日刚刚和采办商们协调过，毫无结果吗？”

“你们来了？”梁利群转过身来，拍拍身边的米袋，空气中腾起些许草末和尘埃。

“看看，都是芜湖的好米，堆得如长城一般。”

余笑蜀抬眼望去，一排排的米袋自地面木架层叠而上，蔚为壮观，倒真有几分像一道褐色的万里长城。

“我坐在办公室里，沪西、南市，四面八方，一份份告急的文书雪片一般飞来，都说各米店存货已被买尽，民食恐慌更倍于前，整个上海，不论贫富大都已无隔宿之粮，每天都在催着我按户发米，以资救济。可是你看看，”梁利群回过头来，自嘲地笑了，“这，不都是上好的粮食吗？”

余笑蜀也抬头去看，道：“看来流言不虚啊，张本昌这里如此，想必米统会其他大佬的仓库里也不会少。”

“这？怎么会？我听说不仅上海没有米，芜湖、太湖的存米也早被米统会一扫而光，日本人管理得这样严格，张本昌他们哪来的粮食？”

以上海近月购粮的困难，这堆积如山的米面也让乔月看傻了眼。

“这里面，有他们自己囤下的，也有秉南运来上海的。”梁利群点点身旁米袋，“看到没有？袋子还没来得及换过来。”

“外面说吧。”梁利群抖抖衣服，当头走出了米仓。

“的确，日本人的物资统制相当严格，但是再严格的统制，总要有人去执行，日本人总不能天天带着枪去抢米。所以，为了维持上海的民食，日本人不得不依赖这些采办商。”

“这个我明白，可怎么史先生运到上海的米，也在这里？”站在高大米仓的阴影里，乔月又回头看了看这规模宏大的白米长城。

梁利群哈哈笑了起来，道：“不错，高田买米买了个寂寞，所有人都以为是秉南敲了日本人的竹杠？他们真是误会了。”

“采买商向米统会缴交的民食米越来越少，日本人没办法，只好向秉南的清乡委员会施压，可秉南以稳定治安的理由死扛着不给，又拒收军票和中储券，日本人就不得不调集外汇美金购买，还引出一场黄金大劫案。现在你也看到了，日本人的钱袋子空了。这就是所谓的敲日本人的竹杠。可他们不知道，秉南的救急民食米的确如数运到了上海，只是化整为零不见了。你想想，什么人可以光明正大地撬米统会的墙脚？”

余笑蜀脸色一沉，道：“难道是董之微？”

梁利群摇了摇头，道："单凭他，还没有这样的手段和能量。"

"日本人？我知道现在的形势严峻，日本人逼你，其实就是在逼秉南，让他把辛苦积攒的家底都吐出来。"

梁利群道："也不对，你说得没错，日本人想要秉南继续吐家底，但问题是，秉南也没有什么家底可以吐了。他厉行清乡，已经得罪了地方要员，现在为了拉拢董务德尽快扩军，又重用董之微，清乡至此已经完全失去了改善民生的初衷。他现在冒险在粮食政策上公然和日本人作对，实际上已经把矛盾公开化了。他那一点心思，我都能看出来，日本人怎么会不知道？他知道手里的警察和保安部队无法和日本军队抗衡，才这样急，不惜代价去联合董务德的杂牌军。"

余笑蜀和乔月都摇了摇头。

梁利群道："是嘛，以前，我总觉得我们三个里面，秉南是最理智，最深谋远虑的，然而，我今天才知道，原来他才是我们三个里面最疯狂，最胆大妄为的一个！"

梁利群说完，哈哈笑了起来："其实这世界上哪有什么笨蛋，笑蜀，如果秉南这次真的迈不过这个坎，覆巢之下，岂有完卵。所以，这次熊山川他们联手搞我，我也没去向秉南求援，早死晚死，一个意思，也差不了多少。这一次，我也做点该做的事好了。"

余笑蜀嗅到了一丝不祥的味道，问道："你想要做什么？"

"张本昌那帮王八蛋，不仅囤粮食，还要盗粮食。一面口里嚷着没粮，一面疯狂打报告要粮，说什么不肖之徒破坏粮政、窃贩私米、高抬价目、谋取私利！跳脚大骂黑市之价日增而正当需要不足。真是无耻之尤！我惭愧做了几个月的米统会副主委，亲自去把沪上的米粮店都走了一遭，明明是市民计口授粮吃不饱，不得已去小商小贩处零星采买，哪有什么黑市？真正的黑市，就在这米仓之内！周佛海、熊山川为了整垮我们，倒果为因，不顾民众死活，他们要黄金，我就给他们黄金。我梁利群今天就要向整个沪上宣告，我要光明正大，消灭这个黑市！”

“利群，你不要冲动。在背后捣鬼的到底是谁？你现在告诉我，未必没有转圜的空间。”

“一会你们就知道了，”梁利群遥遥向等在一旁的王寿春招手，“王先生，请你过来。”

“我要你办的事，都办好了吗？”

王寿春道：“少董，都按照你的意思办好了，上东上海地产二十六处，占股公司四十二家，黄金、现金、证券、债券、股本等资产也已清点完毕，都已登记在册，就等您吩咐。”

“很好，辛苦，大家的安置计划，也都妥帖吧？”

“都安排好了，您放心。”王寿春一脸宠辱不惊。

乔月道：“梁先生，你这是要拿上东的资产，来换沪上这些奸商手里的粮食？”

“他们又不肯送给我，我抢又抢不得，那怎么办，只有换了黄金，跟他们手里买啊！”

“利群，你这样做，不是等于把励之公辛苦创下的基业，都毁于一旦吗？”

余笑蜀拉住了梁利群的胳膊。

“钱财嘛，生不带来，死不带去，他知道我这个不肖子这样做，在天上，也会欣慰的吧。”

余笑蜀脑子嗡的一声，心底一凉，道：“你说什么？”

梁利群摇了摇头，道：“欣怡辗转从美国带来的消息，父亲已经在半年前去世了。”

这个消息来得太突然，余笑蜀一时动弹不得。

人世间的风云际会，就是这样难以捉摸，当年热血青年黄武宁的那一颗子弹，明明是礼送汉奸梁鸿志，却打向了用尽心力在日伪国共间艰难平衡的民族主义者梁成杰。

而那个长于晚清、学在日本，在广州为国民革命鼓与呼的热血学者，那个在大上海奋斗经年、草创基业，鼓励青年余笑蜀“为个人名节，舍生易，为国家民族，取义难”的老人，终于没有能等到抗战胜利的那一天，就这样在异国他乡溘然长逝，化作黄土了。

“老爷子活着的时候，每天教训我，把我搞得又怕又烦。”梁利群举起手来,遮住阳光,抬眼望向天空极深极蓝处,“这些日子,我总在想,如果他还在上海，见到我今日所为，到底又会怎样训斥我，大概，还会把我骂得满头包吧。”

余笑蜀不知道要说些什么，只好上前捏住了他的肩膀。

梁利群苦笑道：“我这几天看到那些市民，冒着被枪击的危险违反禁令，千方百计想要搞一点粮食果腹，才晓得人的饥饿，真不是子弹可以消灭的。别的事情我想不明白，但我知道，这绝不是父亲奋斗一生想要看到的上海。我也知道，如果他还活着，绝不会苟且偷安，坐视不救，看沪上十里生灵尽为饿殍！”

他抬头，目光越过了层层叠叠的屋脊，投向无尽的远方。

“我梁利群被他骂了一辈子，也想他能最后表扬我一次啊！”

10-6

“熊团长，要快，梁利群闯进了粮仓。哎呀，我不是不在吗，七十六号带了枪，我的人实在挡不住。对对，记者也都来了！是，他没有证据，就算有了证据，也赶不上这一波，但是，还是小心为上。对对，尽快，晚了就来不及了，对，对。”

张本昌一边打电话，一边从窗子里瞄着在院内交谈的余笑蜀和梁利群。

上午他正在和粮食部部长杜申荣密议，没想到梁利群竟会在派米的日子来一个突然袭击，带人直闯他的仓库。等到他得到消息匆匆赶回，大批记者已闻讯赶来，他没办法，只好赶紧给熊山川打电话。

正午已过，大吉路上行人渐渐多了起来，张本昌盼星星盼月亮，终于盼来了税警总团的六辆卡车。大批士兵从卡车上跃下，将街道团团封锁。

张本昌带着一大堆采买商匆匆下楼，熊山川的专车正好来到门口。

熊山川的心情不错，先紧了紧皮带，才昂首挺胸地大踏步走起来，皮鞋把青砖路踏得咯咯作响。

“张老先生，还好吧？”

“熊团长，你怎么才来啊！”张本昌苦着脸。

“怎么了，梁利群跑了？我人没带够？”

事到如今，上海的民食问题已然无解。今天，得到了梁利群要孤注一掷的消息，熊山川是特地带人来参观这“新闻发布会”顺带“维持秩序”的。

张本昌叹了一口气，没有说话。

“怎么了？”

熊山川一行匆匆走进粮库院子，迎面是人头攒动的大小米商，并没看到什么武装的对手。等到士兵们在人群中开出一道缝隙来，熊山川这才发现，正对着大门，是数十袋大米垒了一条战壕一样的发布台，梁利群自己正挺胸端坐在两袋大米上，和记者们聊着天。

熊山川的脸色变了，在这个米袋子搭成的发布台的正中，和梁利群并排坐着的，竟然是松泽俊久，在梁利群的右手侧，赫然坐着余笑蜀。而松泽俊久的左手边，还空着一个位置。

“熊副团长，就知道你要来，快请上座！”

梁利群隔着几层人墙，发现了熊山川，开始了他的热情召唤，松泽俊久怎么会来？比起余笑蜀，松泽俊久不是自己一头的吗？

熊山川已经感到不对头，不过后悔也晚了，只能硬着头皮坐了上去。沪上的这四位大人物难得同时出现在同一场新闻发布会上，整个会场立刻凝重严肃了起来。

“诸位，”梁利群站了起来，“今天，我们在这里举行一个新闻发布会。近来沪上饥馑大作，梁某深感痛心。米统会购粮计划难以完成，其主要原因在于粮食收买价格远低于实际市场价格，导致各地粮栈的消极对抗。所以，为了保护在沪粮商的利益，避免贩米越贩越亏的局面，米统会经过紧急磋商，已经一致决定，将按照市价收购米商们的余粮，仍以官价发售不变，以缓解目前的困局。商家可任选黄金或中储券结算，其间差额，由我梁某人负担！”

谁也没想到梁利群能说出这样一番话。他刚一说完，下面围观的记者和米商哄然叫好。

官价是政府收售粮食的指导价格，自然是远远低于市价的。平素这些持证的采买商下乡收粮，都是官价收购，遭遇谩骂抵制已经是家常便饭，当然要私自瞒扣，放在市面上高价售出。这一次，梁利群居然要以市价收米，对粮商来说，岂不等于省了卖米的手续，高价包销？至于他是不是以官价售卖给民众，能卖多少，又有谁会在乎呢？

在一片叫好声中，张本昌这样的大粮商们却彼此面面相觑，本来他们早已商定，只要梁利群可以筹得黄金，为了面子上过得去，他们也将按照米统会的官价，继续缴售少部分米粮。怎么到了今天，梁利群忽然变卦了？

“梁少董，这，是不是不合适，我们本来是自愿以官价缴售的呀，怎么好市价卖给米统会。再说，这样一来，米统会承受的差价损失太大，你个人来贴补，这说不过去啊？”

张本昌摸不着头脑，站出来试探性地询问。

“张老板，你这话问得就不对了，民以食为天，我们多少次咨请粮食部采购配给，迄今未蒙指示。现在梁少董带头振臂一呼，纾解民困，按户售米，以资救济，这是做了大好事啊！”

“就是、就是，民为邦本，本固邦宁，此古今中外不易之至理。梁少董现在俯恤民艰，筹措资金购米，也是为了使统制粮食新办法顺利推行，稳定民心，我们一定配合，积极参与！”

“对嘛，你们管钱从哪里来？市民饥饿、商家售米，米统会提价包销，这不是很好吗？”梁利群对着记者们抱拳，道，“还请诸位现在就记下来，广为传布，即日起一周之内，上海存米商家，只要愿意出售存粮，请清点库存，到我上东信托公司财务处登记，经勘验核实，送至指定地点，即可按市价提领对价黄金或中储券。此次收购，限时限量，先到先售，过时不候！”

接着他又放大了声量，道：“此外，今日在现场的诸位采买商家，如果有意愿，可以现场登记认售，米统会优先购买！”他用手一指在旁边米袋上摊开账本的王寿春，道：“此处即可登记！”

他话音刚落，局面一下子就乱了，米商们也不顾发布会还在进行，纷纷抢上前去，想着先把自己手头的库存登记了再说。

“诸位，不要挤，也不要急！按手印要清晰，要知道，我们是要点数的，虚报仓储，套取补贴，一经查实，”梁利群回头，手伸向了熊山川，道，“税警总团熊团长在此，后果，想必诸位都知道了吧。”

“这？”看着那些小商户蜂拥而上，把王寿春围了个结实，张本昌不由得看向了熊山川。

熊山川一直在发愣，不知道梁利群这葫芦里卖的到底是什么药，现在将米粮的收购价和零售价倒挂过来，这是什么操作？难道梁利群真的要做一个破产的好人吗？

熊山川一直没有态度，大粮商们都急了。

原来，这些大户仓库里都囤有巨量的米粮，每当供应黑市之前，便会由熊山川联络米统会或粮食部的内应，以米统会救济米荒的名义下一个紧急通知，税警总团把守的各检查站拿到通知，便会配合米统会，将散米入市的征购起点调低，征购数量调高。譬如原来每石十斗缴售二斗的征购，临时变为每五斗便要以官价征购二斗，无形中征购翻倍，而且不满一石，原不予征购的，现在也要征购了。这样一来，当天入市米粮供应便会急剧短缺，随即米价大涨。两三天的工夫，在通知失效前，这些粮商们就会开仓放粮，在米价高涨时出清存货，便可以大赚一笔。

但是梁利群这样一搞，小米商们抢先登记卖粮，米统会一下子囤积了大量的米粮，再以官价卖出，他们的高价米马上就会无人问津，抢不上梁利群这个市价包销的机会，自己的米就算砸在手里了。何况他们为了哄抬米价，该有的孝敬早就给了各个通路，也包括熊山川和其后台，如果再跟着梁利群以官价售米，也要巨亏的。

“这个梁利群，用心何其毒也，他不是要找死，是要我们跟着一起死！”

“算了，我们也卖吧，啊？”

“再等等，再等等。”张本昌咽了一口唾沫，又看向了熊山川。

偏偏这个时候，松泽俊久也在看着熊山川，道："熊君，他们为什么总是看你，你没有介入上海的米粮投机吧？"

几个粮商还在向这边探头探脑，熊山川的汗都出来了，道："怎么会，他们是在看梁少董，米统会的政策，我一向是坚决执行，十分拥护的！食不饱，力不足，怎么共同保卫东亚！"

他清了清嗓子，站了起来，道："如今东南民力已竭，户户饥馑，无所依诉。你们但凡有良心，就不应该只顾一己私利，对梁少董、梁副主委的采买计划无动于衷！"

他还抱着一线希望，看了梁利群一眼，道："梁少董，剩下在观望的，都是沪上的大粮商，不知道你的贴补资金从哪里来，万一他们都报了名，米统会采买的数量太大，恐怕窟窿太大，不好填补啊！"

"穷年忧黎元，叹息肠内热啊！"

梁利群先吟诗一句，才道："熊兄，这么短的时间内，我哪里有什么额外资金。家父在世时，最喜老杜。最近我带着职员行走沪上，才真正体会到了人间三吏三别之苦啊！在闸北、沪西，民食米不足，数口之家待哺嗷嗷，哭得一塌糊涂；家有余财，还可以靠黑市散米支撑一时，而那些劳工苦力惯于出一天工赚一天伙食的，连吃都吃不饱了！至于塘桥和周家渡这些地方，政府配售不到，十家倒有八家冷锅冷灶，这样下去，离饿死人也不远了！"

他放低了声音，道："走了一圈，我再回来，看着碗里的饭，是再也吃不下去了！我等不了了，今天这些补贴，就算我上东倾家荡产，也不会少诸位一分。"

他这一番话说到最后，又看了看余笑蜀，眼圈已然红了。

记者们的笔唰唰记个不停，梁利群这番话说得动容，把松泽俊久也看愣了，梁利群和余笑蜀延请他过来，他本来是要来冷眼旁观一场混乱的，没想到，梁利群竟然用这样一个合理合法的方法，把上海滩的储粮都挤了出来。

熊山川倒吸一口冷气，他本来以为梁利群不过做个样子，象征性收购些米粮，博一个虚名。自己提醒一下，他打个退堂鼓，也就算了。毕竟敞开收购对梁利群来说，必然巨额亏损，但没想到他竟然是铁了心要大肆征购了。

熊山川不知道说些什么好，那边张本昌们却看出了端倪，再也忍不住，也横着挤过去，找王寿春抢着登记去了。

"梁先生，对你今天的义举，我很钦佩，不过你也知道，黄金和中储券并行收购，这些人是没有人会要中储券的，上东的黄金储备，很快就会被消耗一空，你不怕自家的银行倒闭吗？"

梁利群笑了，道："松泽大佐，我不拿些真金白银出来，米商们怎么肯露了自己的老底呢？再说，战时需要的是物资，日本既然已经和英美宣战，上海的国际贸易等于完全中断，黄金已经成为废物，我留着做什么呢？如今我们紧急收购，必须以黄金支付，如果再用中储券，将导致更为严重的通货膨胀，政府的经济将趋于崩溃，而且使收购遇到强烈阻力而无法进行。我们上东又不是央行，就算倒了一家，对沪上经济，也没有大碍的。"

松泽俊久眯起眼睛，不认识梁利群一样，这番话，说得着实让他意外，如果梁利群是真心实意不求回报地拿自己财产为上海的粮荒做一过渡，这样的支那人，倒是真正值得佩服了。

"梁先生，你今天通过余次长，邀请我来参加这场发布会，不会只有宣布兑粮方案这样简单吧。"

"是的，松泽大佐果然明辨，接下来，我还要请余次长和我一起，就有关粮食统制事项，对媒体做一个说明。"

“哦？”

“诸位，诸位！”梁利群站起来，挥舞着双手，道，“在今日，我梁利群还要恳请媒体朋友，为我刊布一个信息。我梁利群要实名检举！”

沪上的媒体记者们纷纷聚拢过来。

梁利群先是看了熊山川一眼，然后缓缓举起一只手，高喊道：“我要检举粮食部部长杜申荣、粮食部次长周乃文贪墨民食！”

11 春尽江南

11-1

九江路上，往昔门庭若市的西商众业公所早已关闭，而上东银行门前却被前来提款的上海市民挤得水泄不通。

史秉南把手里的报纸递给余笑蜀，道：“回去吧。”

他挥挥手，车子掉转了方向，向沪西驶去。

“真是想不到，利群有这一份心，用上东的资产去补贴米荒的差价，梁成杰老先生的这份家业，算是断送了。”

余笑蜀手中这厚厚一沓报纸上，各报社会民生版的大标题，都是米粮统制委员会采买大批米粮、平抑市价，稳定民生。

一个月以来，米统会高收低卖，大量的米粮涌入市面，上海大面积饥馑的惨剧总算是没有发生。然而梁利群自掏腰包，用上东的黄金储备贴补差价这件事，报纸上却都默契地只字不提。不仅如此，在上海市政府宣传处的授意下，近日关于上东银行面临债务危机的报道却铺天盖地，这直接引发了普通市民的恐慌，从而造成了大规模的挤兑风潮。从苏州赶回上海的史秉南，连七十六号都没回，直接驱车去了上东，但却为时已晚，上东大厦早被讨钱的市民团团包围，已经是挤都挤不进去了。

“利群是想好了的，如果他不出钱，这一次的民食危机解决无望，最后的火，还是会烧到清乡委员会，烧到你身上。他跟我说，左右是个死，他不如反客为主，将周佛海他们一军。”

“我知道，这次我也看走了眼，董之微居然偷偷选边站，连我牙缝里挤出来的粮食也要动手脚。怪我，只是可惜利群了。”

车子颠簸，史秉南的身子微微晃动着，余笑蜀看不出他到底是在摇头还是点头。

“秉南，这次虽然我们吃亏不小，但是没有伤筋动骨，以现在东南贸易公司的规模，少了上东，也一样跑得起来。何况这一次他还把粮食部那一批蛀虫都拉下了马，说实在的，你没看到当天松泽俊久的表情，他完全没有想到，上海最大的投机倒把者居然不是他一直在针对的我们，而是粮食部，是杜申荣。”

“说到底，日本人还是谁也不信任，松泽俊久总是觉得我势力太大，又不听话，他没想过，现在为他们做事的中国人，有几个是真心实意要拥护他们的大东亚共荣的。”

“也许，他只是不愿意想罢了。”

“是啊。太可惜，杜申荣倒了，周佛海不过倒了一个外围，利群的上东倒了，对我们来说，实在是一个巨大的损失。他现在情绪怎么样？”

“利群你又不是不知道，现在该吃吃、该喝喝，每天忙着变卖财产应付挤兑，倒看不出他有什么遗憾懊恼，还说等你回来，要一起去吃法国菜。”

“开始我觉得，利群做事不计后果、不受拘束，心软又放浪，大概是靠不住的，想不到这许多年过去了，为了我史秉南，义无反顾、抛家舍业的也是他。这法国大餐，是我欠他的。”

史秉南叹了一口气。

“天气不错，下车走走吧？”

车子开到愚园路，史秉南忽然提议，余笑蜀一愣，在公共道路上主动离开防弹轿车，这对史秉南来说绝无仅有。

“走走也好。”余笑蜀点了点头。

于是保镖在前、汽车在后，午后的愚园路上，多了两个并肩行走的身影。

“时间真快，风又冷了。”史秉南感叹。

余笑蜀深深吸了一口气，那些混杂着泥土和草叶的气息进入肺里，又慢慢从周身的毛孔一点点逸散出来，天气凉了，树荫下，穿着衬衫也会感到一丝若有若无的寒意了。街旁梧桐的落叶在路面翻滚，发出哗啦的轻响。

这场景余笑蜀总觉得似曾相识。

“是啊，真快，淞沪战后，这已经是第七个秋天了。”

余笑蜀看看史秉南，现在走在自己身边的，已经不是六年前那个精力旺盛、野心勃勃又默默无闻的中统情报员，现在的他，已经是汪记国民党中央执行委员、军委会调查统计部部长、江苏省省长，权倾一时的特务领袖。

这些年，这个人在政治场上殚精竭虑、好勇斗狠，凭借过人的谋略和勤勉，凭借非常手段和胆大妄为，迅速爬上了权力的巅峰，他经历了常人难以想象的险恶风波，竟然岿然不动，可如今不过四十岁的年纪，他的两鬓已经满是白发了。

“笑蜀，这些年，你跟着我左冲右杀，大概知道，对手再凶恶，我史秉南也从未害怕过，不过最近这一年，我却常常有一种力不从心的感觉。感觉自己的精力和身体，都走上了一条无可挽回的下坡路，感觉疲惫倦怠、感觉时不我待。这样的状态，连佳兰都看出来了。”

“是不是清乡的事情南步不配合，最近心绪太乱？”

“是吗？现在每天晚上入睡困难，却又醒得太早，想着有太多想做的事情还没有做。我也搞不懂，为什么我们明明在一路向上，却总有一种在冰面上行走的错觉，好像只要稍微用错力，便会顿失依凭，跌下万丈深渊。”

相识六年以来，余笑蜀从来没有见过这样的史秉南：“秉南，不要想那么多，你太累了。”

“好吧。我从来就是一个寒门出身的穷学生，这一生，都像在逆水行舟，想要为人所不能为，想要出人头地。现在，应该算是达到了吧。总觉得没有非常的机遇，极端的努力，一切便会无可挽回地随水东去。可再努力挣扎，哪怕到了今天的位置，却依然无法睡一个好觉。”

“我了解，我也有类似的感觉，好像有些东西曾经离你很近，但命定在这里，无论你怎样挣扎努力，都可望而不可即。”

史秉南看了余笑蜀一眼，道：“是吗，我们想的，是一回事吗？”

余笑蜀笑道：“是吧。十几二十几岁的时候，总觉世界之大，尽在脚下，人是可以改造社会的。人近中年，才发现，想想容易，做起来太难。秉南，说实话，我也不是没有见识的人，放眼整个国家，能力上超过你的，凤毛麟角，但即便是你也非无所不能。往小了说，汪兆铭这个政府底子太过驳杂，往大了说，一百年来，西方、东瀛先后在中国左冲右突，而国人却要背负这无穷无尽的沉疴前行。”

“所以？”

“所以在这样的国家想做一番事业，不经历一场改天换地的重洗和改造，几乎是不可能的。这和你的努力无关，只怕时势不易，英雄也无用武之地。”

史秉南笑了，道：“还是你，如今敢对我说出这样的话。现在别人都会恨我、怨我、酸我、骂我，就算当面不敢，背后也在戳我的脊梁骨，只有你，是真的懂我。”

“秉南，不管怎么样，你、我、利群，我们既然已经换帖结拜，是一日兄弟，便是一世兄弟。现在周佛海对你大有成见，熊山川和松泽俊久在后面小动作不断，对于我们来说，实在算不了什么。有我们在，他们想要撼动你的地位，也很困难。就算上东破产、清乡建军结果不尽如人意，我们至少还有二十万的警察和特务武装。说实话，没有你，谁都控制不住这一股势力。困难都是暂时的，你不是说过，只要我们有实力，不管日本胜利或是失败，也不管是重庆还是延安，我们都是一颗各方都要争取的砝码吗？”

秋日午后，两人并肩走着，偶尔皮鞋踏到枯叶上，发出沉闷的咯吱声响。

“从你的口中听到以前我的话，好像还蛮有道理的。”史秉南面露微笑，道，“以你的看法，如果日本失败，重庆和延安，哪一方更有前途呢？”

余笑蜀看了看史秉南，道：“你知道，我是黄埔出身，为军统服务十年，最终却选了日本人。战前，以你的才干能力，在中统也只做一个中尉情报员，我想也不用我再多说什么吧。”

“你说，我在听。”

“重庆的包袱实在太重，军阀派系林立、行政机构低效，实话实说，蒋先生以下，不是没有理想坚定、才华横溢的英才，但是在这样大而冗杂的名利场里每日消磨，互相掣肘，时间长了，也就沉沦了。说穿了，什么抱负理想，都不如黄金万两。”

“你这样说有意思,你怎么知道,我不是那追求黄金万两的人呢？”

“逆水行舟和顺流而下，难度是不一样的，如果你只求富贵荣华，有什么必要去搞什么清乡运动，要去冲撞周佛海，忤逆日本人呢？”

史秉南点头，道：“这就是时也、势也、命也。所以时在大清，曾涤生也只能做一个名臣、李少荃也只能做一个良相；势在共和，袁项城也只能落一个独夫民贼的下场。话说回来,如果没有这一场战争,以我史秉南的出身，还不知在哪里苦熬度日啊。”

“国运崩坏，亿兆黎民都在苦熬，也不多我们兄弟两个。”

两个人都笑了起来。

“笑蜀，我听说励之公当年在黄埔，曾给你们做过演讲，专门比较马克思和孙文的主张，你对延安呢？有什么评价？”

余笑蜀想了又想，还是道：“共产党的一套，是要改天换地，打造出一个新中国，这个组织里，绝大多数是才干超群、意志坚忍的非凡之辈，如果一个组织，没有强有力的信念和理想的号召，或者类似国民党，挂三民主义之羊头，卖升官发财的狗肉，是绝不能聚拢这样一群优秀的人才，为之生死不弃的。”

史秉南听完,沉默了片刻,道:“笑蜀,有件事情我一直没有和你说,一直以来，我和重庆、延安都保有热线联系，在重庆，是通过陈仲友直通戴笠，在延安，是通过乔月，联系一位我在中共中央特科的老同事，也是他们的特情负责人，代号为严先生。”

史秉南的话相当突兀。

余笑蜀道：“乔月？你说真的吗？”

“是吧，人都有很多面。有时候，看清一个人真的是很难的。”史秉南意味深长地看着余笑蜀。

“这，你都告诉了我？”

史秉南又转过头去，看着前方，笑道：“我想，六年了，我们大概彼此看清了。

“现在我们面对的形势，要比你想象的严峻得多，我总要考虑二十万兄弟的退路。周佛海和松泽俊久处心积虑要整倒我，南步青山和汪兆铭态度犹疑不定，而董务德，是个纯粹的政治动物，只要我们一步走错，他马上就会倒戈相向。这次回上海，我就是要和南步青山、汪兆铭摊牌，沟通得顺利，我们一如其旧。如果失败，我有两个打算，或者下野，去日本隐居，或者拉起队伍去打游击，地点我已经考察好了，浙东的四明山就不错，进可攻，退可守，是个建立军事根据地的好地方。”

“打游击？”余笑蜀真的惊讶了，这是史秉南第一次流露出这样的念头。

“对，我也想过割据江苏，但是日军在京沪沿线屯有重兵，这不现实。正因为我已经掌握了整个江苏，掌握了汪兆铭的全部特务和警察部队，他们才要拼命打击我，削弱我，阻止我建军，对我们动手。”

“好吧，”余笑蜀道，“那也没什么了不起，我也是苏州河畔死人堆里爬出来的，不管你去哪里打游击，我跟着你就是。”

史秉南笑了，道：“最近我总是做梦，梦到我和佳兰都是二十出头的年纪，还在上海大学搞学生运动，梦到那时的热血澎湃，梦到那些年轻的穷酸和快活。有时候我又会梦到仕明，梦到他在苏州你购下的别墅里，我们一起喝酒聊天打牌，他喜欢开车兜风，就载着我们一起回家，我们大人小孩一起坐在餐桌上，等佳兰和乔月把烧好的苏帮菜一盘又一盘摆满了一桌。”

“笑蜀，万一我有什么变故，佳兰和小虎，哦，还有乔月，就靠你了。”

史秉南招招手，车子靠了过来，他打开车门上了车。

余笑蜀却慢慢落后，渐渐停下了脚步。

11-2

“史秉南已经向南步将军请辞下野，得到了慰留。”

“慰留？”熊山川急了，上前一步，道，“斩断了许仕明、梁利群这两条臂膀，正是他最虚弱的时候，我们应该乘胜追击啊！”

松泽俊久看看熊山川，道：“史秉南不是肯轻易放弃的人，这种时候，他已经充满了戒心，就更不能轻举妄动。你不知道吗？江苏保安总队、七十六号，最近都荷枪实弹，蠢蠢欲动，如果不给他一点转圜的空间，后果难以预料。”

“松泽大佐，这两年的清乡已经充分证明，皇军对清乡地区无法实施有效的统制，反而让整个江苏变成了史秉南的独立王国！这个人和皇军、和国府，是不能两立的，迟早要正面冲突！长痛不如短痛，该出手的时候，千万不能犹豫啊！”

熊山川连珠炮一样的催促，在松泽俊久处没有掀起半点波澜。他急了，又道：“你想想看，他掌握了整个江苏，划地为王，再假以时日，怎么得了！就拿这次米粮事件，清乡委员会阳奉阴违，克扣民食粮不说，连军粮都收不足数，但是，他清乡区的粮食去哪了？去了国民党第三战区、去了新四军淮南根据地！如果说史秉南和重庆、延安没有联系，打死我也不信！”

“熊君，你太激动了。”

松泽俊久看看语无伦次的熊山川，道：“你说的这些动作，查无实据。而且现在贵政府中，和重庆、延安打交道的动摇分子，实在太多了，也不能都算在史秉南的身上。史秉南公然对抗皇军的粮食政策，实属可恶，但他对南步将军的说辞也不能一概否定。比如，目前的粮食政策是贪图一时之安，对清乡地区竭泽而渔，如果不拿出资本协力建设好后方基地，上海便永无繁荣可言。”

“他这都是狡辩！”

“熊君，你以为他敢公开这样的言论，背后没有人支持吗？据我所知，史秉南在苏州有个头疼脑热，都是驻苏的小林中将亲自派军医去诊治的，你们说他如何孤立，其实，在基层，无论对部属还是对皇军，他的根基还是相当稳固的。”

“松泽大佐，你和我老熊说话，不用绕弯子。我明白，今天要除掉史秉南，有什么证据并不重要，主要是你们怕他手下这些枪乱起来不好收场。这件事，如果皇军不好做，那我来做！”

松泽俊久看看他，道："你打算怎样做？”

“暗杀！史秉南自命不凡，行事专断，权力一向集中在他一个人手里，除了他，谁也控制不了这个庞大的特务系统，除掉他，这个系统就废掉了。”

“史秉南本身就是做特务工作的，安保极其紧密小心，你有把握对他一击必杀吗？如果刺杀失败，后果谁来承担？”

“我来承担！”

松泽俊久摇头道："现在还不是时候，你先不要忙着对史秉南动手，相反，我要你配合我，先和史秉南见上一面。”

“见面？”熊山川愣在那里，“做什么？”

“用你们中国人的话讲，相逢一笑泯恩仇！”

熊山川真的急了，道："你可不要被史秉南骗了，他现在正四面楚歌，梁利群豁出去整个家产，举报了粮食部，对粮食部的彻查，又牵出了江苏粮食局局长和苏南米粮采购办事处处长。现在上海民怨沸腾，正是打击他的最好时候，切不可错过啊！”

松泽俊久从桌上的文件里抽出了一个信封，道：“熊君，梁利群举报的，只是粮食部和米统会的内部贪腐，你知道我是怎么查到江苏省粮食局和苏南采办处的吗？”

熊山川愣住了，道：“不是从杜申荣那里查过去的？”

松泽俊久把信封递给了熊山川。

熊山川抽出信来，眉头拧到了一起，道：“董之微？他不是一直站在史秉南那边吗？”

松泽俊久道：“你真是太小瞧他们父子两个了。”

熊山川低头看下去，道：“松泽大佐，你的意思？”

松泽俊久道：“麻烦你跑一趟，抓住这个人，我们就可以拿到一点切实的证据，之后，我们才有条件，和史秉南好好吃一顿饭。”

入了夜，华格臬路的锦江川菜馆外挂起了红灯，周竟成在前台确认了座位，匆匆走进订好的私密小间，房间里，黄酒已经温好，严屹峰已经等了他半天了。

“竟成，你这样急把我找过来，做什么呀。史秉南刚刚从苏州回来，也不知道他要搞什么，命令我们高度戒备，随时等待他的动员令，我想出来一趟，也是不容易啊。”

“我知道，要不是这样，我还不要你来呢，不光你那里，日本人现在也如临大敌，整个上海，现在是能进不能出，要你来，是要你想办法，把一个人送出去。”

“谁呀，这当口？”

周竟成低头看了一下手表，道：“就快到了，这个人你认识，穆天生。”

“什么？”严屹峰瞪大了眼睛，“穆天生？”

“他怎么可以出现在上海！”

“他为什么不能出现在上海？”

严屹峰急了，道：“他知道我的身份啊！当初在七十六号，我见过他啊！他现在跑来上海，万一被捉住了，我怎么办！”

他摇摇头，戴上帽子就要走。

“老严，”周竟成一把拉住了他，道，“你这是做什么！”

“我要赶紧离开上海！竟成，这个人实在是太危险了。他第一次出现，为了保住他，你要我干掉蔡玉珍，害得我差一点暴露；第二次，你转来他的情报，不知道怎么就捅了余笑蜀的马蜂窝，竟然借机枪杀了李沪生！你不知道，凡是有他出现的时候，我都要倒大霉，依我看，他就是一个活脱脱的丧门星！再说，他去共党那里潜伏，是局里的命令，他又不是上海区的人，是死是活，和我们关系也不大。现在这时候，史秉南和日本人都疯了，枪都上了刺刀，依我说，你也别蹚这趟浑水！”

“老严，穆天生的安危是和我们关系不大，但是，和抗战大局关系是大的！不管怎么说，他毕竟是自己同志，共产党在整风、甄别干部，他暴露了，好不容易在共产党动手之前跑了出来，我们能不帮他一把吗？再说，这个人是戴老板亲自安插下去的，要是知道我们不闻不问，日后，你我也脱不了干系！”

“远水解不了近渴，戴老板毕竟在重庆，史秉南可就在我楼上！”

“你坐下！”

周竟成使劲拉住不放，严屹峰终于还是坐下了。

“我说我这一天眼皮总是跳，原来有这样一桩倒霉事。”

“老严，你就不要抱怨了，什么远近，哪个远，哪个近？现在日本颓势明显，最多再撑个三年五年，到时候，我们就脱身了。而共产党呢？抗战抗战，越抗他们人越多，这穆天生的潜伏，才叫一眼看不到头。再说，我们在上海，虽然和敌伪共处，但大家明里暗里讨价还价很正常，就算不小心暴露，也没有性命之忧。他在共党那边就不一样了，要是被发现，恐怕就再难逃出生天了，何况这次，我逼了逼他，他在逃亡前，还摸到了一个潜伏在清乡委员会的共产党！”

“好，我总是说不过你，但是我直觉，有他一定没有好事！”严屹峰举起酒杯，一口喝掉了。

外面响起了敲门声，有人问：“朱应先生是在这里吗？”

“来了，”周竟成站起身来，对着严屹峰做一个安静的手势，走到门前，低声道，“这里是张先生订的位子，并没有什么朱先生。”

“朱先生，请开门，我就是张立成。”

暗号对上了，周竟成松了一口气，大大方方拉开了门闩，不料却从门外伸出来七八只大手，把他当场揪住。

严屹峰听到声响跳了起来，腰上的枪还没拔出来，就被几个彪形大汉死死摁翻在地。

“误会了、误会了，你们是哪家的组织，我是沪西七十六号的，这完全是一场误会！”

严屹峰的喊叫毫无效果，一支冰冷的枪管顶在了他的头上。

“误会？没有啊？严处长，你为军统上海区服务，证据确凿，清楚得不得了，有什么误会吗？”

这声音听着耳熟，严屹峰抬头去看，那一对锃亮的大皮靴上面，正是熊山川的一张大脸。

“熊副团长，这，你们税警总团怎么也抓起匪谍来了？”

“不行吗？都是捍卫国家，他史秉南能做的，我不能做？”

“可以，我失言了，失言了。”熊山川是史秉南的死对头，也是在上海横着走的亡命徒，他严屹峰是绝对惹不起的。

“请穆先生进来，看看是不是这二位。”熊山川向后面招手。

税警带进来一个青衣长衫，方面浓眉的男子来，正是穆天生。

“是不是他们？”

“没错，我认得这一位，是七十六号的严处长。当年我被捉进七十六号的反省室，多亏严处长照顾。”穆天生冲着严屹峰抱了抱拳。

“这个人呢？这个人是谁？”

穆天生倒是机灵，一指严屹峰，道：“问他，他肯定知道。”

“这个人是谁？”熊山川板着脸。

“周先生，军统上海区区长，周竟成。”

严屹峰心里骂娘，但脸上却挤出了一个尴尬的笑容。

穆天生能不知道“朱应”是谁吗？这帮王八蛋！

11-3

“最近日本兵在铁路沿线调动频繁，你不可不防。”

“我不是准备了吗？”史秉南扣上大衣的纽扣，“日本人也怕我暴动。”

余笑蜀站了起来，道：“秉南，这顿饭是鸿门宴，你不能去。”

“我想过了，还是要去的，松泽俊久要拉我和熊山川一起吃饭，我不去，不倒是显得我要和他们杠到底？现在，我们还没有和日本人硬来的资本啊。

“再说，去了又怎样？他们能吃了我？”史秉南道，“我刚见过南步青山，他亲自出面来调停我和佛海之间的矛盾，这次松泽俊久就是奉他的命令，来安排会面的。不怀好意是一定的，但是鸿门宴，还不至于。”

“你说小林还不知道京沪线为什么突然这样紧张，这样看，苏州还是安全的，保险起见，你还是赶紧回去。”

史秉南沉默了一会儿，道：“熊山川这个拦路虎，早晚要打掉。当年为了扳倒老丁，我除掉了王如茵，但王如茵接近老丁是为了营救熊山川。佛海为了制衡我而起用他，我杀了他的救命恩人，这件事他倒一直没忘。”

“王如茵可能也想不到，她当年舍生忘死搭救的革命同志，今天居然成了政府身居高位的税警总团副团长吧。落水的报船上的恩，也是奇谈一桩了。我倒不担心熊山川，我是担心松泽俊久，这个人是个笑面虎，最近上海的风暴，没有一次不是针对你，你去了风险实在太大。”

“道理是这个道理，但是什么事没有风险呢？大家表面上不管怎么做作，心思也早就诚实地摆在台面上了。熊这个人，我和他原本也没有什么了不得的过节，静下心来想想，我确实也太过严苛了一点。他的税警总团现在组了两个教导总队，人数已经接近二万人，又有佛海不惜血本用最新式的武器加以装备。我们虽然不怕他们，但是能避免冲突，还是尽量避免为好。”

史秉南在房内左右走了两步，道：“我还是去一趟，现在不去，反倒在南步那里落了话柄。”

余笑蜀也拿起了大衣，道：“我和你一起去！”

史秉南笑了，道：“你留在这里，只要你们手上的枪还在，他们就不敢拿我怎么样。”

余笑蜀舔了舔嘴唇，沉默了，这个时候，他想起了许仕明。如果他还活着，大概会一直等在百老汇大厦下面，时刻准备着杀上去，把他的史师兄抢出来吧。

史秉南也有那么一会没说话，他拍拍余笑蜀的肩膀，道："不要想了，我不是随便去冒险。其实熊山川对浙东觊觎已久，早就想得到一笔钱去经营，只是佛海维持中储行实在辛苦，没钱给他，熊现在巧妇难为无米之炊。放眼望去，整个江浙，有实力支持他的，也只有我了。另外，上次你的话我认真想过了，四面树敌总是危险的，如果熊山川愿意和我们化敌为友，那浙东这块地盘，我可以让给他。"

"四明山不是在浙东？"

"哈哈哈，"史秉南笑了起来，"你以为我真要上山打游击吗？只要熊肯合作，这个退路，我就不必留了。"

余笑蜀苦笑着摇摇头。

"还有，熊山川这一次大费周章，说要送给我一个会面大礼包，现在，人大概已经送到了，你就替我去见一下吧。"

"大礼包？"余笑蜀愣住了。

"你的老朋友，军统上海区的区长周竟成。"

史秉南一扫这几个月来的阴霾，大踏步走出门去。

又是那条幽深的走廊，只有守卫腰上的钥匙一摇一摆地哗啦作响。

反省楼安静得可怕，许仕明死了之后，这座二层小楼愈发萧条寂寥了。

头顶昏暗的灯泡发着微黄的光芒，不足以照亮那些阴暗的角落，光线从走廊两侧铁皮门上的小窗口投过来，像给这昏沉的空间划出了一道道阶梯，好像只要顺着这阶梯一路前行，就可以回到过去。

二楼最后一间反省室，到了。

守卫打开门，屋子里面一个长袍青衫的男人站了起来，摘下了帽子。

“笑蜀。”对方的脸上露出了一个尴尬的笑容。

“你们出去，我和周先生单独聊聊。”

守卫面无表情地转身离开。

“好久不见。”余笑蜀伸出手去。

周竟成想了想，也伸出手来，两个人的手握在了一起。

周竟成？虽然这个名字时时出现在五花八门的情报中，但余笑蜀已差不多忘记了这张脸。面前的这个男人面白微胖，一团和气，竟显得有些平庸和陌生，再不是华懋饭店里那个杀气腾腾的男人，更不是南京城中那个愤怒的俘虏。自己在周竟成眼中，又会变成什么模样呢？

“竟成兄，坐吧，我们慢慢聊。”

“你这里的环境还蛮好的。”

“没想到，居然会在这样的情形下再见到你。”

“我也没想到。”周竟成苦笑。

余笑蜀的心在怦怦跳动，他停了好一会儿，才道：“四年了，有件事我一直想问你，当年乐乡饭店击毙内野丰，是不是你们做的。”

周竟成抬起头来，道：“你问我的第一个问题，居然是这件事。”

余笑蜀点点头，掏出一根烟来，道：“我赶到的时候，一切都结束了，我想知道，当年，究竟发生了什么。”

周竟成道：“没错，对内野丰进行制裁，是军统做的。但是只有我们，无法完成这个任务。

“当年，国共合作、一致抗日，真是少有的一段奇特时光。当时我拿到了情报，共党的叛徒高竹村将出面指证七十六号潜伏的内鬼，于是设法见到了卢一珊小姐。”

他留意到，那根烟被捏在余笑蜀的指缝中，微微颤动着。

“那是一个秋日的午后，她穿着紫蓝色的旗袍，一条白色披肩，拿着一个绛红色的小坤包。我没见过说话时候总是笑着的共产党，她惊讶的神情，我至今难忘。”

这也是周竟成的秘密。

从听从卢一珊的建议，将计就计，为高竹村提供八百美金，请他出来指认共产党的间谍开始，那个惊心动魄的下午一点一点地、抽丝剥茧地摊在了余笑蜀的面前。

这一段往事，好像很短，又似乎很长。直到夕阳不知不觉照进了窗子，整个屋子都被晒得暖洋洋的。两个昔日的同志，现在的对头，周竟成在讲，余笑蜀在听，好像共同走进了那一场久远的迷局。

“对卢小姐的死，我很遗憾，”周竟成看了看余笑蜀，“我们都知道，那是一个死局，她是抱着必死的决心去破局的。我实在不好，也没有那个权力去阻拦。说实在的，我也想了很多年，为什么一个年轻的女人，要不惜一切代价，去飞蛾扑火。”

“那么，你现在有了结论吗？”好像刚刚穿过了时间隧道，长久的沉默之后，余笑蜀的声音都嘶哑了，他不得不清了清嗓子，才能说完这句话。

“我想，只有一个原因，可以解释卢小姐的牺牲。”

“是什么？”余笑蜀尽量让自己神态自若地说出这三个字。

“这世上，只有两样东西有这种力量。”

周竟成的嘴角露出了一丝笑容：“爱情，或信仰。笑蜀，你不要瞒我了，你就是那个她用生命来维护的共产党！”

余笑蜀也笑了，他缓慢地站起来，在烟灰缸里摁断了那根并未点燃的香烟。

他走到那一抹将要消失的阳光中，道：“这真是个动人心魄的好故事。”

周竟成加快了语速，道："笑蜀，虽然现在国共交恶、貌合神离、形同寇仇，但是我从来没有吃过共产党的人血馒头，今天，也同样不会。相反，能够顶着汉奸卖国贼的骂名，在伪方潜伏这样久，这是完全不可想象的。这样坚定的意志和顽强的信念，我自问没有。所以，我对你是绝对钦佩的！”

“竟成兄，我不过听一个故事，怎么你竟然感慨起没完，”余笑蜀大笑了起来，伸出两只手在面前，“我这样双手沾满反日分子鲜血的人，也会是共产党吗？共产党会容我这样的人吗？”

“如果你不是共产党，我更加要怀疑自己的眼睛了。我实在无法相信，那个战到最后一刻，从苏州河北死人堆里爬出来继续抗日的国军英雄；那个城破渡江，又为了狱中同僚潜回危城的余笑蜀，会心甘情愿做一个汉奸。而且这六年来，你不贪钱、不争权、不玩女人，你放眼看看四周，你做汉奸是为了什么呢？难道和汪兆铭一样，要追求大东亚和平吗？你就不要再嘴硬了！

“笑蜀，我之所以这样说，绝不是为了想揭发你，只是想提醒你，你除了为共产党效忠，其实还有其他的路可走。”

“哦？我还有路？”

“没错，我可以作为介绍人，给你在军统做一个潜伏登记，你在投日之前，就是我军统的资深干部、黄埔精英、抗日英雄，你的投敌，连戴老板都痛心疾首。以你现在的位置，以你的能力和才干，我相信，只要你愿意，戴老板一定会接纳你重返军统。”

看余笑蜀不说话，周竟成又道："说实话，我周竟成也不是肯为谁都担保的，现在抗战的大势已经非常明显，欧洲战场，德国左支右绌，对英美宣战，日本更是耗尽国力。相信不出三五年，战局一定会发生彻底的扭转。要知道，现在上海有多少人争着抢着想要和中央拉上一点关系，好在日后有个退路，我希望你要慎重考虑。”

周竟成说得十分恳切，余笑蜀叹了一口气，道：“竟成兄，你现在在七十六号的反省室，我是来审问你的，只因为我们有故交，所以做倾心之谈，怎么倒好像是你在策反我？我们是不是搞反了？”

周竟成不理余笑蜀的顾左右而言他，正色道：“笑蜀，共产党这个身份，你承认也罢，不承认也罢，该说的，我还是要说。你潜伏太久了，知不知道，共党现在的发展已经是一日千里，你们这些做潜伏工作的人员，不见天日，不知道自己已经被抛下多远了。你们敌后工作做得再好，将来论功行赏，也是不可能和那些在战场上冲锋陷阵的贵党同志相比的。今天，你做到了汪伪的次长，转投中央，戴老板最少也会给你一个少将参谋，共党呢？你在共党里面有身份吗？就算你现在如何身居高位，在共党的系统里，也只是一个不存在的情报员吧？算一算，你提着脑袋做间谍多久了，这样值得吗？划算吗？

“还有个消息，我一定要告诉你。这次我被熊山川逮捕，除了误信了董之微那个混蛋，还有一个原因，就是戴老板亲自安插到共党内部的一个情报员叛变，把我卖了。他为什么要卖了我？因为共产党日日整风审干、清除异己，他被困在淮南根据地，心惊胆战、无法脱身，只能向把握清乡大权的董之微示好，才得以狼狈逃到上海。共党的清党审干，不说他这样的潜伏者，就算你们这些从敌区回去的忠心耿耿的好党员，也一样会大难临头啊！你不知道吗？你原来的上线赵复生，就在被隔离审查！所以现在才会换成乔月啊！”

“你说什么？”

“我说，就算有一天真的抗战胜利，你回到共党那里，也是赵复生一样的命运！”

“我不是说这个，乔月是共产党？”

“你是不晓得厉害，赵复生被审查甄别，他在上海的关系自然都一条一条被摊开检验，那时候穆天生还没有暴露，就带着乔月是共党的情报跑回上海了。”

余笑蜀的惊讶慢慢化作笑容：“竟成兄，这倒是一条极有用的信息啊。”

与余笑蜀相反，周竟成脸上的笑容凝固，慢慢变成了惊讶：“笑蜀，你真的不是共产党吗？”

余笑蜀摇摇头，体谅地拍了拍周竟成的肩膀。

他大踏步迈出反省室，离开了这个熊山川送给史秉南的“礼物”。

铁门在身后吱吱呀呀地响着，接着是守卫落锁的叮当声。

11-4

自南向北过了外白渡桥，就是雄踞于苏州河畔的百老汇大厦，这幢二十一层的建筑外形很有特点，两翼微微弯曲，从第十一层开始，楼层高度逐渐向中心集中，看起来像一只蹲踞收翅的鹰隼，正蓄势待发。百老汇大厦原为英美洋行老板和高级职员的旅馆公寓，淞沪战后转为日方经营，便成了日本军政、外交人员的寓所。它灰黄色的巨大楼面，也因之带上了一股肃杀之气。

此刻，外白渡桥头的日军哨所，多了几个并不常见的身影。

“松泽大佐，这，是不是太明显了？”熊山川对松泽俊久耳语。

“撤掉！”松泽俊久用手指一圈，武藤美朝知道，松泽俊久指的是熙华德路、百老汇路和天潼路布置的宪兵岗哨。

“松泽大佐，现在撤掉，万一出现什么意外，我们是来不及反应的。”

松泽俊久抬头，看了看这幢由英国人建造的大楼，道："这里本来就是司令部的警戒范围，凭空多了这许多军人，只会增加不必要的恐慌。"

"是！"武藤美朝看了看熊山川，悻悻而去。

"今晚不必过分紧张，你们中国人有句话，冤家宜解不宜结。"松泽俊久看了看身旁的熊山川和严屹峰。

"松泽大佐说得太好了，我很认同。"熊山川换上了一身崭新的便装，精神抖擞。

"武藤真是过分小心了，我把地点放在百老汇大厦，不就是为了让史部长放心吗？如果我要对他动手，怎么会把地点放在我自己家里呢？"

松泽俊久看向严屹峰。

"史先生一向重视同您的友谊，绝对没有别的想法。"

严屹峰赶忙搭腔。

松泽俊久迎风肃立，环顾四周，一派凋零的上海街头，只有附近的街区还保持着一定程度的繁荣。

"但是，史先生他一向小心，会不会不来赴约？"熊山川看向严屹峰。

"他一定会来！史先生在皇军中也有不少眼线，只要有一丝一毫的异常，都会促使他改变想法。我想，这也是松泽大佐要举办家宴的原因。选择百老汇大厦，有足够多的消息源会向他证实，熊先生你是真心诚意要与他和解。"

"那就好。"熊山川的双手扣在身前，踌躇满志。

"严君，周竟成先生，已经送到贵处了，现在情况如何呢？"

"回大佐，人犯是我亲自押回七十六号的，史先生认为，这确实是一个大大的礼物，已经交给余次长去侦讯了。"

“还有什么可侦讯的，有什么问题，问老哥你不就是了？”熊山川拍拍严屹峰的肩膀，哈哈大笑起来。

“不一样的，不一样，”严屹峰面露尴尬，“我只是给他提供一些情报，对上海军统组织参与不深。”

“严君，这是个战乱的年代，大家都为自己做打算，可以理解，你为这次见面也做了不少工作，辛苦了。我想，即便史先生知道了你的身份，也不会为难你的。”

“那不会，肯定不会。”

严屹峰说话言不由衷，如果他仅仅是军统卧底，史秉南也许会放他一马，但现在他被迫替松泽和熊山川跑腿，史秉南若是这次和熊山川和解不成，自己就必死无疑了。不过眼下的处境，也容不得他有什么不同意见了。

“所以晚上我们和史先生的会面结束，还要再次辛苦你了。”

严屹峰赔着笑，道：“松泽大佐，你真是太客气了，这有什么辛苦的呢？真是一点儿也不辛苦！”

“熊君，把你的人也撤走吧，上海就这么大，谁有点什么动作，大家都清楚得紧。”松泽俊久又把头转向了熊山川。

“马上撤走！”熊山川露出了一丝尴尬的笑容，的确，为了保证自己的绝对安全，税警总团的特务营也在附近做了安插，想不到没等到史秉南的检验，先就逃不过松泽俊久的眼睛。

“松泽大佐，没什么事情，我就先走，去接史先生？”

“好，你去忙。”

看着严屹峰匆匆远去的背影，熊山川露出了不屑的笑容，道：“这就是七十六号，一个土匪窝！”

“周佛海先生那边，就比较好吗？”

松泽俊久看似随意的发问，竟让熊山川一时语塞。

周佛海当然也和重庆保持着秘密联系，当下这个局面，谁也不是傻子。问题是松泽俊久难道知道了吗？这样看起来，对日本人来说，史秉南似乎还更忠诚一些，毕竟只是被军统埋了楔子。

松泽俊久的目光像两把刀子，刺得熊山川浑身不舒服，这个日本人真是太不讨人喜欢了。

“十六层吗？”熊山川扭了扭身子，转移话题，硬是向百老汇大厦望去。

“没错，我的夫人枝子在准备晚餐了。晚上只有我们三个人，你对史秉南有什么顾虑、情绪和要求，尽管提，我想他不会还价，会全盘接受的。”

熊山川深深出了一口气，一丝紧张爬上心头，道：“松泽大佐，不会出什么意外吧？”

松泽俊久笑眯眯地看着熊山川，道：“熊君，都已经这个时候了，这相当于士兵上战场，指尖都扣在扳机上了，你可不要打退堂鼓啊。”

这是一个相当糟糕的反问。松泽俊久的笑容背后，那蛇一样冰冷滑腻的目光已经让他浑身不适，再加上想到晚上的这一次性命攸关的见面，久历战阵的熊山川还是忍不住感到一股一股的恶心从胃里泛上来。

“找到没有？”

“海军报道部、家里，上东、梁公馆，都没能联系到乔月小姐。”陶俊杰满头大汗。

“我知道了，你先去准备吧。”

余笑蜀挥挥手，打发陶俊杰离开。

乔月究竟哪里去了？他平复了一下心绪，慢慢燃起了雪茄。

周竟成的消息让余笑蜀坐立难安，虽然史秉南早知道乔月是共产党，但现在的问题是，既然穆天生已经知道了乔月的身份，日本人和熊山川会不会对乔月下手？乔月会变成松泽对付史秉南的砝码吗？

墙上的时钟一格一格地行走着，天色渐渐暗下来，离史秉南赴宴的时间越来越近了，重回上海的六年里，没有一刻比此时更加漫长。

余笑蜀披上了大衣，不能再等了，他要带着直属行动组去虹口，虽然史秉南叮嘱他要留在七十六号，但是他实在是放心不下。乔月的身份已经彻底暴露，自己呢？

丁零零，丁零零，空旷的办公室里电话响起。

“哪一位？”余笑蜀接起了电话。

“笑蜀，是我，秉南说了，他明天又要回苏州，你们晚上都来到家里，一起吃晚饭。”打来电话的，是叶佳兰。

余笑蜀一拍脑袋，如果松泽已经知道了乔月的身份，而且可能用她来对付史秉南，那么另外一个既知道乔月身份，还有能力阻止的人是谁呢？

“嫂子，晚上都有谁呀？”

“都是自家人，乔月和寄萍中午就过来，我刚刚给利群打了电话，寄萍的男朋友小董也会到，听秉南说你还有事情在忙，那我们呢，就先在家里聊聊天打打牌，你和秉南忙完了，就早点回来，我们一起吃晚饭。”

余笑蜀长长出了一口气，放下了一块心头大石，果然，史秉南永远比别人多想一步，虽然身赴险境，但留足了后手的，也是他。

“走吧。”他叫上陶俊杰，匆匆下楼。

11-5

入夜的上海，因为用电紧张，大片大片的区域陷入整块的黑暗，一向灯红酒绿的虹口，只有夜巡的士兵鬼魅一般来来往往。

余笑蜀的车队被拦在了外白渡桥头。

在岗哨主持检查的,居然是特高课负责军情工作的少佐武藤美朝。

“通行证没有问题。”负责核验的士兵准备开闸放行。

“等一等。”武藤美朝从临检的士兵手里拿过证件。

“少佐，是调查统计部驻沪办事处。”

“什么时候，过苏州桥，支那人都不需要下车接受检查了？”

武藤美朝的声音传入车中。

几年来，七十六号的牌照通过日军岗哨向来不用停车，今天被拦车检验已经是例外，武藤的要求更是从未有过。

陶俊杰回头看看余笑蜀。

“上海的特殊牌照一共才几辆，他是故意的。”

余笑蜀拍了拍陶俊杰的肩膀，下了车。

“武藤阁下，是你呀。”余笑蜀的表情意外又惊喜。

“余君。”武藤点头致意。

“今天怎么亲自临检？”余笑蜀看看夜色中金碧辉煌的百老汇大厦，掏出身上的美国雪茄来。

“职责所在。”武藤的目光在雪茄上停留了片刻，还是伸手把烟推了回来。

“余君，最近街面很不太平，你晚上带这么多人来虹口，要做什么？”

“你不知道？今晚史秉南先生来拜会松泽大佐。”余笑蜀收回雪茄，“最近上海反对史先生的声浪很高，我呢，是担心有些人借着这个事情做文章，所以特地赶过来看看。”

“原来是这样，我说为什么税警总团的特务营也来了。”

看到余笑蜀脸色变了，武藤又道：“你不用担心，松泽大佐已经命令熊山川把人都撤走了。所以，你也请回吧。”

他妈的，如果这真的只是一次调解，还是在日本人的地盘，熊山川何至于如此紧张？

“这……”余笑蜀面有难色地看看身后的四辆黑色轿车。

还没等他说话，武藤又道：“余君，今天下午，我也在附近加派了人手，但在松泽大佐的命令下，也全部撤掉了。这只是一次家宴，松泽大佐不希望有任何误会发生。”

“明白。”抬眼看去，百老汇大厦门前，人们正在进进出出，巡逻的宪兵也一如往常。但遥遥地，一辆税警牌照的黑色小轿车正停在百老汇楼下。余笑蜀道，“你也清楚，我并不担心史先生，我担心的是熊副团长。这样，我让他们都回去，只留下司机和我的副官，我们在百老汇大厦楼下等等就好。如果熊先生的车子能进去，这里也不多我一辆嘛。”

余笑蜀清楚，熊山川待人接物一向粗糙，这个直脾气的武藤，对他的印象想必好不到哪儿去。

果然，提起熊山川，武藤美朝当即黑了脸，挥挥手，放行了余笑蜀的车子。

夜风已冷，百老汇大厦下的车子也越来越少。

“余先生，快十点了。”史秉南的司机老赵在寒风中搓着手，跑过来敲余笑蜀的车窗。

余笑蜀看看手表，还有五分钟，他刚下车，不远处那一辆黑色防弹轿车也有了动作，钻出两个人来，也遥遥向这边望。那是熊山川的车子，武藤没说错，两边受到的规格待遇倒是一模一样。

有什么用呢？如果松泽俊久是铁了心要算计史秉南的话，这里毕竟是日本人的地盘。

百老汇大厦中的灯火一盏一盏熄灭。史秉南说过，他会在十点之前结束谈话。他的时间观念极强，如果过了十点钟还不出现，那大概真的遇到什么情况了。

余笑蜀把手伸进风衣里，握住了手枪。

手表的指针还在一格一格前行，十点零五分了，百老汇大厦还是没有动静。

余笑蜀坐立不安，回身看看外白渡桥头的岗哨，发现不知道什么时候已架起了轻机枪。不能再等了，他深深吸了一口气，咬咬牙，迈开步子，大步向百老汇大厦走去。

余笑蜀一动，陶俊杰马上跟上，从熊山川的车子里，也快步走出两个人来，两拨人刚刚有所动作，大厦两侧早已埋伏好的两队日本宪兵也突然冒了出来。

余笑蜀面无表情，步子频率不变，眼看就要来到大门位置，三拨人马都跑了起来，他心一横，撩起了风衣，拔出了腰间的手枪。

就在这时，大厦大门突然开启，一股强烈而明亮的光线涌出来，打在一团漆黑的夜色里。

余笑蜀收住了步子，当头走出来的，正是满面笑容的松泽俊久，紧接着，他看到了史秉南和熊山川，走在最后的，是一个穿着和服的日本女子。

四人在门前握手话别，大门外剑拔弩张的这三组人都迅速停止了动作。余笑蜀过于紧张，插了好几次，才把手枪插回枪套里面。

“余次长！”熊山川首先看到了余笑蜀，哈哈大笑着伸出手来，道，“看看，刚才还在和秉南兄说，他来吃饭，你是一定坐不住的。”

余笑蜀的确有些尴尬，他心惊肉跳地在楼下守了两个小时，已经把最坏的可能反复推演，而眼前史秉南和对方的热络，确实出乎他的想象，难道这真的是一场有惊无险的谅解之旅？

“山川，这不能怪笑蜀，本来啊，我的夫人是在家里备了晚餐的，这一定是她等不及，要他来监视我。”

“怪不得，怪不得，我们这清谈，时间也拖得太长久了些，家里担心也是人之常情。”松泽俊久还是那副笑眯眯的和善表情。

“招待不周，十分抱歉！”那个日本女人在松泽俊久后面鞠躬。

“哪里有招待不周，今天晚上真是辛苦枝子夫人了！”史秉南也微微鞠躬回礼。

“山川老弟，那我们就一言为定了。”史秉南和熊山川最后又握了握手，以作最后的告别。

“好！”熊山川此刻的神情，真的可以用眉飞色舞来形容。

车子驶过外白渡桥，等在桥头的武装斩车纷纷归队，看看已经驶出了日军岗亭的视线之外，史秉南马上问老赵拿出了早就备好的中药，一昂头，咕嘟咕嘟都喝了进去，然后把一个药罐递给余笑蜀，道：“帮我拿着。”

余笑蜀捧好罐子，史秉南把两根手指伸进喉咙，猛地一压一抠，低下头，便长江大河一般呕吐起来，一边吐，一边还把另一只手伸到后背，轻轻拍打。

吐无可吐，再来一遍。一次又一次地猛烈呕吐，让史秉南气喘吁吁，直到最后呕吐物变成一摊清水，再也吐不出东西，才算作罢。

余笑蜀忙递过手帕，史秉南把手指和嘴巴细细擦干净，道："好了，终于还是喝了一口咖啡。"

余笑蜀紧张道："有什么不对头吗？"

史秉南已是吐得脸色苍白，笑道："没有，吐出来，更放心一些。"

他看了余笑蜀一眼，道："你还拿着罐子做什么，赶快丢掉。"

车子穿过静寂的街道，向愚园路的史公馆飞驰而去。

11-6

等到史秉南和余笑蜀落座，已经将近夜里十一点钟了。

"这是吃的什么饭？"

梁利群的两只眼睛都是血丝，刚才他和叶佳兰、董之微、乔月凑了一桌，打了几个小时牌。

史秉南看了他一眼，道："又输了多少？"

乔月笑道："赢了那么多，还要埋怨！"

"你不饿？这可是秉南特别嘱咐的，你最爱的法式大餐。"

叶佳兰正安排上菜，在后厨待命的厨师们也等了一晚了。

"今天啊，就是一次家庭聚餐，大家都不是外人，笑蜀和利群不用说，乔月是我们的旧友，之微是我在苏州清乡的得力助手，丁小姐嘛，大家也熟识。"史秉南笑呵呵的，道，"你们呀，且吃且珍惜，省府的日常政务，实在是繁杂极了，我现在能回一趟上海，也是不容易。"

叶佳兰道："你应该说，你不用常跑上海，是笑蜀把七十六号这个家当得好。"

“哈哈哈,对,笑蜀主持上海的工作,也真是辛苦了。哪,再过一周,就是中秋节了，这几年的中秋，都是我们三兄弟在一起过，但是今年恐怕要破例了，苏州清乡事务繁重，明天一早，我就要和之微一起赶回去。我想，今日欢宴虽晚，但也特别，我们不如就趁这个机会，在这里把中秋提前过了吧。

“来，我提一杯，”史秉南站起来，举杯道，“希望今夜如中秋，花好人团圆，我和佳兰，就祝在座的各位，今日后都能百尺竿头，更进一步，女士们，都能够芳华永驻！”

“说得好，花好人团圆！”众人也纷纷站起来，一起喝了杯中酒。

“开动吧？打牌打上了瘾，完全感觉不到，现在变了饿死鬼投胎了！”梁利群率先举起了刀叉。

“这浓汤，凉了就不好了。”叶佳兰招呼着大家用餐。史公馆电灯大放光明，用人更在门厅挂上几盏红色灯笼，提前制作的苏式月饼也摆上了桌，大家觥筹交错，倒是一派火热温馨的节日景象。

“利群，借你今天的手气，我想不久，你的银行就可以重新开起来了。”

“什么意思？我现在连上东大厦都抵押了，今天赢几位的这点钱，不够呀。”

梁利群还是浑不吝的老样子，桌上的人都笑了起来。

“不是你的上东。这次为了上海民食，你损失惨重，我都记着。上东倒了也没什么了不起，我就再成立一家银行给你好了！”史秉南兴致勃勃，“笑蜀知道，今天我去见了松泽和熊山川，解决了和税警总团对立、两败俱伤的大问题。至于成立新银行，等我们回了苏州，就让之微具体来办这件事！”

“哎呀，我以为就是来蹭饭，没想到派给我这样重要的任务！”

董之微故作惊讶。

事实上，他听到史秉南提到上海民食问题，就浑身不自在起来，要不是他串通粮食部部长杜申荣暗中克扣了清乡委员会的粮食，也就不会激起后来偌大的风波。现在梁利群一怒检举，贪污事件暴露，松泽俊久碍于他是董务德的独子，没有将他彻查法办，但他被逼得没法子，也只能倒戈投向了周佛海和熊山川。

史秉南刚刚从松泽的鸿门宴回来，现在，这倒是自己的鸿门宴了。

这个嘻嘻哈哈的梁利群，也不是什么简单人物，就冲他豪掷万金的气魄，自己大概开始就看错他了。他董之微翻船，就是缘于梁利群的举报，然而今日，梁利群没事人一样还和自己闲聊打牌。他对史、梁、余三个人的想法完全摸不着头脑，是真的有点战战兢兢了。

“熊山川肯和解？”

“是啊，他号称硬骨头将军，但是今天我找到了他的软肋，打垮了他！”

叶佳兰笑道：“秉南，别卖关子，快给利群讲讲，让他这个新晋银行董事长，也高兴高兴。”

“说来也简单，俗话说，一分钱难倒英雄汉。这一次，是佛海囊中羞涩，才给了我和熊山川和解的机会。原来熊山川接受松泽的调停，是因为对佛海产生了不满：一是佛海对我步步紧逼，却拿他当作棋子，把所有的压力都在他的身上；二是佛海不肯支持他闹独立的想法。”

“熊山川想要闹独立？”

“是啊，”史秉南摇摇头，“我和佛海的竞争，日本人也头痛，在松泽看来，我们都在为大东亚尽心竭力，这样互相下绊子，对他们也是损失。于是，他想要把熊的税警总团调去浙东，开辟新的和平地区，这样一来，上海就没有和笑蜀抗衡的警备力量了。这对我们来说，是个大大的好消息，对熊来说，是个难得的自立机会。然而佛海却否定了这个计划，理由就是财政赤字，无款可拨。”

董之微瞪大了眼睛：“这样的内幕，也能拿出来公开讲吗？”

“是啊，我也有些意外，不过根据我掌握的情报，确有其事。你想，这次吃饭，熊山川竟把他和佛海的不和对我和盘托出，这真是有了冰释前嫌的诚意了。”

叶佳兰也放下了筷子，问道：“那你怎么回应的呀？”

“我听到这里，就直接问他，到底需要多少钱。熊山川磨蹭了半天，才说，五百万。我毫不犹豫地答应了他，并且当场加码，允诺给他一千万！这时候我看他的眼神，是既惊讶，又欣喜。你们说说，只花一千万，就从上海请走了税警总团，又卖了一个大人情，这是不是皆大欢喜？”

“秉南，你这口开得比他大一倍，那么多钱，你拿得出吗？”梁利群也瞪大了眼睛。

史秉南笑道：“我在江苏苦心经营了两年多，这一点准备还没有吗？”

“原来如此，总算解决了一桩难事，”董之微连连点头，眼看着史秉南的势头要再次崛起，他也必须表表忠心，“利群兄，你放心，我也在苏州。这一千万史先生送出去，总算我们在上海的压力大减。若是你重设银行有资金问题，兄弟我顶上！”

梁利群哈哈一笑，并没有接话，此刻破了产的梁大少爷，似乎和当时身家百万的梁少董也没什么不同。

史秉南情绪颇高，在他的带动下，一桌欢声笑语，只有余笑蜀和乔月两两相望，心中都充满了疑虑。

史秉南这是怎么了？他真的相信，这一千万，就能破了当前的困局吗？

欢宴结束，已是子夜时分，一天明月把清辉洒满了史公馆内的苏式园林。众人散去，史秉南和余笑蜀并肩走出了史公馆。

史秉南看看远方的夜空，道："笑蜀，今晚你能去百老汇大厦等我，我有想过。"

"办公室里实在坐不住，就去看看。"

史秉笑了："看看，还要掏枪？"

余笑蜀也笑了，这一刻，他感到了一丝默契，也感到了些许轻松。

然而他轻松的心境，也只维持了短短的一瞬间。

史秉南又开口了："你知道吗？这一次松泽俊久送给我的大礼包里，不止一个周竟成。"

"什么意思？"他听出了史秉南语调中的冰冷。

"还有一个人，我们一起去见一见他吧。"

余笑蜀长长出了一口气，道："好。"

明朗的夜色下，汽车穿过静谧无人的愚园路，径直向七十六号开去。

在反省楼的东侧，是陈调元的旧庭院，空阔舒朗，静悄悄的，史秉南的车子刚刚停好，旁边一辆早就等候在那里的车子开门，严屹峰走了出来。

"人带来了吗？"史秉南面无表情。

"就在车里。"

"是谁？"

余笑蜀去看严屹峰，严屹峰则看向史秉南，直到史秉南点头，他才回答道："是军统安插在共产党内的卧底，穆天生。"

"穆天生？"

"没错，就是蔡玉珍案中的那个共产党。"史秉南道，"熊山川为了表示诚意，送了我一个军统的周竟成，而松泽，还要再送我一个共党的穆天生。我想了又想，还是你来替我处理比较好。"

时间退回到几个钟头之前，百老汇大厦十六层松泽寓所里，史秉南正对着自己身前的那张"御膳"，想着是不是坚持到底，不要碰上面那杯枝子夫人亲手泡好的咖啡。松泽俊久此时忽然提起这个穆天生。

"军统打入共党内部的潜伏人员，如今已经投诚，提供了非常重要的线索，我想，既然熊先生要与史先生冰释前嫌，那么这个情报史先生应该知道。"

松泽俊久看了熊山川一眼。

"是这样，"熊山川咽了一口唾沫，"共党在上海的匪谍首领，代号'渔夫'，真名叫作赵复生，他的下线，现在就在史先生的身边。"

"哦？有这回事？"

"史先生，你身边的这个女人，现供职海军报道部的乔月小姐，就是共党的王牌间谍，代号'矿工'！穆天生当年在新四军根据地对接上海的物资线，见过这个乔月，不过为了保险起见，熊先生也秘密请他确认过了。"

松泽俊久和熊山川双双看着史秉南，史秉南下意识端起了那一杯咖啡。

他沉默了，当周竟成和严屹峰被熊山川双双逮捕，他就知道出事了。乔月是共产党，并且在上海半公开地为共党偷运战备物资，这他是知道的。而赵复生根本就是经过他的手被逮捕，又秘密释放的。

因此现在这两个人提到的情报，不过是老调重弹而已。

但他却丝毫轻松不起来，因为他忽然发现了一个长期被自己忽视的细节。几年前，余笑蜀对蔡玉珍的提审时，他第一次听到了“矿工”这个代号，而那时，乔月还没有来到上海。因此，今天穆天生一口咬定乔月就是“矿工”，只有一种可能，穆天生并不清楚“矿工”的真实身份，也不清楚乔月来到上海的具体时间，只是根据曾经的接触和掌握的情报挖出了乔月。他并不知道，当年那个“矿工”，其实另有其人。

这么多年，这个人居然能够安静地潜伏在自己的身边，没有引起自己的怀疑和警惕。他到底是谁呢？只要从赵复生和乔月的关系网中稍作筛选，一个他最不愿意承认的人，便跳入了视线。

这次夜会，熊山川的问题总算暂时得以解决，但是这个新的疑问，却让史秉南更加沉重。

直到下楼后，反复回忆交谈的细节，史秉南才终于确认，就是在精神高度集中的那一刻，他无意识地抿了一口滚烫的咖啡。

“秉南？”

他看了看身边的余笑蜀，毫无破绽的一张脸。

他用一千万的代价，硬把穆天生从松泽俊久那里要了过来，也是为了不得不面对的这一刻。

“请穆先生出来吧。”史秉南的声音淡淡的。

几缕浮云，遮住了月光，也遮住了几个人长长的影子。

“穆先生，这位是调查统计部部长史秉南先生，这一位，是调查统计部常务次长，余笑蜀先生。”

月光隐去，院中的无线电通信铁塔和昔日雅致的苏式园林一起，没入了黑暗之中，穆天生使劲地揉了揉自己的眼睛，脸上的笑容渐渐褪去。

“共产党，他是共产党，我在无锡的永兴隆见过他，他叫袁恭，是共党在苏州的潜伏分子！”穆天生腿都软了，连连后退。

“你在胡说什么！”严屹峰怒喝。

“你不是说，共党在特工总部的潜伏分子，是个女人吗？”

史秉南举起一只手指向天空，眼中射出了寒冷的光芒。

在“张立成”走出来的这一刻，余笑蜀的身子也僵硬了，他怎么也没想到，昔日赵复生引介来的革命同志，居然就是军统潜伏在华中局的特务穆天生。

此刻，史秉南正背对着自己逼问穆天生，余笑蜀的心剧烈地跳动起来，这也许是他最后的机会。在这个院落的荒僻角落，只要他抽枪打死史秉南，七十六号里，再也没有人能够质疑或者处理他这个货真价实的共产党了。

六年前的那个时刻又进入了他的脑海，在王青容试图策反他的第二天清晨，他带枪进入了史秉南的办公室，彻夜工作后满面倦容的史秉南毫无防备地转过身去，舒畅地洗了一把脸。

万籁俱寂，好像所有人都在等待着什么。

在这个秋夜，寂静甚至带一点寂寞的七十六号特工总部内，忽地一声枪响，极短的停歇后，又是一声。

12 尾　声

这是一个普通的秋日，午后的万国公墓，萧瑟中带着一丝寒意。

余笑蜀紧了紧风衣的领口，看着那块巨大的花岗岩石碑在眼前被慢慢立起。

他手里拿着的，是最新出版的《中央导报》，风渐渐大起来，“苏省长史秉南病逝”的大标题随着纸张摆动，在风中哗啦作响。余秀燕拉了拉余笑蜀的衣袖，小声问道：“史伯伯去那一边，就再也不会回来了吗？”

余笑蜀摸摸她凉凉的小脸蛋，又理了理她被风吹乱的发丝。转眼间，秀燕十岁了，已经可以理解生死的意义了。

他站直了身子，不知道从什么时候起，他的腰总是痛得要命。

今天，是史秉南的灵柩归沪下葬的日子，正是这位昔日上海枭雄死去的第七天。

“江苏省主席史秉南，于九月七日患急性吐泻症医治无效，不幸于九日下午逝世于苏州。苏沪人士，莫不同声哀悼。国民政府以史主席平生精明果毅、器识宏深，参加和平反共建国运动以来，消弭反侧、卓著贤劳，故特明令拨给治丧费五万元，并以生平事迹宣付国史。”

这是一场高规格的“国葬”，肃穆庄严，只有主礼的声音在空阔的墓园内袅袅消散。话音甫落，军乐齐鸣，仪式即行开始。

余笑蜀、梁利群和苏沪官场的重要人物，都在墓穴的左侧肃立，而日方代表、南京特使和史秉南的亲友故旧，则在墓穴右方。在上百人的注目下，卫兵们迈着整齐的步子，抬着史秉南的楠木棺椁，穿过已经枯黄的草坪，小心置入墓中。

余笑蜀的眼睛一直跟着叶佳兰，她一身黑衣，搂着史秉南的儿子小虎，在两个警卫的护卫下，站立在所有人的最前方，像个影子，静静的没有半点声响。

所有来参加这场特殊葬礼的人们，此刻都在静静聆听汪记国民政府行政院秘书长的讲话，他正代表汪兆铭致唁。

“昼夜经划，不辞劳瘁，深入民间，为僚佐先，矢勤矢勇，芟除荆棘……”通过麦克风的收集、电线的传输、扩音器的放大，悼文中这个完美无瑕的男人随着那电流的啸叫和杂音，就这样渐渐充斥天地，而最终又消失无踪。

这是史秉南的墓志铭，但抗战烽火未已，他的一生却难以盖棺论定。

“周公恐惧流言日，王莽谦恭未篡时。向使当初身便死，一生真伪复谁知？”梁利群慢慢地吟诵，伴着一声叹息。

余笑蜀看向梁利群。

“不是我，是白乐天。”

“我知道。”

“是秉南，也是我们。”

余笑蜀和史秉南的最后一面，就在“中秋欢聚”那一晚。

他看着史秉南的背影，犹豫再三，终于没有掏出枪来。于是，当史秉南举起的手以一种怪异的姿势下落时，早在无线电塔上埋伏的枪手，开了枪，第一枪，击穿了穆天生的心脏，在余笑蜀做出反应之前，枪声再次响起，严屹峰倒在了血泊之中。

直到史秉南走远，他始终没有等来第三声枪响。很久以后，那种混杂着恐惧和惊讶的强烈情感，才从余笑蜀的心中缓缓退去。

第二天一早，史秉南就乘坐专列返回了苏州，清乡的第三期尚未完成，史秉南擘画的宏图还要在他亲自掌握下徐徐展开。

然而，连史秉南自己也不知道，这一次，他永远没有重来的机会了。

到达苏州的第二天，松泽精心炮制的那一杯咖啡终于发挥了它的作用，史秉南当日发病，次日即不治身亡。这两天里，日军在京沪线全线戒严，和史秉南交好的小林中将更被临时调离，为防止哗变，登部队大举开进沪西，将七十六号团团包围。

自淞沪会战以来，上海市民已经很久没有见过这样大的场面了。

这是一个普通，又特殊的秋天。

“你看那边。”梁利群朝一旁努了努嘴。

余笑蜀顺着他的目光看过去，一个中年男人昂首向天，正自泪流满面。这个时候，谁会对史秉南的去世表现出如此炽热的情感呢？余笑蜀以为自己花了眼，反复看了又看，才确定，那是失踪了半年多的监察院监察委员谢思源。

他也笑了笑，道：“秉南要给你的银行，没有了。”

“是啊，”梁利群望着湛蓝的天空，长长出了一口气，道，“我呢，现在真的成为一个无产者了。”

余笑蜀奇怪地看了他一眼，梁利群笑笑，道：“你不知道吧？”

余笑蜀道：“我需要知道什么吗？”

梁利群用手捂住嘴巴，凑到了他的耳边，道：“我是爱国民主人士。”

“你？”

“是啊，”梁利群点头，看透了余笑蜀一般，“一珊和你，都是共产党员吧。”

“嗯？”

“乔月撤走后，不是对你说了，要换一位新的联络人吗？现在，我们也是同志了。”

他从口袋里摸出一张照片来。

照片上，身着西装的梁利群和穿着和服的千都真鹤子共同捏着一只长气球，真鹤子的苹果脸笑眯眯的，却比不上哈哈大笑的梁利群一半开心。

余笑蜀忽地发现，他手上那枚须臾不离的红宝石戒指已经不见了。

“爸爸，我累了，什么时候才能结束啊！”

秀燕拉着余笑蜀的袖子，又不敢大声说话，余笑蜀一把把她抱了起来。前方那层层叠叠的挽幛和花篮模糊了他的视线，这一刻，在无尽的远方向他走来的，正是那些奋斗过、燃烧过，而今已长眠地下的师友们。

谈到卢一珊的牺牲，周竟成说对了，也错了。

对于周竟成的问题，余笑蜀当然也有自己的答案。

这世上只有一样东西，有着让人前赴后继、殒身不恤的力量，它，更在爱情之上。

2019 年 10 月 18 日—2020 年 1 月 1 日　初稿于厦门碧山路

2020 年 1 月 27 日—2020 年 3 月 5 日　二稿于内蒙古海拉尔

2023 年 7 月 10 日　修订于厦门珍珠湾